CANTIQUE DE LA RACAILLE

DU MÊME AUTEUR

Un pur moment de rock'n'roll, Le Dilettante.

Les Clefs du bonheur, Le Dilettante.

Vol de sucettes, Le Dilettante
(à paraître).

Recel de bâtons, Le Dilettante
(à paraître).

Vincent Ravalec

CANTIQUE DE LA RACAILLE

FLAMMARION

ISBN 2-08-067006-9
Imprimé en France

A Valérie, Benjamin, Amélie

PREMIÈRE PARTIE

Et devant moi, le ciel a frémi de crainte et l'enfer s'est soumis en gémissant.

Jean Ray, *Malpertuis*

1.

C'était un canon et elle avait seize ans, je l'avais prise en stop à la sortie de Veules-les-Roses, on avait continué ensemble et maintenant, quinze jours plus tard, dans une chambre du Grand Hôtel à Cabourg, je lui annonçais que j'avais des tracas. Des tracas d'ordre financier j'avais précisé.

Elle avait pris le temps de réajuster son oreiller, j'étais un peu gêné, ce n'était pas à ça qu'elle s'attendait.

– Mais alors, tout ce que tu m'as raconté, sur la mort de ton père et ses affaires, c'est rien que des conneries ?

Elle en avait de bonnes, qu'est-ce qu'il aurait fallu que je lui dise ? La vérité ?

– T'inquiète pas, je l'avais rassurée, du pognon j'en ai toujours eu, il n'y a pas de raison que ça s'arrête d'un coup.

Et je le pensais vraiment. On avait filé de l'hôtel en douce et j'avais remis le cap sur Paris.

– Tu verras, j'avais dit dans la voiture pour lui remonter le moral, l'Arc de triomphe c'est sympa aussi.

C'était la première fois qu'elle mettait le pied hors de Normandie, un lendemain de 1er janvier, avec la campagne de part et d'autre pleine de givre et le jour qui se levait, elle était tellement belle, je n'en revenais toujours pas qu'elle soit avec moi. Au tunnel de Saint-Cloud on est tombés dans les embouteillages et elle a fait une remarque sur le nombre de voitures.

– C'est normal, j'ai dit, c'est le matin. Le matin il y a toujours des voitures.

– Ah...

Elle a continué de regarder, même quand elle était

tarte elle me plaisait. J'ai pris le périphérique sans qu'elle fasse d'autres commentaires.

– C'est super, non ?

J'ai toujours aimé Paris.

– Mmmmm...

Elle avait l'air sceptique, je suis sorti porte de Saint-Ouen, l'un dans l'autre j'étais tout de même content de rentrer.

– Fais-moi confiance, Paris, quand on connaît, y a pas mieux.

On est arrivés gare du Nord, j'habitais presque en face, au-dessus du Bar Maurice. Je suis allé me garer dans la rue derrière et elle est descendue de la voiture.

– Si t'avances plus loin dans la rue La Fayette, sur ta droite il y a une jolie perspective sur la gare de l'Est, j'ai dit pour blaguer.

Mais elle a pas eu l'air de trouver ça drôle, c'était le genre de fille à faire la gueule pour un rien, par moments elle était un peu chiante.

– Attends-moi une seconde, faut que je prenne les clefs.

Je suis entré dans le café, le Bar Maurice, c'est spécial, c'est un café de poivrots. Dans la journée c'est Saïd qui tient le bar et le soir c'est son frère.

– Comment va, Saïd ? j'ai demandé.

A priori y avait pas de raisons que ça aille mal mais on ne sait jamais.

– Faut pas se plaindre. Il s'est gratté le crâne. On fait aller.

A travers la vitre je voyais Marie-Pierre qui essayait de jeter un coup d'œil à l'intérieur. Malgré le matin il y avait déjà toute la faune.

– Ho, tch'o, ça va ?

Dans le fond un soûlot me faisait signe, je le connaissais, il s'appelait Henri. Je lui ai rendu son salut.

– Bon, j'ai expliqué, je suis avec quelqu'un, je ne peux pas la faire attendre.

Saïd a fini par comprendre, en me tendant les clefs il m'a fait un clin d'œil, dans ce rade c'était la fine équipe.

Marie-Pierre patientait sur le trottoir. Elle était trop

jolie, les mecs en passant la mataient en douce; une chance pareille il n'était pas question de la laisser filer.

On est entrés dans l'immeuble.

– Heulà, ça pue là-dedans.

C'était les premiers mots qu'elle prononçait depuis qu'on était descendus de voiture.

– C'est rien, c'est la voisine.

– La voisine?

Elle s'était mis la main en protection devant le nez, dans l'escalier ça puait la pisse et l'ammoniaque à tomber par terre.

– Elle a des chats, ils pissent partout et la vieille met de l'ammoniaque pour chasser l'odeur.

Elle n'a pas fait de commentaires, si ma voisine avait des chats, moi je n'y étais pour rien.

– Voilà, on y est.

C'était au sixième, la chambre n'appartenait plus à personne, ça allait être démoli, on avait cassé la porte et je m'étais installé. C'est Saïd qui m'avait donné le plan.

– Vas-y, entre, c'est chez moi ici.

Dans l'entrée il y avait tout un tas de cartons, du Ricard, des paquets de cacahuètes et puis d'autres trucs. Des autoradios, des chaînes...

– Comment ça se fait que t'as tout ça, tu veux monter un Félix Potin?

Elle me gonflait, ça ne la regardait pas.

– C'est pour mon boulot, c'est des choses que je dois revendre, je suis dans le commerce.

Elle a souri.

– Ah oui, dans le commerce.

– Oui, dans le commerce.

Dans la piaule elle s'est un peu détendue, il y avait du confort, j'avais un magnétoscope avec une minichaîne et la télé grand écran. Elle l'a allumée direct.

– C'est une écran géant.

Elle me prenait pour un nul ou quoi, bien sûr c'était une écran géant, les télés c'était mon rayon, je passais mon temps à en vendre.

– Bien sûr, c'est les meilleures.

Elle s'est assise sur le lit en tripotant la télécommande, au moins comme ça elle allait me fiche la paix.

– Je descends cinq minutes, si tu veux prendre une douche, c'est en face sur le palier, la clef est au-dessus de la porte.

Il y avait cette émission idiote où l'on peut acheter des conneries par correspondance. Elle semblait captivée. C'est sûr que par rapport au Grand Hôtel il y avait comme un décalage. Je suis descendu, il fallait que je voie Saïd.

Sur le trottoir d'en face, la boulangerie avait encore toutes ses vitrines, avec les bûches et les nains en plastique, bientôt il y aurait de la galette. J'avais faim, je me suis acheté un pain au chocolat. Je ne sais pas pourquoi ils laissent les guirlandes une fois les fêtes passées, je trouve ça triste. Comme les sapins sans aiguilles sur le dessus des poubelles.

Dans le café il y avait un peu moins de monde, Saïd et moi on était comme qui dirait plus ou moins associés, on faisait des affaires ensemble.

– Alors, la grande vie, c'était bien ?

– Correct, j'ai bouffé des fruits de mer tous les jours.

Il a ramassé les verres qui traînaient sur le bar, je sentais qu'il n'osait pas me demander.

– Et elle, c'est qui ?

Comme si ça ne se voyait pas.

– C'est une meuf...

Je ne tenais pas trop à entrer dans les détails.

– Ah...

Il s'est mâchouillé la lèvre, il était soucieux.

– Qu'est-ce qu'il y a, ça te tracasse ?

Je savais ce qui le mettait mal à l'aise, c'était tout le matos qu'on avait dans la piaule.

– Il n'y a pas de problème, c'est comme moi, c'est ma femme.

Il pouvait rien dire à ça, il a continué à essuyer ses verres en tortillant son torchon, Saïd et moi on était dans la vente. On rachetait de la marchandise aux voleurs et on la revendait, à des magasins ou à des gens qu'on connaissait, ça dépendait.

– J'ai un super plan, tu vas pas le croire.

On m'avait filé un contact au Havre et c'était encore

mieux que ce qu'on m'avait dit. Mon contact c'était un poulet.

– Le gars, c'est l'inspecteur principal affecté à la surveillance des docks, c'est lui qui fait la loi là-bas, ils sortent des containers entiers.

Il avait beau faire son impassible, ça se voyait qu'il était intéressé.

– Ah oui ?

Le problème c'était qu'il fallait sortir du cash.

– Il manque de clients fiables, il voudrait travailler en gros, et pas sur Le Havre.

– Un flic, je suis pas trop pour.

Plus méfiant ça n'existait pas.

– Il est impec, il s'est renseigné sur moi, il a tapé le fichier, il m'a rencontré parce que je n'ai pas de casier, c'est un pro.

C'est pas un rapide Saïd, faut pas le bousculer, d'additionner deux et deux il en plissait le front.

– C'est un poulet, les poulets c'est jamais bon.

Mais je sentais bien qu'il faiblissait.

– Ça a beau être un poulet, n'empêche qu'il sort les magnétoscopes à cinq cents par lot de cent pièces minimum. Dans l'emballage avec les papiers d'origine.

Il s'est attaqué au remplissage du lave-vaisselle. Comme une carne refusant d'avancer.

– En gros, c'est bien, mais ça fait du pognon.

Par moments, il m'énervait.

– Et alors ? Qu'est-ce que tu veux faire ? Continuer d'acheter ton Ricard aux toxicos pour gagner quinze balles sur une bouteille ?

– Je sais pas...

– Comment il est devenu riche, Marcel Dassault, à ton avis ?

– Qui ça ?

C'était un dialogue de sourds, il connaissait rien.

– Marcel Dassault, sa veuve c'est la première fortune de France, il a pris des risques, tous ceux qui gagnent du pognon prennent des risques, c'est hyper-connu.

A ce moment-là un mec est entré dans le rade, un mec que je ne connaissais pas. Il avait dû entendre la fin de la conversation.

– Je ne suis pas d'accord avec vous, il a fait, comme si la chose primordiale pour moi était d'avoir son avis, Marcel Dassault a gagné sur la nationalisation.

Saïd m'a regardé avec un air de reproche, je ne savais pas qui c'était ce mec, j'avais toujours un mal de chien à monter mes affaires, à chaque fois c'était comme un chemin de croix. J'ai préféré ne pas répondre.

– Bon, j'ai dit à Saïd, à tout à l'heure, j'ai des trucs à faire.

Peut-être qu'il y en a qui vous aiment par amour, à se picoler de l'eau fraîche comme des petites folles et ça leur suffit, qui s'en foutent que vous ayez de la thune, mais je n'y croyais pas trop. Ou alors c'était des boudins, des filles qui n'avaient pas le choix. Marie-Pierre, des mecs elle n'avait qu'à se baisser pour en ramasser. Je suis monté jusqu'à Barbès, j'avais besoin de me refaire un peu. Sous le métro aérien trois misérables s'écharpaient pour des fringues dont les clodos n'auraient pas voulu. Avant, au marché aux voleurs, au bout de la rue de la Goutte-d'Or, il n'y avait jamais moins de deux cents Arabes à acheter et vendre toute la journée, maintenant ils cassaient le quartier, ce n'était plus pareil. Certainement que ça a toujours été comme ça, n'empêche que depuis un moment il y avait plus de bulldozers que d'immeubles encore debout, bientôt il n'allait plus rester grand-chose de ce qu'on connaissait avant.

Au Merle Blanc il n'y avait personne. En ressortant, je me suis cogné à Moussa.

– Qu'est-ce que tu fais par là ? il m'a demandé, on te voyait plus...

Moussa, dans le quartier, c'était un monsieur, j'avais déjà bossé pour lui.

– J'étais en vacances en Normandie. A Cabourg, au Grand Hôtel.

Je n'avais pas envie qu'il croie que j'étais là-bas en camping. On s'est installés au bar, ce gars-là c'était un malin, il avait l'agence de voyages qui trustait tous les retours au pays et les voyages à La Mecque. C'était ciblé comme clientèle mais ça marchait bien. Il avait aussi un garage à la Plaine-Saint-Denis.

– T'as des projets, tu fais des trucs en ce moment?

En affaires ce n'était pas un philanthrope mais c'était un mec droit.

– Je ne sais pas trop encore, j'ai dit, ça va dépendre un peu de ce qui se présente.

On a siroté notre café, en fait je n'aime pas le café, je trouve ça amer, mais je ne sais jamais quoi prendre d'autre.

– Tu m'accompagnes, il a fait au bout d'un moment, faut que je passe à l'agence.

On s'est enfilés sur le boulevard, un vent glacial sifflait entre les piliers du métro, c'était l'hiver et j'étais gelé. J'ai attendu de voir ce qu'il avait à me proposer.

– J'aime bien comment tu travailles, tu ne te drogues pas, t'es sérieux, on peut te faire confiance.

Le problème avec lui c'est qu'il se sentait toujours obligé de vous en pondre une tartine, il a continué que vraiment j'étais le brave gars, maintenant, tu comprends, avec les toxicos qui se couchent devant les poulets pour un paquet, ils donneraient leur mère ces salopards, c'est une honte de voir ça, il n'y a plus personne de correct. Il était tout peiné. La drogue c'est ça qui pourrit tout il a encore ajouté, avant c'était un vrai petit paradis ici.

– C'est sûr, j'ai dit, c'est sûr.

Je n'allais pas lui rappeler qu'avec ses cousins quand ils avaient l'Oasis, un café avant Marx-Dormoy, c'était pire qu'un libre-service. Les autres dealers lui reprochaient même de casser les prix. Évidemment, maintenant il chantait une autre chanson, probablement que le jour où j'aurais ma société je ne passerais pas mon temps à me vanter comme je faisais ma thune avant, c'est normal, même s'il n'y a pas de honte, il y a plein de grands qui ont démarré voleurs, j'étais loin d'être un cas isolé. Il a fini par en venir au fait.

– J'ai les papiers pour une Mercedes, une 300 SE, le modèle de l'année dernière...

Il était ennuyé, il avait une commande à honorer et le client attendait, les Mercedes n'étaient jamais pour l'Europe, avec leur système électronique, à la première panne on était marron tout de suite, il avait promis pour le 15 janvier et le temps qu'elle parte c'était déjà limite, il lui fallait ça pour le mardi d'après dernier carat. En général, il avait son équipe, dans certains coins le vol de voitures c'est comme une seconde nature, mais le cas était particulier, le mec à qui appartenait la Mercedes devait être une relation à un associé de Moussa, il n'est pas entré dans les détails mais c'était gênant que ce soit quelqu'un de chez lui.

– S'il y a un problème, je suis sûr que tu tiendras ta langue et personne sait qu'on travaille ensemble.

A chaque fois que j'avais fait des voitures pour lui c'était toujours des plans repérés à l'avance, l'automobile rapport qualité-prix c'était Byzance, pour une voiture modèle courant il ramassait à l'aise cinq bâtons net, avec des risques minimes, les voitures, c'est pas des grosses peines comme la came, sur une 300 SE il devait se goinfrer un maximum.

– Je suis pas contre, j'ai dit, il te faudrait ça pour mardi ?

Il fallait quand même étudier la question, les Mercedes n'étaient pas des voitures faciles, sur le modèle au-dessus, la 600 SEL, les serrures étaient inviolables et si on essayait de les forcer tout se bloquait.

– Il faut que t'opères samedi ou dimanche, le gars part pour la semaine à Nice, la voiture sera au parking longue durée, à Orly.

Je pense qu'il revendait au Moyen-Orient, en Algérie depuis le changement de législation plus personne n'exportait là-bas. On est passés devant le hammam, le jeudi c'est le jour des femmes, pour se tenir en forme on ne fait pas mieux, le hammam c'est un bon endroit pour réfléchir, on a continué à marcher, vu que c'était une 300 SE et que si tout se passait bien il était prêt à monter jusqu'à douze mille, j'ai bataillé, à ce tarif autant que je reste couché, et il a dit merde, pour ce prix-là j'en connais qui ramèneraient le parking des usines Renault. On a finalement convenu de vingt mille, la voiture valait quarante-quatre plaques sans les options, vingt mille c'était un minimum, il a insisté sur l'urgence de l'affaire, après mardi il était dans l'embarras et moi de toute façon j'étais pressé aussi, je n'avais plus d'argent.

Je l'ai laissé prendre le métro et j'ai coupé à pied par les entrepôts SNCF. En passant devant le traiteur chinois j'ai failli acheter des nems, Marie-Pierre devait avoir faim, et puis je me suis dit que c'était aussi bien le restaurant, pour son premier jour les nems avec la sauce qui dégouline partout dans la chambre c'était pas ce qu'il fallait. Il me restait exactement deux cents sacs dans une pochette en plastique, sous une poutre, dans les combles de l'immeuble.

J'ai poussé la porte, elle était à la même place, vissée devant l'écran, pas un seul morceau d'elle ne remuait, j'aurais encore préféré qu'elle fredonne les pubs comme font les enfants que de la voir hypnotisée comme ça.

– Qu'est-ce que tu penserais d'aller déjeuner ?

Mais elle n'avait pas très faim et le film sur Canal allait démarrer. Tout aurait pu flamber et la maison se désintégrer, elle n'aurait pas levé un sourcil. Je me suis assis sur le lit et je l'ai embrassée, elle avait les mains toutes froides.

– Mets-toi sous la couverture, t'es toute gelée.

Elle a monté le son, le film commençait, je suis redescendu, je n'aimais pas rester dans la chambre, pour moi c'était trop petit.

Mon idée c'était de le faire avec quelqu'un, à deux, hormis le fait qu'il faut partager, c'est toujours plus facile, bien sûr qu'il y a des kamikazes capables de tout, même de rentrer chez les condés pour repartir avec le car, ça s'était déjà vu, j'en connaissais, mais tous ces gars-là, hormis Fresnes ou Fleury, n'avaient pas des masses d'avenir devant eux, moi mon truc c'était les affaires, pas la délinquance.

Le type que j'avais en vue logeait à Gambetta, il était dépanneur de nuit sur le périphérique, sa vie était réglée comme une horloge, il échouait au rade en bas de chez lui tous les jours vers trois heures où il déjeunait d'une mousse et de deux tartines beurrées, après il tuait le temps en déblatérant avec des comme lui jusqu'à la fermeture et il partait bosser.

J'ai marché jusqu'à Colonel-Fabien et j'ai attrapé un 75, dans le bus, assise en face de moi, une femme parlait toute seule et au fond un rasta de soixante-quinze ans s'agitait comme si Bob lui-même nous avait donné un récital dans la voiture. Un peu avant Pyrénées un jeune est monté et a commencé son couplet, dans le métro maintenant c'est à chaque fois mais dans le bus c'est plus rare, le conducteur n'a même pas tourné la tête, le jeune est parti sur le fait que son père avait fait la guerre d'Algérie et qu'il avait tout perdu, son histoire n'était pas très claire, on ne comprenait pas si c'était lui ou le père qui s'était retrouvé à la rue, tout le monde regardait ailleurs, pour bien faire il faudrait sortir avec de la monnaie prévue exprès. Il y a des nègres qui mangent mieux que moi a continué le jeune, quand il a dit ça le rasta a tapé dans ses mains pour l'encourager. Au croisement de la rue de Ménilmontant, un monsieur bien mis s'est levé et en passant a frôlé celle qui parlait toute seule, presque rien, sans même la toucher, mais la vieille en a eu comme de l'électricité, elle s'est mise à l'injurier, elle était pensionnée et un peu plus le choc l'aurait paralysée du bras, où elle habitait il n'y avait pas d'ascenseur, comment elle ferait pour remonter ses courses avec un plâtre, d'abord le monsieur a essayé de s'excuser, il avait un look vaguement rétro, pas la classe mais propre et bien élevé, mais quand il a vu que ça ne faisait rien il l'a insultée aussi, va te faire enculer vieille salope, vieille folle, on n'aurait pas cru ça de lui, ils étaient ensemble à se crier des cochonneries, le jeune qui faisait la manche ne savait plus quoi dire et le Noir s'est mis aussi de la partie, le bus prenait un virage, et en voulant se lever il a raté la barre et s'est affalé dans le dos du jeune, au moment de descendre j'ai pensé que parfois ça pourrait être la fin du monde on ne s'en apercevrait même pas.

⁂

Mon gars était bien là, fidèle à son poste derrière un remontant au Café de la Place.

– Alors, quoi de neuf ?

C'était pour engager la conversation, dans son cas la seule nouveauté pouvant survenir ce n'était guère que *Le Parisien* le matin.

– Pas des bonnes nouvelles, il a pourtant répondu, non, loin de là !

A voir la tête qu'il faisait, il avait dû se passer quelque chose d'affreux, un instant j'ai cru qu'il s'était fait virer de son boulot, ç'aurait été gênant pour la dépanneuse, mais un événement plus terrible encore était venu le bouleverser, on avait fermé le Bois. Pour lui c'était grave, il avait l'habitude d'aller à la baraque à frites pour sa coupure, boire un coup et reluquer les travelos, depuis le temps il les connaissait tous.

– Un endroit avec autant de belles gonzesses ouvert à deux heures du matin je suis pas près d'en trouver un.

Il était vraiment amer, d'autant plus qu'il votait pour le maire, c'était dégueulasse de faire des trucs comme ça sans consulter les gens. Ça a déclenché tout un débat sur le pourquoi et à cause de qui de la chose, selon certains le maire n'avait rien contre les travelos, c'est le gouvernement qui avait décidé, un autre avait dit que ce qui a tout déclenché c'était le chien de la femme au Premier ministre, paraît-il qu'il aurait attrapé le sida en bouffant des préservatifs au Bois pendant sa promenade, c'est vrai a appuyé le patron en montrant celui qui venait de parler, son frère bosse à la clinique vétérinaire de Maisons-Alfort, c'est comme ça qu'on le sait. Mais le dépanneur avait des doutes, en bouffant des préservatifs il ne pensait pas qu'on puisse l'attraper, pour l'attraper il aurait fallu que le chien se fasse enculer, les préservatifs c'était pas suffisant. Il s'est encore passionné un moment avant que je puisse l'attirer dehors.

– Ça te dirait une petite virée, j'ai quatre mille pour toi.

– Vers où ?

– Orly, le parking longue durée.

Il a fait des mimiques en gigotant d'un pied sur l'autre, il n'était pas plus chaud que ça, il pouvait perdre sa place, il suffisait que son patron l'apprenne et il était bon. Par contre, qu'il puisse plonger pour vol de voiture ne semblait pas l'effleurer.

– C'est encore pour les crouilles, là-haut ?

Il a fait le geste d'indiquer le nord, la dernière fois on avait livré directement au garage à la Plaine-Saint-Denis.

– Ce qu'il faudrait pas c'est que le jeune ait vent de quelque chose, c'est le fils d'un ami du patron, c'est une vraie tête de con.

Le seul moment possible c'était le lundi suivant, le jour où le nouveau serait en congé, je devais lui téléphoner le vendredi pour confirmer, le lundi c'était la veille de mardi, c'était au poil. Tout ce qui restait à espérer c'est que la voiture serait bien garée sur le parking longue durée, d'après Moussa c'était certain.

Mon compère est retourné à sa base et moi à mes occupations, il allait faire nuit, j'ai traversé la place jusqu'au métro, dans le kiosque les couvertures de magazines étaient remplies de gens bronzés. J'ai raflé *Télé-Poche* pour Marie-Pierre, moi et la foule étions blafards, d'ici le printemps c'était impossible que je n'aie pas les poches remplies d'oseille.

Au changement à Réaumur, comme quoi le monde est petit, je suis tombé sur un gars qui me devait de l'argent, pas grand-chose, huit cents francs. Si on n'y prend pas garde après quelques mois ce genre de compte disparaît en général dans les limbes, mais à ma grande surprise il a sorti de sa poche une chaîne en or avec un petit cœur, dedans était gravé *Pour la Vie*.

– Au poids je n'en tire pas trente sacs, si tu le veux on est quittes, en bijouterie ils te le fourguent facile pour deux mille.

J'étais touché, j'ai pris la chaîne, c'était exactement ce qu'il me fallait. Il a voulu savoir ce qu'il me restait en télés, en plus de celle de Marie-Pierre j'en avais encore deux dans leur emballage d'origine je lui ai dit, il avait des clients pour, des Pakistanais qui vendaient des fruits et légumes dans les couloirs.

– Je peux les toucher à combien ?

Il s'était montré correct, je n'allais pas l'assassiner, je lui ai annoncé à deux mille, ça lui laissait une marge raisonnable.

La rame arrivée, il m'a donné rendez-vous pour le soir, en cas de contrordre il me téléphonerait au Bar Maurice, je l'ai laissé s'occuper des hindous et je suis descendu gare du Nord.

Ça me ferait toujours quatre mille francs en attendant.

Avant de rentrer à la chambre j'ai acheté un bouquet de fleurs, des violettes, c'était la saison, Marie-Pierre était encore dans la même position, à Cabourg aussi elle y passait beaucoup de temps, mais dans une super-piaule d'hôtel ça ne faisait pas pareil, chez moi on aurait dit qu'elle n'avait que ça. J'ai posé le petit paquet sur le lit avec les fleurs, c'était impossible de capter son attention, un frisé posait des questions et d'autres gens appuyaient sur un champignon qui s'allumait.

– C'est pour toi.

Mais le frisé revenait à la charge, comment était-il possible de faire tenir un gyroscope en équilibre, et pourquoi utilisait-on des fûts de chêne dans la fabrication du vin, quelle était la branche royale régnant en France issue des Capétiens, c'était une mitraillette ce type, les Valois a dit Marie-Pierre, je suis sûre que c'est eux.

– Les Bourbons, s'est précipitée une mamie sur le champignon.

Le frisé était désappointé, eh non, Jacqueline, vous avez perdu, il avait le visage chagrin autant que si c'était sa propre grand-mère, c'était les Valois, Jacqueline, elle s'est mordu les lèvres, il a enchaîné sur René, merde c'était quand même facile a commenté Marie-Pierre, ils doivent le faire exprès d'en prendre des pas forts pour que les autres gagnent, elle soupçonnait le jeu d'être truqué.

– René, le 18 juin 1940, un homme, seul contre tous, lance un appel pour une France libre, le nom de cet homme ?

– Le général de Gaulle !

On avait répondu ensemble, le général de Gaulle a renchéri René dans la télé, exact a confirmé le frisé, on devrait faire un vœu, a proposé Marie-Pierre, mais sans se le dire sinon ça marche pas.

Le jeu se terminait, tout était bien chez elle, c'est pas pareil d'être avec quelqu'un, ça change les choses.

– Tiens, c'est pour toi, c'est un cadeau.

Elle a pris les fleurs et puis le bijou avec le petit cœur et elle est venue m'embrasser, en passant la chaîne autour de son cou on est revenus sur mon problème d'héritage.

– Tu sais, c'est pas grave pour ton père, que ce soit pas vrai.

Bon Dieu, bien sûr que ce n'était pas grave, pourquoi ce serait grave, les millionnaires aussi la première fois ont commencé par le début, tout ce qu'elle avait à faire c'était regarder la télé autant qu'elle le voulait et être avec moi, je n'avais pas besoin de plus, le reste je m'en fichais.

– Qu'est-ce qu'on fait, on va manger?

Elle avait une robe en laine assez courte, avec un bandeau dans les cheveux, c'était simple mais dans le métro elle aurait fait une émeute. A travers la vitre du bar, Saïd m'a fait un signe, l'autre avait téléphoné, c'était toujours bon mais il aurait une demi-heure de retard. Il faisait de plus en plus froid, le restaurant était juste avant Fernand-Vidal, bien sûr j'aurais préféré le Terminus Nord, pour bien manger, les brasseries à Paris il n'y a pas mieux, mais ce soir je préférais l'économie.

On est entrés au Palais de Jade, c'est différent comme ambiance mais c'est bon aussi, pendant un moment je leur vendais du vin, tout leur stock c'est par moi qu'ils l'avaient eu, des grands crus, des bordeaux, ils avaient fait des affaires, sur la carte était marqué vin rouge de qualité, 80 F la bouteille, je suis sûr que certains valaient plus de cent sacs, celui qui me fournissait tapait des caves au Vésinet, dans ces coins, le mauvais pinard ils ne se doutent même pas que ça existe. On s'est assis et le patron est venu me serrer la main.

En voyant Marie-Pierre il a sorti le grand jeu, comment va mon grand ami, il s'agitait devant nous en souriant, mademoiselle veut un apéritif, un kir, un kir royal avec du bon champagne, pas de mousseux, ici on ne connaît pas le mousseux, il me faisait des clins d'œil, pas de mousseux au Palais de Jade, que la qualité supérieure.

Il a foncé derrière nous chercher ça, monsieur Ho, cuisine chinoise et thaïlandaise, Marie-Pierre était bluffée, d'où elle venait, en matière de restauration, le maximum exotique c'était la crêperie, elle s'est sifflé sa coupe pendant que je commandais pour elle, un potage pour démarrer et puis un bœuf aux oignons avec des nouilles sautées.

– Et le vin ? a demandé monsieur Ho.

Pour lui j'étais une sorte de spécialiste, pas question qu'il choisisse à ma place, il m'a emmené dans la courette où il avait sa réserve, les bouteilles étaient stockées debout dans le fond et la pièce était une vraie glacière.

– C'est pas bon monsieur Ho, c'est froid, trop froid pour le vin, et debout ça ne va pas non plus.

Monsieur Ho m'a regardé d'un air contrit, il a hoché la tête, oui d'accord, c'est d'accord, les chinetoques, leurs remèdes face aux vicissitudes de l'existence, c'est dire oui-oui et sourire, j'ai inspecté la réserve, elle avait baissé, il restait moins d'une centaine de pièces. Il a de nouveau hoché la tête, le vin maintenant c'était le gros plus, il aurait bien voulu en racheter, je lui faisais à vingt-cinq et c'était de la qualité, les clients revenaient rien qu'à cause du choix.

– Je vais voir ce que je peux faire, monsieur Ho, faut que je contacte des gens.

Si je retombais sur un bon plan je lui ferais plus cher, même à trente-cinq il était gagnant. J'ai choisi une bouteille toute vieille.

– C'est la bonne qualité, c'est sûr ?

Il y avait du sable sur l'étiquette et comme de la rouille autour du bouchon, je ne sais pas pourquoi j'avais pris celle-là, on dit toujours que le bordeaux est meilleur vieux, monsieur Ho semblait sceptique, ce n'était pas marqué de qualité supérieure, ça l'inquiétait. Dans la cuisine il m'a prêté un tire-bouchon, j'ai mis la bouteille à réchauffer à côté du radiateur, il n'y avait que l'extérieur d'abîmé, le liège était impeccable. Je suis retourné m'asseoir. Marie-Pierre avait les joues toutes rouges, le froid plus l'alcool elle était déjà à moitié partie, j'ai recommandé une coupe.

– Et si t'avais su que mon père n'est pas millionnaire, t'aurais bien voulu quand même avec moi ?

Elle a trituré ses baguettes en gloussant.

– Je sais pas, peut-être...

C'était une réponse encourageante, j'ai pas fait de commentaire, elle a encore rigolé, le champagne la rendait bavarde, ils étaient cinq enfants et son père était mort d'un cancer à cause de l'amiante où il bossait. Depuis toute petite on lui serinait que l'avenir c'était un plein de fric. Un fils de millionnaire qui la prenait en stop et voulait l'épouser elle avait immédiatement téléphoné la bonne nouvelle, personne n'en revenait, ses copines en bavaient des ronds de chapeaux, tout ce que souhaitait sa mère c'est qu'elle ne tombe pas enceinte, sinon un millionnaire bien sûr qu'il fallait foncer, c'était le conte de fées. Elle en hoquetait en me racontant ça, je pensais arriver dans un palace et où tu m'emmènes c'est pire que chez moi, elle essayait de s'arrêter mais le fou rire la reprenait, c'était contagieux moi aussi je riais, dans le fond il valait mieux qu'elle le prenne comme ça.

– Et tes affaires c'est que des louches, c'est pas pour de bon que tu travailles ?

Je suis resté un moment silencieux, ce que j'avais fait aujourd'hui, le métro, organiser la 300 SE, l'autre avec ses sornettes de chien sidaïque, et après dîner j'avais encore les télés à descendre, les grands écrans qui pesaient des tonnes, c'était du travail, même le vin dans la cave avec le patron faisait partie du métier, je n'étais pas du genre à rechigner à la tâche, personne ne pouvait dire le contraire.

– Je suis à mon compte, c'est spécial, on ne peut pas le voir comme pour quelqu'un de normal.

Et mes affaires étaient aussi correctes que beaucoup d'autres, il fallait juste me laisser un peu de temps, elle m'avait vexé, tout le monde ne partait pas du même endroit sur la ligne de départ.

La serveuse a déposé le potage et monsieur Ho le vin, j'ai goûté, il était encore un peu froid mais c'était du bon, fallait pas se fier aux étiquettes, celle-là était toute simple, juste Château-Pétrus 76, et un numéro avec des zéros, pas Qualité supérieure et pourtant il était meilleur que beaucoup.

J'ai rempli son verre, les filles trop belles sont peut-être plus un problème qu'un atout mais pour le moment elle était avec moi et c'est ça qui comptait.

– Quand j'aurai ma société tu verras si ce sera des louches mes affaires, tu seras la première à en bénéficier, tu pourras même travailler dedans, c'est bien pour une femme d'avoir une carrière, c'est pas que les boudins qui réussissent, dans le business il y a plein de canons, c'est même un plus.

Ce que je pensais c'est qu'elle s'occuperait de la communication, j'étais lancé, ma société c'est mon sujet, je parlais et elle écoutait en rigolant, je ne ferais pas comme ces mecs qui flambent, l'important c'est pas la Mercedes avec l'air conditionné, dès qu'ils touchent trois thunes ils les craquent dans la frime, alors que le secret c'est de réinvestir, un peu dans une affaire, un peu ailleurs, jamais tout sur la même mise, on s'est sifflé la bouteille, ça se voyait dans ses yeux qu'elle était convaincue.

– Mais ça va être une société de quoi ?

– Activités multiples, ventes, achats, organisations, plusieurs choses, j'ai pas envie de me cantonner à un secteur, aujourd'hui il faut savoir saisir les opportunités quand elles se présentent.

Monsieur Ho apportait les plats, il s'est penché pour montrer à Marie-Pierre le fonctionnement des baguettes, elle n'y arrivait pas, voilà mademoiselle, et le pouce ici, plus elle essayait et plus les nouilles glissaient, monsieur Ho avait beau lui mimer le geste, là, hop, il bougeait les baguettes comme des pinces articulées, regardez mademoiselle, regardez c'est facile, elle s'est finalement rabattue sur sa fourchette, c'est drôlement bon elle a dit pour se rattraper, c'est fin, je ne connaissais pas la cuisine chinoise.

– La cuisine française aussi est une grande cuisine, a répondu monsieur Ho avant de filer dans la réserve nous chercher une bouteille du même, pour un petit vin il passait tout seul, Marie-Pierre était complètement soûle.

J'ai fouillé dans la poche de mon blouson, j'avais fait ça avec des lettres autocollantes, je voulais lui montrer, c'était le logo de la société, Extramill, avec l'X qui partait en étoile et le mot s'inscrivant dessus, au début je voulais mettre Extranill pour que les lettres soient les initiales de Nous Irons Loin mais Nil sonnait moins bien que Mil.

– Qu'est-ce que t'en penses ?

Elle a pris la carte, une goutte de sauce est tombée au-dessus du T, c'est pas mal elle a dit, tu crois que tu feras de la publicité ?

C'était agréable de discuter avec elle, elle posait les bonnes questions, évidemment que la publicité était primordiale, une société sans pub ne peut pas marcher, l'important, je l'avais lu dans un journal consacré au monde de l'entreprise, c'était de choisir une bonne idée de départ, d'être percutant, par exemple Extramill touchait parce que c'était extra et que ça mettait dans le mille, simple mais niveau efficacité j'avais vingt sur vingt.

En sortant du restaurant il neigeait, les décorations de Noël illuminaient la rue, les bus qui rentraient au terminus derrière la gare creusaient des traces sur le sol et les voitures avançaient doucement, il faisait de plus en plus froid mais j'avais l'impression d'avancer dans une bulle de chaleur, je la tenais par la taille, ma main glissée dans la poche de son blouson, j'avais envie de jamais la lâcher, de rester à marcher dans les flocons, un peu bourré, le long des vitrines remplies de guirlandes clignotantes, on se croirait dans un destin animé a fait remarquer Marie-Pierre, et c'est exactement ce que je ressentais.

Au carrefour avant le Bar Maurice mon lascar faisait le pied de grue, en baskets dans la neige il était gelé, le Pakistanais et son frère attendaient plus loin.

– Je te rejoins, j'ai dit à Marie-Pierre, j'en ai pas pour longtemps.

Les télés étaient au sixième comme la chambre mais dans l'autre escalier, n'aurait été la conne et ses chats, avec Saïd on était partis pour squatter l'immeuble. On est montés, le loustic derrière moi, je n'aimais pas faire entrer quelqu'un mais je ne me voyais pas descendre les objets tout seul.

– C'est ta meuf ?

Tout le problème est là, pour ne pas être emmerdé faudrait presque sortir avec un laideron. Elle est pas mal a continué l'autre, quel âge elle a ?

– Bientôt dix-sept.

Il a sifflé, seize piges, tu fais fort, c'est détournement de mineure, tu devrais faire gaffe. D'avoir bu j'étais essoufflé pour monter les marches, on allait être obligés de faire deux voyages.

– T'as la thune? j'ai demandé avant d'ouvrir.

Évidemment il ne l'avait pas, mais les Pakistanais oui, sans problème, fallait pas se faire de bile, n'empêche j'aimais pas ça, en général l'argent c'était avant, il a soufflé dans ses mains.

– Je leur vends depuis cinq ans, t'inquiète pas, c'est des musulmans, des mecs droits, ils fument même pas de cigarettes.

La pièce était dans l'ombre, en haut l'électricité était coupée, j'ai fouillé sous un tuyau, normalement j'avais laissé une lampe de poche, je ne m'inquiétais pas mais je ne voulais pas descendre les télés pour rien.

– C'est ça?

Il a examiné le lot, à la lueur de la torche les deux cartons semblaient gigantesques, c'est bien le modèle que je leur ai dit, ils avaient peur que ce soit des petites, il a tapoté sur le bord de l'emballage, on sentait une critique dans le ton de sa voix, c'est con, si j'avais su qu'elles étaient clean j'aurais pu monter sur le prix.

C'est la première fois qu'on me reprochait d'avoir de la marchandise de qualité, qu'est-ce qu'il s'attendait à trouver, des noir et blanc sans télécommande des années soixante?

On a attrapé la première, l'escalier était raide et même avec la lampe coincée dans le revers de mon blouson on n'y voyait rien.

– Tu sais que ça peut même être pire, c'est plus que détournement de mineure, c'est incitation à la délinquance.

J'ai mis un instant à réaliser de quoi il parlait, il était revenu sur Marie-Pierre.

– T'es délinquant, elle est mineure, c'est certain, détournement et incitation de mineure à la délinquance.

Il commençait à me soûler, c'était une connerie de l'avoir fait monter.

– Lève un peu plus, j'ai demandé, c'est moi qui porte tout.

Dehors la neige s'était remise à tomber.

Les Pakistanais stationnaient dans la rue derrière, le moteur de leur estafette tournait et ils avaient mis le chauffage à fond, je ne sais pas quel climat c'était au Pakistan, il me semble qu'il y avait des éléphants et des palmiers, et de la came, pour la came c'était certain mais pour le reste je n'étais pas sûr, de toute façon c'est pas un pays qui m'attirait beaucoup, ce que je ferais quand j'aurais de quoi c'est emmener Marie-Pierre au soleil, je pense en Italie, ou à Monaco, l'argent appelle l'argent, même pour les vacances c'est important de rester là où il y en a.

Ils ont ouvert les portes, c'était stupide de faire ça là, n'importe qui pouvait passer, boire ne me réussissait pas, dans mon travail la lucidité est une règle d'or, les prisons sont pleines d'ivrognes et d'imbéciles. Je me suis dépêché de m'engouffrer dans le véhicule, surtout dis pas à combien tu me les fais m'a glissé l'autre à l'oreille, ça les regarde pas.

Ils ont ausculté la livraison sous toutes les coutures, ils étaient deux, un maigre petit et un moyen, le moyen s'est inquiété, il s'attendait à en avoir une autre, on n'est pas des bourricots a fait mon acolyte, deux en même temps c'est pas possible, on y va tout de suite, il a fait mine de descendre de la camionnette.

– Du calme, j'ai dit, on laisse une télé, on se fait payer, pas d'argent, pas de télé.

C'était normal mais ils sont partis dans des palabres sans fin, le maigre parlait du Coran, ils étaient honnêtes, jamais ils ne se manqueraient sur leur parole, prétendre le contraire c'était les insulter, j'ai laissé tomber, après tout il y avait peu de chances pour qu'ils se sauvent.

On est remontés chercher l'autre, pendant l'escalade de l'escalier il a récidivé sur Marie-Pierre, ça le travaillait, je devais faire super gaffe, avec les meufs on ne pouvait jamais savoir, dernièrement une fille avait porté plainte contre lui, elle voulait se prostituer et lui l'avait emmenée cours de Vincennes, après avoir attendu avec elle le client il avait suivi en voiture, au cas où elle serait tombée sur un dingue, c'était sa hantise à la fille, les dingues, une nana qu'elle connaissait s'était fait taillader par un sadique, soixante-trois coups de couteau, on avait retrouvé son corps à perpète dans la banlieue, mais là tout avait roulé, après le premier client il y en avait eu d'autres, à minuit elle avait plus de mille francs et lui faisait toujours le garde du corps à distance, c'était d'accord qu'ils partageaient moitié-moitié, seulement à un moment les poulets l'avaient accrochée, et elle s'était défendue, elle avait expliqué qu'elle n'était pas une pute, ça non, vous vous rendez compte, c'est le mec dans la voiture là-bas qui m'a forcée, sans lui jamais je ne l'aurais fait, et il avait juste eu le temps de s'arracher, les képis venaient vers lui, et après il s'était renseigné, il avait un inspecteur dans ses relations, la fille savait son nom, il y avait un avis de recherche sur lui. Pour Marie-Pierre il me conseillait la plus grande prudence, surtout une mineure, c'était de la dynamite.

– J'aimerais autant que mon histoire te serve de leçon, ça me foutrait les boules que tu tombes pour une connasse.

Les Pakistanais étaient toujours là, j'ai récupéré mon argent et je les ai laissés, Marie-Pierre devait m'attendre.

C'était idiot, incitation de mineure à la délinquance, il aurait fallu que je l'emmène voler, c'est pas parce que c'est moi qui payais que je la forçais à quoi que ce soit.

– Marie-Pierre ? j'ai appelé, la pièce était plongée dans le noir, elle était déjà couchée.

Je me suis déshabillé et je l'ai rejointe sous les draps, il faisait bien chaud, d'imaginer la neige qui tombait dehors c'était encore plus agréable, je lui ai dit et elle s'est serrée contre moi, sauf une fois quand j'étais petit je n'avais pas le souvenir d'avoir été amoureux comme ça.

C'est bizarre à dire mais ce n'était pas le même effet qu'avec quelqu'un d'autre, c'était différent, même les choses que je n'aimais pas ailleurs prenaient un tour charmant, elle avait le goût d'un chewing-gum à la menthe, je détestais ça, en général d'en voir une mâchouiller c'était fini, mais dans sa bouche c'était rafraîchissant, elle aimait ceux à la chlorophylle et les Malabar, elle faisait gonfler la bulle jusqu'à ce qu'elle claque, j'avais déjà baisé des filles bien foutues mais elle dépassait l'entendement, je ne m'en lassais pas de la caresser et de la regarder, c'était pas possible que ça dure, elle n'aurait pas eu de mal à être mannequin.

– Ça va ? j'ai demandé au bout d'un moment, elle était silencieuse, dans mes bras je me posais toujours la question de savoir à quoi elle pensait.

– Ça va...

On est restés comme ça, collés l'un contre l'autre et on s'est endormis ; c'était le premier jour qu'elle passait à Paris.

***

Le lendemain et jusqu'à la fin de la semaine j'ai préparé mon affaire de Mercedes, le gros hic c'était le signal d'alarme, sur ces engins-là c'était terrible, pire qu'une sirène atomique, j'avais trouvé une solution simple, puisque le gars laissait la voiture plusieurs jours il suffisait de déclencher le signal autant de fois que nécessaire pour décharger la batterie, et le lundi de venir avec la grue et d'emmener la bête rendue muette, c'était un plan infaillible.

Le vendredi j'ai passé un coup de fil à Jean-Marcel, le dépanneur, tout baignait, le jeune en ce moment était malade et comme son autre collègue avait emprunté la grue la semaine d'avant pour son usage perso c'était vraiment pas un problème s'il grattait un peu sur l'horaire, on aurait tout notre temps pour opérer. Moussa avait laissé des consignes pour qu'on m'attende au garage vers neuf heures, il m'avait donné l'immatriculation de la voiture, à chaque fois le gars arrivait trois quarts d'heure avant l'embarquement et se garait sur le P 7, c'était le moins cher. C'est un rapiat avait dit Moussa, et il pense que jamais personne ne lui tapera son bijou sur le parking. Je m'étais renseigné chez Mercedes, mon idée était bonne, seulement l'alarme avait une autonomie de plus de deux heures et ne se déclenchait qu'une minute à chaque fois, ce qu'il fallait c'est un stratagème pour la faire hurler à distance, sinon j'allais me faire repérer, la seule solution m'avait dit le chef d'atelier, j'avais expliqué que je préparais un film et que je voulais être crédible, c'était d'avoir un truc à glisser sous la carrosserie de manière à faire vibrer la caisse, le plus près possible de la malle arrière, paraît-il que même les convulsions d'un godemiché électrique suffisaient à réveiller le mécanisme, c'est une blague qu'ils avaient faite au patron du garage, quand il l'avait donnée pour qu'on vérifie ce qui n'allait pas ils étaient tous pliés, tenez patron, on a trouvé ce qui clochait, le chef d'atelier était écroulé en me racontant, moi aussi, c'était tordant.

C'est donc muni de trois bites en plastique et d'un rouleau de chatterton que le samedi je suis parti pour Orly, j'avais passé des heures à en trouver qui bougeaient suffisamment, dans les sex-shops existait tout un outillage incroyable, des bites, bien sûr, toutes tailles et toutes couleurs, molles, dures, ou semi-molles, certaines avec réservoir, d'autres doubles pour usage parallèle, mais aussi des ustensiles comme des faux seins ou des ventres avec des fentes en caoutchouc rose horrible, qui pouvait porter ça ? Marie-Pierre était fascinée, elle était venue avec moi, à quoi ça sert, elle n'arrêtait pas de demander, ah bon, et ils se le mettent dessus ?

L'autoroute était dégagée, en hiver le samedi matin il n'y a pas trop de départs en vacances, j'avais pris ma voiture, le jour se levait devant l'aérogare, une fois quand j'étais petit le père d'un copain nous avait emmenés un après-midi regarder les avions, à l'époque en voir décoller était un événement, maintenant tout le monde s'en foutait, même les Pygmées au fond de la brousse savaient ce que c'était. Le vol pour Nice était à huit heures cinquante, il était sept heures quarante-cinq, j'ai pris mon ticket pour le P 7 et je me suis installé en planque au bout d'une allée, je préférais le pister à l'arrivée plutôt que de me farcir tout le parking à l'affût de la bonne voiture. J'avais pris des jumelles et un livre sur les techniques de négociation commerciale, sur les marges, les réseaux de vente, c'était un peu abstrait mais intéressant, à huit heures cinq une 300 SE a passé la barrière d'entrée.

J'ai observé ma proie à la jumelle, ce n'était pas le type

qu'on aurait eu envie de braquer, il avait un grand imperméable en cuir et une tête de Juif du Sentier, je ne sais pas qui c'était mais il faisait plutôt voyou que cadre supérieur, je n'aimais pas ça, il a pris le chemin de la sortie, juste un petit sac avec lui, après tout je travaillais à la commande, l'instigateur c'était Moussa, rien n'était de ma responsabilité.

Maintenant restait à voir si la partie godemiché de mon plan fonctionnait, une 300 SE n'était pas loin du top, il fallait commencer à gagner pas mal pour se l'autoriser. Les godemichés étaient dans ma mallette, j'avais prévu des piles de rechange au cas où on tomberait en panne.

Tel un Sioux je me suis approché de la Mercedes, faire tenir mon invention sur le bas de caisse plein de boue n'était pas une mince affaire. Je n'avais pas fait cinq mètres que le hurlement de l'alarme a retenti, les godes m'avaient coûté cinq cents francs, plus les piles je n'étais pas loin des soixante sacs.

La sirène mugissait comme une furie et c'était épatant comme tout le monde s'en foutait, c'est à peine si les gens avec leurs chariots pleins de valises détournaient la tête. La batterie de l'alarme se vidait dans l'indifférence générale et si tout se passait bien c'est vingt mille francs qui allaient me tomber dans la poche à la fin du week-end.

***

Marie-Pierre m'attendait au Bar Maurice, Saïd aux petits soins lui avait préparé un grand café et des tartines beurrées. C'était agréable d'avoir quelqu'un en arrivant, elle s'est inquiétée de savoir si tout s'était bien passé, les godes elle trouvait ça super-marrant. La météo s'annonçait bonne pour le week-end, je lui ai proposé d'aller à la tour Eiffel, elle m'avait dit ça a l'air bête mais depuis toute petite c'est un truc dont j'entends parler et je voudrais bien me rendre compte par moi-même. Personnellement je n'y étais jamais allé. Arrivé au pied du monument j'ai acheté un plan avec un laïus retraçant l'historique et nous nous sommes mêlés aux touristes, la météo n'avait pas menti il faisait froid mais beau.

L'important était de n'être pas trop pressé, il y avait une queue terrible, plein de gens voulaient monter, des Japonais, des Allemands, des Italiens, des Chinois, il en venait du monde entier, de partout sauf des Français, même les blacks en proposant leurs dépliants parlaient anglais, hello, you want, ten francs, ten francs. Marie-Pierre était impressionnée, vu d'en dessous c'était vraiment haut, plus qu'en passant devant, on se rendait mieux compte, j'ai pris deux tickets, dix sacs, ajouté les colifichets et les babioles dans les magasins de souvenirs ils ne risquaient pas la faillite.

La file avançait, nous aussi, ils avaient tous des pascals à ne plus savoir qu'en faire, un couple d'Américaines exhibait une pochette je suis sûr qu'il y avait presque une plaque, celle qui tenait le magot sortait les billets et demandait un truc à sa copine, elle avait un grand sac ouvert sur le côté, en passant le portillon elle a remis la pochette dedans. On s'est engouffrés dans l'ascenseur, plus serrés qu'un jour de service minimum RATP, et la cabine a décollé, les câbles, les poulies sur les structures en métal, Marie-Pierre trouvait ça joli, pendant la montée je l'ai prise dans mes bras et je l'ai embrassée, en bas les voitures sur le pont du Trocadéro paraissaient toutes petites.

Au deuxième étage on a fait rebelote, pour le sommet c'était un autre ascenseur, c'était vraiment pour lui faire plaisir, j'en avais un peu marre, pendant l'attente un mec devant a engagé la conversation, un Polonais mais il habitait Paris depuis quinze ans, il était architecte, comme sa mère venait le voir pour la première fois il l'emmenait à la tour Eiffel. C'est rare de rencontrer des Parisiens ici, il a fait remarquer, je suis sûr que le pourcentage des habitants de la capitale à être montés où nous sommes est peu important. Il avait une petite barbe et des lunettes, il avait l'air intéressant, savez-vous que lors de son édification la tour Eiffel n'a suscité que des réactions de méfiance et d'hostilité, et qu'on a même accusé le chantier d'être maudit, des ouvriers y ayant trouvé la mort ? Marie-Pierre l'écoutait, je crois que j'ai vu une émission à la télé qui en parlait, elle hochait la tête, il a continué, c'était passionnant, comme une conférence rien que pour nous, l'architecture et l'urbanisme forcément c'était sa partie, et sur la tour il semblait assez calé.

– Ce qui est remarquable dans cette construction c'est son évolution dans le temps, décriée à sa naissance elle est aujourd'hui revendiquée avec fierté par la population même qui la rejetait.

On était maintenant en haut, il nous a conduits sur le bord face au Trocadéro, tout le long était dessiné le panorama, son accent était amusant, il avait vaguement le look d'un espion russe.

– Car que viennent chercher tous ces gens, ici, par trois cent treize mètres d'altitude ?

Il pointait son index dans l'attente d'une réponse, franchement je n'en savais rien.

– Ils viennent pour la vue, s'est hasardée Marie-Pierre.

Il a bondi, c'était ça, la vue, mais encore, hein, qu'est-ce qui peut bien les pousser à payer leurs cinquante francs, tous les jours, il doit bien y avoir autre chose. Il a inspiré très fort par les trous de son nez, ce que les gens viennent chercher ici c'est le Temps, l'orbite de ses yeux était grossie à travers ses lunettes, sa mère approuvait derrière sans comprendre, le Temps, là était le secret.

J'ai médité ce qu'il disait, autour de nous la foule continuait son trajet, une fois arrivé, à part se réenclencher dans la queue, il n'y avait pas grand-chose à faire.

Je comprenais de quoi il voulait parler, sa théorie tenait debout, on n'avait pas la même sensation perché avec Paris vu de haut, mais j'aurais été incapable de l'expliquer.

Il a caressé un pilier de métal du bout de sa main, ses yeux étaient pleins de tristesse.

– Sinistres crétins, il vous a fallu plus d'une moitié de siècle pour accepter l'évidence, pour accepter le chef-d'œuvre, je vous méprise et je vous plains.

Il m'a fixé, tous en nous-mêmes portions une tour Eiffel, c'était important d'aller jusqu'au bout, de ne pas se laisser bouffer par l'avis des autres. Tout farfelu qu'il était il avait raison, j'étais à fond d'accord avec lui, plein de mecs sur le moment avaient été pris pour des nuls alors qu'ils tapaient dans le mille, l'avis des autres fallait surtout pas en tenir compte.

– Tenez, il a fait en fouillant dans sa poche, si le cœur vous en dit je serai toujours ravi de discuter avec des gens réceptifs et ouverts d'esprit.

L'heure tournait, il était temps d'y aller. Sur la petite carte qu'il me tendait était gravé en caractères dorés son nom, Alexandre Dragan, urbaniste de qualité, suivi d'une adresse et d'un téléphone. N'hésitez surtout pas, il a encore insisté alors qu'on s'engouffrait dans l'ascenseur, appelez-moi quand vous voulez, je crois que Marie-Pierre ne le laissait pas indifférent. En descendant on a comparé nos impressions, elle pensait pareil, au moins il avait quelque chose à dire, il était sympa et super-intelligent.

Ce qui s'est passé ensuite est vraiment le fruit du hasard, je me suis retrouvé collé contre l'Américaine de la file d'en bas, son sac toujours ouvert, et le coin de la pochette dépassait, c'était pas possible de la laisser filer, avant qu'on soit à terre la pochette était dans mon blouson, je suis sûr que personne n'avait rien vu, et quand ça a beuglé derrière moi j'ai dit à Marie-Pierre de ne pas se retourner et de marcher normalement, shit, shit, hurlait la fille en amerloque, my money, stop, stop, la pochette était bien serrée sous mon bras, on a traversé le pont sans se presser, c'est parti pour les fruits de mer j'ai murmuré en remontant les jardins du Trocadéro, Marie-Pierre rigolait, toi au moins on peut dire que tu ne perds pas le nord, sur le moment elle ne s'était rendu compte de rien.

Dans la sacoche il y avait un peu plus de huit mille francs et trois cents dollars, on est allés chez Wepler et la soirée s'est très bien passée, d'être avec elle me portait chance.

***

Le lundi en fin d'après-midi je suis reparti pour Orly, Jean-Marcel était prévu pour dix-neuf heures et je préférais y être avant, ce qui me turlupinait c'est pourquoi Moussa me donnait autant, une voiture n'importe qui la fait pour beaucoup moins, le vrai prix c'était cinq mille, même une Mercedes, il payait plus qu'il aurait pu. La 300 SE n'avait pas bougé, en passant devant je l'ai poussée discrètement, sans réaction, l'alarme était à plat, le coup des godemichés je ne suis pas persuadé que tout le monde y aurait pensé. Personne ne faisait attention à moi, je suis retourné à l'arrêt de bus attendre mon compère.

A sept heures moins cinq la dépanneuse a jailli tous gyrophares clignotants, la cabine sentait le désodorisant, il y en avait plusieurs en forme de père Noël accrochés au tableau de bord. Il a viré vers l'entrée du parking en faisant crisser ses pneus, à mon avis il aurait dû faire encore plus de bruit.

– Putain, il s'est indigné tout en se garant derrière l'engin, quarante-cinq bâtons, faut vraiment être taré, c'est pas moi qui foutrais autant de pognon dans des conneries pareilles.

A la lueur des phares le bolide brillait de tous ses feux, il est descendu dérouler le câble, c'était mieux de faire vite. Le frein à main était bloqué, le treuil s'est actionné et les roues ont couiné jusqu'au plateau de la dépanneuse dans un vacarme infernal, une fois sortis du parking c'était gagné.

– Tu sais ce que je ferais si j'avais quarante-cinq bâtons ?

J'avais hâte qu'il démarre, parfois il y avait des rondes de maîtres-chiens.

– Je me paierais des vedettes...

Avec quarante-cinq bâtons il n'avait que l'embarras du choix, il connaissait une agence qui louait des stars, celles qu'on voulait, il suffisait de payer, c'était ça son rêve secret, lui et une de l'écran, prête au pire, seuls dans sa chambre, à Gambetta, jusqu'au matin comme dans un film, si on mettait le prix elles faisaient tout et plus encore, même des top of the top, seulement c'était la nuit minimum, à l'heure il n'y avait rien de possible, c'est pour ça que c'était si cher.

– C'est un peu normal, au niveau où elles sont elles aiment bien prendre leur temps, ça se comprend.

Il hésitait sur Adjani mais paraît-il que ce n'était pas une affaire, pas la peine de mettre la grosse somme pour se retrouver avec une bêcheuse, non, pour avoir vraiment la qualité il fallait taper dans les jeunes qui montaient, d'une part elles étaient moins chères et en plus avec les vieilles on avait des surprises, entre la vérité et en photo c'était des kilomètres. Son seul regret concernait Deneuve, elle ne voulait pas, rien à faire, soit qu'elle n'était pas cochonne du tout, ou bien qu'elle avait déjà trop de pognon, mais pas de *Belle de jour* au catalogue.

Au moment de franchir la barrière une voiture de vigiles arrivait en sens inverse, la pluie commençait à tomber, il a pris la direction de Paris, l'imagination toujours enflammée, imagine ça, une petite vedette, une fille qui passe à la télé, en train de te lécher les couilles, gloup, gloup, ses yeux me lançaient des clins d'œil, et toi t'es comme un roi tellement c'est bon, l'humidité lui donnait un début de rhume, son nez gouttait, il a attrapé un chiffon dans le vide-poches pour s'essuyer, malgré l'heure les embouteillages n'étaient pas terminés et les voitures s'enfilaient à perte de vue, je n'en pouvais plus d'écouter ses cochonneries.

– Pas de problème ? s'est enquis Moussa.

J'étais surpris qu'il soit là, des voitures il en faisait à la pelle, si à chaque fois il suivait les choses d'aussi près il n'en avait pas fini. C'était bizarre, le prix qu'il payait, son attitude, en m'attirant dans un coin du hangar il m'a sondé du fond des yeux.

– Sûr ? T'as fait attention ?

Qu'est-ce qu'il s'imaginait, que j'avais l'antigang après moi ?

– Non, j'ai dit, aucun problème.

Il a ruminé la bonne nouvelle en se mâchouillant l'intérieur des lèvres, j'ai un truc à te demander il a continué hyper-sérieux, c'est de ne parler à personne, ce qui se passe ce soir c'est notre affaire, ça ne regarde que nous.

Il a sorti une enveloppe de sa poche et m'a payé, et le gros, là, t'es certain de lui ? Il lui a fait signe d'approcher, avec ses doigts il a mimé un pistolet, les gens qui se manquent n'importe où je peux les retrouver, faut le savoir, pof, pof, il a fait semblant de lui mettre une balle dans la tête, je ne comprenais pas ce qu'il voulait, c'était juste une voiture, rien ne justifiait un cinéma pareil, il est pas content a relevé Jean-Marcel, on le livre à domicile et il fait encore la fine bouche ? C'est bon j'ai fait à Moussa, on y va. Je lui aurais bien touché deux mots de mon projet de magnétoscopes mais je sentais que ce n'était pas le moment. Connards de bougnoules a dit Jean-Marcel en se remettant au volant, faut toujours qu'ils la ramènent avec leurs grandes gueules. On est retournés sur le périph, j'ai compté sa part, quatre mille, et il m'a déposé à Clignancourt, pour moi c'était direct.

2.

On pourrait croire que lorsqu'il s'agit de ramasser de l'oseille il y a bousculade au portillon, de gens fiables et très sérieux, mais en réalité c'est tout l'inverse, ce qui d'ailleurs explique en grande partie la crise, le chômage, et toutes ces salades comme quoi le système économique est au bord du drame et que bientôt c'est aux bidonvilles du Caire que les Champs-Élysées vont ressembler. La vérité certaine est qu'une majorité de feignants nous entourent. Ce que je demandais avait beau ne pas être le bout du monde, un peu de cash, un partenaire avec une camionnette pour le voyage, c'était toute une histoire pour dégoter l'oiseau.

– Tu sais, m'a fait remarquer Saïd à qui j'exposais mes griefs, c'est pas facile, tu recherches un voleur qui soit travailleur, ils sont pas si nombreux.

Évidemment.

C'est finalement par hasard que j'ai mis la main sur mon associé. Avec Marie-Pierre nous nous étions autorisé une petite promenade au Carré Marigny et j'étais en train de lui faire remarquer qu'il devait y avoir de l'oseille à prendre en pagaille quand une voix a renchéri sur ma droite.

– Il y avait, maintenant le pin's c'est grillé, il reste six mois en province, et encore, après terminé.

Je me suis retourné, il avait dû entendre mes commentaires parce qu'il a expliqué, les gens en ont marre, on les a gavés avec les pin's, ils n'en veulent plus. C'était un habitué de Marigny, et du pognon il en avait gagné, mais aujourd'hui il cherchait à se reconvertir. On a discuté un peu et de fil en aiguille on s'est retrouvés au drugstore pour boire un coup, évidemment d'être avec une jolie fille facilite les contacts.

Il avait du capital, il cherchait à se reconvertir et son voisin possédait une camionnette, tout l'art des affaires est de savoir saisir l'opportunité lorsqu'elle se présente, quand je lui ai fait part de mes projets il m'a écouté jusqu'au bout sans m'interrompre, je suis resté dans le vague sur la nature de mon contact au Havre et j'ai annoncé les magnétoscopes à six cents au lieu de cinq, pour n'importe qui d'un peu versé dans les échanges commerciaux c'était une proposition royale. Il en a convenu.

– Un billet de mille par appareil, effectivement c'est faisable.

Il a fini sa bière, son œil de travers regardait Marie-Pierre qui ne disait rien, à la table d'à côté deux vieilles et une jeune fille s'empiffraient d'une glace à l'orange.

– Et il faudrait y aller quand ?

Une des vieilles sauçait le fond de sa coupe avec sa gaufrette, des miettes restaient collées au coin de sa bouche et elle faisait du bruit en avalant, l'espace d'une seconde, sans savoir pourquoi je me suis senti triste, comme si j'allais mourir, et puis Joël m'a dit que c'était O.K., qu'il était partant pour le début de la semaine, l'impression est passée et j'ai commandé une bouteille pour fêter ça.

***

J'ai consacré tout le début de la semaine à l'organisation de l'opération, la réussite d'une affaire dépend de son degré de préparation. J'avais prévu un itinéraire par l'autoroute, le risque n'y était pas plus grand et le trajet plus rapide, et j'avais réservé des chambres dans un deux étoiles près de la mer. A cent dix francs la nuit on était loin du palace mais pour un démarrage c'était suffisant, restait la question du fret, il n'était pas du tout évident que cinq cents magnétoscopes tiennent dans la camionnette.

Une pièce totalisait environ dix centimètres de haut, pour soixante de large et quarante de profondeur, et la camionnette annonçait une contenance de douze mètres cubes, j'étais assis chez Saïd devant ma calculatrice à mémoire et plus je regardais les chiffres griffonnés sur mon bout de cahier et plus toute pensée cohérente semblait s'évanouir de mon cerveau, dix plus soixante plus quarante faisait cent dix, que j'enlevais à douze mètres cubes, mais c'était impossible, une soustraction de centimètres non cubes sur des mètres l'étant n'a aucun effet, ni sur les mètres, ni sur les cubes, j'avais essayé quand même en utilisant un système de virgules pour opérer la conversion mais le résultat annoncé sur le cadran de la calculette, zéro et des millions, ne faisait qu'accroître ma perplexité, c'était stupide de se heurter à un problème aussi simple.

– C'est pourtant pas bien compliqué, s'en est mêlé Saïd, avant d'additionner tu dois multiplier.

Et en un instant c'est l'assemblée entière qui s'empressait à mes côtés, tous spécialistes en mathématiques et transport d'objets par camionnette, l'un voulait savoir si le véhicule était poids lourd, dans ce cas c'était bon, il conseillait de me renseigner pour être sûr, c'était rapport au PTAC, j'en avais plein les oreilles, un autre a voulu étudier les choses de plus près et la calculatrice est tombée par terre, et comme je paraissais encore dans l'expectative Saïd a sorti de dessous le bar un carton à chaussures et des boîtes d'allumettes pour une simulation en réel, la vérité c'est toujours mieux que les chiffres, et le résultat était probant, cent boîtes tenaient dans un carton.

– Tu vois, a enfoncé le clou mon voisin, les chiffres c'est que des conneries, c'est la réalité qui compte, les chiffres c'est avec ça qu'ils nous baisent la gueule.

Pour parachever la démonstration lui et un Antillais s'étaient mis en tête de construire des roues à la maquette et Gérard le boulanger découpait le carton pour faire les portes, j'ai payé ma menthe à l'eau et j'ai marché jusqu'à la cabine, le mec était joignable entre huit et neuf.

– Allô, j'ai demandé, je voudrais parler à monsieur Philippe.

Au bruit que j'entendais ça devait être un café ou un restaurant, une voix l'a appelé et je l'ai eu en ligne.

– Oui, monsieur Philippe...
– C'est Gaston, votre neveu de Paris.

Il était content que je l'appelle et ma venue pour la fin de la semaine lui causait un plaisir fou, à son avis pour le déménagement de ma tante un douze mètres cubes pouvait coller, il m'embrassait et prenait ses dispositions.

***

La nuit précédant notre départ j'ai eu du mal à m'endormir, on avait regardé la télé tard, un film avec Belmondo et Vanel en Amérique du Sud, et sans cesse je refaisais mes calculs, même en gardant des sécurités partout je gagnais encore. J'ai sombré dans le sommeil, Marie-Pierre blottie contre moi, ma stratégie était d'essaimer très vite sur l'Ile-de-France et la province, quand le réveil a sonné j'étais en prison et Charles Vanel me servait un whisky.

Joël nous attendait au Bar Maurice en buvant un crème. Il m'a serré la main et s'est penché sur Marie-Pierre pour l'embrasser, tu sens bon dis-moi. En voyant sa valise il l'a chambrée gentiment, et alors, qu'est-ce qui se passe, tu retournes chez ta mère ? Elle souriait, mais non, pas du tout, c'est juste quelques vêtements. Avant qu'on sorte, Saïd m'a rattrapé, une enveloppe pleine de billets à la main, il avait beaucoup réfléchi, maintenant investir le tentait, j'ai secoué la tête, trop tard Saïd, un billet de mille au minimum par appareil, c'était avant qu'il fallait y penser. En prenant la route avec Joël on en parlait encore, tous les mêmes, des trouillards et des peureux, et quand l'occasion se précise ils sont les premiers à se jeter dessus comme des vautours. Sur l'A 13 après Versailles il y avait du brouillard mais la météo annonçait du mieux pour la fin de journée. Joël conduisait, c'était évident qu'ensemble nous formions une bonne équipe.

Il était très marrant, pendant le trajet il n'arrêtait pas avec des anecdotes sur sa famille, toutes hyper-horribles, mais de la manière dont il racontait on ne pouvait s'empêcher d'être plié, d'après lui plus cinglé n'existait pas, sa mère et son père n'étaient plus ensemble mais habitaient le même immeuble, pourtant quand ils se croisaient dans l'escalier pas un ne parlait à l'autre. Sa mère était ancienne trapéziste, à la suite d'une chute elle restait à traîner en peignoir, et c'était triste de penser qu'hier elle sautait dans les airs et maintenant ce n'était plus qu'une pauvre femme, son costume d'étoile devenu trop petit, tout ce qui restait d'avant tenait sur de vieilles affiches, Dolorès Firmament, numéro international et exceptionnel, une fois elle était passée à *La Piste aux étoiles* mais comme à l'époque il n'y avait pas de magnétoscopes elle n'avait pas la bande, à la télé ils devaient le reprogrammer, régulièrement elle écrivait pour réclamer, mais rien ne venait, et elle ruminait sa rancœur, Joël n'avait même pas le droit d'adresser la parole à son père, paraît-il qu'il élevait des serpents et des araignées venimeuses, une fois il lui avait offert en douce un livre pour Noël, un livre sur l'Afrique, et quand elle l'avait su ç'avait été tout un drame, elle avait payé un mec pour lui casser la gueule, elle l'avait invité à venir, lui ne s'était pas méfié et des malabars l'attendaient derrière la porte, sa mère avait mis à fond le son de la chaîne pour étouffer les cris, un disque de Boney M, dès que la chanson arrivait au bout elle la remettait au début, et comme les cloisons étaient ultra-minces, à un moment le voisin avait crié vous pouvez pas mettre l'autre face, son père s'était marré, le sang lui dégoulinait de la bouche et il avait le fou rire, les costauds étaient tellement interloqués qu'ils l'avaient laissé filer, et après il était redescendu pour balancer toutes ses bestioles sur le palier, plus personne n'osait sortir, c'était vrai qu'il élevait des araignées et des serpents. Le lendemain les locataires avaient fait une pétition pour obtenir son départ, depuis il n'avait jamais plus eu de nouvelles, c'était ce qui le bottait le plus chez son père, le gars se faisait casser la gueule et il rigolait quand même, c'était quelque chose dont Joël se souvenait toujours.

J'étais assis du côté de la fenêtre, Marie-Pierre entre nous deux l'écoutait captivée, et alors qu'est-ce que t'as fait, t'as jamais cherché à le revoir ? Son père à elle était mort quand elle était petite. Celui de Joël voguait toujours quelque part dans la nature mais il avait dans l'idée de le retrouver, il connaissait un détective qui vous localisait n'importe qui, un de ses copains de la DDASS l'avait payé pour pister ses parents et il avait réussi, c'était un ancien flic, il avait accès à tous les fichiers, le reste n'était qu'une question de pognon. La camionnette marchait bien, avant le début de l'après-midi on serait rendus au Havre.

Par la vitre le paysage défilait, des champs, des vaches et des pommiers, d'habitude ça me donne le bourdon, habiter la campagne est bien la dernière chose que j'envisagerais, mais là, avec la musique à la radio et le pont de Tancarville qui s'approchait au loin, d'après Joël c'était le même architecte que San Francisco, je me sentais comme au début d'un film américain où l'on part pour des kilomètres et des kilomètres.

La route longeait la zone industrielle, Joël continuait de parler, il était incroyablement bavard, de partout des cheminées crachaient du feu et des fumées, on a encore roulé un petit quart d'heure avant d'entrer dans la ville. Adossé à un feu rouge, juste après le panneau « Le Havre », un poivrot demandait la pièce aux voitures, j'ai fouillé dans ma poche et j'ai donné dix francs, le vieux m'a remercié, c'est sûr que ça va te porter chance, ici c'est tous des enculés, le feu est passé au vert et il a rétréci dans le rétroviseur, maintenant la situation était dure partout.

⁂

L'hôtel était comme m'avait dit la femme au téléphone, au calme derrière la mer, rien à voir avec Cabourg et le Grand Hôtel mais pour un point de chute discret c'était idéal. Nos clefs nous attendaient à la réception, Joël avait la douze et nous la quinze, les deux chambres l'une en face de l'autre. Il était encore tôt, Marie-Pierre voulait passer voir un de ses oncles et Joël nous bassinait avec la mer. Le flic n'attendait mon coup de fil qu'à huit heures, on avait largement le temps de faire les deux, en redescendant j'ai demandé au gars le chemin pour aller aux Neiges, c'était là qu'habitait l'oncle.

– Aux Neiges ? Mais qu'est-ce que vous voulez donc aller faire là-bas ? Aux Neiges il a encore répété, choqué qu'une pareille idée nous traverse la tête, les Neiges c'était un repaire pour bandits et gens bizarres, c'est là que le coupeur de têtes avait sévi, même les flics regardaient à deux fois avant d'y pénétrer. Joël hochait la tête en souriant, vous inquiétez pas, Le Havre ça ne peut pas être pire que les animaux qu'on a chez nous. Le type semblait sceptique, les Neiges c'était quelque chose, encore le week-end dernier une fille s'était fait égorger dans un fast-food, en plein centre ville et le gars citait aussi l'exemple d'une autre qu'il hébergeait pour le compte d'un foyer, il leur faisait des prix sur les chambres, pour lui c'était un appoint et de toute façon c'était la DDASS qui payait, et cette fille à même pas quinze ans se prostituait et régulièrement faisait les quatre cents coups, c'était la brigade des mineurs qui la ramenait. Au Havre c'est vingt pour cent de la population active qui se trouve au chômage, comment voulez-vous que les gens s'en sortent ? Il était gros et fumait des Dunhill, j'avais mal à la tête, Joël opinait en cadence, certainement que vous avez raison, quand on a finalement réussi à sortir, le soir était presque tombé.

De loin la plage du Havre ressemblait à un parterre de détritus, il y avait des sacs en plastique et des ordures un peu partout éparpillés sur les galets. Le vent soufflait, on a marché jusqu'au rivage et on s'est assis face à la mer.

– Putain, a dit Joël, c'est super-beau.

Le soleil faisait une boule toute rouge, juste visible entre deux nuages, on aurait dit que les bateaux de Christophe Colomb allaient surgir de l'horizon, leurs grandes voiles blanches dans le fond de l'immensité, et maintenant le soleil touchait l'eau et tout devenait orange, le ciel noir par-dessus donnait un effet terrible, ce qu'il nous faudrait a proposé Joël c'est un petit yacht, quelque chose de simple, par rapport à une maison c'est hyper-moins cher et en plus tu peux bouger, une maison une fois que t'es dedans t'en as fait le tour. Marie-Pierre était d'accord, moi pas trop, des jours et des jours les pieds mouillés dans trois mètres carrés j'étais loin d'être chaud. J'ai quand même dit que c'était une bonne idée, éventuellement une possibilité était de sponsoriser une embarcation avec ma société, certaines entreprises le font et c'est une bonne opération pour l'image de marque, dans ce cas-là a fait remarquer Marie-Pierre c'est à moi qu'il faut s'adresser, tout ce qui concernait la communication lui incombait, elle étudierait le projet avec attention. Joël était mort de rire, directrice des relations publiques, heu là, il a fait en imitant l'accent de Marie-Pierre, et elle l'a poursuivi à travers la plage, le soleil a disparu définitivement et on est remontés à la camionnette. A cette heure on était sûrs de coincer l'oncle, Marie-Pierre tenait absolument à y aller, elle ne l'avait pas vu depuis des années et quand elle était petite il était toujours aux petits soins pour sa nièce. Joël en avait marre de conduire, j'ai pris le volant.

– Tu crois que ça va être bon ce soir?

Sincèrement je n'en savais rien, je devais appeler à vingt heures mais ce n'était pas certain que je puisse charger en suivant et, de toute manière, il n'était pas question pour Joël de m'accompagner, jamais le flic ne voudrait et je n'y tenais pas non plus, la force de mon affaire c'était mon contact. On a suivi la plage, traversé le port, entre les ponts et les bassins ce n'était pas simple de s'y retrouver, tout au bout, après l'usine d'incinération et le début de la zone industrielle commençait le quartier des Neiges.

– Je reconnais, a dit Marie-Pierre, c'est là.

La maison se tenait au fond d'une petite allée, à côté d'un café-dépôt de pain-épicerie, Marie-Pierre a frappé au carreau, derrière les rideaux il y avait de la lumière mais personne n'a répondu. S'il vous plaît, a refait Marie-Pierre, il y a quelqu'un? On entendait comme un grognement à travers la porte, s'il vous plaît j'ai dit aussi, mais sans résultat, comme il faisait de plus en plus froid on s'est repliés sur le bar, assis à une table dans un coin l'oncle sirotait un Ricard.

– Tiens, il a fait en se levant à moitié, pas plus étonné que ça, qu'est-ce que tu fais là, on te croyait filée à Paris avec un milliardaire?

La cahute était noire de monde, des filets de pêche décoraient les murs et vers le comptoir s'agitait toute une effervescence au sujet des nouveaux lots de tombola. L'oncle a embrassé Marie-Pierre et nous a toisés, alors, le roi de la finance, c'est lequel ? Tonton, je te présente Gaston, a dit Marie-Pierre, l'oncle m'a broyé la main, j'ai dit bonjour monsieur et Joël aussi, on s'est assis autour de la table et l'oncle a commandé une tournée. Derrière nous un costaud avait mis cinq francs dans le distributeur de capsules en plastique, chaque capsule renfermait un numéro, à chaque numéro correspondait un lot.

– Le 17, a clamé le mec, j'ai le 17.

L'oncle nous a questionnés sur notre présence au Havre, je suppose que c'est pas rien que pour me voir que vous avez fait tout ce trajet, j'ai expliqué que j'avais des affaires dans la région, tout de même a commenté l'oncle, un milliardaire j'aurais jamais cru ça. A côté de moi Joël faisait des efforts pour ne pas rigoler et Marie-Pierre a essayé de temporiser, milliardaire c'est un peu exagéré tonton. Comment ça un bol a braillé le joueur encore plus fort, il était question d'un lecteur laser, un bol qu'est-ce que tu veux que j'en fasse, que je mette le jaune dedans ? Le patron semblait emmerdé. Il scrutait la liste mais rien à faire, le 17 donnait droit à un bol en faïence orné de motifs, pas au lecteur laser. L'autre faisait tourner son cadeau entre ses mains, un bol, mais c'est pas vrai, et le patron a quand même farfouillé dans le carton des lots, éventuellement comme équivalence il y avait une petite poupée danseuse, mate comme elle est jolie a vanté le patron, et c'est une salope, elle a pas de culotte, l'autre lui a rendu le bol, il a fait voler la danseuse au-dessus des verres, un bol, qu'est-ce que tu veux que j'en fasse, et à ce moment un gros tout roux est entré en bousculant le troupeau et s'est planté devant le patron qui remettait le bol dans le carton, il tenait un ballon en plastique à la main, un ballon crevé.

– Regarde bien ça, il brandissait la dépouille sous le nez du patron, regarde bien l'œuvre à ton chien.

Tous ont examiné la balle, mince Gros Marcel, c'est vrai qu'elle est déchirée, et pas qu'un peu, Gros Marcel était tout grognon, le ballon appartenait à son fils, c'est un coup de tube que je vais lui mettre à ton chien, un coup de tube et puis terminé, le patron a acquiescé, je peux pas te donner tort Gros Marcel, si tu le tires je pourrais pas t'en vouloir, un coup de tube a réitéré Gros Marcel, un coup de tube et terminé, on aurait dit une réunion d'affreux pour un congrès de préhistoriques, à côté le Bar Maurice faisait figure de cantine de Polytechnique. Le patron a rempli le verre de Gros Marcel et le ballon est parti à la poubelle, en les observant à la dérobée je me suis demandé si le coupeur de têtes se cachait dans l'assemblée, l'oncle a récupéré sa commande et nous avons trinqué.

– A la vôtre, j'ai fait en trempant mes lèvres dans le breuvage. Le goût du pastis m'a semblé infect. J'ai bu sans broncher, Joël remuait son verre en faisant tinter les glaçons, et lui aussi a demandé l'oncle, c'est un milliardaire ?

– Évidemment, a répondu Joël.

– Bien sûr, j'ai renchéri, c'est mon associé.

Je commençais à avoir chaud, un garçon au visage rougeaud est venu dire bonjour à Marie-Pierre, il avait l'air de bien la connaître, il regrettait qu'on ne la voie pas plus souvent, Marie-Pierre paraissait gênée, écoutez-moi a soudainement braillé l'oncle, écoutez donc ce que je veux vous dire. Il a grimpé sur la banquette et tous les regards ont convergé vers nous, voilà une grande nouvelle, ma nièce ici présente va épouser un milliardaire.

Un milliardaire, il a répété dans un silence de mort.

J'ai fixé l'air devant moi comme un idiot, Marie-Pierre était toute rouge et Joël regardait ses pieds, si c'est un milliardaire pourquoi il paye pas son coup a presque crié celui qui connaissait Marie-Pierre, j'ai dit bien sûr, c'est ma tournée, il y avait un cercle autour de nous, c'était un soulagement de pouvoir faire quelque chose, à dix balles la conso j'étais parti pour dans les cinq cents francs, celui qui connaissait Marie-Pierre est encore revenu à la charge, il me matait bizarrement et il a fourragé dans son anorak pour en sortir un caillou, je te le rends, maintenant ça n'a plus de sens, le caillou est tombé sur la table, un petit caillou noir et blanc poli par la mer, t'es idiot a dit Marie-Pierre, c'est vieux, tu sais très bien que ça ne compte plus, souvent quand elle était petite elle passait ses vacances ici, Joël m'a fait signe que l'heure tournait, je me suis levé jusqu'au bar pour payer.

– Cinq cent quatre-vingts, m'a annoncé le patron, j'ai pas compté les cacahuètes.

L'oncle est sorti avec nous, il voulait qu'on passe chez lui une seconde, il n'avait pas revu Marie-Pierre depuis le décès de sa tante et elle lui avait légué ses bijoux, l'oncle y tenait beaucoup, si elle savait que je t'ai laissée partir sans te les donner jamais elle ne me pardonnerait.

– Il est huit heures moins le quart, m'a soufflé Joël, il faut qu'on téléphone.

Chez l'oncle le mobilier était réduit au strict minimum, un lit, deux chaises et un buffet. Sur le lit une forme gisante émettait des petits sons.

– Qu'est-ce que c'est que ça ? a voulu savoir Marie-Pierre.

L'oncle a sorti du buffet une boîte à gâteaux et s'est retourné.

– Ça c'est ma bêtise, ma grosse bêtise de l'année dernière.

La forme s'est levée à demi et a grogné quelque chose d'incompréhensible.

– Mais elle parle, a dit Marie-Pierre, c'est qui ?

De se retrouver seul après la mort de la tante avait gravement perturbé l'oncle, il avait fait un début de dépression et le médecin lui avait conseillé de se remarier, en cherchant dans les petites annonces il avait mis la main sur un parti intéressant, une veuve comme lui avec un peu de biens, du côté de Caen, la famille était venue le voir et ils avaient mangé dans une brasserie du centre-ville, c'est la famille qui avait payé et c'était top là pour la vieille, l'oncle l'avait ramenée chez lui et le cauchemar avait commencé, la femme n'avait plus toute sa tête et constamment elle le confondait avec son premier époux, elle l'accablait de reproches comme quoi il allait aux putes et que c'était un soûlot, ce qui était vrai l'oncle en convenait, mais elle pensait le dire à Daniel, l'époux défunt, pas à l'oncle, et l'oncle n'en pouvait plus de ses jérémiades, elle perdait tellement la boule que plusieurs fois en partant faire ses courses elle s'était égarée, il avait fallu aller la chercher à l'hôpital, pour l'oncle sans voiture ce n'était absolument pas pratique, c'est pour ça que je suis obligé de l'attacher, sinon cette bourrique va encore me faire la cavalcade. Il s'est penché sur le fantôme qui nous fixait de ses yeux dingues et a ouvert le cadenas lui retenant le pied, allez bourrique va donc te détendre un peu, il essayait de la rendre à la famille mais personne ne lui répondait au téléphone, l'apparition est passée devant moi et s'est enfermée dans les toilettes.

– Tu crois que je peux téléphoner, j'ai demandé à Marie-Pierre.

L'oncle m'a conseillé de faire comme chez moi, le poste se trouvait à côté du lit, près de l'endroit où la forme s'était levée, j'ai composé le numéro de mon contact.

Il devait attendre mon appel car c'est lui qui a répondu.

– Allô monsieur Philippe, je suis au Havre, comme convenu.

Il s'est enquis de savoir si j'avais tout ce qu'il fallait, de quoi faire le déménagement et aussi le règlement, il m'a demandé l'adresse de mon hôtel, il fallait que je sois sur pied le lendemain à six heures, il passerait me prendre, et il a raccroché.

– C'est bon ? a voulu savoir Joël.

– C'est bon, demain soir on sera à Paris.

Marie-Pierre a remercié l'oncle pour ses bijoux, une broche, deux boucles d'oreilles, un collier et l'alliance, et on s'est sauvés, le pastis m'avait à moitié barbouillé et je voyais l'oncle parti pour remettre ça, on s'est arrêtés vite fait sur le chemin du retour pour manger un morceau et on est rentrés se coucher, le lendemain je démarrais tôt.

Avant de dormir j'ai fait un petit crochet par la chambre de Joël, mettre les choses bien au point me semblait nécessaire et je tenais à lui parler seul à seul. Je me suis assis sur le lit pendant qu'il se lavait les dents, torse nu il était assez balèze, quand je lui ai annoncé qu'il ne pourrait pas venir il a médité l'information en se gargarisant.

– Si je comprends bien je dois te laisser ma thune et la camionnette de mon voisin et t'attendre à l'hôtel, et si tu ne reviens pas je fais quoi ?

A sa place je pense que j'aurais hésité sérieusement, je suis même sûr que j'aurais refusé, jamais je n'aurais laissé partir mon capital.

– Tu restes pas tout seul, ma femme sera avec toi, c'est une garantie.

Il a souri.

– Effectivement.

Son sourire s'est accentué, c'était une bonne garantie, la camionnette était assurée et il pouvait toujours la déclarer volée et l'idée de récupérer Marie-Pierre l'enchantait visiblement. Il a rigolé. Je ne sais pas ce que je préfère, que tu reviennes ou que tu t'arraches de toute façon je ne suis pas perdant. J'étais content qu'il le prenne comme ça, après les soixante sacs que m'avait coûté la beuverie des dégénérés le petit bénéfice réalisé sur sa part n'était pas de refus.

– Tu sais, m'a fait remarquer Marie-Pierre en se glissant dans les draps, je le trouve vraiment sympa Joël.

***

Le Havre au petit matin, avec le froid et les odeurs d'industries portées par le vent, ressemblait à tout le contraire d'un endroit folichon. Le flic devant moi roulait à vive allure et je devais me concentrer pour ne pas le perdre, c'était agréable de sentir combien les choses prenaient leur place exacte, l'association, Marie-Pierre, les magnétoscopes, chaque rouage en déclenchant un autre comme un mécanisme parfait, le flic a viré dans un petit chemin plein de boue et on s'est arrêtés au milieu d'une cour de ferme.

Il a klaxonné pour avertir de son arrivée, dans la cuisine une femme nous attendait, le poêle ronflait à fond, tu aurais pu te raser, elle a passé le doigt sur la joue du flic, il avait vaguement le look de Marcel Bozzuffi en plus débraillé, tu piques, le petit baiser dont il l'a gratifiée au passage s'est écrasé sur son front avec un bruit mat.

– Vous voulez du café ?

J'ai accepté, dire qu'on n'aime pas le café peut être gênant et je ne tenais pas à la mettre dans l'embarras, elle a rajouté des verres à côté des tasses et j'ai également dit oui pour le calva.

– Tu comptes venir à quel rythme, tous les mois?

– Je ne sais pas, ça dépend.

Il s'est dropé son remontant, s'en est servi un autre, a allumé une Gitane et s'est lancé dans le détail de ses projets.

– Ce que je veux c'est des gars sérieux, un gars sérieux c'est un bon client, c'est avec ça qu'on avance, pas avec tous ces petits enculés juste bons à attirer les problèmes.

Parce qu'il ne fallait pas croire que dans le service ce n'était que bons vivants et fonctionnaires pragmatiques, certains de ses collègues étaient fous à l'idée d'une corruption possible, comme s'il n'y en avait pas des autrement plus importants qui en croquaient, et en réfléchissant, qu'est-ce que ça pouvait bien faire un container de plus ou de moins sur le port?

– C'est ça qui me tue le plus, ils touchent des paies minables, on leur chie sur la gueule constamment, pour la mère de Darie Boutboul on était au courant que le tueur allait se faire flinguer, c'est le proc qui nous a ordonné de ne pas bouger, et pourtant il y en a pour faire du zèle.

La chaleur et l'alcool m'engourdissaient, malgré la buée sur les carreaux dehors le jour se levait doucement.

– Vous devriez y aller, a conseillé la femme, tu vas te mettre en retard et monsieur doit être pressé.

L'intérieur de la grange ressemblait à une version moderne de la caverne d'Ali Baba, partout ce n'était que fringues, paquets divers, appareils ménagers, vidéos et caméras, des palettes entières, des produits de toutes sortes, même des conserves. C'est vrai qu'il y a de quoi faire a reconnu le flic, c'est des millions qui dorment là en permanence, il a sifflé et deux molosses ont rappliqué, tu ne peux pas imaginer les soucis que représente une affaire de ce type, entre les risques, la sécurité, les livraisons, parfois je ne sais plus où donner de la tête.

J'ai fait le tour du propriétaire, les chiens sur les talons, un plan pareil c'était du jamais vu. Et l'incendie, t'imagines un incendie ici, c'était sa peur, une activité comme la mienne c'est inassurable. I-nas-su-rable, il a martelé en ouvrant les portes de devant. Je suis ressorti garer la camionnette à cul et il m'a aidé à charger les colis.

– C'est de l'or que toi et moi en s'y prenant bien on peut faire, de l'or.

Les magnétoscopes étaient impeccables et avec le restant sur la part de Joël j'ai choisi pour Marie-Pierre un appareil photo, un Canon Epoca dernier modèle, tout automatique, et un dictaphone.

– Bien, a dit le flic, maintenant tu repars, tu te fais contrôler, il se passe quoi ?

J'étais un peu surpris de sa question.

– Je ne sais pas, je suis dans la merde...

Il a secoué la tête, pas du tout.

– Tu devrais y être, mais tu n'y es pas.

Sur le bureau à l'entrée de la grange il a attrapé un carnet de commandes et des bordereaux de livraison.

– Tu travailles pour une société, t'as des papiers, tu fais le transport, en cas de problème ils n'ont qu'à appeler le patron, tu me suis ?

J'ai opiné.

– Et au numéro marqué sur les factures personne ne répond, c'est normal, le patron est souvent sorti, et qu'est-ce qui se passe, maintenant ?

– Ils me lâchent, j'ai hasardé.

– Exactement, tes papiers sont en règle, t'as aucun avis de recherche et t'as une bonne tête, ils te relâchent.

– Vous croyez ?

Mon interrogation l'a vexé.

– J'ai vingt-deux ans de police, je suis inspecteur principal, tu ne penses pas que j'ai une vague idée de comment ça se goupille ?

– Si, j'ai dit, si, évidemment.

Il a marqué mon nom en haut de la première feuille, a mis un coup de tampon et m'a tendu la souche, garde bien ça, t'en auras besoin à chaque voyage.

– D'autre part, tu ne vas pas reprendre la route immédiatement, tu vas rentrer à l'hôtel et attendre que je t'appelle, je me renseigne pour savoir ce qui est prévu pour la journée et selon je te dis feu vert ou bien à quelle heure c'est bon, d'accord ?

– D'accord.

Il pouvait avoir confiance, quand on avait la chance de travailler avec un vrai professionnel on se devait d'être à la hauteur. Il m'a souhaité bonne route, pour rejoindre Le Havre je n'avais qu'à suivre les flèches, lui partirait après et me téléphonerait en fin de matinée. Quand j'ai démarré les chiens ont couru après la camionnette en aboyant, incroyable mais vrai, j'étais au volant du début de ma fortune.

***

A l'hôtel les volets de la chambre étaient ouverts, j'ai laissé la camionnette en vue et je suis monté.

– Et celle-là, pourquoi t'essaies pas celle-là ?

La voix de Joël résonnait à travers la porte.

– Avec les chaussures rouges on dirait Marilyn Monroe, bouge un peu pour voir.

J'ai entendu Marie-Pierre glousser, t'es vraiment un flatteur Joël, je suis sûre que t'exagères, Joël était assis sur le lit et elle en collant enfilait une jupe.

– C'est bon, j'ai dit, je les ai.

Ils ont tourné la tête vers moi en même temps, super a souri Marie-Pierre, t'es revenu vite, Joël pensait qu'on n'allait jamais te revoir. C'est vrai a confirmé mon associé, à ta place je m'arrachais, tu me revoyais pas.

– La camionnette est en bas, et moi je suis là, comme convenu.

– Hé, a fait Joël, je plaisantais.

J'ai examiné Marie-Pierre.

– Il a raison, les chaussures rouges avec cette jupe c'est ça qu'il faut, pas les noires.

Joël a ouvert la bouche pour ajouter un commentaire mais on a frappé à la porte, quelqu'un me demandait au téléphone.

– Surveille la camionnette, j'ai dit en montrant la fenêtre, je reviens.

Le bureau sentait la cigarette froide et les odeurs de cuisine, le gérant m'a tendu le combiné, comme hôtel on était loin du top.

– C'est moi, s'est annoncé le flic, je peux parler ?

Prendre la route d'ici dix-neuf heures apparaissait dangereux, il me conseillait d'attendre le tout début de la soirée, au moment du changement d'équipe. Après, une fois sur l'autoroute en respectant les limitations de vitesse les risques étaient minimes. Avant de raccrocher il m'a donné un nouveau numéro où le joindre et a encore insisté sur la prudence, prudence et vigilance, c'est pas à la rate qu'on peut s'en préoccuper, une fois dedans c'est cuit, penses-y.

Pour ma part c'était une cause entendue, mon objectif c'était le million avant la fin de l'année, pas l'incarcération, mais du côté de Joël c'était différent, il était onze heures du matin, son petit sac était déjà prêt et j'avais beau multiplier les arguments rien n'y faisait, être en fin d'après-midi à Paris semblait devenu une nécessité vitale.

– Et comment il le sait ton mec qu'il y a des contrôles, il a la double vue ou bien c'est Madame Soleil ? On a la marchandise on repart, c'est pas compliqué.

Calmement j'ai fini par lui expliquer comment se passaient les choses, on était là pour nos affaires, pas pour se faire coincer par les pedzouilles, et il devait bien se douter que si le gars nous disait d'attendre c'est qu'il y avait des raisons, la prudence c'est pas en prison qu'il faut y penser, c'est avant. Il commençait à me chauffer un peu.

– Et si on allait à Étretat, a proposé Marie-Pierre, c'est là que travaillait ma tante l'été, on verrait les falaises avant de repartir.

Il y a eu un silence, moi j'étais pour. Joël a hoché la tête, dans ce cas faut que je prévienne mon voisin, je ne veux pas non plus qu'il s'inquiète, Marie-Pierre m'a fait un clin d'œil, les choses s'arrangeaient d'elles-mêmes, par moment j'étais partagé, elle était extra, et tout ce qu'on attendait d'une fille de rêve, rien qu'en la regardant c'était spécial, n'importe qui en aurait convenu, et en même temps parfois ça devenait gênant, c'était dur d'en vouloir à Joël, il était comme hypnotisé et je le comprenais très bien.

***

Se transporter jusqu'à Étretat n'a quand même pas été une mince affaire, le temps pour Joël de joindre Paris et de ramasser les panoplies dans la chambre il était presque midi, ajouté que Marie-Pierre était certaine de la route et qu'on avait fait des kilomètres pour rien dans l'intérieur des terres avant de récupérer la bonne direction, c'était limite juste pour se faire servir encore à déjeuner, hors saison ce n'est pas la bousculade pour accueillir le touriste, on s'est posés dans un resto, Le Corsaire, sur la promenade avec vue sur les flots, Marie-Pierre avait les joues toutes roses, regarder la mer ici était complètement différent du Havre, tu sais pourquoi a dit Joël, c'est toute la merde qu'on leur balance de Paris, l'eau de la Seine est tellement crade qu'il y a de quoi les empoisonner à l'aise. Marie-Pierre a approuvé, les Parisiens, partout c'était pareil, c'était eux les pollueurs, elle a commandé des moules normandes, Joël et moi avons suivi, et après du poisson, c'était l'endroit ou jamais pour en prendre, quoique paraît-il que le plus frais et le vraiment premier choix est réservé pour Rungis. Pas du tout s'est défendue Marie-Pierre, le super c'est pour les restaurants du pays qui s'y connaissent comme ici, et la serveuse l'a approuvée.

Les moules sont arrivées et meilleures je n'en avais pas encore mangé, elles étaient fraîches ça se sentait, leur consistance et même le goût, et ils avaient le chic pour vous balancer une sauce avec de la crème fraîche on l'aurait dégustée à la cuillère, je voyais Joël se détendre au fur et à mesure.

– Dans le fond, un petit après-midi sur le bord de mer c'est peut-être pas une si mauvaise idée que ça.

Marie-Pierre a rigolé, tiens je croyais que t'étais pressé de rentrer, on avait pris du vin blanc, dehors la tempête se levait et on voyait le sable voler au-dessus de la jetée, le seul problème avec les moules c'est qu'on s'en met partout, j'avais un mal de chien à me dépatouiller de ma sauce et de mes coquilles vides.

– Bougez pas, s'est empressée la serveuse, je vais vous débarrasser.

C'était un bon choix ce restaurant, la cuisine était bonne et le service aussi, Joël et Marie-Pierre étaient à fond d'accord avec moi, et pas trop cher, à Paris une gamelle comme ça c'est minimum un pascal par personne a évalué Joël, et juste en face de l'Aiguille a dit Marie-Pierre, c'est pas n'importe quoi comme endroit, plein de films sont tournés là. Sur le moment je n'ai pas réalisé, je n'avais pas fait le rapprochement, c'est quand la serveuse a posé les plats que j'ai compris de quoi il s'agissait. C'est l'Aiguille d'Arsène Lupin, l'Aiguille creuse j'ai demandé. La serveuse a confirmé, du monde entier des gens venaient pour la voir, de là où je me trouvais on l'apercevait, comme sortie de la mer. Joël m'a interrogé du regard, qu'est-ce que c'est l'Aiguille creuse, je ne connais pas.

– Mais si, c'est déjà passé à la télé, Arsène Lupin c'est archiconnu.

Marie-Pierre ne remettait pas précisément à quelle époque il avait vécu mais elle se rappelait très bien les épisodes où il venait par ici, ils les avaient rediffusés récemment et chez elle personne n'avait loupé l'événement, elle connaissait même des bouts de la chanson par cœur, c'est un gentleman-cambrioleur, car il lui fait porter des fleurs, porter des fleurs on a repris en chœur, maintenant Joël s'en souvenait, lui aussi l'avait vu à la télé.

– C'était un mec incroyable, t'imagines même pas tout ce qu'il était capable de faire, avec lui les condés devenaient fous, c'était pire que Mesrine.

Quant à l'Aiguille il en avait fait son repaire, l'intérieur était bourré de butins, dix fois plus encore que chez mon fournisseur, des tableaux rares, les choses provenant de musées et qu'il avait remplacées par des copies, tellement bien faites que personne ne se rendait compte de rien, même *La Joconde* n'avait pas échappé à la razzia, les originaux il les conservait en parfait état, si c'était nécessaire il les faisait restaurer, avec ses trésors on aurait pu faire un palais plus grand que le Louvre, et quand il volait c'était toujours en douceur, sans violence aucune, avec des scénarios incroyables, tu verras j'ai proposé à Joël, je te prêterai des livres, c'est vraiment la grande classe.

– Et maintenant qu'est-ce que c'est, c'est toujours creux en dedans, ou bien...

Sincèrement je ne savais pas, Marie-Pierre non plus.

– Je suppose qu'ils ont dû le murer, ou alors l'État l'a récupéré en douce, c'est une position stratégique, si j'étais un service secret c'est typiquement le genre de cache sur laquelle j'aimerais mettre la main.

Joël était sceptique.

– Avec tout le monde qui connaît ?

– Justement, l'a contré Marie-Pierre, tout le monde connaît mais personne ne s'en doute.

– Exactement, j'ai dit.

Elle était vraiment loin d'être idiote.

Joël s'est levé pour aller aux toilettes et j'en ai profité pour sortir mes petits cadeaux.

– J'ai bien aimé ta réaction tout à l'heure à l'hôtel, tu sais c'est une énorme qualité de savoir réagir en positif, sans toi peut-être que ça n'aurait plus été avec Joël, c'est ton idée qu'on soit venus là...

Et c'est vrai que sans elle la situation aurait vite pu virer en eau de boudin, elle a souri, c'est normal, je suis directrice des relations publiques, non ? Elle a dépiauté les emballages, entre l'appareil photo et le dictaphone il y en avait à l'aise pour quatre cents sacs.

– C'est pour moi ?

J'ai rempli son verre, la bouteille était presque vide.

– Je ne vois personne d'autre dans les environs, et ça me semble normal qu'une directrice des relations publiques ait les moyens de travailler correctement.

Elle a inspecté les présents, ça se voyait qu'elle était touchée.

– Merci, elle a dit en se penchant au-dessus de la table pour m'embrasser, j'espère que je serai à la hauteur.

Mélangé au sable et à la pluie le vent sur la promenade faisait des rafales comme un blizzard.

– Alors, a commenté Joël en revenant, les amoureux s'embrassent, les amoureux s'enlacent...

Il s'est servi le petit fond de vin restant et a fait signe à la serveuse qu'elle en ramène une autre, on a commandé les desserts, j'étais repu.

– Je pense qu'on va pouvoir mettre sur pied une affaire intéressante, je viens d'appeler Paris, j'ai preneur pour la totalité.

J'ai bu un peu d'eau, on avait trop abusé avec la boisson.

– C'est bien si tu peux liquider ton lot, un acheteur pour cinquante pièces c'est pas si évident à trouver.

J'ai pris une tarte normande chaude et Marie-Pierre et Joël une glace.

– Même cent j'ai les acheteurs pour, on bazarde le tout et basta.

La tarte était excellente, avec la crème et le calva c'était un pur délice, la totalité il a encore insisté, d'un coup, cash, on arrive, on livre, au revoir monsieur, les amoureux s'embrassent, les amoureux s'enlacent, a fait sa voix en parallèle, regarde, a montré Marie-Pierre, c'est pour mon travail, avec ça j'ai pas besoin de prendre des notes et je peux enregistrer les conversations.

– Merde, a dit Joël, comment t'as eu ça?

Marie-Pierre lui a repris des mains, c'est pour mes interviews, je risque d'en avoir souvent besoin, il était presque quatre heures, la femme nous attendait pour fermer, j'ai donné le signal du départ.

– C'est pour moi, a fait Joël en s'emparant de la note.

Malgré les planches séparant la plage de la jetée les vagues grimpaient jusqu'au macadam et la tourmente nous obligeait à lutter pied à pied, courbés tels des bossus dans les remous du vent, mais qu'est-ce que c'est que ce pays a demandé Joël, c'est noyés qu'on va finir, Marie-Pierre lui a lancé un regard noir, c'était les grandes marées, rien d'extraordinaire à ce que ça bouge un peu. Sur le parking l'eau montait déjà jusqu'à mi-roues, j'ai vérifié la cargaison, elle était encore intacte.

– Je ne sais pas si on va finir noyés mais pour les colis faudrait pas traîner, ils vont prendre la flotte.

Tout à l'heure Joël avait insisté pour enlever les têtes de bougies, au cas où on aurait voulu nous chourer le camion, il les a remises avant de reprendre le volant, le moteur a toussé, mais sans démarrer.

– C'est bon, ça va y aller...

Mais rien n'est venu, l'ouragan mugissait dans les interstices de la carrosserie et une lame encore plus forte s'est écrasée aux carreaux, mon capital emporté par le flot était une image à laquelle je ne voulais même pas songer, à ce point c'est pas ordinaire, a reconnu Marie-Pierre, qu'est-ce qu'on fait a questionné Joël, on va pas rester là ?

Que le camion tombe en panne n'était pas en soi un drame, on pouvait toujours le faire réparer plus tard, ce qu'il fallait avant toute chose c'était se mettre en sécurité, je me suis propulsé dans les éléments.

– Guide le volant, j'ai ordonné à Marie-Pierre, Joël et moi on va pousser.

Le parking était en pente douce, mais pas dans le bon sens, tout ça pesait des tonnes, au-dessus de nous la tornade redoublait de fureur, on y est presque j'ai crié à Joël, au bout du terrain un passage s'engageait vers une plateforme au sec, au moment où notre effort semblait couronné de succès une estafette a débouché sur l'esplanade. Si j'arrive à sauver les magnétoscopes j'ai pensé, je donne à tous les clochards que je rencontre pendant une semaine. Ils ont viré vers nous et un gendarme a baissé son carreau.

– Un problème ?

Calme et sang-froid en n'importe quelle circonstance, toujours, j'ai regardé le képi, avec leur véhicule ils pouvaient nous tirer, c'était possible.

– C'est l'allumage, les bougies ont dû prendre l'humidité...

Il a hoché la tête.

– Faudrait pas rester là, c'est dangereux.

J'ai hoché la tête aussi, j'étais trempé, l'eau me dégoulinait sur les yeux.

– Il suffirait qu'on nous tire j'ai hasardé, qu'on nous tire sur une petite distance...

Ils se sont consultés, la dépanneuse disponible était au garage Alain, un peu avant l'entrée du village, seulement l'unique manière de les joindre était par téléphone et eux n'avaient que la radio.

– Et si vous demandez à votre base, ils ne peuvent pas les appeler ?

Le plus âgé a digéré la suggestion, peut-être, ça pouvait se faire, encore que débordés comme ils étaient ça ne paraissait pas simple, sur la côte c'était partout la crise. On voyait des gerbes d'écume déferler comme des mini-raz de marée et l'eau gagnait le fond de la place.

– Si on ne redémarre pas c'est cuit, a prophétisé Joël.

– Y a rien qu'est cuit, j'ai dit, on va décoller d'ici et ce soir on est gare du Nord.

Il n'a pas répondu, il me décevait un peu. Calée sur son siège Marie-Pierre fixait le tableau de bord, j'avais son reflet par le rétroviseur, elle s'était passé l'appareil photo en bandoulière et même les cheveux mouillés et tout en désordre elle aurait fait craquer au minimum le pape. On a attendu en contemplant les gouttes sur le pare-brise, tellement serrées que rien ne se distinguait du dehors, il a fallu que les autres fassent des appels de phares et klaxonnent pour que je descende aux nouvelles.

– Alors ?

Alors l'unique solution tenait dans le voisinage, un gars de la commune avait un tracteur, il était peut-être partant pour faire affaire avec nous mais c'était toujours pareil, où le joindre maintenant, bien malin qui pouvait le dire.

Pour finir j'ai dû faire tous les bars du bled à l'arrière des gendarmes, les cafés étaient pleins de monde vissé devant la télé à l'écoute des événements, de nombreux bateaux s'étaient perdus en mer et rien n'indiquait une accalmie, évidemment l'homme au tracteur n'était nulle part et il a fallu remonter la piste pas à pas pour arriver à le localiser, pas vraiment dans un endroit hors normes d'ailleurs, il était simplement chez lui, mais c'était un tel poivrot que personne n'y avait pensé au départ, toujours est-il, quand on a mis la main dessus il était cinq heures passées et il faisait nuit noire comme en décembre.

– Qu'est-ce que c'est ? il a grogné à travers la porte. Il me restait trois billets de cinq cents et pour qu'il quitte son antre et accepte de descendre à la grange adjacente où était le tracteur mon pécule s'est écorné d'un tiers. A dire vrai j'en avais encore un autre plié dans mon portefeuille mais celui-là était spécial, on n'y touchait pas, tant que je l'avais en ma possession je savais que rien de sérieux ne pouvait arriver, petit j'avais lu l'histoire d'un vieil Indien avec une couverture magique, la couverture ne l'a pas quitté depuis des lustres et malgré le fait qu'il soit vieux et fatigué il s'en sort encore, bien niché dedans pour se protéger, mais quand les soldats de Custer arrivent, bien sûr, la première chose qu'ils font c'est de la lui arracher, et au moment où ils le dépouillent il rend son dernier souffle. Pour mon billet c'était un peu pareil, c'est bête mais de le savoir coincé dans mes papiers me faisait comme une protection qui m'accompagnait.

– Je pense que c'est l'allumage, probablement les bougies...

On est sortis par le jardin, un des képis a fait signe à son collègue qu'il était peut-être temps d'y aller, maintenant que j'étais entre de bonnes mains pas de raison d'y passer la nuit.

– En tout cas merci, j'ai dit en leur serrant la main, vraiment!

L'ostrogoth a grimpé sur le tracteur et l'a fait démarrer.

Le moteur a vrombi, du pot d'échappement sortait une fumée blanche.

– Par contre...

Dans le vacarme je devais hurler.

– ... j'ai pas d'outils là-bas.

Il a baissé légèrement le régime, suffisamment pour être entendu.

– Faut que je tire ou que je dépanne?

Sa question me prenait de court, l'important c'était que la camionnette remarche, que je rentre à Paris en possession d'un matériel sec, pas d'une cargaison avariée.

– Parce qu'attention, c'est pas le même prix.

Pour un service complet c'était encore cinquante feuilles, et j'ai dû payer d'avance, on lui avait déjà fait le coup, et il s'était juré que jamais ça ne se reproduirait. On a foncé dans la nuit, toujours sous une pluie battante, moi à califourchon sur le carter de roue, jusqu'à la camionnette, en nous voyant Marie-Pierre est descendue à notre rencontre, le haut de son blouson remonté sur la tête en parapluie, miraculeusement la montée des eaux semblait ralentie et les colis toujours intacts.

– Ça va aller, on va réparer...

Le mec avait déjà ouvert le capot et farfouillait à l'intérieur.

– Les bougies, hein ?

La lampe électrique qu'il avait coincée pour s'éclairer a roulé et il a juré que c'était bien la dernière fois, les pièges à con il en avait soupé, il a fait signe à Joël de mettre le contact, je n'y comprenais rien, le moteur a démarré au quart de tour, les bougies, hein, il a reclaqué le capot, bande de charlots, il est remonté sur le tracteur et a allumé vite fait une cigarette à l'abri de son ciré, avec le vent qu'il y avait il devait avoir l'habitude, c'était pas les bougies mais le fil du Delco que Joël avait oublié de remettre.

Je pense que c'est là précisément que j'ai fait mon deuil des associations, ça ne pouvait pas marcher, même si le mec était sympa, réglo et parfait pour tout, à un moment ou à un autre quelque chose coinçait. Mal remettre les fils du Delco aurait pu m'arriver, n'importe quoi peut arriver à n'importe qui, et je ne suis pas non plus le dernier à faire des conneries, le seul problème c'est que justement ce n'était pas à moi que c'était arrivé mais à Joël. Je n'ai rien dit, envenimer une situation n'a jamais rapporté un franc à personne, l'escroc et son tracteur ont filé dans l'inondation, mes cent sacs au fond de sa poche, et on s'est dépêchés de partir aussi.

– Tu veux que je prenne le volant ? j'ai proposé à Joël. Il était fatigué et d'attendre lui avait donné froid, il a acquiescé et on est rentrés sur Paris.

3.

Il y avait du soleil et je me sentais en pleine forme, j'avais terminé le mois de février couché avec de la fièvre, le retour du Havre complètement trempé dans le froid glacial m'avait tué et Marie-Pierre était restée à me soigner pendant plus d'une semaine.

Dans la rue il faisait doux et si on n'était pas encore rendu au vrai printemps, on sentait qu'il ne s'en fallait pas de beaucoup pour que les femmes se remettent en jupes et tenues légères, la télé l'avait dit le matin, les températures s'annonçaient particulièrement clémentes pour la saison.

Mon programme était simple, si je m'embarquais avec les traînards de Barbès, à essayer de vendre mon stock à l'unité, il était évident qu'à la fin juin j'y étais encore, il me fallait élargir ma clientèle. La première personne que j'ai contactée était un représentant en bière, j'avais déjà tâté un peu le terrain et il n'était pas contre étendre son champ d'action.

J'ai joint aussi quelqu'un à Saint-Denis, pour démarcher les épiceries arabes et les cafés. Avec ces deux réseaux mis en place je devais vite envisager des rentrées.

En retournant chez moi j'ai aperçu Joël, je ne l'avais pas vu depuis Le Havre, on s'était quittés un peu froidement, pour me dédommager des mille francs de dépannage je lui avais gratté un magnétoscope et il l'avait assez mal pris. Marie-Pierre m'avait dit qu'il était passé mais avec les médicaments je dormais et il était reparti avant mon réveil. Paraît-il qu'il voulait me demander quelque chose.

– Ça va ? il a questionné. Je suis passé à la piaule mais Marie-Pierre n'est pas là.

Effectivement elle était sortie faire des courses. On s'est posés dans le café en face le Bar Maurice.

– Quoi de neuf ?

– Plein de perspectives très intéressantes, c'est pour ça que je veux te voir.

Ce n'est pas que je me méfiais, après tout dans les pin's il avait fait fortune, mais j'étais quand même légèrement perplexe sur son sens des affaires, comment je l'avais vu au Havre, avec les bougies mal remises, ses réactions pendant le voyage, et tout ce qu'il disait sur sa manière d'envisager le business, il n'avait rien pour me mettre en confiance. Pourtant d'après ce qu'il m'exposait on n'était pas loin de la grosse opération.

Il était en relation avec des dealers en banlieue, attention pas de poudre, rien que de la fumette, mais des patrons, des gens faisant l'import-export avec l'Espagne et le Maroc, et du matériel hi-fi ou de l'électroménager, eux étaient partants sur des quantités importantes.

– C'est ça dont je t'avais déjà parlé, je les ai vus, c'est bon, ils n'attendent plus que nous.

Je n'ai pas relevé le nous, son histoire était possible, seulement c'était aussi possible qu'on se retrouve en slip avec nos yeux pour pleurer et plus nos marchandises, des dealers en banlieue que je ne connaissais pas, ça m'inspirait pas trop mais il a tellement argumenté que j'ai fini par céder, on n'en avait pas pour très longtemps et c'est vrai que je n'avais rien à perdre.

Dans la camionnette les magnétoscopes étaient entassés à l'arrière. On a passé porte de Pantin, la cité où on allait était plus loin, vers le fort d'Aubervilliers, à la limite de Bobigny. Sur notre droite des grands décors dépassaient d'une palissade.

– C'est quoi ? j'ai demandé.

– C'est le gars aux chevaux, il fait du cirque avec des canassons.

Maintenant ça me revenait, j'avais déjà vu un reportage à la télé. On a pris à droite, c'est pas les premières a dit Joël, c'est les deuxièmes, les rondes, et c'est dans la dernière que ça deale. Les immeubles étaient peints en bleu-violet, cité du parc des Courtillières a poursuivi Joël, ça fonctionne tout le temps, ce que tu veux, un kilo, une barrette, ce que tu veux, il ne s'est pas arrêté devant mais a continué jusqu'à la supérette et s'est garé sur le parking. Il était intarissable sur l'endroit, selon lui c'était le top des gangsters ici, le supermarché était régulièrement racketté et on avait braqué le PMU plusieurs fois. Je n'ai jamais compris ce qu'on peut trouver de fascinant dans la délinquance, les Mesrine et consorts tout ça c'est de la blague, se pencher trente secondes sur la question suffit pour en être définitivement convaincu.

L'entrée de la cité était encombrée par tout un tas de jeunes, un couple venait d'arriver et c'était la ruée, ils se bousculaient comme des sauvages, tous voulant placer leurs articles. Tu verras m'avait dit Joël, c'est superorganisé, pour servir les clients ils ont un tour comme les taxis. Un petit faisait des bonds, t'es un enculé Amar, t'as déjà vendu tout à l'heure, le mec devant ne savait plus quelle contenance adopter, les autres se battaient en faisant la sarabande autour d'eux, le petit a poussé un plus grand de l'épaule, qui a riposté en lui ajustant un coup de pied en pleine tête, un coup qui m'aurait tué, mais le petit a juste rigolé, ce qu'il vend c'est du pollen, ça vaut rien, c'est à moi qu'il faut prendre, un nouveau arrivait là-dessus, tiens j'ai un douze grammes, regarde, servi pesé, ils avaient tous leurs morceaux dans le creux de la main, je crois qu'il y a les flics a dit la fille, ils se sont interrompus un quart de seconde, où ça a demandé le petit, la fille a fait un geste vers le bout de la rue, après la limite du bâtiment, ah oui a dit le plus vieux, c'est rien, pif et paf, ils se sont remis à gesticuler, un à cheveux très courts essayait d'arracher les billets du type et de lui glisser le shit tout à la fois. En nous voyant la moitié du groupe a lâché sa proie pour s'occuper de Joël et moi. Qu'est-ce qu'elle veut la grande m'a demandé un aux dents de devant toutes cassées, un vingt-cinq ? Joël a traversé le flot en souriant, on ne veut rien, je viens voir Sélim. Ils nous ont lâchés d'un air dégoûté. Tu sais où il est a requestionné Joël, le petit a montré un talus au centre du parc où des hommes prenaient le soleil, certainement il devait être là-bas. Joël les a remerciés et on s'est dirigés vers l'intérieur du traquenard, la cité était bâtie tout en rond, s'ils voulaient personne n'en sortait entier, c'était un repaire de démons là-dedans.

– Alors, a salué Joël, on se fait une petite bronzette ?

Ils ont répondu du bout des lèvres et le chien couché près de Sélim a grondé, ça va a relancé Joël, la forme ? Ça va a dit un gros, il fait beau, on en profite. C'est lui qu'a les hi-fi a expliqué Sélim, le gros a eu l'air intéressé, qu'est-ce qu'on fait a demandé Joël, on voit ça ? Selon moi il était en train de faire une belle connerie. Ils se sont levés et on est repartis vers l'extérieur, le doberman grognant toujours à nos côtés.

– Attention, a vanté Joël, c'est du premier choix, des lots neufs, c'est par lui que je les ai, on peut fournir autant que vous voulez.

Sélim m'a regardé, ça dépend des arrivages j'ai bafouillé pour me donner une contenance, c'est pas toujours des magnétoscopes, je voyais approcher la suite gros comme une maison.

Qu'ils aient de la monnaie je n'en doutais pas, les mômes qu'on croisait étaient en baskets dernier cri et survêtements top modèle, et l'aire de stationnement regorgeait de voitures grand luxe, mais de là à nous casquer notre bien une fortune comme se l'imaginait Joël il y avait un monde. En montant dans la camionnette je lui ai fait part de mes doutes mais il a rigolé.

– T'es parano ou quoi, c'est des mecs droits, ils traitent pas des petites affaires d'habitude, c'est rien ce que je leur amène.

Après tout a été très vite, on a fait le tour pour se ranger de l'autre côté et en un clin d'œil la place était noire de monde, pendant que Joël négociait avec Sélim d'autres avaient ouvert les portes arrière et c'était la ruée, le Père Noël n'aurait pas eu plus de succès, on en voyait arriver en courant du fond du parc comme des affamés sur de la viande rouge, se bousculant et s'arrachant les magnétoscopes, et le temps que Joël réalise c'était déjà trop tard, le mal était fait, et pour lui la déception semblait cruelle, il prenait Sélim à témoin et s'énervait, mais dis-leur d'arrêter, putain, tu vois bien qu'ils me rackettent, mais Sélim souriait et agitait mollement la main, qu'est-ce que tu veux que j'y fasse, c'est des mômes, je les connais, t'inquiète pas ils vont te payer et même une vieille s'était approchée et en repartant avec son carton elle avait craché par terre et nous avait insultés en arabe, pour Joël c'était la goutte d'eau, il avait poussé un jeune, barre-toi enculé, et l'autre avait regardé Sélim, faut pas qu'il me parle mal, et Joël a voulu lui reprendre le magnétoscope qui était tombé par terre, et le gars lui a mis un pain, et comme c'était parti pour que je me fasse lyncher aussi j'ai dit à Sélim c'est bon tu nous encules je ne vais pas en plus me faire casser la tête et par miracle j'avais pu regrimper dans le camion et démarrer et récupérer Joël au passage, plein de sang lui dégoulinait de l'arcade sourcilière, et pour dire vrai heureusement qu'il avait réussi à attraper le train en marche parce que sinon je ne l'aurais pas attendu. J'ai foncé à travers le parking jusqu'à la rue, les portes ouvertes encore qui bringuebalaient, tous les magnétoscopes avaient entièrement disparu et Joël était penché par la fenêtre et criait des insultes, enculés, enculés d'Arabes, c'est avec le fusil que je vais revenir, mais il pouvait toujours hurler rien maintenant ne lui ramènerait la marchandise, et le pire c'est qu'on n'avait pas fait cinq cents mètres qu'une voiture a coupé la route et deux inspecteurs nous ont priés de descendre et de présenter nos papiers.

– Alors, des problèmes avec les vendeurs de cannabis ?

Une paire de jumelles était posée sur le tableau de bord, pas besoin d'être un malin pour imaginer comment ils le savaient.

– C'est rien, j'ai expliqué, une dispute, une banale dispute.

L'autre, celui aux joues creuses, examinait mon permis avec attention.

– C'est toi là-dessus ?

– Et la camionnette, elle est à qui ?

– A mon voisin, a dit Joël.

Avec le sang coagulé autour de son œil il paraissait vraiment piteux.

– On devait les aider à déménager, c'est pour ça.

– Déménager quoi, a voulu savoir le plus maigre, des plaques de shit ?

C'était très mal parti et je m'attendais à ce qu'ils nous emmènent quand le grand a sorti un bout de papier et a griffonné dessus un téléphone, ce qu'il voulait c'était celui qu'a le chien, nos conneries ne l'intéressaient pas, on devait réfléchir et l'appeler, il y aurait toujours quelque chose pour nous, pensez-y il a dit, celui qu'a le chien, et si vous avez un problème vous faites téléphoner, je vous décroche dans l'heure qui suit.

On est repartis encore interloqués, c'était la deuxième fois en moins de quinze jours que je me retrouvais en difficulté par la faute de Joël et la deuxième fois aussi que je m'en tirais par miracle.

***

Pourquoi est-ce que parfois on fait tout le contraire de ce qu'on devrait et que même en le sachant on continue, jusqu'à la catastrophe, comme si un diable s'agitait de l'intérieur sans qu'on y puisse rien, sauf se dire mais qu'est-ce que je fais, même un âne agirait pas de la sorte, c'est pas possible d'être aussi con ; un gars comme Joël avait les éléments pour réussir et c'est lui qui mettait tout par terre, c'est quelque chose que je n'arrivais pas à comprendre.

Dans le bar où j'avais rendez-vous Mokthar était debout au comptoir, fidèle au poste, il avait dû faire une croix sur le ramadan parce qu'il sirotait un café en fumant une cigarette.

– Et la religion, j'ai dit, on l'oublie ?

– Ah, il a fait, je suis fatigué tu sais, très fatigué, je ne peux pas rester sans manger la journée.

J'ai commandé une menthe à l'eau et on s'est assis dans le fond de la salle, j'avais les modèles des magnétoscopes découpés dans un catalogue, ce qu'il fallait bien voir c'est que mon but était de travailler sur le long terme, j'allais être obligé de lui faire crédit, c'était certain qu'il n'aurait jamais l'argent pour me prendre des lots mais il n'était pas non plus question de me faire enfler.

– Combien ? il a voulu savoir en soupesant les publicités.

Après examen de mon stock j'en avais trois différents, deux haut de gamme et un moyen, je les faisais à deux mille huit et deux mille trois, en les fourguant au tiers ça lui laissait encore cinq cents francs par appareil. Comme peintre sur des chantiers c'était le maximum de son salaire à la journée.

Il n'a même pas pris le temps de faire ses comptes, bien sûr ça l'intéressait, à deux mille il me prenait tout, aucun problème.

– Doucement, Mokthar, j'ai conseillé, cette fois-ci on va s'y prendre autrement.

Mokthar c'était le bon gars, sérieux autant qu'on pouvait l'être, mais vous veniez avec n'importe quoi, cent mille blousons en cuir, ou un wagon de Mercedes, ou des terrains à bâtir en Nouvelle-Zélande il était partant. C'était un commerçant-né. Je suis sûr que la fusée Ariane en pièces détachées ne l'aurait pas effrayé. Et après au moment de concrétiser c'était des histoires à n'en plus finir, sa carte bleue avait disparu, ou l'enveloppe avec les millions s'était volatilisée pendant son sommeil, ou des brigands le rançonnaient, les salauds, je te jure je vais les niquer et toujours demain il aurait l'argent, mais bon, en lui tenant la bride serrée au maximum je devais pouvoir en tirer quelque chose.

– Ce qu'on va faire, c'est bien s'organiser.

Il me regardait en plissant le front pendant que je lui traçais tout comment ça allait se passer, il mettrait une petite mise, deux mille francs, d'après moi c'était juste dans ses moyens, et je lui avançais quatre scopes. A charge pour lui de les vendre dans la journée, sur trois jours avec le bénéfice il avait son fond de roulement d'assuré, je lui ai fait la démonstration sur un bout de papier, c'était sans faille.

– C'est un pari, Mokthar, j'ai dit en le regardant dans les yeux, c'est un pari que j'ai envie de tenter et c'est un pari qu'on doit gagner ensemble.

Il a hoché la tête longuement, son regard allait de la feuille pleine de chiffres, les chiffres de sa réussite, aux photos des magnétoscopes et pour finir il a approuvé.

– Toi, il a fait en agitant le doigt, tu es très intelligent.

Il a bien essayé de m'endormir sur les deux mille francs, c'était pas certain complètement qu'il puisse les avoir, sa banque était en travaux et en plus il y avait eu une attaque à main armée et l'ordinateur était cassé, ce qui évidemment lui interdisait tout accès aux billets, mais je l'ai coupé tout de suite et quand je suis parti je pense que le message était passé, il allait devenir mon représentant commercial et il allait devenir riche. Avant de filer voir mon autre contact j'ai passé un coup de téléphone chez moi mais Marie-Pierre n'était pas dans les parages, Saïd l'avait vue revenir vers les deux heures et après repartir, mais il ne savait pas où.

– Je crois que ton copain est venu la chercher mais je n'en suis pas sûr.

J'ai raccroché mal à l'aise, des gens connaissant Marie-Pierre dans mon entourage il n'y en avait pas trente-six mille. Pendant ma grippe j'avais fait un cauchemar affreux, j'étais dans un château avec elle et Joël et les pièces où nous avancions étaient vides et immenses et Marie-Pierre faisait remarquer à quel point l'air était froid et il faisait de plus en plus sombre, on essayait de trouver la sortie et quand enfin on y arrivait, dans un jardin comme au château de Versailles, avec des haies très bien taillées, le soleil nous éblouissait et c'était dur à exprimer mais les rayons au lieu de donner de la lumière produisaient une sorte de blancheur toute noire et j'essayais de trouver Joël et Marie-Pierre, ils étaient juste à côté de moi, j'en étais sûr, mais j'avais beau les fixer, impossible de les repérer, ils n'avaient plus de visage et une angoisse terrible me prenait, j'avais réveillé Marie-Pierre tellement je poussais des cris dans mon sommeil, après je m'étais rendormi et je ne m'en étais plus rappelé jusqu'à aujourd'hui.

En sortant de la cabine j'avais froid et j'étais anxieux comme dans mon rêve. J'ai attrapé le métro à Saint-Denis et je me suis dépêché vers mon rendez-vous. A gare du Nord j'ai failli descendre et aller voir mais vraiment j'étais trop juste, le représentant m'attendait à Saint-Michel, au café faisant l'angle, La Périgourdine. Avec le beau temps presque toutes les boîtes de bouquinistes étaient ouvertes et des touristes belges s'engueulaient au sujet d'une glace que l'un avait renversée sur le sac à dos de l'autre, d'après ce que je pouvais en comprendre c'est la femme du premier qui avait commis la faute, la glace au chocolat faisait une grosse tache sur la toile du sac, entre les deux mecs l'ambiance tournait au vinaigre. La serveuse est venue s'enquérir de ce que je voulais, le représentant n'était pas encore arrivé. Au bout de vingt-cinq minutes je commençais à avoir des doutes sur sa venue quand il est entré, du comptoir le maître d'hôtel et la patronne lui ont fait un petit bonjour, pour la bière c'est lui qui avait le meilleur quartier, les Halles, Saint-Michel et les Champs. Je n'étais pas certain qu'il marche dans mes propositions. Je me suis lancé, pas trop sûr de moi au départ, et puis plus je parlais plus je le voyais qui regardait en détail mes extraits de catalogue, j'ai bien insisté sur le fait que les magnétos n'étaient que le début, c'est main dans la main que j'envisageais les choses avec lui, son expérience et mes sources d'approvisionnement devaient faire merveille, j'en remettais des tartines sur son sens de la vente et du contact, lui aussi hochait la tête en me regardant.

– Celui-là tu me le sors à deux mille huit?

Darty l'affichait à presque dix mille, c'était un des modèles les plus chers.

– Attention, uniquement sur la base d'achats réguliers.

Remonter jusqu'à gare du Nord nous a pris un petit moment, pendant tout le défilé du Sébastopol il a tenu à me décrire par le menu sa nouvelle voiture, c'était une Mercedes, en fait le modèle quarante-six fois en dessous que celle que j'avais faite à Orly, aucun des détails ne m'était épargné et selon lui le gros avantage était quand même la sécurité vis-à-vis du vol, par les temps qui couraient c'était quelque chose dont il fallait tenir compte, les Golf par exemple, autant laisser les clefs dessus, on n'était jamais sûr de les revoir, tandis que la sienne présentait vraiment les garanties optimales d'inviolabilité, mon Dieu n'importe quel traînard un peu spécialisé l'aurait embarquée pour deux cents sacs, heureusement qu'on a fini par s'approcher de gare de l'Est parce que le chauffage s'était mis en marche et il n'arrivait pas à le couper, vitre ouverte dans la circulation l'air était irrespirable.

– Je reviens, j'ai prévenu, j'en ai pour cinq, sept minutes.

Avant que je descende il a voulu savoir d'où provenaient les pièces.

– Des lots, j'ai éludé, des stocks...

– Ah...

S'il s'attendait à des factures c'était râpé.

– Mais c'est des stocks comment, il s'est inquiété, des stocks réglo ?

– Bien sûr que c'est réglo, ils sont neufs et ils coûtent quasiment le quart du prix Darty, si ça c'est pas réglo je vois pas ce qui peut l'être.

L'argument a dû balayer ses doutes parce qu'il est redevenu lui-même, c'était sûr qu'à ce tarif-là il ne pouvait pas être trop exigeant sur la provenance, les miracles ça faisait longtemps qu'il n'y croyait plus et il fallait bien que les colis viennent de quelque part.

– Évidemment, j'ai dit.

Dans le fond ce genre de mecs, sous leurs grandes allures de caïds, c'est des peureux, rien d'autre.

Chez moi Marie-Pierre regardait la télé.

– Ça va ?

Avec tous les magnétoscopes on avait à peine la place de passer, elle n'a pas répondu, sur la première pile j'avais préparé deux hauts de gamme mais ils n'y étaient plus.

– T'as touché aux affaires ?

Elle est restée muette, c'était les programmes de la fin d'après-midi, les programmes vraiment nuls.

– Qu'est-ce qui se passe, tu fais la gueule ?

Elle a zapé sur l'autre chaîne mais le jeu n'avait pas encore commencé, il était trop tôt.

– Je te trouve un peu dur, c'est tout.

Je tombais des nues.

– Dur sur quoi ?

Mais elle n'a pas précisé, j'ai reposé ma question sans succès, le jeu démarrait, je ne voyais vraiment pas ce qu'elle pouvait me reprocher, si tu ne vois pas alors c'est grave elle a enfin consenti à lâcher, c'est que tu ne t'en rends même pas compte. Mon client m'attendait, j'ai ramassé deux autres haut de gamme, à la réflexion j'en ai pris un troisième, c'était mieux qu'il en ait un d'avance et aussi c'était une manière de l'impliquer dans l'entreprise, et je suis sorti.

– Je remonte dans vingt secondes.

Le mystère allait forcément s'éclaircir, tout ce que je faisais je le faisais pour elle, c'était impossible qu'elle trouve quelque chose à me reprocher.

– Voilà, j'ai montré en arrivant à la voiture, les emballages d'origine sont encore scellés.

Il a regardé les magnétoscopes en détail, même en les passant aux rayons X j'étais sûr de moi, c'était rapport qualité-prix plus qu'imbattable.

– Il vaut mieux disposer d'un exemplaire de démonstration, j'ai suggéré en glissant le troisième sur le siège arrière, comme ça t'en as toujours un sous la main.

Il l'a pris sans broncher et m'a donné un autre numéro où le joindre, bientôt ce serait plus pratique, il aurait un portable en permanence. Je suis remonté à la piaule.

– Alors ?

Je me suis assis sur le bord du lit, face à la télé qui débitait ses conneries, et pas trop près d'elle, je pense qu'il s'agit d'un malentendu j'ai plaidé, mais autant parler à une sourde.

– C'est en rapport avec Joël ?

– Si tu le sais je ne vois pas pourquoi tu le demandes.

Et petit à petit tout le fond de l'histoire s'est dévidé, même pas remis de sa mésaventure à Pantin il était venu pleurer dans le giron de Marie-Pierre, que j'étais vraiment un salaud, ils étaient des dizaines et moi je n'avais même pas bougé le petit doigt, pire encore je m'étais sauvé avec la camionnette et c'était d'un cheveu qu'il ait pu sauter dedans en marche, maintenant il était fini, une partie du capital venait de son voisin et tout ce qu'il avait des pin's était parti, mais le plus dur c'est qu'il pensait qu'on était amis, et de voir comment je réagissais, déjà avec les deux magnétoscopes que je lui avais pris au Havre, tout l'avait déçu, et Marie-Pierre était déçue, de toute façon elle lui avait rendu les deux scopes, elle aussi croyait que l'amitié passait avant. Un mot en entraînant un autre la discussion est vite montée, je n'étais vraiment pas d'accord avec cette manière de voir et c'était injuste, réellement injuste. Au bout d'un moment il était inutile de laisser la situation s'envenimer, je suis sorti prendre l'air. On était le 18 mars, à trois jours du printemps, et c'était notre première vraie dispute.

⁂

J'ai marché sans but, elle pouvait choisir, rester avec moi n'était pas une obligation, c'était fort possible que Joël s'en sorte mieux, bien sûr que je ne pensais qu'à l'argent, tout coûte quelque chose, on ne peut pas mettre un pied devant l'autre sans dépenser, comment aurais-je pu faire autrement ? Le gars c'est lui qui fait fausse route et déjà je le préviens et ce qui lui était arrivé il avait fait tout pour, ce n'était pas à moi de réparer ses erreurs, même si on était copains, il n'y avait aucune raison. J'avais juste pris un petit blouson, le froid m'a fait frissonner, je suis entré dans la gare de l'Est. Qu'est-ce que j'y pouvais si elle voulait partir, rien, je faisais du mieux que je pouvais et vu comment tout s'enclenchait dans quelques mois si elle attendait un peu il y aurait la belle vie, sans l'ombre d'un doute. De marcher m'avait donné faim, j'ai pris une table à la brasserie. Plus je regardais le menu et plus je pensais à elle, j'ai commandé du magret d'oie braisé et un médoc, avec du foie gras en entrée, souvent le foie gras n'est pas terrible, le bon c'est à la campagne qu'on en trouve, mais je sais pas pourquoi j'avais envie de foie gras, putain Joël louchait et ce n'était pas être médisant que de reconnaître à quel point c'était une catastrophe.

Le maître d'hôtel a débouché la bouteille et a rempli le fond de mon verre, j'aime bien le médoc, ce n'est pas n'importe quel vin, il faut déjà un minimum d'éducation pour apprécier. Ma bouteille était dans les temps, peut-être pas tout à fait assez vieux mais suffisant pour mon goût, à cette heure-ci Marie-Pierre devait regarder le film, à moins qu'elle ne soit partie, je ne sais pas ce que je préférais, elle pouvait s'en aller, si elle décidait de rester il y avait un minimum de conditions à respecter, personne n'allait arriver en me disant salut mon gars, je t'ai fait un chèque et voilà aussi un peu d'oseille pour patienter d'ici l'ouverture des banques, et c'est pas l'oncle de Marie-Pierre avec sa vieille ligotée qui remontait le niveau, un type comme Joël quel avenir avait-il devant lui ? Rien de viable, ça crevait les yeux, l'ennui c'est que c'est elle qui en pâtirait.

A la table voisine un couple venait de s'asseoir, je vous remercie d'accepter mon invitation disait l'homme, vous ne pouvez pas imaginer combien en ce moment les gens ont la mémoire courte, la femme acquiesçait en dépliant sa serviette, je vous en prie, certaines choses sont pour moi une question de correction, elle était encore jeune, peut-être trente ans, pas vraiment jolie, plutôt soignée, mais visiblement le mec semblait plein de respect et de déférence pour elle. J'ai replongé dans mon assiette, somme toute le foie gras était correct, même si Marie-Pierre me quittait il n'y avait pas de raison d'en faire un drame, et vous savez le pire reprenait l'homme, c'est ceux-là mêmes qui en ont le plus profité qui maintenant nous crachent dessus. Avec Joël elle allait vite comprendre de quoi il retournait, quoi qu'il en soit la première chose à ne pas perdre de vue c'était mes projets, j'ai sorti mon agenda et j'ai noté tous mes rendez-vous du lendemain.

– Et vous dites qu'ils chercheraient pour les pays de l'Est ?

Mon voisin aussi brandissait un carnet, c'était drôle, il avait le même que le mien, il a griffonné un nom avant de le remettre dans sa poche intérieure, on voyait qu'il était à cran. J'ai continué à suivre la conversation, d'après ce que je comprenais il était proche de l'ancienne majorité et pendant les années de bonheur il paradait en R 25, le gyrophare jamais en panne, il souriait en le disant mais la femme restait de marbre, maintenant avec l'alternance il était le bec dans l'eau, ses copains d'hier bien sûr lui tournaient le dos, vraiment un coup de pouce n'était pas de refus, ce qu'il lui fallait surtout c'était quelque chose base Paris, il a répété ça en insistant, base Paris. Il avait plein de problèmes, il avait divorcé, et en attendant le dénouement au tribunal la maison était sous séquestre, des Noirs avaient cassé la porte et squatté l'intérieur, ajouté au stress du chômage en ce moment il en avait gros sur la patate. Vous comprenez, j'ai fait la guerre mais ce n'est pas moi qui ai le pouvoir de déclencher le plan Marschall, ah, ah. La femme avait souri poliment. Mais pour les pays de l'Est il y a peut-être un contact direct ? La femme restait évasive, on lui avait communiqué le renseignement, rien de plus, elle savait juste le nom de la boîte, il l'a marqué en approuvant du menton, leur bouteille était presque vide, il en a recommandé une en tapotant dessus à l'adresse du garçon, la femme n'avait quasiment rien bu, elle jetait des petits coups d'œil à la pendule. Et le pire s'agitait le mec en repassant au pavillon c'est que maintenant c'est moi l'étranger, moi le salaud. Il a sifflé son verre. Des fois si je m'écoutais je me les grillerais au lance-flammes les négros, paraît-il qu'ils avaient repeint toute la salle à manger en vert. Il a soupiré, au moins avec une connexion ce serait différent. A ce moment mon regard a croisé celui de la femme et c'était clair comme de l'eau de roche qu'il n'y aurait ni nom ni contact direct, le garçon a proposé des desserts mais la femme a dit vous m'excuserez mais je ne tiens pas à rentrer trop tard, et le mec a hoché la tête, bien sûr je comprends, c'est vraiment gentil à vous d'avoir trouvé le moyen de me caser. Il a plissé les yeux un peu à la manière des baroudeurs dans les publicités mais la femme n'a pas bronché, elle a bu son déca et s'est levée, surtout tenez-moi au courant, la seconde d'après elle avait filé, le maître d'hôtel n'avait même pas encore amené l'addition.

– Petite salope, je l'ai entendu murmurer, quand je l'ai connue elle m'aurait sucé la bite pour un rendez-vous.

Je n'étais pas certain d'avoir entendu mais il a répété plusieurs fois, bite, salope et sucé, qu'elle ne fasse pas plus alors qu'au ministère il l'avait prise sous son aile lui restait en travers de la gorge. Il a demandé au maître d'hôtel un cigare et je me suis abîmé dans mes pensées, ça me rappelait un film sur Wall Street où le héros était le top du riche, au firmament, et il se faisait coincer pour une histoire de fraude, du jour au lendemain il n'a plus rien, sauf la honte et la prison, et on le voyait dire « Ne rien avoir est terrible mais tout perdre est plus dur encore ». Non, refusait mon voisin, je peux pas fumer ça, il est trop gros, donnez-moi donc des cigarettes.

J'avais trop bu, la tête me tournait, il aurait fallu que je rentre mais l'idée de Joël avec Marie-Pierre me trottait dans la tête et je les voyais s'embrasser et faire l'amour, lui chuchotant à son oreille comme il l'avait appelée au Havre, mon petit ange, mon petit ange, avec sa voix les images s'enchaînaient comme un film en boucle qui n'aurait pas de fin.

– Tout va bien monsieur ?

J'ai regardé mon verre, j'avais serré tellement fort le pied sans m'en rendre compte qu'il s'était brisé, une goutte de sang perlait au milieu de ma main.

– Excusez-moi, j'ai dû faire un faux mouvement.

J'ai posé un billet de cinq cents, le représentant m'avait réglé cash et normalement j'aurais dû le rentrer dans ma comptabilité mais ce soir c'était une parenthèse. Dans la glace mon voisin fixait toujours un point à l'infini, moi ce n'était pas comme lui, je partais de zéro, c'était beaucoup plus facile. J'ai récupéré ma monnaie et je suis sorti, l'air frais m'a fait du bien, j'ai hésité un moment à ne pas rentrer du tout, si elle était encore là ça lui permettrait de réfléchir, mais j'avais mon stock et mes affaires, je ne tenais pas à les laisser.

D'abord j'ai cru qu'elle était réellement partie, la pièce était dans le noir avec juste la lumière de la télé sans le son et j'avais beau m'être préparé ça m'a fait un choc. J'ai allumé en grand, un bout de ses cheveux dépassait des couvertures. Comme je mettais du temps à éteindre elle a grogné. Je me suis couché, au début personne n'a rien dit, ni elle ni moi, j'entendais à sa respiration qu'elle était réveillée, si quelqu'un avait quelque chose à dire c'était plutôt elle.

– Tu dors ? elle a fini par demander.

– Non, j'ai dit, je dors pas.

On est restés silencieux, la télé toujours allumée et les informations se succédaient, des catastrophes, des guerres et des inondations, j'ai tourné la tête, elle avait mis un de mes hauts de pyjama, un pyjama bleu.

– Tu veux que je mette le volume ?

Mais ce n'était pas la peine, tout ce qu'elle voulait savoir c'est si j'étais sérieux tout à l'heure, si je pensais vraiment ce que j'avais dit. Elle avait le regard buté et triste en même temps.

– Je ne sais pas...

Le silence s'est réinstallé, sur l'écran une grosse dame pleurait, et muette elle paraissait ridicule.

– Je sais pas, peut-être c'est pas bon qu'on soit ensemble, c'est peut-être pas une bonne idée...

Elle a fait une moue affirmative, en effet, peut-être c'était pas une bonne idée.

– Pour tout à l'heure je ne le pensais pas, j'ai quand même précisé.

Elle n'a pas pipé, je pouvais tout de même pas me traîner à ses pieds.

– Je regrette, franchement je regrette.

Elle a daigné me regarder.

– Alors dis que tu t'excuses.

Avec l'alcool je me sentais presque dédoublé, je me suis excusé, d'accord on fait la paix, elle a accepté, elle aussi regrettait, c'était idiot mais sur le moment elle s'était énervée, sa sœur était pareille, quand elle était en colère elle ne savait plus ce qu'elle disait, alors tu veux qu'on continue ou tu veux que je m'en aille elle a questionné en se rapprochant, à ton avis j'ai dit, qu'est-ce que t'en penses ? Et puis maintenant que l'affaire démarrait j'avais besoin de quelqu'un, je ne pouvais pas rester tout seul.

– C'est que pour ça ?

– Bien sûr, j'ai affirmé, uniquement.

Je l'ai prise dans mes bras et on s'est rabibochés complètement, même si au restaurant j'étais partant pour faire une croix dessus la vérité c'est que j'étais dingue d'elle. C'est normal qu'on se dispute elle a fait remarquer, ça prouve qu'on s'aime.

Au matin l'histoire était oubliée et à la réflexion elle a reconnu que bien que super-sympa et gentil, pour les affaires Joël était un peu léger. D'après son analyse c'était parce qu'il voyait trop le bon côté des choses, il n'imaginait pas les difficultés. Avant mon rendez-vous avec Mokthar je suis passé au BHV acheter des livres de comptes, je tenais absolument à établir les bases d'une gestion saine et j'ai pris une heure pour tout expliquer en détail à Marie-Pierre.

– C'est simple, là tu mets les dépenses, et là les rentrées, on va mettre deux couleurs, rouge pour ce qui sort, vert pour ce qui rentre, régulièrement on fera l'addition et on déduira la colonne frais des gains.

– Et la TVA ? elle s'est inquiétée, il n'y a pas un truc avec la TVA ?

– Non, dans notre cas la TVA on s'en occupe pas, on fait juste les dépenses et les rentrées, c'est tout.

Elle a acquiescé, en Normandie, dans son BEP de secrétariat, il y avait eu une initiation à la compta, elle pensait pouvoir s'en sortir. Je l'ai laissée à sa nouvelle tâche, concentrée devant ses écritures, et je me suis coltiné les cartons pour Mokthar jusqu'à ma voiture. Pour elle aussi c'était une chance d'être en prise directe avec la vie professionnelle.

Quand je suis arrivé Mokthar avait le sourire, il avait décroché non pas trois mais cinq commandes et c'était un plaisir de l'entendre répéter on va faire un malheur crois-moi, de café en épicerie, et d'épicerie en brasserie, les rois de la vidéo tu sais qui c'est, c'est nous, et tout marchait comme sur des roulettes, à un moment il a dû faire crédit et au vu de ses résultats il pensait que ce n'était pas trop grave mais j'ai immédiatement rectifié le tir, on fonctionne d'une manière saine Mokthar, c'est la règle du jeu, et il a pris sur le bénéfice des autres ventes pour faire la différence, ce qui lui laissait encore un peu plus de deux mille francs et je lui ai conseillé de faire comme prévu, de mettre de côté pour investir dans un début de stock, il m'écoutait en réfléchissant.

– C'est une nouvelle vie maintenant, Mokthar, il faut bien en avoir conscience.

S'il continuait sur sa lancée à produire de bons chiffres il n'était pas exclu que je lui donne l'exclusivité sur une bonne partie de la Seine-Saint-Denis.

Plus tard dans la journée j'ai eu le représentant et là aussi les débuts semblaient prometteurs, partout le produit mordait fort, il avait déjà des commandes et en fin d'après-midi je suis allé le livrer.

– La région Nord, tu serais partant ?

L'idéal était d'arroser aussi la province, son beau-frère était sur Lille, il avait pu le toucher, c'était un avocat, un notable qui connaissait toute la ville, le gratin comme la racaille, si j'étais d'accord je n'avais plus qu'à monter, tout ce qu'il me demandait c'était trois cents francs par pièce vendue. Il a téléphoné devant moi en prenant des intonations de conspirateur, je pense que faire un peu le voyou ne lui déplaisait pas tant que ça. C'est au sujet de ce dont je t'ai parlé, tu vois ce que je veux dire. Au bout du fil l'avocat semblait s'inquiéter, la magouille il était loin d'être contre, encore fallait-il que je sois fiable, dans sa situation il préférait éviter les gags. Le représentant l'a rassuré, tu sais bien que je ne ferais pas affaire avec n'importe qui, l'avocat se laissait convaincre, pas besoin d'avoir la double vue pour comprendre que lui aussi savait additionner deux et deux.

Chez moi Marie-Pierre avait fini de recopier les comptes, ce dont elle n'était pas sûre apparaissait au crayon, j'ai pris une demi-heure pour tout remettre au propre avec elle, le bilan était encourageant, bien sûr j'avais plus dépensé que gagné, mais ça tenait à mon investissement de départ, et même, on n'était pas loin d'amortir et il restait encore du stock. C'était un plaisir de la voir s'impliquer.

– Tu sais, ce n'est pas que mon entreprise que je développe, mais vraiment la nôtre.

Elle avait aussi commencé à étudier des slogans possibles, c'était une chose qu'elle avait faite en classe et ça lui plaisait beaucoup, mais elle n'a pas voulu me montrer, elle préférait peaufiner encore.

Les jours suivants j'ai continué à m'organiser, effectivement la Seine-Saint-Denis faisait un carton et tous les matins j'avais un coup de téléphone avec à chaque fois des commandes pour un ou deux éléments au minimum. J'avais également trouvé deux autres débouchés, le barman d'une boîte sur les Champs et un portier d'hôtel rue de Rivoli. Sans avoir le rendement d'un Mokthar ils offraient des garanties de sérieux suffisantes et me permettaient de diversifier un peu ma clientèle. C'est volontairement que par exemple j'avais évité les chasseurs de Pigalle, tout le monde rachète là-bas, mais je préférais me tenir à l'écart des milieux marginaux, moins on les fréquente et moins on a de chance d'être réveillé un matin par une mauvaise surprise.

Le dimanche j'ai téléphoné à Lille, le gars m'a confirmé pour une vingtaine de pièces, même plutôt vingt-cinq si cela était possible, et le lundi matin à la première heure je me suis engagé porte de la Chapelle sur l'autoroute en direction de mon nouveau marché. J'avais acheté un petit utilitaire chez un épaviste du Blanc-Mesnil, cinq mille francs et un magnétoscope, le moteur et la carrosserie étaient pratiquement neufs, avec des papiers impeccables, maintenant il devenait nécessaire pour la société de posséder son propre véhicule, d'autant que mon stock arrivant à épuisement j'allais très vite remonter au Havre faire le plein.

La radio annonçait un blocage jusqu'à Roissy, je me suis calé dans mon siège et j'ai essayé de me concentrer sur l'avenir.

Même en regardant sous tous les angles j'aurais eu du mal à trouver le détail qui clochait, partout c'était le beau fixe, je rencontrais une fille et c'était direct l'amour comme au cinéma et même mieux encore, dans les films des Marie-Pierre il n'y en avait pas légion, je n'étais pas le seul à le dire, quant aux affaires partout on accrochait, les signes ne trompaient pas, ce que je mettais en place allait faire boule de neige et bientôt j'aurais pignon sur rue, Extramill n'était qu'un début, les petites combines minables et les odeurs de pisse dans l'escalier ce serait salut, bon vent, même Saïd et les autres du Bar Maurice, je les verrais de temps en temps, mais ailleurs, dans un autre contexte. Je sentais que j'étais en train de franchir un palier, j'avais en main tous les éléments pour et il n'était pas question de louper mon coup. J'ai dépassé Roissy et comme prévu les ralentissements se sont espacés, sur la route il n'y avait plus personne, juste moi, le printemps qui commençait et mes magnétoscopes à l'arrière, mon rendez-vous n'était qu'en début d'après-midi, j'avais tout mon temps pour arriver à Lille.

J'avais déjà fait la côte picarde, vers Berck, Le Touquet, mais c'était mon premier vrai voyage dans le Nord. Peu avant Lille j'ai commencé à apercevoir des sortes de monticules tout noirs et j'ai supposé qu'il s'agissait des fameux terrils, j'aurais dû mieux me documenter avant de partir, c'est toujours préférable d'étudier le terrain au préalable mais faute de temps ça m'était sorti de l'esprit. J'ai pris Lille centre, l'avocat plaidait à quatorze heures mais il n'en avait pas pour longtemps et je devais le retrouver à l'audience. Si tout le vieux quartier était super-mignon, avec des rues restaurées à l'ancienne, pour le tribunal ils avaient complètement raté l'affaire, il était moderne et vraiment moche, pas du tout dans le ton du reste. Il n'y avait qu'une salle d'ouverte, je suis entré. Vous ne pouvez pas vous tromper m'avait dit l'avocat, je suis le seul du barreau de Lille à avoir une moustache à la d'Artagnan et des lunettes moitié rondes, moitié carrées, effectivement je l'ai immédiatement repéré, il discutait au milieu d'autres en robe.

Sur les bancs la majeure partie du public se composait d'une classe et de son professeur, j'ai fait signe à mon compère et il m'a répondu d'un clin d'œil, il était à moi dans un moment.

– Vous voyez, disait l'accompagnatrice, ces gens ont commis des délits et avant d'être jugés, et éventuellement condamnés, on dit qu'ils sont prévenus.

– Prévenus de quoi ? a demandé une fille, prévenus par leurs complices ?

La cour est entrée et on s'est tous levés, j'avais été jugé une fois pour vol, heureusement sous une fausse identité, mon casier était toujours blanc comme neige et ma fiche de police aussi, et c'était déjà la même farce, la cour! bramait l'huissier, ou l'appariteur, je ne savais plus le nom exact, et il fallait se mettre debout, quand j'étais passé le proc était tellement bourré on avait peur qu'il ne finisse pas la séance, au début il était tout feu tout flamme, à faire des discours sur pourquoi il tenait à ce qu'on donne le maximum, dans chaque affaire il décelait un grave trouble de l'ordre public, mais au fur et à mesure de sa digestion il avait de plus en plus de mal et à la fin il se contentait de bredouiller l'application de la loi, je recommande l'application de la loi. J'avais pris un mois ferme et comme c'était avant le 14 Juillet j'étais sorti au bout de deux semaines avec les grâces présidentielles.

– Je vois à votre sourire satisfait que vous n'êtes pas inquiet des suites données à votre affaire.

Cette fois le procureur n'était ni vieux ni bourré, il ressemblait à un étudiant, le gars devant lui avait volé une voiture mais n'était poursuivi que de recel, on l'avait arrêté au volant, pas en train de casser les portes, c'est ce qu'il a tenu à préciser. Ah bravo l'a repris le proc, les finesses de notre législation n'ont pas de secret pour vous, je vous félicite. Je voudrais, monsieur le président, mesdames et messieurs les assesseurs, ne pas vous laisser abuser par le jeune âge du prévenu, et au mot prévenu la prof a hoché la tête à l'intention de ses élèves, si son casier judiciaire semble vierge de tout antécédent il me semble nécessaire d'attirer l'attention de ce garçon sur les risques très réels qu'il encourt, et il a requis quatre mois avec sursis assortis d'une mise à l'épreuve, la mise à l'épreuve signifiait qu'à la moindre incartade ils révoquaient le sursis, ce qui n'était pas forcément le cas avec un sursis simple. L'affaire mise en délibéré, le voleur est reparti vers les bancs et vers son copain, ils sont restés à chuchoter et à rigoler pendant que l'huissier appelait le suivant.

De mon coin je voyais l'avocat s'inquiéter auprès de sa stagiaire, madame nous a réglés, vous avez encaissé nos honoraires? La stagiaire a froncé le visage d'un air contrit, non madame Raigner n'avait pas amené d'argent. En entendant son nom madame Raigner s'est levée, elle se forçait à sourire, voilà maître j'ai un petit problème et comme vous m'aviez dit, elle se dandinait d'un pied sur l'autre mais l'avocat ne l'a pas laissée finir, c'est extrêmement gênant madame Raigner, vous nous placez tous les deux dans une situation extrêmement gênante, et tout en le disant il essuyait ses lunettes le long de sa robe, sans argent je doute pouvoir assurer votre défense de manière satisfaisante. Madame Raigner a baissé la tête, bon elle a fait en sortant son CCP, est-ce au moins possible de ne pas mettre le chèque tout de suite ? L'avocat a soupiré, qu'est-ce que vous voulez que je vous réponde madame Raigner, qu'est-ce que vous voulez que je vous dise ? Bande d'enculés a fait un mec déjà âgé à côté de moi, pour pressurer les petites gens c'est vraiment des fortiches mais quand on a besoin d'eux faites-moi confiance que c'est une autre histoire.

Pour finir l'avocat a accepté de différer l'encaissement, et comme l'autre affaire était reportée, il manquait des pièces au dossier et le plaignant n'avait pu être joint, ils sont passés immédiatement après. Dans le public les élèves s'échauffaient et donnaient leur avis sur les débats, pour le voleur de voiture un sursis était largement mérité, et la mise à l'épreuve l'empêcherait de recommencer, la prof était du même avis, c'était une bonne solution qui lui laissait une chance. Les jeunes n'étaient pas tellement moins âgés que l'accusé, peut-être un an de différence, deux maximum, tout de même a fait remarquer un assis au bord, voler une voiture c'est grave, pour beaucoup de gens c'est une grosse somme et souvent l'assurance ne rembourse pas, ce n'est pas normal que le type n'ait rien non plus. Je commençais à m'inquiéter, la camionnette était dehors, je ne tenais pas à ce que tout ça se prolonge. L'affaire est mise en délibéré a conclu le juge, à la barre madame Raigner reniflait, j'ai perdu la tête vous savez, elle avait volé de la lingerie dans un grand magasin. Pour ranimer les braises à demi éteintes d'un couple au bord du naufrage avait brodé l'avocat, un de ces drames banals du quotidien comme nous en connaissons tous. Madame Raigner regagnait sa place en se tamponnant les yeux, l'avocat m'a montré la sortie et je l'ai suivi discrètement. Dans le hall du tribunal une voix l'a rappelé, monsieur, monsieur, c'était encore madame Raigner, vous ne restez pas jusqu'à la fin ? L'avocat a stoppé un quart de seconde, madame Raigner, je suis payé pour vous défendre, pas pour perdre un après-midi à attendre un verdict dont je connais à l'avance la teneur, vous aurez comme je vous en ai informé une légère amende et j'espère, ainsi que je l'ai demandé au tribunal, une non-inscription au volet accessible de votre casier judiciaire.

Dehors il faisait un soleil éblouissant, la Mazda haut de gamme de l'avocat était garée deux rues derrière, je suis monté dedans et les négociations ont commencé, bien que n'étant pas hostile à un achat en gros les risques possibles l'effrayaient, il est revenu à la charge plein de fois, il voulait savoir où il mettait les pieds et posait plein de questions pour me sonder à fond, d'où venaient mes stocks, et est-ce que le danger était vraiment si réduit que ça, c'est comme vous voulez j'ai dit, vous les achetez, vous les revendez, les risques viennent de vous, pas de moi. Il a quand même insisté pour voir ma carte d'identité, ça lui donnait une garantie supplémentaire, mais j'ai dit non, certainement pas, en cas de problème de nous deux c'est vous qui passez au travers les doigts dans le nez et il en a convenu.

– Mon projet c'est d'établir un réseau de vente cohérent dans la France entière, pas de créer des ennuis aux gens.

Et je lui ai bien expliqué tout en détail comment j'envisageais ma société, et les développements que je comptais apporter, une société sous quelle forme il a demandé, en nom propre ? Plutôt SARL, j'ai dit, dans un premier temps je pense que c'est la meilleure solution, il a approuvé, à la fin de la discussion il paraissait plus convaincu, on est revenus jusqu'à la camionnette et il m'a précédé jusqu'à chez lui, pour regarder la marchandise il était préférable de changer de quartier.

– C'est chez vous ? j'ai demandé.

L'immeuble était normal, pas en brique rouge, dans l'appartement il y avait très peu de meubles, juste un grand lit et des glaces au mur, pas besoin d'être voyant pour imaginer l'usage du lieu.

– Non, c'est un appartement qui me sert en plus.

J'ai monté toute la cargaison, je pensais qu'il allait les examiner mais il n'en a même pas ouvert un, les paquets auraient pu être vides c'était pareil. C'était quand même bizarre ce mec plein de pognon, qu'est-ce qui pouvait bien lui trotter dans la tête pour marcher dans mon projet, il m'a payé rubis sur l'ongle, en discutant un peu le prix, mais je m'y attendais et j'ai baissé exactement de ce que j'avais prévu, il avait tout en liquide, un quart d'heure après mon arrivée j'étais reparti avec cinquante mille francs dans la poche de mon blouson, là-dessus je devais enlever dix pour cent au représentant, chose promise chose due mais j'étais encore plus que gagnant, c'est énorme cinquante mille francs en billets, ça faisait une grosse bosse.

L'après-midi était encore à peine entamé et j'ai passé un coup de fil à Marie-Pierre, on avait convenu d'une heure fixe, de manière à ce qu'elle soit au bar quand j'appelle, et je suis tombé sur elle tout de suite, Mokthar avait téléphoné, elle l'attendait d'un moment à l'autre, et le représentant s'était aussi manifesté, elle avait rendez-vous gare de l'Est, un ami de Saïd devait l'accompagner en voiture. J'ai dit de prévoir cent francs pour le service, apparemment le commerce lui réussissait, elle notait tout dans le livre au fur et à mesure et l'argent rentrait.

– Tu m'aimes?

Bien sûr que je l'aimais, on a continué à parler, à voix basse parce qu'avec Saïd à côté échanger des douceurs n'était pas très pratique et moi j'étais dans un tabac. Elle a voulu savoir quand je rentrais.

– Ce soir, j'ai annoncé, ce soir ou demain.

Il me restait quelques échantillons, je pensais repartir par les petites routes et les bazarder en chemin. On s'est encore embrassés à distance un petit peu et j'ai raccroché, les gens s'impatientaient. Sortir de Lille n'était pas très compliqué, j'ai suivi une sorte de périphérique, puis un autre, après étude de la carte je voulais descendre par Béthune, longer la côte et bifurquer vers Abbeville, Amiens et Paris. En quittant l'agglomération on voyait la maison d'arrêt et j'ai pensé peut-être l'argent que j'ai dans la poche c'est l'argent des détenus, avec ce que leur prend l'avocat ils ne doivent même plus avoir pour cantiner, en roulant on a souvent l'esprit qui vagabonde et j'imaginais sans peine le développement de mon empire, même pour les collectivités j'étais compétitif, il suffisait de s'arranger avec l'intendant et tout le monde pouvait y gagner, trouver des factures pour faire ça dans les règles n'est pas la chose la plus difficile qui soit, je me suis promis de creuser la question dès mon retour. J'ai continué droit devant, j'allais passer tout à côté de Fort-Mahon, c'était trop bête, je n'aurais certainement pas d'autre occasion avant longtemps, faire un crochet ne prendrait même pas cinq minutes.

Mon premier baiser avec une fille c'était là, dans un blockhaus derrière les dunes, il faisait tout noir et au début on n'est jamais trop champion, je l'avais embrassée sur le nez, elle avait dû tout m'expliquer, qu'on mettait la langue et d'autres trucs encore. Elle s'appelait Wendy et sa copine c'était Gladys, je m'en rappelais comme si c'était hier, elles étaient orphelines et on avait fait le plan d'organiser leur délivrance, le pensionnat dont elles dépendaient était un vrai cauchemar, mais à la rentrée j'avais égaré l'adresse et on s'était perdus de vue. J'ai remonté l'avenue de la plage, tout était comme avant, sauf les commerces et l'aspect général, plus propre et plus cossu, on avait rajouté un porche en verre à la façade du casino, j'ai pris à droite, la mer était basse et la plage immense, exactement comme dans ma mémoire. Le blockhaus était toujours là, à moitié recouvert de sable et plein de graffitis, j'ai voulu aller voir mais ça puait la pisse, j'ai fait machine arrière, il était presque six heures, pour être sur Paris avant la nuit je devais quand même m'énerver un peu.

***

Après Abbeville on pouvait éviter Amiens en prenant par Beauvais directement, c'est ce que j'ai fait, par Amiens je retrouvais l'autoroute mais ce n'était pas désagréable de rouler dans la campagne, fenêtres ouvertes et la musique à fond, à récapituler tout comment j'allais m'y prendre dans les jours à venir, mon fournisseur au Havre était déjà prévenu, paraît-il qu'il avait rentré des lots intéressants, et aussi de quelle manière je pouvais me décharger en partie de la distribution, il me fallait un petit local, ou au moins un box, j'avais du pain sur la planche si je voulais vraiment structurer l'ensemble avant l'été. J'ai zigzagué tant et si bien par les petites routes qu'à un moment j'étais en pleine campagne, sur le tableau de bord j'avais posé des papiers qui m'empêchaient de voir la jauge et quand je me suis rendu compte de mon oubli le voyant clignotait dangereusement. Devant, mais j'étais encore assez loin, j'avais soit un village sur la gauche à huit kilomètres, soit Beauvais en rattrapant la nationale. Il valait encore mieux le village, tout seul sans essence au milieu des champs, même plus près de Beauvais, ne m'avançait guère.

– Excusez-moi, j'ai fait, la pompe à essence ?

Le jeune a eu un geste d'incompréhension, on aurait pu faire le tour du village à cloche-pied sans risquer d'entorse et visiblement ils n'avaient pas encore construit les faubourgs mais l'existence d'une station-service restait malgré tout obscure et mystérieuse. Je n'ai pas insisté, plus loin dans le village j'ai reposé la question et là encore on n'a pas su me dire. Je me suis garé, pas la peine d'assécher définitivement mes réserves en tournant en rond et je suis parti aux renseignements.

– Excusez-moi, j'ai relancé, station-service, essence pour voiture, broumm, broumm.

Le mec m'a toisé d'un air bizarre, les points de vente les plus proches étaient sur la nationale, en direction de Beauvais, plus près à cette heure tout était fermé, c'est la campagne ici vous savez, les gens ferment tôt.

– Ah, j'ai dit, ah bon.

Je ne savais quoi faire, je suis rentré dans un restaurant, aux alentours il n'y en avait qu'un, l'autre c'était un bouge avec marqué Jupiter, mais on m'a confirmé la triste nouvelle, les carburants étaient bel et bien inaccessibles jusqu'au matin. Somme toute Marie-Pierre ne m'attendait pas forcément ce soir, j'avais dit éventuellement demain, l'urgence maintenant c'était de dîner, pour la suite on verrait après, on n'a jamais trouvé de bonnes solutions aux problèmes le ventre vide.

Le choix n'était pas énorme, des blancs de poulet à la crème accompagnés de frites, en entrée une salade d'endives au roquefort, rien d'original mais très bon, tout fait maison même les frites et habituellement au restaurant avec les frites je suis toujours très méfiant, mais là c'était un plaisir, à tel point que j'ai demandé du rab.

– C'est vrai qu'elles sont excellentes.

Je me suis retourné, à la table d'à côté un homme comme moi dînait seul.

– Laurent Moissan, formateur, responsable d'un stage d'insertion.

– Enchanté, j'ai répondu, Philippe Soupault, société Extramill.

Sans savoir pourquoi j'avais donné ce nom-là, le premier qui m'était passé par la tête.

– Comme le poète ?

Le poète je ne savais pas du tout, mais j'ai dit oui, effectivement, et il a enchaîné sur des considérations d'ordre général, il voulait savoir si j'étais là pour mon travail, dans mon arrière-pensée il pouvait me dépanner d'un peu d'essence.

– Représentant alors ?

– Pas exactement.

Je lui ai parlé d'Extramill, qu'on était en plein essor et que pour des gros clients il ne fallait pas hésiter à relever ses manches et à prendre soi-même le volant de la camionnette. Il paraissait captivé, c'est formidable, tout bonnement formidable, vous tombez à pic. Les desserts sont arrivés, des crèmes au caramel, également parfaites. J'ai hésité à demander pour l'essence mais il m'a coupé.

– Savez-vous que ce soir nous organisons avec nos stagiaires une soirée lecture ?

– Non, je l'ignorais.

Cette soirée fonctionnait une fois par mois selon un modèle clairement établi, les filles présentaient en public un court texte, choisi par elles, pour certaines lire ne serait-ce qu'un poème était déjà une épopée, et ensuite une personnalité intervenait.

– J'aimerais beaucoup ce soir que cette personnalité ce soit vous, Philippe.

Le fait qu'il m'appelle par un faux prénom, sa proposition, j'étais réellement interloqué, il a repris son argumentation.

– Vous êtes exactement le type de personne dont nous avons besoin, prendre une camionnette et traverser la France afin de visiter un client, c'est ça, c'est ce genre de détails parfaitement révélateur de la réalité que doivent entendre les filles.

Il s'exaltait en parlant, ce que je devais faire au juste c'était venir et dire un petit mot à la fin des lectures, les jeunes chefs d'entreprise étaient le symbole de la modernité, ils avaient aussi une parole à transmettre, et là c'est vrai que j'étais d'accord avec lui. Il a fait un signe à la patronne pour l'addition et on est sortis.

– Je vous emmène, on vous redéposera tout à l'heure.

La salle de fête était de construction récente, genre architecture nouvelle posée au milieu des vieilles maisons, dans la salle du fond une vingtaine de personnes étaient déjà rassemblées. Asseyez-vous, je vous présenterai après m'a chuchoté Laurent Moissan. Mon problème d'essence n'était pas en voie de se régler.

C'était des gens du cru, certainement des parents des stagiaires et les stagiaires eux-mêmes, à neuf heures cinq pétantes le brouhaha s'est calmé et la réunion a commencé. Laurent Moissan a fait un rapide point sur le stage, les progrès étaient encourageants mais il ne fallait pas faiblir, il a dit aussi un petit mot sur l'aide dont la structure avait bénéficié, grâce au maire et au département et à la fin il s'est adressé à moi.

– Nous avons également la chance d'avoir parmi nous Philippe Soupault, Philippe Soupault dirige la société Extramill et répondra après les lectures aux questions que vous vous posez sur le monde de l'entreprise.

Tous les regards étaient braqués sur moi, je me suis composé une mine de circonstance, un peu sérieuse mais sympathique. Laurent Moissan s'est rassis et la première fille a démarré sa lecture, *Le Fils de l'étalon noir* par Walter Farley. Il est le fils du célèbre Black dont Walter Farley a narré l'histoire dans *L'Étalon noir* et *Le Retour de l'étalon noir*, elle a lu tout le dos du livre en ânonnant et ensuite le début du premier chapitre, « Enveloppés de longs vêtements blancs les cavaliers allaient maintenant presque en désordre, le fusil posé sur les genoux », elle butait sur chaque mot et pour être franc c'était un peu pénible. Elle a terminé sur un crépitement d'applaudissements, à côté de moi un homme a dit quel boulot, mais quel boulot. Une deuxième est venue, puis une troisième, et ça allait de mal en pis, c'était terrible de les entendre, bredouillantes et rougissantes, écorcher leurs textes, sur la droite j'ai entendu quelqu'un péter et d'autres se foutaient de leurs gueules sans pouvoir s'arrêter de rigoler. Si ça continue on n'a qu'à leur dire de se taire a fait celle qui avait lu en premier. Une fille minuscule est venue et a entamé un poème d'une voix nasillarde, *La Toute Petite Bonne Femme*. « La toute petite bonne femme a un grand, grand vélo et une grande, grande écharpe, la toute petite bonne femme. » C'était du délire, tout le monde était plié, même le mec à côté, elle avait un accent incroyable, comme une marionnette à la télé, j'avais des larmes qui coulaient, le formateur me regardait mais c'était plus fort que moi, je n'arrivais pas à me retenir, à la fin j'ai applaudi super-fort, un peu pour me rattraper, le mec à côté de moi débordait d'enthousiasme, plutôt que de nier le problème au moins elle a su mettre les rieurs de son côté. Quand toutes les filles ont eu terminé leur prestation Laurent Moissan a lu une nouvelle, une histoire dans le nord de la France pendant les années soixante, en mettant le ton et en faisant des mimiques de comédien, et quand le silence est retombé il s'est tourné vers moi et m'a proposé de venir au milieu.

Je me suis levé, après tout il n'est jamais inintéressant de partager son expérience, pour lancer le débat il m'a prié de retracer mon itinéraire et ce qui m'avait conduit à créer ma propre entreprise. J'ai répondu d'abord le goût de l'indépendance, et quant à ma formation j'ai tenu à préciser que si je n'avais pas fait d'études une longue expérience du terrain m'avait permis d'éviter les pièges que rencontrent tous les jeunes entrepreneurs.

– Justement, m'a interpellé une formatrice, pensez-vous qu'il soit obligatoire de posséder des diplômes pour réussir dans le monde de l'entreprise ?

J'ai réfléchi un instant.

– Non, franchement je ne le crois pas, entreprendre demande de l'énergie, de la ténacité, de la rigueur aussi, mais pas forcément des diplômes.

J'ai cité le cas de nombreux jeunes sortant des grandes écoles et qui, confrontés à la réalité, étaient incapables de la moindre initiative. Dans la salle tout le monde a approuvé, ce qui comptait c'était l'expérience, pas tellement les diplômes.

– Mais alors vous, il vous arrive d'embaucher des gens dans cette situation ?

Les projecteurs braqués sur moi m'empêchaient de distinguer celui qui parlait.

– Effectivement, cela peut arriver.

J'ai marqué un temps, de derrière les rangées de chaises un flash a crépité, au début j'avais du mal à trouver mes mots mais petit à petit je me détendais.

J'ai repris d'une voix plus posée.

– Je pense notamment à quelqu'un comme Mokthar, peintre de formation, qui lors de son recrutement survivait en dénichant dans les petites annonces des journaux gratuits les occasions susceptibles d'être revendues le lendemain avec un minuscule bénéfice.

J'ai scruté les lumières devant moi.

– Mokthar gagne aujourd'hui, au sein d'Extramill, plusieurs milliers de francs par jour.

– Par jour ? a fait une voix comme en écho.

Et j'ai confirmé, oui, par jour.

Le débat s'est encore poursuivi, toujours sur les mêmes questions, comment y arriver, et je les ai rassurés, il ne fallait pas perdre de vue que beaucoup de grands avaient commencé sans rien, sans études, juste avec beaucoup de confiance en soi et du travail. A la fin ils ont tous applaudi.

– Vous permettez que je vous importune cinq minutes ?

Depuis le début de la soirée c'est lui qui prenait des photos, il s'est présenté, Daniel Fournel, journaliste au *Courrier picard*, il voulait quelques précisions sur mon parcours et le fonctionnement d'Extramill, j'ai raconté mes débuts dans la distribution, d'abord sur une petite échelle, et maintenant à l'aide d'un outil parfaitement rodé, l'essor pris notamment dans la région Nord, j'en ai rajouté un peu, mais dans le fond pas tant que ça. J'ai parlé de Marie-Pierre, de son travail comme directrice de la communication. Un autre s'est approché, celui assis à côté de moi pendant les lectures, vraiment j'avais fait une grosse impression sur les stagiaires, c'était le directeur de la formation, vous savez la venue dans notre trou perdu d'un chef d'entreprise en vue est un petit événement. Un vin d'honneur était servi dans le restaurant où j'avais dîné et on y a tous été, en chemin le directeur m'a fait l'historique de l'endroit, c'était le fin fond de l'Oise, le début du Nord, et la modernisation de l'agriculture avait réduit au chômage toute une population d'ouvriers agricoles, ici les gens se renfermaient sur eux-mêmes, il fallait quand même savoir que jusqu'à la dernière guerre il existait encore des puits à filles. Oui il a dit devant mon incompréhension, aussi incroyable que cela puisse paraître, lorsqu'un mâle étranger au village se montrait on faisait descendre les filles dans des cachettes prévues à cet effet. On a bu quelques verres en continuant à discuter et comme il se faisait tard Laurent Moissan a donné le signal du départ, merci encore, il m'a serré la main avec chaleur, j'aimerais beaucoup que ce premier contact soit suivi d'autres, j'ai pris note de ses coordonnées, avant de filer j'ai encore signé le livre d'or des filles, vraiment j'avais été super elles se sentaient gonflées à bloc, tout le monde s'est séparé sur le pas de la porte et en un instant je me suis retrouvé seul au milieu de la place, on était le dernier jour de mars, l'église sonnait les douze coups de minuit et dans la camionnette je n'avais plus une goutte d'essence.

DEUXIÈME PARTIE

Et la figure de Spendius effarée, apparaissant dans la muraille entre les buires d'argile, jeta ces mots :
– Fuis donc ! Ils accourent !

Flaubert, *Salammbô*

4.

Évidemment ce que pensent les autres n'a pas à entrer en ligne de compte, et tomber en panne peut arriver à n'importe qui, il n'empêche, au dernier moment pour expliquer mon cas j'avais bloqué. Exposer la situation à Laurent Moissan aurait été ultra-simple, c'est vraiment idiot, stupide de ma part, avec la camionnette je n'ai pas l'habitude, je me suis laissé surprendre, et certainement qu'il se serait mis en quatre pour me dépanner. Maintenant il faisait nuit noire, la lueur de mes phares n'éclairait rien d'autre que des bouts de campagne tout vides et à chaque instant je m'attendais à ce que le moteur s'arrête pour ne pas repartir. C'était trop bête, je me suis garé, du gasoil il y en avait partout, ce qu'il fallait c'était réfléchir.

J'ai coupé le contact et éteint les phares, le ciel était couvert et on n'y voyait pas plus qu'au fin fond d'un tunnel. En ville on a beau parler de l'insécurité il y a des lumières et des immeubles et les gens qui s'approchent, même si c'est des vilains on se doute d'à quoi ils ressemblent. J'ai bloqué les portes préventivement, ce n'était pas le moment de penser à des trucs bizarres. Petit à petit le calme m'a envahi et j'ai eu une vision précise de la situation. J'étais en panne de gasoil. De nuit. Dans la campagne. A la campagne il n'y a rien. Sauf des fermes et des tracteurs. Et les tracteurs marchent au diesel, j'en étais presque sûr et certain. Juste avant de me garer j'avais vu une pancarte, Ferme des Agnelettes, la solution c'était d'avancer et de siphonner un réservoir, ou même de réveiller les gens et d'expliquer le problème, avec plus de cinq plaques sur moi j'avais de quoi convaincre. Restait un problème à résoudre, irais-je jusqu'à la ferme à pied ou avec la camionnette ? Si je tombais en panne dans un chemin creux et que la ferme se révèle un taudis déserté par le carburant j'étais foutu, d'un autre côté partir à pied avec tous les bruissements et le reste que je devinais dehors ne m'inspirait guère. J'ai pesé le pour et le contre un moment et je me suis décidé, j'ai caché bien comme il faut mon enveloppe avec l'argent, prenant sur moi juste de quoi arroser les péquenots, et je me suis lancé dans l'inconnu.

La nuit était striée d'éclairs et de zébrures de couleurs diverses et il me semblait qu'un halo de lumière avançait avec moi, comme une bulle, j'avais chaud et le cœur à deux cents à l'heure.

C'était une petite ferme avec un corps d'habitation et deux autres bâtiments et dans un coin du hangar c'était tout bon il y avait un tracteur. S'il vous plaît j'ai dit, mais personne n'a répondu, avec un tuyau et ne serait-ce qu'une bouteille je me serais servi, pas grand-chose, juste de quoi gagner la nationale, il devait bien y avoir un 24/24 et même sans carte bleue je pouvais toujours m'arranger avec un automobiliste, mais je n'avais rien, sauf le souvenir des bandes dessinées dans *Mickey* où les fermiers sont spécialistes dans le maniement du tromblon. S'il vous plaît, j'ai relancé un peu plus fort, et ma voix a résonné dans le silence, une chanson m'a traversé l'esprit, *Tombé sous le charme comme sous la mitraille*, je me suis répété plusieurs fois comme sous la mitraille et la porte de la maison s'est ouverte.

– Que vous arrive-t-il, jeune homme ?

Immédiatement au ton qu'elle avait j'ai pensé ça sonne faux, elle est bizarre, j'avais préparé un billet de cinq cents, dans mon idée je l'agitais comme leurre pour détendre l'atmosphère et ensuite avec un deux cents francs judicieusement placé je réglais le gasoil, quelques litres ne valaient pas plus, même de nuit, fallait pas charrier, c'est ce que j'ai fait, j'ai brandi mon pascal tel un talisman face aux sortilèges tout en exposant mon problème.

– Un incident malheureux, madame, une panne, une panne d'essence.

Elle avait une sorte de blouse, ou peut-être une robe de chambre, grise avec des motifs et des couleurs dessus et des cheveux gris aussi, bouclés et mi-longs, qui lui descendaient sur les épaules. J'aurais été incapable de lui donner un âge, ça pouvait être trente-cinq autant que soixante.

Elle se tenait immobile, les bras ballants le long de son corps la faisaient ressembler à une statue.

– Un incident malheureux, et alors ?

Et alors j'ai montré le tracteur, c'est diesel ces engins-là, et dans les fermes il y a des bidons, des réserves, j'ai refait le drapeau avec mon billet, et bien sûr je dédommageais, je suis tellement gêné de vous importuner si tardivement. Elle m'a fixé de ses yeux ronds sans répondre pendant un temps si long que je me suis cru obligé de recommencer, je suis tellement gêné, mais elle a bougé la main à la fois pour que je me taise et pour m'inviter à entrer.

La pièce était meublée simplement, sans recherche particulière mais sans mauvais goût non plus, un décodeur Canal + trônait dans le salon et de la cuisine venaient des odeurs de bouffe ; elle m'a indiqué un fauteuil et je me suis affalé dedans, je voulais bien qu'on en vienne au fait, il était deux heures du matin passées, si je pouvais juste me dépanner auprès du tracteur ce serait formidable, je vous en saurais gré, mais rien, j'aurais pu pisser dans un violon pour le même résultat. Soudainement elle a grommelé il n'y a pire aveugle que celui qui ne veut voir et j'ai eu l'impression que les mots venaient à ma rencontre, que je me retrouvais dans un tunnel plein de brouillard dans lequel avancer et se mouvoir demandait un effort surhumain, je la voyais bouger sur son siège et je me suis dit mon Dieu, ça y est, j'ai compris, en s'asseyant son vêtement lui était remonté jusqu'au-dessus du genou et un bouton avait sauté, on devinait presque l'intérieur de ses cuisses, qu'est-ce que j'allais faire si elle se levait et qu'elle me demande des trucs, probable que d'être isolée en pleine brousse le moindre petit bout de chair fraîche la rendait folle, j'ai voulu me lever pour dire c'est bon mamie, on arrête la plaisanterie, voilà dix feuilles, je les pose là, sur la table, et je vous emprunte un asoil, et quoi qu'elle dise je traversais la cour et je rvais, mais au lieu de ça aucun son n'est sorti de ma uche et je suis resté cloué pendant qu'elle commençait débiter des sornettes, au début furent Ouranos et Gaïa, qui enfantèrent les Titans et quantité d'autres êtres encore, les Cyclopes, les Hécatonchires, Ouranos était un despote cruel, il les détestait et les enfermait loin de la lumière. Je ne pouvais m'empêcher de regarder ses jambes, je relevais la tête et je la fixais mais au bout d'un moment je dérivais et je ne voyais plus que ça, ses jambes, fines et musclées, en fait elle ne devait pas être si vieille, j'avais des images qui me venaient, plus fort que ma volonté, elle nue et moi devant elle, comme une impression me rentrant dans le cerveau sans que j'arrive à la chasser pendant que la litanie continuait, et un jour Gaïa a convaincu un de ses fils, Cronos, le dernier des Titans, Cronos haïssait son père et Gaïa le munit d'une serpe forgée dans un acier si dense que même le plus dur des granits ne l'aurait pas émoussé, et quand Ouranos s'approcha de Gaïa pour la féconder une nouvelle fois Cronos bondit et lui trancha les couilles. Elle aurait pu dire testicules, ou parties, ou dire autre chose, mais qu'elle dise couilles après son charabia était totalement incongru, sans que je comprenne comment j'ai senti ma nuque se tordre, presque sous l'effet d'une pression extérieure et mon corps entier était parcouru de frissons. Le sang d'Ouranos tomba en pluie sur les mers et sa semence mélangée à la terre donna naissance à de nombreuses divinités. Elle avait stoppé son récit et me fixait, je n'arrivais pas à m'arrêter de trembler. Puis sur le ton d'une invitation à déjeuner elle a dit vous n'avez pas rencontré Satan, Satan est toujours sur le chemin, j'étais tombé sur une dingue, mais elle a claqué la langue et un chien énorme est venu près d'elle, un monstre vraiment, pire que le chien des Baskerville, elle l'a caressé derrière les oreilles en lui murmurant des gentillesses, hein mon gros chien, hein mon Satan, et de la façon dont elle s'adressait à lui, et peut-être parce qu'un instant j'avais cru qu'elle parlait du diable, vu l'ambiance tout était possible, fallait aussi se mettre à ma place, je me suis mis à rigoler, d'abord doucement, puis de plus en plus fort, je les trouvais extrêmement comiques, ce gros chien Satan et elle en blouse débraillée.

– C'est idiot, comme vous parliez de Satan une seconde j'ai cru que vous étiez une sorcière.

Elle a ri aussi, quelle idée, je me sentais comme après avoir fumé trois joints, ensuite la seule chose dont je me rappelle c'est que j'ai voulu me lever et que le chien a grogné tandis que les yeux de la vieille se sont illuminés comme dans un film de vampires et quand j'ai émergé j'étais dans la camionnette, le jour était levé, j'étais transi de froid et sur le siège avant il y avait un bidon avec du gasoil dedans.

Ma première pensée a été pour l'argent, je me suis palpé sans résultat, ils m'avaient laissé quelques billets dans les poches, à peine mille francs, mais du magot nulle trace, je m'étais fait dépouiller. En un éclair tout un film affreux s'est déroulé, moi rentré à Paris et obligé d'avouer la vérité, après ce que j'avais dit sur Joël ça tombait à pic, c'était impossible, impossible je me suis répété, ce qu'il me restait c'était rafler une arme chez un marchand de jouets et tenter le tout pour le tout sur Beauvais.

C'était ça ou la honte totale. J'avais la bouche sèche et le cœur à cent quarante quand j'ai réalisé mon erreur, oh mon Dieu j'ai murmuré, merci. La veille avant de descendre j'avais caché l'enveloppe dans l'ossature de la porte et vérification faite elle y était encore. J'ai inspecté les liasses sous toutes les coutures, rien ne manquait, j'étais sauvé. Je suis resté de longues minutes sans bouger, juste à attendre que ma respiration reprenne un cours normal, j'essayais de me rappeler ce qu'il s'était passé chez la vieille mais je butais toujours sur après que le chien se fut mis à grogner, impossible de me souvenir comment j'étais revenu au camion et d'où venait le bidon.

Le principal c'est que j'avais de quoi repartir, à l'odeur c'était bien du gasoil et c'était ça qui comptait, j'ai vidé le contenu dans le réservoir, le soleil était encore bas et il faisait froid, ma montre marquait huit heures trente-cinq. J'ai fait quelques pas jusqu'à la pancarte indiquant la ferme, le bidon ne pouvait appartenir qu'à la vieille, ce n'est pas le Saint-Esprit qui l'avait parachuté, et je ne tenais pas à partir avec, je l'ai posé bien en évidence au début du chemin, à l'instant de remonter en voiture il y a eu un bruit, un aboiement, ou un rire, j'ai tendu l'oreille et c'était dur à définir, un nuage est passé devant le soleil et avec le vent on voyait l'ombre courir sur la surface des champs pour arriver sur moi et le son aussi était maintenant plus distinct, c'était un rire, le rire de la vieille, je l'aurais parié et la panique m'a saisi, je n'étais pas dans un endroit normal, je ne sais pas ce qui clochait exactement mais j'ai démarré comme un fou et je suis parti à toute vitesse, j'avais de l'essence et mon pognon, le reste ne me concernait en aucune façon.

Ce n'est qu'aux portes de Paris que j'ai commencé à me calmer, que je le prenne par n'importe quel bout j'étais bien incapable de mettre un sens sur ce qui venait de m'arriver.

⁂

Marie-Pierre m'attendait dans la chambre, un peu inquiète que je ne l'aie pas rappelée, j'ai monté mes affaires, les trois scopes qui me restaient et on s'est embrassés, j'ai pas mal de trucs à te raconter j'ai dit. Et pour commencer j'ai sorti l'enveloppe, rien que ça elle n'en revenait pas mais en même temps elle gardait la tête froide, surtout il faut en réinvestir une partie, mais pas tout non plus, l'histoire des œufs et du panier c'est hypervrai, et après j'ai expliqué en détail comme j'étais intervenu dans une conférence, d'ailleurs j'ai énormément parlé de toi et de ton travail, j'espère que ça transparaîtra dans l'article.

– Quel article ?

J'ai fait un peu le modeste, normalement d'après le gars du *Courrier picard*, le papier devait passer le lendemain. Elle était sciée, vraiment ils t'ont pris en photo, elle était verte de ne pas avoir été là et pourquoi d'ailleurs je n'étais pas rentré immédiatement, peut-être que j'avais sympathisé avec une conférencière. Je l'ai rassurée, c'est pas du tout ce qui s'est passé, et j'ai raconté mon aventure, la vieille et la panne d'essence, elle me regardait avec des yeux ronds.

– Qu'est-ce que tu crois que c'était ?

J'ai attendu quelques secondes avant de répondre, je revoyais la silhouette du chien et la tronche que faisait la vieille en rigolant.

– Honnêtement je n'en sais rien, peut-être elle était timbrée, ou j'ai eu un malaise, je ne sais pas.

Pendant ma courte absence elle n'avait pas chômé, les affaires avaient continué, le représentant voulait un lot de quinze pour son comité d'entreprise, je devais le rappeler à treize heures, et Mokthar avait pris cinq pièces, d'abord trois, puis deux autres, qu'il avait payées intégralement, sans crédit, ça confirmait bien ce que je disais, le tout est de redonner confiance à ceux qui n'en ont plus, elle avait tout marqué dans le livre de comptes, j'ai ajouté dans les rentrées les cinquante mille de Lille.

– Et ça, c'est quoi ?

Dans les frais il y avait quatre cent dix-huit francs de papeterie.

– Ça c'est une surprise elle a dit, ferme les yeux.

J'ai obtempéré, je l'ai entendue farfouiller du côté du lit.

– C'est bon, tu peux regarder.

Elle m'a présenté un gros classeur, j'ai ouvert, sur la première page était représenté mon logo, Extramill, mais arrangé et plus grand, souligné d'un slogan, *C'est Extra de taper dans le Mille.*

– Il y en a d'autres aux autres pages.

J'ai feuilleté plus loin, à chaque fois le logo était repris, avec de légères variantes et des phrases différentes. *Acheter Extra c'est taper dans le Mille. Encore plus Extra que* Les Mille et Une Nuits, *c'est Extramill.* Pour celui-là c'est Saïd qui avait donné l'idée. *C'est mieux que Mille c'est mieux qu'Extra c'est Extramill. Sécurité et Qualité, Extramill à votre service.*

– Ça sonne juste, *Sécurité et Qualité*, c'est sobre, j'aime bien.

Il y en avait encore, certains reprenaient Extra et Mille, *je vous le donne en Mille, c'est Extra... chez Extramill*, et d'autres qui insistaient sur un service particulier ou qui vantaient nos atouts, confiance, sérieux, ou fiabilité, j'avais une boule dans le fond de la gorge, c'est exactement ce que j'avais imaginé sauf qu'elle avait fait encore mieux.

– Qu'est-ce que t'en penses, ça te plaît ?

Évidemment que ça me plaisait, j'avais du mal à trouver les mots exacts, c'était même au-delà, un travail de cette ampleur une boîte spécialisée vous prenait au minimum cinq plaques, et encore je ne suis pas du tout certain qu'ils aient eu autant de propositions percutantes. Je l'ai prise dans mes bras, t'es encore plus que la fille avec qui je suis j'ai dit, t'es mon associée.

***

L'urgence pour l'instant concernait nos locaux, un quatrième étage dans une moitié de squat au-dessus d'un café d'alcooliques n'est pas le summum du siège social, il nous fallait au plus vite une remise commerciale et si possible un bureau. J'étais débordé, avec mes nouveaux débouchés les opportunités se multipliaient, c'était comme d'arriver dans un circuit où tout s'enchaînait facilement, les contacts et la vente, et je n'avais pas une minute, c'est Marie-Pierre qui a pris en main nos recherches immobilières.

Avec la crise que traversait le secteur trouver quelque chose aurait dû aller de soi mais pas du tout. Si les occasions étaient nombreuses au final c'était soit hors de Paris soit situé dans des endroits infernaux, à perpète ou pas du tout dans notre secteur, l'idéal pour moi se situait au nord des Champs aussi mais pas trop loin non plus, maintenant beaucoup émigraient en banlieue. Levallois, Puteaux, La Défense sont des secteurs qui ont la cote, mais vu mon intérêt c'est en restant dans le centre que j'allais m'étendre, la banlieue c'est idéal pour une entreprise déjà connue, moi je me devais d'être à un carrefour. Marie-Pierre passait son temps au téléphone, j'avais essayé de faire mettre une ligne dans l'immeuble mais sans quittance, avec les trois quarts des fenêtres obturées et l'avis de démolition placardé sous le porche les Télécom n'avaient pas donné suite, elle devait à chaque fois aller à la cabine et pour laisser un numéro c'était celui de Saïd et bien sûr au lieu d'une voix flûtée répondant Extramill bonjour c'était un Arabe derrière un comptoir, avec l'ambiance des bruits de verres et les conversations des poivrots, les gens ne se sentaient pas en confiance, on s'était déplacés plusieurs fois et il y avait un petit local qui aurait pu coller pas loin de La Fourche, vers la rue des Moines exactement, mais la femme de l'agence avait commencé à parler de papiers et de registre de commerce, comme si l'argent ne suffisait pas.

– Comment ça une caution bancaire, j'avais demandé, j'ai pas besoin de caution, je paie.

Elle m'avait regardé d'un air ahuri, mais enfin monsieur vous n'ignorez pas que nous avons également besoin d'un Kbis, Marie-Pierre avait questionné c'est quoi un Kbis, et la femme était devenue franchement désagréable, moi-même je m'étais un peu énervé, c'est pas la peine de le prendre sur ce ton, ma mauvaise impression du début se confirmait, c'était une sale conne, qu'est-ce qu'elle pensait, qu'on allait pas payer, elle avait une bague en diamants à la main droite et j'ai dit à Marie-Pierre viens, c'est pas la peine de perdre notre temps ici, c'est vraiment des peigne-culs.

Ce qu'il fallait c'était s'y prendre autrement, d'autant qu'on ne manquait pas d'atouts, le lendemain de mon retour, à peine réveillé j'avais foncé au kiosque et effectivement le gars n'avait pas menti, ma photo s'étalait sur presque un tiers de page avec pour légende « Le sympathique patron d'Extramill conversant avec les élèves », et le titre n'était pas en reste non plus, « Stage de mise à niveau, une intervention remarquée », suivi de tout un baratin sur le stage bien sûr, mais aussi sur moi, et par miracle il n'y avait jamais mon nom, avec Philippe Soupault j'aurais eu l'air malin, le journaliste employait « il » ou « le chef d'entreprise », ou encore « le dirigeant de cette société en plein essor ». Extramill était citée trois fois, j'étais remonté dare-dare secouer Marie-Pierre et si elle avait eu le moindre doute il était maintenant complètement évaporé, elle lisait et relisait l'article, moi par-dessus son épaule et franchement elle n'en revenait pas, j'étais reparti gare du Nord récupérer tous les exemplaires que j'avais pu trouver et pendant trois jours au Bar Maurice on n'avait parlé que de ça, de ma nouvelle réussite. Pour ceux qui me connaissaient depuis longtemps ça faisait drôle, plusieurs me l'ont dit franchement ils avaient du mal à y croire, et il ne se passait pas une heure sans que Saïd remette notre réassociation sur le tapis. J'avais pris la précaution d'appeler le *Courrier picard* pour rafler les invendus et trois cartons pleins de gloire stationnaient dans ma réserve, cet article était le coup de pouce du ciel, il fallait en tirer un maximum.

Dorénavant, Marie-Pierre tâtait déjà le terrain au téléphone, elle ne se déplaçait que si c'était un homme, pas la peine d'insister avec les femmes, elle arrivait l'article prêt à jaillir de son sac à main, sans préciser bien sûr qu'elle et moi on était plus que patron et collaboratrice, mais de toute façon les mecs en la voyant, sa minijupe et son petit tee-shirt, ce n'était pas au Kbis qu'ils pensaient, les choses en général s'amorçaient mieux, évidemment mademoiselle certaines conditions sont incontournables mais une caution bancaire n'est peut-être pas nécessaire, cela dépend de notre interlocuteur, et Marie-Pierre poussait son avantage, nous étions en pleine mutation serait-il possible de signer bien que nous n'ayons pas encore tous les papiers ?

Mais si ces enculés étaient à fond partants pour la revoir, l'inviter à dîner et la sauter dans l'heure, pour nos locaux rien à faire, pas de registre de commerce pas d'existence légale, ce n'était pas bon du tout. Je n'allais quand même pas louer un box au diable dans un coin pourri alors que mon affaire était des plus saines.

C'était le seul point noir, tout le reste gazait vraiment, et sans vouloir la ramener sur le dysfonctionnement du système il était évident que quelque chose clochait, aux États-Unis n'existe pas cette pesanteur administrative, qui est le drame de la France, ce n'est pas les papiers ou la garantie de je ne sais quelle banque qu'ils regardent, mais bien vos potentiels et ce que vous avez dans le ventre, et celui qui se pointe avec les certificats nécessaires sans avoir de punch et de goût pour le challenge, les Américains croient beaucoup à ça, au challenge, il peut aller se rhabiller, personne ne lui louera de locaux, ni quoi que ce soit pour lui mettre le pied à l'étrier. Personnellement aux États-Unis je sais que j'aurais fait un carton, j'étais exactement dans le créneau, mes bureaux ça fait belle lurette que je serais installé dedans, et pas un truc pouilleux, non, quelque chose à la mesure de ce que je valais vraiment.

Mais c'est le rôle d'un dirigeant d'assumer les difficultés et j'avais pris l'habitude d'aborder les choses avec plus de calme, plus pondéré, plus professionnel surtout, à chaque problème sa solution, ça se ressentait jusque dans mes rapports avec les autres. Maintenant au Bar Maurice j'étais une sorte de star, Saïd avait mis l'article sous verre au-dessus du comptoir et un exemplaire plastifié était à la disposition de la clientèle, et si un moment je prenais un peu mes distances vis-à-vis de la faune il m'arrivait d'y passer boire un verre, ce n'est pas mon genre d'avoir la grosse tête et ce n'est pas ma photo dans le journal qui pouvait y changer quoi que ce soit. Il était fréquent qu'on me consulte pour la marche à suivre pour telle ou telle opération et quand c'était dans mes cordes pourquoi pas, je n'étais pas contre donner un coup de main, il suffit parfois d'un rien pour débloquer une situation. Pour beaucoup au Bar Maurice ça coinçait plutôt, ce n'était déjà facile pour personne alors des poivrots au stade juste avant clochard, avec la bloblote au réveil et des tronches incroyables, on ne se bousculait pas pour les embaucher, c'était la discussion majeure qui revenait depuis l'article, eux aussi étaient d'accord que le dynamisme jouait et qu'avec un peu d'allant il était possible de créer sa boîte, encore fallait-il trouver une occasion, c'est ce qui leur faisait défaut, un biais par lequel s'introduire, sinon bien sûr ils fonçaient direct, des sociétés ils en montaient vingt tout de suite et les responsabilités ne leur faisaient pas peur, bien au contraire, il ne manquait que le capital pour se lancer.

A force de les entendre ça me trottait dans la tête, qu'on soit à n'importe quel niveau il est possible de s'organiser, même pour des nuls comme eux existent des solutions, c'était un casse-tête intellectuel qui m'occupait l'esprit et pendant plusieurs jours dès que j'avais cinq minutes je me penchais sur la question. Des poivrots. Juste capables de rester assis des heures. A regarder la rue et les trottoirs. Et dont le capital maximum n'excède pas trente francs. Pour être franc c'est en livrant mon barman, pas loin de sa boîte sur les Champs, que j'ai eu l'idée. Un traînard accostait un vieux et sur le moment j'ai cru qu'il faisait la manche, j'ai mis l'argent monsieur, pas de contravention, avec moi c'est du velours, vous avez la tranquillité, et le vieux avait allongé vingt-cinq francs, c'est une bonne chose que vous soyez là. Le gars m'avait expliqué l'astuce, ici c'est que des gens qui bossent, les places de parking c'est un cauchemar, alors je reste devant et j'arrange le coup avant que les aubergines passent, ça leur évite de descendre toutes les deux heures et de se faire aligner, le soir c'est normal qu'ils me dédommagent. Bingo j'avais pensé, si on structure un peu la chose c'est un filon inépuisable, le jour même j'avais entrepris le briefing de mes troupes.

– Je voudrais que tout le monde ait bien conscience que cette entreprise ne réussira que si vous voulez qu'elle réussisse, vous ne travaillez pas pour un patron, vous ne travaillez pas pour une société, vous travaillez pour vous...

Le Bar Maurice était rempli, ce n'est déjà pas très grand mais avec l'assemblée générale le public débordait jusque sur le trottoir, en comptant ceux qui se collaient au projet en cours de route il y avait onze participants. J'avais trouvé un nom, les Surveilleurs de la Rue, et Marie-Pierre s'était défoncée, elle avait cousu des badges avec les deux couleurs, rouge et blanc, on avait décidé que c'était un peu l'emblème, en plus les Surveilleurs en gros ça en jetait, comme ça les gens pouvaient aussi penser que c'était une association légale et donner encore plus, le secteur choisi était au-dessus des Halles, vers la rue Étienne-Marcel, et aussi rue La Fayette, pas loin d'Opéra, l'idéal bien sûr c'était les Champs, mais c'était moins proche du

Bar Maurice et le facteur humain a son importance, je trouvais plus judicieux qu'ils se sentent en sécurité. On avait opté pour une formule garde des voitures et approvisionnement des parcmètres, chaque Surveilleur devant se fidéliser une clientèle d'au moins quinze ou vingt véhicules, c'est là-dessus que j'avais insisté, il devait investir le quartier jusqu'à en devenir une figure familière, rassurante, personne n'aime les contractuelles, eux se devaient d'être des champions anti-PV, et la propreté était importante, un effort devait être fait de ce côté-là. Marie-Pierre leur a fixé leurs badges l'un après l'autre et on a partagé le pécule, cinq cents francs, les trois quarts venaient de la collecte et j'avais mis au bout, c'était largement suffisant pour amorcer l'opération, mais est-ce qu'on peut tisaner sur le lieu de travail s'est inquiété quelqu'un, et ils ont tous attendu ma réponse, oui j'ai dit, sans l'ombre d'un problème, à condition de garder l'œil toujours ouvert sur son périmètre, au début vous allez ramer un peu mais une fois la clientèle établie ce sera du gâteau, une vraie rente. D'autant que j'avais perfectionné le système, en plus du gardiennage il suffisait d'écumer les rues adjacentes et de mettre un ticket avant le passage fatal, accompagné d'un petit mot, je vous ai évité une prune, si vous avez cinq minutes venez me dire bonjour ça me fera plaisir. Signé un Surveilleur de la Rue. Ils s'agitaient dans tous les sens, ça fait longtemps que j'ai pas bossé a dit l'un, ça va me faire tout drôle, et un autre s'est énervé qu'il n'y avait plus de badge, comment les gens ils vont savoir que je suis un Surveilleur si j'ai pas l'insigne, il en avait presque les larmes aux yeux, Marie-Pierre lui a bricolé quelque chose vite fait et ils sont partis, chacun vers son secteur, on devait faire un point le soir à vingt heures, après la période de stationnement payant.

– Comment je vais faire si tu me vides la clientèle, s'est plaint Saïd, maintenant il n'y a plus personne.

Je n'étais pas mécontent d'avoir mis ce projet en route, je n'avais rien à y gagner mais c'est important de savoir travailler pour la beauté du geste, et j'avais tellement eu de discussions avec Saïd comme quoi ce n'étaient que des bons à rien, ils gagneraient au loto tu peux être sûr que la semaine suivante ils auraient tout bu, même les six numéros. Profondément je n'étais pas d'accord, réussir est aussi une question de circonstance, et d'occasion, pour ma part si je n'avais pas lu certains livres, celui de Marcel Dassault par exemple, et d'autres, ce n'est pas sûr que j'en serais arrivé où j'en suis aujourd'hui. Bien sûr si le gars a sa chance et qu'il n'en profite pas, tant pis, dans ce cas on ne peut rien faire, mais la preuve avec les Surveilleurs il y avait plus de candidats que de places disponibles pour démarrer.

– Te fais pas de bile, j'ai rassuré Saïd, l'oseille qu'ils vont ramener c'est dans ta caisse qu'elle va, pas dans ma poche.

Sur le livre de comptes on avait inscrit « Sponsorisation Surveilleurs », sept cent quarante-huit francs, la somme que représentaient le tissu des badges et ma participation dans le capital. Dès le départ j'avais clairement défini mon rôle et celui d'Extramill, il s'agissait d'une sorte de parrainage et il était clair qu'en aucun cas je n'en attendais de bénéfice. C'est parce qu'il peut le déduire du fisc avait dit un soûlot, comme ça il paie moins d'impôts. Je n'avais pas relevé, on s'était juste mis d'accord sur un seuil, si le chiffre d'affaires s'envolait au-delà ils étaient tous d'accord pour me verser un pourcentage. J'avais quant à moi suffisamment à faire avec mes propres occupations, aux problèmes de locaux s'ajoutait celui du personnel, il devenait évident que je ne pouvais pas tout mener de front, on en avait parlé avec Marie-Pierre, il fallait embaucher quelqu'un et comme elle l'avait fait justement remarquer la réussite c'est aussi savoir bien s'entourer. On avait décidé d'étudier la question de très près et d'organiser un recrutement en prenant le maximum de précautions, il nous fallait une personne suffisamment intelligente et fine, capable d'établir avec la clientèle de bonnes relations et de faire face aux incidents éventuels. Il y a des techniques sur lesquelles s'appuyer j'avais dit, ce qu'il faut c'est bien étudier le problème. Avant de se mettre au travail Marie-Pierre s'est procuré des livres traitant de la question, j'avais bien pensé faire appel à un cabinet de recrutement mais en plus du coût forcément prohibitif pour une jeune structure comme la nôtre, je n'étais pas convaincu, vu notre activité assez particulière, qu'une agence ayant pignon sur rue soit la plus à même de répondre à notre demande. Marie-Pierre avait bûché tous les tests possibles, il y en avait de toutes sortes et à la lecture des publications embaucher un nul apparaissait totalement impossible, si personne n'affirmait franchement que les tests étaient quasi scientifiques il n'en demeurait pas moins que le système avait fait ses preuves.

– Qu'est-ce que t'en penses, m'avait-elle demandé, j'axe plutôt sur des tests de personnalité ou des tests d'intelligence.

Ce n'était pas une question facile.

– Je sais pas, celui qu'on recherche doit avoir des deux, que de la personnalité peut être à terme dangereux, et juste de l'intelligence n'est pas suffisant.

Elle était d'accord, de toute façon elle comptait faire des deux. Le tas de papiers faisait une masse sur le lit, des croquis et des graphiques, elle avait fait des photocopies et je voyais partout des dessins, des cartes et des dominos, poursuivis par des flèches, et des successions de phrases qu'elle étudiait le front plissé. C'est vraiment pas évident elle a fait en entourant un chiffre au crayon, je serais curieuse de voir comment tu t'en tirerais. Ça devrait quand même pas être sorcier, vas-y j'ai dit, je t'écoute.

Elle a farfouillé dans ses notes et elle a sorti une liste.

– Une de personnalité pour commencer. Tu préférerais passer tes vacances *a*) dans une grande station animée, *b*) quelque chose entre *a* et *c*, *c*) dans une petite maison retirée, qu'est-ce que tu choisis ?

– C'est la question ?

Oui, c'était la question, entre nous je ne comprenais pas ce que ça pouvait leur faire où je passais mes vacances.

J'avais fixé le vide devant moi.

– Qu'est-ce qu'il faut répondre ?

– Justement, c'est à toi de le dire, c'est pour faire ressortir ta personnalité.

J'ai réfléchi à toute vitesse, c'est évident qu'il y avait un sens, les gars qui pondent ce genre de test sont des cerveaux, mais même en reprenant ça par tous les bouts j'avais un blanc, une grande station animée, ou une villa isolée, ou entre *a* et *c*, j'étais tenté par *a* et *c* mais peut-être que justement le piège était là, c'est ce que tout le monde devait choisir, pour ne pas se mouiller, et à mon avis c'était un signe de manque de personnalité, le choix se résumait donc entre la première et la dernière, mais la dernière, seul isolé en pleine campagne, à la réflexion c'était exclu aussi, on recherchait quelqu'un de sociable, pas un ermite, le *a* j'ai dit, la première, je suis sûr que c'est ça.

Elle a fait une petite croix.

– J'ai raison, non ?

– Raison sur quoi ?

– Raison sur la réponse, j'ai bon !

Elle a eu une moue d'agacement.

– Je sais pas, faut voir tes autres réponses.

Elle m'a regardé énervée.

– Écoute, si tu crois que c'est facile, déjà j'ai du mal à comprendre comment ça marche alors fais un effort aussi, c'est un test global, c'est pas comme un test dans les journaux, c'est plus compliqué.

– Très bien, j'ai fait, puisqu'on peut même pas savoir si on est dans le vrai je vois pas pourquoi je me casserais le cul, de toute façon c'est moi qui m'embauche, où est le problème ?

Le lendemain elle a encore passé toute la journée le nez dans ses cours et le soir elle a mis sur pied les convocations, plusieurs candidats étaient pressentis, certains venaient de l'ANPE, Marie-Pierre avait appelé, Société de distribution recherche commercial dynamique, salaire motivant, elle avait parlé longuement avec la femme, ce qu'il nous faut c'est quelqu'un de sérieux mais aussi de disponible, en plus des contacts clientèle il y avait aussi les livraisons, la femme avait dit qu'elle pensait à plusieurs personnes mais qu'il lui fallait un fax avec le nom de la société, le poste et le salaire, dès réception elle nous envoyait des gens, Marie-Pierre s'était débrouillée avec une entreprise de plomberie voisine, eux en avaient un, il était urgent de déménager, dans nos locaux on aurait tout sous la main, téléphone, fax, peut-être un télex, encore qu'avec le fax c'était moins nécessaire, quand on dit le temps c'est de l'argent c'est vraiment maintenant que je m'en rendais compte, sans infrastructures sous la main la moindre démarche nous prenait des heures et heureusement que Marie-Pierre était là, sans elle je ne m'en serais pas sorti.

On avait réquisitionné une petite pièce attenante au café, les candidats pourraient attendre chez Saïd, Marie-Pierre avait acheté du jus d'orange, en tout il y en avait cinq, deux de l'ANPE, le neveu de l'ouvrier du plombier chez qui Marie-Pierre avait faxé l'annonce, un du Bar Maurice que je connaissais depuis longtemps, lui les Surveilleurs il n'en était pas question, tu me prends pour un charclo, j'ai un peu plus d'ambition que ça, et enfin Saïd lui-même, comme je ne voulais pas me réassocier il était partant pour rentrer chez Extramill juste comme commercial. Je ne suis pas contre, j'avais fait, mais ça dépend des résultats, avec les tests on va savoir tout de suite si tu fais l'affaire ou pas. Et il avait dit d'accord, je vais les faire les tests, vous verrez bien.

Rien n'avait été laissé au hasard, Marie-Pierre commençait par l'intelligence, puis la personnalité et enfin pour conclure un entretien filmé, du Havre j'avais ramené quelques caméscopes et un gars de l'immeuble à côté qui travaillait dans la vidéo devait assurer la maintenance, c'est une technique de plus en plus employée, ça nous permettait de faire le point, Marie-Pierre et moi.

Les candidats sont entrés, les tests se passaient en groupe et l'entretien en individuel, il était convenu que j'assiste aux épreuves, mais sans intervenir. J'espère que ça va bien se passer s'était inquiétée Marie-Pierre, normalement ceux qui font les sélections sont psychologues, mais je l'avais rassurée, regarde tous les chômeurs qui ont derrière eux des années et des années d'études, sur le terrain personne n'en veut, c'est des nullards. Elle avait toujours ce problème à douter d'elle-même, elle prenait des initiatives, comme les slogans ou s'occuper du recrutement et après elle passait des heures à tout remettre en question et à se demander si vraiment elle était à la hauteur et compétente. Je pense que le fait qu'elle vienne d'un milieu rural devait la mettre mal à l'aise par rapport à des gens comme moi, plus implantés dans la ville, souvent c'est le cas pour les campagnards, ils font des complexes, ce qui était stupide, la preuve.

En ouverture elle a proposé quelques séries logiques, 8, 13, 18, 23... j'ai noté que le neveu du plombier n'avait pas de stylo, un des candidats de l'ANPE a dû lui en prêter un. Saïd dans son coin roulait des yeux plissés par l'effort, Marie-Pierre avait un réveil posé sur sa table et elle a annoncé top, c'est fini, le second test était plus coton, les candidats devaient réagir à la lecture, vigoureux, fort, courageux, faible, hardi, blanc, vert, clair, noir, bleu... Comment ça, a demandé le neveu du plombier, on doit dire ce qu'on pense ? Non, a dit Marie-Pierre, vous devez avoir une réaction par écrit. J'avoue que moi aussi j'aurais eu du mal, j'ai eu l'impression que tout le monde séchait, seul celui de l'ANPE avec le costume a marqué quelque chose.

– Maintenant nous allons faire une petite vérification de culture générale, vous allez sur les groupes de phrases proposés noter de 2 à – 2 celles qui se rapprochent le plus de la proposition initiale.

Un silence de mort a accompagné la distribution des feuilles, le costume de l'ANPE s'est immédiatement mis au travail, les autres n'ont pas bougé. Saïd s'est épongé le front à l'aide d'un mouchoir plié en quatre, j'ai fait signe à Marie-Pierre qu'elle me donne une feuille.

Affectez une valeur comprise entre 2 et – 2 aux phrases dont la signification est censée être la plus proche de la proposition initiale. Exemple si le sens de la phase est très proche de la proposition initiale on lui affecte 2, moyennement proche 1, franchement contraire – 1 ou – 2.

Effectivement c'était très clair.

Je me suis plongé dans le premier groupe de propositions.

1. L'enfer est pavé de bonnes intentions.
a. il arrive que le mal soit fait par des gens voulant faire le bien;
b. le malheur des uns fait le bonheur des autres;

c. les conseilleurs ne sont pas les payeurs;
d. fais ce que je dis mais pas ce que je fais;
e. celui qui parle comme un ange peut agir de tout autre façon.

J'étais un peu interloqué, j'ai mis 1 au *a* mais les autres je ne voyais pas trop le rapport, ni dans un sens ni dans un autre, le suivant m'a laissé tout aussi perplexe.

2. Il n'est pas de fumée sans feu.
a. dans le doute abstiens-toi;
b. les rivières ne deviennent jamais grosses qu'il n'y entre de l'eau;
c. la pomme ne tombe jamais loin de l'arbre;
d. de trop près se chauffe qui se brûle;
e. petite étincelle engendre grand feu.

Pourtant Marie-Pierre ne les avait pas inventés, elle les avait photocopiés dans des bouquins hyper-sérieux. Le test s'est achevé et on a enchaîné sur la personnalité, c'était la dernière série avant les entretiens. Sur les feuilles s'étalaient des formes bizarres, comme des pâtés faits à l'envers, de différentes tailles.

– Cette fois c'est simple, a souri Marie-Pierre, vous devez juste exprimer ce à quoi les dessins vous font penser.

J'avais longuement parlé avec Marie-Pierre de ce test, c'était un test Rorschach dont l'utilisation était loin d'être évidente, par son intermédiaire une véritable radioscopie dans l'inconscient des sondés s'opérait et je n'étais pas trop pour ce genre de pratique, je trouve qu'il y a une limite à respecter, mais Marie-Pierre m'avait assuré qu'il ne s'agissait que d'une version légère, rien de vraiment intime ne transparaîtrait, d'autant qu'il fallait réellement un haut niveau de connaissances pour le pratiquer avec succès, mais c'était quand même important de le faire, cela permettrait de détecter les cas pathologiques, depuis qu'elle avait mis le nez dans ces livres elle avait tout un nouveau vocabulaire, pathologique en faisait partie, les taches ne servaient que comme support à l'imagination, admettons qu'un candidat bien sous tous rapports ne voie que des pendus, ou des brûlés vifs, ou des sexes, les sexes il paraît que c'était fréquent, on n'allait pas s'égarer avec un type complètement obsédé par la mort ou la sexualité. Elle avait raison, admettons que le gars parte faire la tournée, en confiance on pense tous qu'il est un collaborateur de choix et lui chez les clients raconte des histoires horribles, avec des gens carbonisés ou torturés, quelle image en tirerait la société, pas du positif.

Pendant que les concurrents s'échinaient à nous éclairer sur leurs mystères Marie-Pierre avait entrepris de corriger les premières séries, elle vérifiait ligne par ligne, parfois elle ouvrait son livre de référence, *Entraînez-vous au test de sélection*, on la sentait toute à ce qu'elle faisait, très sérieuse et consciencieuse, quand la réponse était fausse elle barrait d'un petit coup de crayon et c'était net qu'elle était déçue pour le candidat, elle me l'avait dit avant, elle devait faire attention à ne pas faire réussir tout le monde, elle n'aimait pas mettre des mauvais points, ça lui rappelait l'école. Je l'ai revue le jour où je l'avais prise en stop, plutôt pas très bien fringuée sous ses vêtements de pluie, avec ce goût qu'ils ont parfois à la campagne quand il s'agit d'être dans le ton, et les questions qu'elle posait, maintenant elle ne passait presque plus une minute devant la télé, à part le soir, mais ça c'est normal. Avec Extramill elle s'épanouissait, n'importe qui l'aurait compris.

Quand le réveil a marqué le top ils avaient fini sauf Gilles, celui du Bar Maurice, qui n'avait pas touché aux feuilles, il attendait bras croisés que Marie-Pierre ramasse les copies. Elle l'a interrogé du regard, tu ne fais pas le test, il a répondu non de la tête, bien elle a dit, on va maintenant commencer les entretiens, certains d'entre vous sont-ils pressés ? Les deux de l'ANPE ont indiqué que oui, le neveu du plombier aussi mais il a proposé de revenir dans un peu plus d'une heure , ça ne le dérangeait pas, il était juste à côté. Pour Saïd et Gilles la question ne se posait pas, ils étaient sur place. Je me suis installé derrière la vidéo, le gars n'ayant pu rester c'est moi qui m'en occupais. La caméra était fixée sur un pied et il fallait éviter de faire trop de zoom, le zoom c'est la maladie des amateurs, sinon tout le reste était automatique, j'avais juste à allumer un projecteur, le gars avait tout préparé.

Le premier était le costume, Marie-Pierre a posé quelques questions sur son itinéraire et son parcours, il avait sorti un CV impeccable, tapé à l'ordinateur et résumant ses expériences, commercial chez Chambourcy puis chef des ventes chez Danone, une grande partie de sa carrière s'était effectuée dans les laitages, et vous avez été licencié a voulu savoir Marie-Pierre. Non a dit l'homme, je suis parti pour convenance personnelle. Dans l'objectif de la caméra j'ai vu qu'il avait légèrement tiqué, Marie-Pierre a jeté un coup d'œil sur ses tests, il avait quasiment bon partout et ses Rorschach ne trahissaient aucune intention suspecte, oui elle a confirmé en étudiant les feuilles, rien de pathologique, et le gars a approuvé d'un battement de cils, genre vous savez les tests j'en passe tellement souvent que je pourrais les écrire moi-même. Il était parfait, réellement, son sourire, l'air qu'il avait, tout était bien, et en même temps je ne le voyais pas dans notre équipe, une question d'âge peut-être, ou quelque chose de faux dans son regard.

– L'ANPE a évoqué deux cents à trois cents kilofrancs annuels, en quoi consiste le poste exactement ?

J'ai coupé la caméra pour lui répondre.

– Du commercial, beaucoup de contacts, mais incluant, point important sur lequel j'insiste, les livraisons.

– Les livraisons...

Je l'ai laissé digérer l'information.

– Je pense que vous avez un bon sens du contact, il s'agit de visiter notre clientèle, de proposer nos produits et de les livrer.

– Et il s'agit de quels types de produits ?

– C'est très varié, de l'électroménager, gammes noir ou blanc en majorité.

J'avais employé à dessein l'appellation noir ou blanc, c'était les termes des professionnels, blanc c'était des frigidaires et les machines, et noir la stéréo et la vidéo.

– Mais vous êtes grossistes, détaillants, vous avez un magasin ?

– Pas exactement, nous travaillons à partir de stocks, de stocks déstockés.

– Des stocks déstockés...

Je me suis remis derrière la caméra et je l'ai filmé à nouveau, qu'est-ce qu'il avait à poser trente-six mille questions, il y a trois millions de chômeurs j'ai failli lui dire, si déstocké ça ne vous convient pas allez voir ailleurs.

– Stocké, déstocké, il a répété, je ne comprends pas très bien.

Pas besoin d'être devin pour imaginer ce qu'il ne comprenait pas, l'arrière-salle avec Saïd, et Gilles avec son look de cow-boy fatigué, et la psychologue en mini-jupe l'attaquant sur son inconscient, plus moi en train de filmer qui lui parlais de livraisons.

– Je crois que nous avons suffisamment d'éléments, nous gardons votre CV et selon nos contacts ultérieurs nous vous recontacterons.

– Parfait, il a dit toujours avec son petit sourire, selon vos contacts vous me recontacterez.

Avant de faire entrer le candidat suivant j'ai regardé Marie-Pierre pour avoir son avis.

– Bien, a dit Marie-Pierre, certainement très compétent, mais pas le profil.

J'étais rassuré, une fois de plus on pensait pareil.

Le deuxième entretien a été plus bref, le type n'inspirait pas la sympathie et c'était comme marqué sur son visage à quel point il était mou, mou et bon à rien. Il avait déjà fait du meuble et je le voyais parfaitement dans un magasin au fin fond d'un centre commercial de banlieue à vendre des cuisines en Formica. Le projecteur lui éclairait les oreilles par-derrière et elles ressortaient toutes rouges. Marie-Pierre a dû sentir l'inutilité de continuer parce qu'elle a écourté l'entrevue.

– Rien que de le regarder j'avais envie de ronfler, a dit Marie-Pierre.

– Et en plus il avait des taches sur sa chemise, c'est pas quelqu'un de soigné.

Le neveu du plombier n'était pas revenu, j'ai demandé qui de Gilles ou Saïd voulait passer.

– Vas-y, a fait Saïd en me lançant un petit clin d'œil, moi il faut que je m'explique avec le patron, ça risque de prendre du temps.

Gilles s'est assis face à Marie-Pierre et je l'ai ajusté dans mon viseur, il avait beau avoir une tête incroyable il passait à l'image mieux que les deux autres, on se serait cru dans un film, il répondait aux questions de Marie-Pierre d'une manière très évasive, oui, non, peut-être, mais en même temps il paraissait extrêmement déterminé. Marie-Pierre a repris ses feuilles de tests, ils étaient bons, largement au-dessus de la moyenne.

– Pourquoi n'avoir pas fait le dernier ?

Il a souri d'une moue un peu amère.

– Tu veux que je te dise où j'en ai fait de ce genre de tests ?

Il avait pris cinq ans et cinq ans c'est long, mais comme il était primaire et que sa peine s'était bien passée, c'était pas le genre à faire des conneries, il avait des problèmes avec personne, à mi-peine il avait fait une demande de conditionnelle, il n'y avait aucune raison qu'elle soit refusée, il avait un boulot en vue, c'était bon.

– Et alors ? a demandé Marie-Pierre

Il avait eu un entretien avec le psy, super-sympa, ils avaient discuté longtemps, comme Gilles avait pas mal bouquiné de trucs sur la psychanalyse, ils étaient un peu sur la même longueur d'ondes.

– Il m'a massacré, a dit Gilles, massacré.

Et au ton de sa voix on sentait que c'était pas encore digéré, le psy lui avait montré des dessins et à chaque fois les interprétations qu'il en faisait, Gilles avait eu des échos du dossier par son avocat, étaient autant d'obstacles sur le chemin de la sortie. Par exemple il y avait un homme, un chasseur, qui pointait un fusil sur un lapin, qu'est-ce que faisait l'homme, décrivez l'image. C'est un chasseur qui tue un lapin, qu'est-ce que ça pouvait être d'autre ? Mais non c'était pas la bonne réponse, l'homme ne tuait pas le lapin, il visait le lapin, nuance.

– Sur tout il me faisait marron, tu vois un mec avec un fusil devant un lapin, c'est pour le tuer, non ?

On lui avait refusé sa conditionnelle.

– Rien que pour ça ?

Marie-Pierre était scandalisée.

– Pas que pour ça, mais en grande partie à cause de ça, tu comprends les tests maintenant je dis non.

J'avoue que j'aurais eu la même attitude.

Il a sorti un cachet de sa poche et l'a avalé.

– C'est quoi ?

– C'est mon Equanil, je suis obligé de le prendre à heures fixes.

Marie-Pierre l'a regardé avec des yeux ronds, c'est quoi de l'Equanil ?

– C'est pour l'alcool, j'ai expliqué, c'est le traitement.

Elle a demandé si Gilles avait un CV mais il n'en avait pas, mon CV il le connaît, c'est pas compliqué, c'est la dope et la tisane, et le placard entre les deux. J'ai rigolé, lui aussi, je ne vois pas ce qu'il y a de drôle a fait remarquer Marie-Pierre. Bien sûr c'était pas drôle mais c'était la manière dont il le disait.

– Écoute, il a fait, ce que tu cherches c'est quelqu'un pour te relayer sur les livraisons, si tu prends un gars en costume comme j'en ai vu ce matin, qu'est-ce que tu crois qu'il va dire, tiens, voilà la marchandise, je ne sais pas d'où elle vient, c'est neuf, sans facture, et les clients payent en liquide, au tiers du prix normal, et même des fois encore en dessous, faut pas rêver, il va y avoir un problème.

Il n'avait pas tort, je devais en convenir. Le hic c'était la boisson.

– T'en es où niveau santé, j'ai demandé, tu tiens ?

On ne pouvait pas s'engager avec un gars qui respirait le parfum dès l'aurore.

– Tu le vois comme moi, je sors de Widal, faut que je travaille, si je travaille c'est bon, je vais m'accrocher, sinon avec mon job comment tu veux que ça marche.

En temps normal il vendait des cartes postales et des livres pour une association d'handicapés. Ils étaient plusieurs dans la partie au Bar Maurice. Des professionnels de l'altruisme à écumer Paris et sa banlieue pour le plus grand bénéfice des déshérités. Un seule journée paralysé, sans l'usage de vos membres, vous vous rendez compte, une carte postale, c'est si peu pour le bien que ça génère. Et bien sûr ils avaient aussi des livres et des journaux. Et une carte. Qu'est-ce que vous croyez madame, nous c'est pas ce que vous pensez, on est d'utilité publique. Des tapeurs. Prêts à raconter n'importe quel boniment et crois-moi le soir quand je rentre l'argent je l'ai pas volé, par moins cinq l'hiver je voudrais que t'y sois à agrafer mamie pour lui expliquer que donner la pièce c'est la bonne action de la semaine, tu ne peux pas savoir comme c'est usant.

Non il a dit, ce qu'il me faut c'est un vrai travail, comme toi tu proposes, c'est la seule manière que je mette la tête hors de l'eau, taper pour les bancals c'est pas bon, pourquoi tu crois que tous ceux qui le font sont dans l'alcool, c'est pas une vie, et niveau karma il avait pris des renseignements, c'était ultra-chaud, alors déjà que maintenant c'était pas la joie ça l'ennuyait vraiment de mal préparer l'avenir.

– Qu'est-ce que t'en penses, il a demandé, t'hésites à cause de mon problème ?

– Évidemment.

Il a hoché la tête, il comprenait très bien et lui à ma place c'est pas certain qu'il ait dit oui, mais ce qu'on pouvait faire c'est convenir d'un essai et si je retisane on arrête de suite. Après tout pourquoi pas.

– Laisse-moi un petit délai, j'ai concilié, on a d'autres candidats à recevoir, je te dis pas non, mais je te dis pas oui non plus, faut que je réfléchisse.

Il a disparu et Saïd l'a remplacé, ça devenait presque une pièce de théâtre, avec les gens rentrant et sortant, et nous devant prêts à les ausculter. Saïd s'est assis, Marie-Pierre m'a indiqué les feuilles de tests, il avait faux partout. Qu'est-ce que je fais elle a soufflé, il n'est pas du tout au bon niveau.

– Je vous écoute, a dit Saïd, je vous écoute monsieur Grand Chef.

– Prends la caméra, j'ai conseillé à Marie-Pierre, je vais m'occuper de l'entretien.

J'ai saisi les tests et je l'ai regardé, comment tu crois que ça s'est passé Saïd, bien ou pas ? Il me regardait avec un sourire narquois, tu penses que t'es intelligent, tu penses qu'enfoncer tes amis c'est mieux pour toi, que tu vas gagner plus d'argent... C'était vraiment stupide de le prendre comme ça, il avait passé les tests et les tests étaient faux, je n'y pouvais rien.

- C'est pas moi qui le dis, Saïd, c'est les tests.

– Les tests... il a fait claquer sa langue, quels tests, je t'ai connu à voler des bouteilles dans les Prisunic et maintenant tu veux me faire croire que t'es quoi, président de la République, même la police elle fait pas des examens comme ça, jamais.

Il s'énervait sur son siège, bon j'ai dit, passe au moins l'entretien, prenons un exemple concret, tu vas livrer un client, tu déposes la marchandise et il ne te paye pas, qu'est-ce que tu fais ? Avec lui l'avantage c'est que je pouvais évoquer des situations précises. Il a haussé les épaules. Le gars veut pas payer, qu'est-ce que tu veux que je fasse, je vais à la camionnette et je prends le nerf de bœuf et je retourne le voir, et si ça suffit pas je reviens te chercher et on y repart avec mon frère pour s'expliquer et après le gars paye, qu'est-ce que tu veux qu'il fasse d'autre.

J'ai pas répondu. Il a continué.

Qu'est-ce qu'il ferait monsieur Grand Chef avec ses nouvelles méthodes, il lui ferait passer un test, il lui ferait un bisou, c'est pas grave, garde la marchandise, la facture elle est pour moi. Il s'agitait de plus en plus, tout rouge dans sa liquette, je comprends pas, on a jamais eu de problème, même avec mon frère j'ai des problèmes, avec toi jamais, pourquoi on continue pas ?

Insister ne valait pas la peine, s'il n'était pas à même de comprendre que j'avais envie de passer à la vitesse supérieure et que mes clients les seuls nerfs de bœuf qu'ils risquaient d'approcher c'était au cinéma je ne vois pas pourquoi je me serais entêté à lui faire un dessin. Ses tests étaient nuls, ses réactions dépassées, la sentence était sans appel.

– C'est pas possible, Saïd, vraiment pas possible.

Il a médité sa déconvenue et il a dit tu iras loin, très loin, piétiner tout le monde autour de toi tu penses que c'est naturel, mais rappelle-toi bien, tu vas monter, monter, et un jour c'est toi qui demanderas pardon d'avoir oublié tes amis.

Il a quitté la pièce en tirant la porte très fort, ça me rappelait une dispute que j'avais vue dans un bar, la fille était partie et derrière le mec avait crié les portes c'est vers soi-même qu'on les ferme. Le neveu du plombier ne donnait pas signe de vie, on a attendu cinq minutes et puis on a plié le matériel et on est remontés à la chambre.

– Qu'est-ce que tu crois qu'on doit faire, s'est inquiétée Marie-Pierre, repasser une annonce ?

Je n'en savais trop rien, de faire l'examinateur toute la matinée m'avait éclairé sur une chose, ce qu'il nous fallait c'était quand même quelqu'un de légèrement hors normes, un employé traditionnel, sur ce point Gilles avait raison, poserait vite un problème.

⁂

J'ai passé l'après-midi aux quatre coins de la capitale, Mokthar avait mis son cousin dans l'affaire et je ne sais pas comment ils se débrouillaient mais à eux deux c'était un débit constant, appareils photo, scopes, caméras, c'était bien au-delà de mes prévisions sur ce secteur et le voir maintenant en Lacoste de la tête aux pieds, avec des lunettes de soleil et ses Dunhill, c'était presque une publicité pour le capitalisme, sans compter que sur les Champs mon barman faisait un malheur, il m'avait amené un autre gars du bowling de l'avenue Foch et à ce tarif j'avais eu beau faire le plein lors de mon voyage j'allais être à court dans très peu de temps.

– Et Gilles, qu'est-ce que tu en penses ? m'a demandé Marie-Pierre à mon retour. J'avais bien vu qu'elle accrochait et ma foi je n'avais rien contre, présentement j'étais crevé, de passer des heures et des heures dans les embouteillages avec la température qui commençait à monter, j'avais la tête comme un tambour. On approchait de la fin avril et depuis deux jours c'était la grande offensive du printemps, les gaz d'échappement se transformaient en autant de vapeurs toxiques et mortelles et le trafic redoublait de virulence, personne ne voulant passer l'arrivée des beaux jours enfermé dans le métro, il y avait multitude de voitures à se bousculer partout, le soir j'étais tellement moite et poisseux qu'il me fallait rester dix bonnes minutes sous la douche avant de refaire surface.

– Pourquoi pas, j'ai dit, c'est une solution possible.

Il avait son permis, c'était un atout, et je pense que bien sapé et un peu remis en forme il pouvait faire l'affaire avec la clientèle, le gros point noir c'était ses antécédents judiciaires et son problème d'alcool. C'est toujours par les autres que les ennuis arrivent m'avait dit le flic au Havre. Il avait raison, je ne pouvais guère me permettre de me tromper dans mon choix.

– On pourrait lui donner une chance, a relancé Marie-Pierre, on essaye et si ça ne va pas on arrête.

On est sortis dîner et en rentrant Marie-Pierre a branché le caméscope sur la télé pour revisionner la sélection. L'homme en costume est apparu sur l'écran et immédiatement je lui ai trouvé l'air encore plus faux que dans mon souvenir, au moment où Marie-Pierre lui demandait s'il avait été licencié je suis revenu en arrière, regarde bien, j'ai refait défiler au ralenti, vous avez été licencié ? non, je suis parti pour convenance personnelle, observe ses yeux, on ne peut pas truquer avec la vidéo, c'est trop précis, tu peux abuser un examinateur, pas l'objectif. On a définitivement rayé son nom de la liste. Pour le mou la question ne se posait même pas, il ressemblait à ce qu'il était et n'essayait pas de le cacher, on a accéléré jusqu'à Gilles.

Il passait bien, très bien même, n'aurait été son air destroy et ses cheveux lui tombant dans le cou, plus les plaques rouges qu'il avait partout sur la gueule, il avait un aspect présentable. C'était drôle de le revoir à l'écran, la dope et la tisane, et le placard entre les deux, je prenais un gros risque en m'aventurant avec lui, on était continuellement à la merci d'un pépin. Pense à Mokthar a argumenté Marie-Pierre, tu lui as donné sa chance et maintenant tu reconnais toi-même qu'il est transformé. C'est pas possible j'ai dit, il t'a promis un pourcentage ou quoi ? Plus que ça elle a fait en souriant, il a juré de m'emmener en week-end.

L'engagement officiel a eu lieu le lendemain au Bar Maurice, on est tombés d'accord sur une période d'essai, pour lui comme pour moi c'était préférable, il démarrait sur une base de douze mille, quand je lui ai annoncé le salaire il a un peu tiqué, sincèrement il s'attendait à plus, mais il y avait la sécurité de l'emploi et de réelles possibilités d'évolution. Ce que t'as à faire c'est pas crevant j'ai expliqué, c'est le suivi de la clientèle, ça roule tout seul, si tu t'organises en quelques heures c'est réglé, le reste du temps tu l'as pour toi. De toute manière il était déjà vraiment content que ça marche, juste après son sevrage c'était inespéré, il savait reconnaître un coup de pouce du destin quand il en croisait et ne pas le laisser filer, je pouvais lui faire confiance.

Derrière le comptoir Saïd était vert, tu fais tout un cinéma, tu fais des tests et maintenant c'est lui que tu prends, c'est impossible. Il agitait l'air de son torchon, tu peux pas faire ça, il ruisselait de sueur et d'indignation, tu sais où il était y a pas plus tard que trois mois, il était aux grands brûlés à Cochin, il a mis le feu à son immeuble, c'est un alcoolique, un alcoolique. Un ex a rectifié Gilles, aujourd'hui abstinent. Mais il mendie pour les polios a crié Saïd, c'est un escroc. Tu m'emmerdes a dit Gilles, je suis à l'essai, ce que je vaux il va vite s'en douter, ça sert à rien de vouloir me griller. Pour mettre tout le monde d'accord j'ai pris Saïd à part et je lui ai promis qu'il aurait les prix comme si on était associés, juste dix pour cent plus cher pour compenser mes frais et comme ça il pouvait vendre de son côté. Il s'est un peu calmé mais ce qu'il pensait c'était qu'on redevienne vraiment comme avant, je vois bien que ça décolle pour toi, on était ensemble quand ça marchait moyen, maintenant que ça donne il n'y a pas de raison pour que ce soit pas pareil. Je n'allais pas lui dire que justement là était peut-être la différence. Avec Saïd à ma remorque qu'est-ce que je pouvais espérer, pas franchement des merveilles. On s'est séparés, lui encore grognon, alors que merde j'étais quand même plutôt royal, et Gilles a commencé l'après-midi même.

***

C'est le week-end suivant que j'ai fait part à Marie-Pierre de mon petit projet. A vrai dire ça faisait un petit moment que l'idée me trottait dans la tête et on était en excursion à la foire du Trône, des roues gigantesques tournaient au bout des allées et les haut-parleurs braillaient de la musique, de la musique de foire, quand j'avais lâché le morceau.

– Je crois qu'on pourrait avoir un enfant.

– Parle plus fort, a fait Marie-Pierre, j'entends rien avec ce boucan.

J'ai réitéré ma proposition, on pourrait avoir un enfant. Son visage a gardé la même expression et j'ai cru qu'elle n'avait pas compris, un enfant tous les deux, un fils ou une fille. On a marché sans parler jusqu'au stand suivant, des jeunes testaient leurs forces en tapant dans un punching-ball relié à un instrument de mesure. Boum, a fait le premier. Mais c'était moyen, pas un très bon score. Le deuxième l'a poussé, regarde le pain que je vais lui mettre. Il a projeté son coude en arrière et son poing est parti comme un bolide. Comment on l'appellerait ? a demandé Marie-Pierre. Un troisième les a bousculés, je vais vous montrer ce que c'est qu'un homme les mecs, on a encore avancé, elle voulait manger une barbe à papa.

– Je sais pas, j'ai dit, c'est pas les prénoms qui manquent.

– Moi j'aime bien Sophie, c'est très joli Sophie.

Elle pensait également à Sébastien, c'est un feuilleton qu'elle avait vu récemment et le nom lui plaisait beaucoup, moi pas trop, Sophie non plus, je trouve que ça fait un peu pimbêche. J'ai sorti de l'argent pour sa barbe à papa, le stand produisait aussi des sucres d'orge, les vendeurs les pétrissaient et les torsadaient avant de les découper en petits bouts, à la fin de la journée ils devaient avoir les mains sacrément poisseuses. Pour une fille il y avait Barbara, ça sonnait bien et au moins c'était plutôt classe. Elle en a convenu.

– T'es sérieux ?

– Je sais pas...

Un camelot nous a proposé de rentrer admirer les bizarreries du monde humain, vous verrez la femme sans tête et beaucoup d'autres prodiges. La place coûtait dix francs, c'est une baraque de monstres a dit Marie-

Pierre, j'en ai jamais vu. J'entendais le commentaire de la visite précédente, elles ont deux cerveaux, quatre mains et leur rythme cardiaque est proche de celui d'un invertébré. Marie-Pierre est revenue sur le bébé. Si on en a un on va être obligés de déménager. De déménager et aussi de prendre une baby-sitter, tout ça devait coûter une petite fortune. Juste derrière nous, l'air pas dans son assiette, une femme se plaignait à sa copine qui approuvait en regardant ailleurs. Tu comprends je l'aime tellement, je l'aime tellement. La femme semblait complètement égarée, elle avait peut-être bu. Ou pris des médicaments. Je peux pas supporter de le voir comme ça, si bas. Il se détruit tu sais. Il boit et il se détruit. Elle a tourné son visage dans ma direction, elle empestait l'alcool. Si au moins il me laissait l'aider, je l'aime tellement. La fille avançait, on s'est tous massés autour de la femme sans tête, c'était la première attraction.

– C'est pas la femme sans tête, a remarqué un jeune, c'est plutôt la tête sans femme.

– Exactement, a répondu le camelot, exactement. Cette tête, mesdames et messieurs, n'a ni bras, ni jambes, ni corps, ni sexe, et pourtant elle vit. Elle se nourrit chaque jour d'une petite pilule énergétique et d'un sérum spécial.

– Laisse tomber le chiqué a fait le jeune homme, c'est sûr que c'est truqué.

Marie-Pierre s'est penchée :

– Comment tu crois que ça marche, c'est un automate ?

– Si c'est un automate, a dit le copain du jeune, faut reconnaître que c'est bien imité.

Le camelot a passé sa main au-dessus pour qu'on soit bien sûrs qu'il n'y ait pas de fils. Son micro lui donnait une voix nasillarde, Samantha vous souhaite une bonne soirée, mesdames et messieurs, et vous remercie de votre visite.

– C'est tout, a fait le jeune, j'ai payé dix balles pour ça ?

Il y avait encore quelques spécimens étranges dans

des bocaux, une bande enregistrée nous a débité des sornettes et on s'est retrouvés dehors.

– Et Pierre, est revenue à la charge Marie-Pierre, Pierre c'est simple et jamais démodé.

– C'est un peu commun, je préfère encore Sébastien.

Appuyée à un distributeur de bonbons la femme qui sentait l'alcool s'était mise à pleurer, viens disait sa copine, on va aller s'acheter des frites, ça te remontera le moral.

5.

Le 1er mai était arrivé sans que je sache comment, tout allait à la vitesse de l'éclair et le flot de clientèle ne cessait de croître, à tel point qu'il m'avait fallu prospecter tous azimuts afin de mettre en place d'autres sources d'approvisionnement, quant à nos problèmes de locaux ils devaient rapidement se régler, Marie-Pierre ayant déniché une société prête à nous sous-louer une partie de ses bureaux, le déménagement aurait lieu le lundi suivant. C'est donc le cœur léger et l'âme sereine qu'installé à la terrasse d'un café je me savourais un petit lunch. Marie-Pierre passait quelques jours dans sa famille, je venais de la déposer gare Saint-Lazare, et à l'idée de ce week-end en célibataire je me sentais tout guilleret. Non pas que je me préparais à des folies, loin de là, mais d'être constamment ensemble avait rendu cette petite coupure appréciable. J'ai commandé un demi avec des cacahuètes et je suis resté bien tranquille à regarder passer les filles en dégustant ma bière. Le soleil chauffait doucement la rue, un peu partout s'activaient des vendeurs de muguet, et si je tirais un bilan aujourd'hui, le moins que l'on pouvait admettre c'est qu'il n'était pas négatif. Mon verre fini je suis descendu vers Opéra, toujours flânant, dans quelques jours Extramill aurait quitté la rue du Faubourg-Saint-Denis, bientôt on prendrait un petit appartement, dans un quartier sympa, et ce serait fini du Bar Maurice et de tous nos joyeux amis. Un cycle s'achevait, je le sentais, dorénavant tout se passerait comme je le souhaitais, correctement et simplement, et si Marie-Pierre était enceinte ce serait dans de bonnes conditions. Sur la place, face au Palais Garnier, des bonnes sœurs couchées par terre agitaient des banderoles. Leur communauté avait eu un redressement fiscal et elles protestaient d'une grève de la faim. A côté de moi un couple se goinfrait de croissants en les regardant et une voiture pleine de jeunes tout bronzés a ralenti pour leur crier salopes, je suis sûr que vous êtes à poil sous vos robes. Nos futurs locaux se trouvaient au début de la rue Saint-Roch, sur la droite en descendant l'avenue vers Palais-Royal. Un bon endroit pour des bureaux, plein centre, il allait nous falloir une plaque avec le logo sur la façade de l'immeuble. J'ai voulu rentrer mais c'était fermé. D'après Marie-Pierre on aurait à notre disposition deux pièces, une grande remise blindée avec alarme au sous-sol, et des places de parking. Je devais rencontrer le propriétaire lundi.

En attendant j'avais besoin de décompresser et de me changer les idées. Depuis longtemps Marie-Pierre voulait visiter le Louvre et comme j'étais juste à côté j'ai décidé d'y faire un saut, rien ne nous empêchait d'y retourner si c'était bien, et pour dire la vérité j'étais absolument en panne d'inspiration sur l'occupation de ma journée. La cour du musée était remplie de touristes et une file serpentait sur plusieurs centaines de mètres. Il faisait tellement chaud que j'ai dû enlever mon blouson, dans la chaleur et les courants d'air j'étais en nage. L'attente est finalement arrivée à terme et j'ai vu tous les gens s'égailler à droite et à gauche. Un Antillais en costume de képi m'a fait un signe comme si j'étais de la crotte, *on strike, closed, closed*, comment ça *closed* j'ai demandé. La sueur me dégoulinait dans les yeux. *On strike* a répété le gardien, c'est fermé aujourd'hui, c'est la grève. Il se foutait de ma gueule, j'avais fait le poireau vingt minutes comme en plein Sahara et maintenant je ne pouvais pas rentrer ? C'est comme ça, il me regardait sans me voir, c'est comme ça et pas autrement. *On strike.* J'ai eu un coup de colère, rien n'était plus simple que de l'indiquer, pourquoi nous laisser rôtir à plaisir. *Closed*, criait le crétin à des Anglais, *closed, on strike*. Un vertige m'a saisi, avant de m'en rendre compte j'avais sauté la barrière et accroché le mec au revers de sa vareuse. Hé s'est interposé un autre, ça va pas. Ma tête est partie légèrement en arrière pour lui mettre un coup de boule mais le collègue est arrivé en courant et m'a retenu. J'étais blême de rage. Enculés, enculés de fonctionnaires. Un groupe de gardiens accourait de derrière la pyramide, c'est eux qui mettaient la merde partout, qui foutaient tout en l'air.

Passée la Samaritaine, j'étais encore dans tous mes états, j'avais du mal à me calmer, je les aurais tués, la bêtise, la bêtise et la mollesse, c'est tout ce que je détestais le plus. En prison, c'est des connards comme eux qui faisaient les matons, qu'on devait appeler Chef. Pauvres gens. Vraiment. Je bouillonnais tout seul en remontant le boulevard de Sébastopol, des filles m'ont croisé et je ne devais pas avoir l'air dans mon assiette parce qu'elles m'ont regardé bizarrement.

Je suis remonté chez moi, il faisait plus que chaud, on étouffait. Ma seule envie maintenant c'était une douche, une bonne douche, tiède, exactement à la température voulue, avec un soupçon de truc parfumé pour se sentir ultra-propre, propre et rafraîchi. J'ai actionné les robinets en grand, nu sous le torrent, prêt à savourer mon bonheur. Merde, j'ai pensé, aujourd'hui quelqu'un m'en veut. Le jet était glacé. Avoir de l'eau chaude était un peu compliqué, on était raccordés sur le chauffe-eau d'une autre chambre et vu que la vieille aux chats était la dernière occupante en titre de l'immeuble les factures de gaz émargeaient encore à son nom. C'était notre sujet numéro un de discorde, je lui donnais cinq cents francs tous les deux mois, on prenait des petites douches, je suis sûr qu'en réalité on ne consommait pas dix sacs de notre fait, mais un malaise latent subsistait entre nous. Je suis sorti à poil dans le couloir, il avait beau faire chaud j'avais envie d'une douche, pas d'un déluge gelé. La salope avait mis un cadenas à la porte de la chambre. Madame Thérèse, j'ai crié en enfilant un short, vous êtes là madame Thérèse ? Elle habitait deux étages en dessous, j'ai cogné à sa porte jusqu'à ce qu'elle m'ouvre.

– Et alors, madame Thérèse, qu'est-ce qui se passe, vous avez peur qu'on vous vole le chauffe-eau ?

Elle a secoué la tête, vieille cinglée j'ai pensé, j'espère

qu'ils vont te reloger à perpète en banlieue dans une cité bien pourrie avec que des Nègres et des Arabes. A presque deux heures elle était encore en peignoir, ça puait tellement fort la pisse de chat que j'ai été obligé de faire un pas en arrière.

– Vous avez la clef du cadenas que je remette en route l'appareil ?

Elle a secoué encore la tête, c'était pas possible. Je me suis concentré extrêmement fort sur la couleur bleue, la couleur de la sérénité, la couleur du repos et doucement j'ai reposé ma question, je peux avoir la clef de la chambre pour remettre en route l'appareil. Mais non, elle avait pris une grande décision, et il fallait bien que je comprenne, ce n'était pas de gaieté de cœur, mais son petit-fils était venu et on risquait d'exploser, et en plus c'était interdit de se servir du chauffe-eau, le propriétaire l'avait bien spécifié. Quel propriétaire, c'était l'État le propriétaire, l'immeuble un jour ou l'autre serait démoli pour le chantier du RER, et quant à l'explosion je ne vois pas ce que son petit-fils pouvait y connaître. J'ai pris un ton conciliant, allez madame Thérèse, mais rien, pire qu'une tête de pioche, elle ne voulait pas mourir ensevelie sous un tas de gravats, pour que l'installation soit conforme il faut un certificat Qualigaz, son petit-fils était formel. Sans certificat on courait droit à l'accident. Mais oui madame Thérèse, évidemment qu'il faut un certificat, un certificat délivré par le plombier, elle hochait la tête, et mon plombier est un plombier homologué, je vous l'ai dit quand j'ai fait effectuer le raccordement, il se fera une joie dès demain de nous délivrer ce précieux papier. Le raccordement c'était le beau-frère de Saïd qui l'avait fait contre une console de jeux vidéo, j'ai tendu la main pour prendre la clef. Ne vous inquiétez pas madame Thérèse. Elle a repoussé légèrement la porte. Et puis il y a toutes ces allées et venues et les cartons que vous entreposez, qu'est-ce que vous fichez donc en permanence ? Mon petit-fils pense que vous vendez de la drogue. Je peux avoir la clef ? Elle a fait non, mon petit-fils veut pas et elle s'est carapatée à l'intérieur de sa puanteur. Elle m'avait claqué la porte au nez. Oh mon Dieu j'ai pensé, je vais rentrer chez elle de force et je vais l'étrangler. Je vais étrangler cette vieille pute. Je suis remonté à toute vitesse, normalement j'avais un pied-de-biche au fond d'un placard, je pouvais lui en mettre un grand coup sur la tête et la laisser dévorer par ses chats. Il fallait que je me calme. Je suis retourné devant la chambre où était la chaudière et j'ai fait sauter le cadenas, j'ai remis en marche l'engin et j'ai pris une douche tiède, exactement à la température souhaitée, pendant au moins une heure, sans penser à rien.

J'étais à fouiller dans mon stock de Lacoste en me demandant laquelle mettre quand j'ai entendu des voix dans l'escalier; l'instant d'après j'étais entouré de képis. Cette salope avait appelé les flics.

Un gros brigadier a voulu savoir si j'étais bien le voisin de la femme du deuxième et un autre s'est enquis de mes papiers. Cette dame se plaint que vous la menacez dans le but de détourner son tuyau de gaz. Plusieurs policiers étaient avec la vieille, le gros m'a demandé ce que c'était cette histoire de drogue.

– Quelle histoire de drogue? Dieu merci j'avais un *Courrier picard* sous la main. Vous croyez vraiment que si c'était de la drogue que je vendais on mettrait ma photo en grand partout?

Il faisait moite et la chaleur accentuait encore les vapeurs de pisse et d'ammoniaque. Ce que ça pue a dit un jeune, et une femme flic l'a approuvé en se bouchant le nez.

– De quoi vous plaignez-vous exactement, madame?

– Il ne paye pas son loyer, jamais, et il me vole mon gaz.

– Vous êtes la propriétaire? s'est enquis le jeune.

– Non, j'ai expliqué, l'immeuble va être démoli et elle est en instance de relogement, personnellement je suis juste en transit. Je crois que ce n'est pas facile pour elle en ce moment j'ai ajouté plus bas.

Le brigadier a enlevé sa casquette et s'est passé la main dans les cheveux, on crève dans cet escalier. La vieille a dit et le gaz, qui paye le gaz? Le policier m'a interrogé du regard, je me suis adressé à la vieille en la fixant bien au fond des yeux, d'une voix douce, comme à un grand malade. Vous vous rappelez des cinq cents francs que je vous ai donnés la semaine dernière, vous vous souvenez où vous les avez rangés ? La vieille a fait non. Vous les avez rangés dans votre étagère, je me suis avancé légèrement pour qu'on puisse voir, où ça a dit la femme flic en s'avançant à son tour, sur la planche ? Elle a farfouillé, coup de bol le pascal était encore là. Vous voyez madame, il est là l'argent du gaz. La vieille a répété qu'on allait tous mourir dans l'explosion. On a un différend familial rue La Fayette a prévenu un képi depuis le rez-de-chaussée. Le brigadier a inspecté la vieille, si vous voulez porter plainte il faut venir avec nous au commissariat. La vieille a bougé comme une pauvre chèvre accablée, le billet de cinq cents impeccablement plié entre ses doigts, mais si on explose, vous vous rendez compte. Qu'est-ce qu'on fait pour le DF a repris la voix d'en bas, on le prend ? De toute manière madame je ne crois pas qu'il y ait matière à des poursuites. La vieille a opiné en remettant ça sur l'explosion, écoutez madame, je ne détecte aucune odeur de gaz, si vous avez des doutes mettez-vous en contact avec GDF dès demain, mais je ne pense pas qu'il y ait de fuite. C'est sûr que c'est pas le gaz que ça sent a remarqué le jeune. Le brigadier m'a rendu mes papiers, dorénavant essayez d'éviter les problèmes. Et ils ont disparu dans la cage d'escalier. Toi vieille salope j'ai dit en dessinant la trace d'une lame sur mon cou, t'es morte. Elle a refermé sa porte en roulant des yeux affolés et je suis remonté finir de m'habiller.

Ce qu'il me fallait maintenant c'était de la détente. Du calme et de la détente, je me suis décidé pour la salle de billard de la place de Clichy. Regarder les parties faisait toujours une bonne distraction et j'avais des chances de tomber sur une connaissance. Je me serais bien fait une bouffe avec un copain, tranquille dans un bon restaurant, avec un petit vin et des sujets de discussion jusqu'à plus d'heure mais à la réflexion des copains je n'en avais pas tant que ça, dans les affaires c'est souvent compliqué de mélanger avec l'amitié, la preuve avec Joël, et ceux qui me restaient c'était genre Bar Maurice et ce soir je n'avais pas trop envie de me respirer Saïd et consorts. Je suis parti à pied, il faisait une chaleur à tomber et j'avais gardé mes sandalettes et mon short, je me sentais mal, comme serré à l'intérieur, serré et brouillé. Dans la salle de billard il n'y avait pas un chat, juste les vieux qui viennent depuis au moins avant la guerre et qui ne parlent qu'entre eux en commentant les parties. Parfois quand il y a des tops, avec le décor et les glaces on se croirait vraiment dans un film, personne ne dit un mot, on entend le bruit des boules glissant sur la feutrine et qui claquent entre elles, mais aujourd'hui il n'y avait personne.

Je repensais à la vieille et aux gardiens en grève, j'aurais dû me laisser aller et le cogner et pourtant c'est pas mon genre, la violence j'ai horreur de ça mais quand même il y a des limites, et la vieille aussi, pourquoi on ne la mettait pas dans une maison spécialisée, plutôt que de la laisser emmerder le monde et divaguer, c'était rendre service à personne, ni à elle ni aux autres, je suis entré chez Wepler et j'ai pris une table pas loin de l'entrée. Le garçon a tiqué sur ma tenue mais n'a pas fait de commentaire, qu'est-ce qu'il y a j'ai demandé, c'est interdit d'être en short ? Il était jeune et moustachu, mais c'est que vous êtes blessé, vous allez mettre du sang partout. Au moment où il disait ça j'ai pensé mais qu'est-ce qu'ils ont tous aujourd'hui, je rencontre que des cinglés, j'ai baissé la tête, ma jambe était couverte de sang et le garçon me fixait avec des yeux ronds, ça va monsieur, vous vous sentez bien, je continuais à distinguer autour de moi les tables, les verres et les nappes blanches mais comme une vision se superposant j'ai vu une nuit pleine d'étoiles et le sol défilait à trois cents à l'heure, la surface de la Terre était dure et froide, il n'y avait pas encore de vie, juste des pierres et de la poussière, et il faisait noir. J'ai dû me couper je me suis entendu bredouiller, j'ai dû m'érafler sans m'en rendre compte. Le serveur s'est écarté, je crois que vous devriez vous nettoyer. Il m'a montré la direction des toilettes. L'impression persistait, d'être couché à même le sol au milieu d'une sorte de steppe, et de tourner, nu sous les étoiles, dans ce paysage tellement vieux qu'il en dépassait ma mémoire.

La vraie explication c'était que j'étais en train de devenir dingo à cause de la chaleur et des bières. Je me suis aspergé le visage, la coupure était toute fine, comme un trait de rasoir du début de la cuisse au mollet, c'était rien du tout. J'ai respiré un grand coup et je suis allé me rasseoir, ce petit malaise m'avait donné faim, j'ai commandé une bouteille de médoc et un grand plateau de fruits de mer, tant et si bien que c'est ivre mort qu'un taxi m'a reconduit gare du Nord passé deux heures du matin.

Le lendemain, même en faisant un effort surhumain je n'arrivais pas à me rappeler exactement comment s'était finie la soirée. Après le Wepler j'avais dû échouer dans un café proche où il y avait une ambiance du feu de Dieu et plein de joyeux lurons chantant et buvant. A l'examen de mes poches, sur les quatre pascals emmenés par précaution il restait la monnaie du taxi, à peine cinquante francs et une gueule de bois terrible m'enserrait les tempes. Cette petite plaisanterie m'avait coûté deux cents sacs. Chez Saïd, chose exceptionnelle, j'ai avalé un grand café en écoutant Gilles me détailler le programme de sa journée. Les deux bougnoules à Saint-Denis, et après La Bière et le bowling, et La Bière nous doit deux cents feuilles payables aujourd'hui. J'espérais qu'il allait s'arrêter et partir, que je puisse remonter m'étendre, mon mal de crâne ne cessait d'empirer, et même si j'étais le patron, vis-à-vis de Gilles c'était gênant, depuis son engagement il était hyper-réglo, je sais qu'il n'avait pas touché une goutte et que ce n'était pas facile, ça m'ennuyait de lui dire écoute vieux, j'ai tellement picolé hier que j'ai du mal à mettre un pied devant l'autre alors tes histoires de livraisons abrège parce que je m'en tape. Mais rien à faire, il était à côté de moi comme une pile électrique à s'agiter et à se gratter dans tous les sens, à croire qu'il était assis sur un nid de fourmis, et maintenant il m'entreprenait sur ses hémorroïdes, tu comprends faut que je me fasse opérer, ça me lance quand je marche, c'est un truc qui m'empoisonne. J'avais des bouffées de chaleur qui m'étourdissaient, il allumait cigarette sur cigarette, je crois que je vais me faire un hammam j'ai dit, j'ai besoin de réfléchir.

Son visage s'est illuminé, super bonne idée, tu vas où, à la mosquée ? En général j'allais à Barbès, parfois à Aquaboulevard mais ça faisait loin. Taratata, son doigt s'est balancé de droite à gauche en signe d'opposition formelle, Barbès, mais t'es fou, le vrai hammam c'est à la mosquée, c'est là qu'il faut aller. Avant que j'aie pu réagir ou protester les choses étaient enclenchées de manière irréversible, j'étais assis dans l'utilitaire, Gilles au volant, en direction du Seul Vrai Hammam Possible, tu vas voir c'est *Les Mille et Une Nuits*, je pense pas que tu sois déçu, et chaque cahot était pour moi une souffrance.

Ici a dit Gilles c'est que des Arabes pratiquants ou des intellectuels, c'est pas le crouillat de base qui vient là. C'est vrai que comme décor c'était magnifique, les bancs étaient en marbre et on s'attendait à tout instant à voir débouler le sultan et les danseuses, la vapeur m'envahissait doucement, de temps à autre je finissais de me réveiller avec le jet froid, je commençais juste à refaire surface. Je suis content qu'on soit un peu tranquilles pour causer a lancé Gilles, il y a une affaire qui me tient à cœur sur laquelle j'ai deux mots à te dire. C'est bon j'ai pensé, il bosse pas depuis quinze jours qu'il lui faut déjà une augmentation. Mais c'était songer à mal sans raison, son affaire concernait le détournement d'un camion frigorifique aux Halles de Rungis, une entreprise sans beaucoup de risque et au gain phénoménal, il manquait un commanditaire.

J'ai bâillé, tu m'en veux pas si je me fais faire un massage, je suis moulu de partout. Il s'est récrié, bien sûr, je t'en prie, en continuant à se tortiller dans sa serviette. C'était comme d'écouter la radio, une radio de cinquante kilos pour un mètre quatre-vingts, couvert de boursouflures rosâtres, ses brûlures n'avaient pas encore fini de cicatriser et vraiment il était pire que Freddy l'horrible des films de cauchemar, tous les regards au passage s'attardaient sur lui, dans mes nouveaux locaux ça risquait de poser un problème, pour les secrétaires ou les gens qui travaillaient, qu'est-ce qu'ils allaient dire, vous avez vu le gars, il a des trucs bizarres sur les bras, et vous ne trouvez pas qu'il est drôlement maigre, d'autant qu'expliquer les choses n'arrangeait rien, oh, ça, vous en faites pas, il a brûlé vif, oui vous savez il était alcoolique, il a mis le feu avec sa clope. Gentil Extramill mais drôle d'équipe. Je me suis rebranché sur la conversation, on peut espérer entre trois et cinq cent mille francs, au minimum. Pardon, j'ai fait répéter, combien ? Entre trois cent et cinq cent mille francs, ça dépend de qui on trouve pour écouler le lot. Quel lot ? Je n'avais rien écouté à sa plaidoirie. Il s'agissait d'une livraison de viande, des carcasses et des carcasses de bœuf, le plan était ultra-simple, il manquait encore le débouché, c'est là-dessus qu'il comptait sur moi.

– Pourquoi moi ?

Le masseur m'a indiqué que c'était mon tour. Je me suis allongé dans les flaques d'eau.

– Les gens que je connais, en général c'est des bidons, ou alors ils font pas le poids, toi ce que tu touches tu le réussis.

C'était une explication, je n'ai pas répondu, le masseur m'a pétri dans tous les sens et m'a arrosé avec des seaux. C'est vrai que ce que je faisais souvent je le réussissais, en sortant du hammam j'étais regonflé à bloc.

– Alors, qu'est-ce que t'en penses ?

Les projets mirifiques d'habitude j'ai un peu tendance à m'en méfier, tout est prévu de A à Z sauf les années de ratière.

– Faut étudier la question. Pas se lancer à l'aveuglette.

Il m'a approuvé, c'était ce qu'il attendait, que je prenne en main toute l'organisation.

– Il faut qu'on aille sur place le soir, que tu te rendes compte par toi-même comment c'est du gâteau.

Je sentais que s'il recommençait avec toutes ses explications tarabiscotées et ses détails à n'en plus finir ma migraine allait se réactiver, je l'ai coupé net.

– O.K., on y va un soir et on regarde ça.

– Quand ? Ce soir ?

J'ai eu un blanc, je comprenais ce qu'avait dit le représentant de bière au téléphone, ton nouveau livreur quand il a quelque chose en tête t'es sûr d'être au courant. J'ai dit d'accord ce soir, rendez-vous à vingt heures chez Saïd, mais il a fait non, vingt heures, à cette heure-là rien ne se passe, le marché commence vers minuit, une heure minimum, ça ne sert pas à grand-chose d'y être avant.

Il est monté dans la camionnette, Mokthar l'attendait à midi et il ne voulait pas se mettre en retard, onze heures en bas de chez toi c'est bon ? C'est bon j'ai dit et il a démarré, c'était comme un nuage d'électricité s'éloignant de moi brusquement. J'ai marché jusqu'à une cabine, en respirant doucement par le nez et en me concentrant sur des choses calmes, et petit à petit la détente s'est réinstallée. Dans ma poche j'avais la carte de visite des nouveaux locaux, *Adagio Communication, Une Société de prestige au service de votre image.* C'était pas mal, bon slogan, mais honnêtement je préférais Extramill. J'ai composé le numéro, je ne pense pas que Marie-Pierre m'en tienne rigueur, si le gars n'était pas disposé à me recevoir aujourd'hui tant pis, au moins j'aurais essayé. Déménager était devenu une urgence absolue, Saïd, la vieille, la police qui peut-être risquait de revenir, non, c'était trop, et en attendant de trouver un appartement on allait prendre une chambre d'hôtel, gare du Nord terminé.

– De la part de qui ? m'a interrogé l'hôtesse.

J'ai expliqué mon cas, le nouveau locataire, et je ne devais appeler que lundi mais comme j'avais un break... elle m'a dit de ne pas quitter et quatre unités plus tard on m'a passé Bruno, c'était lui qu'avait rencontré Marie-Pierre.

– Bruno de Villiers, j'écoute.

J'ai réitéré mes explications, oui, il voyait parfaitement, et non, que je l'appelle aujourd'hui n'était pas gênant, d'ailleurs je pouvais passer quand je voulais, à moins que, je l'ai entendu farfouiller, dis-moi Patricia monsieur Duporge ne vient pas ce midi, il m'a repris, excusez-moi, une obligation vient de s'annuler, déjeunons si vous voulez. Rien qu'au son de sa voix, au ton de la standardiste, la manière qu'il avait de s'exprimer, j'étais loin, très loin du Bar Maurice. Je suis repassé en quatrième vitesse me changer et prendre un peu d'argent, maintenant j'en avais de planqué partout, sans tenir compte du fond de roulement et de la caisse pour les frais courants j'avais cent quatre-vingt mille francs de côté, dont la majeure partie dormait tranquillement au fond d'une cave d'un immeuble de Ménilmontant, roulés comme des bonbonnes de came dans du plastique.

Bruno m'attendait dans son bureau, à droite de l'entrée, il était au téléphone et m'a fait un petit signe pour s'excuser, un instant, j'arrive. Quelques plantes vertes décoraient le couloir, c'était mieux que dans mon imagination, vraiment classe, avec du goût, le standard se nichait tout en rond dans un coin de la grande pièce et les bureaux étaient conçus de telle manière qu'il y avait à la fois intimité et ouverture sur l'extérieur. La fille, j'ai supposé qu'il s'agissait de Patricia, m'a proposé un café. Je l'ai remerciée, c'est gentil mais je vais déjeuner dans cinq minutes. L'attaché-case dont je m'étais muni renfermait deux enveloppes de quinze mille dans l'une et dix mille dans l'autre, ma machine à calculer, et un vieux numéro de *L'Express*, c'est tout ce qui traînait dans la chambre. J'ai pris un air affairé en tapotant sur ma calculette, le loyer était de cinq mille francs mensuels, soit à l'année soixante mille francs. Pour le quartier ce n'était pas cher. Déjà dans les comptes a fait Bruno en sortant. Bruno de Villiers, comment allez-vous ? Il m'a broyé la main, j'ai dit mon nom, très bien, et vous, et on est sortis déjeuner.

Je m'attendais à quelqu'un de plus vieux mais il avait sensiblement mon âge, pas du tout guindé, et le restaurant dans lequel il m'a emmené était sympa et niveau prix tout à fait convenable, comme quoi on a souvent une idée fausse et des a priori avant de connaître les gens. C'est lui qui a insisté pour qu'on se tutoie et l'atmosphère s'est décoincée très vite. J'avais eu tort de m'en faire. Le déménagement ne posait aucun problème, la place était de toute manière vacante, et je pouvais m'installer dès demain, au contraire, ça lui faisait plaisir, les bureaux vides il n'y avait rien de tel pour déprimer une entreprise. Une société a besoin d'effervescence, de fièvre, sinon les gens s'endorment. Il a voulu connaître les activités exactes d'Extramill.

– Ta collaboratrice me l'a dit mais je n'ai pas bien saisi.

En fait Marie-Pierre était restée dans le vague. Le

maître d'hôtel s'est approché de notre table et lui a dit comment ça va Bruno, en forme ? Ma réponse était préparée à la virgule près.

– Du courtage, de la distribution à prix préférentiel pour une clientèle haut de gamme.

– C'est-à-dire ?

J'ai bu une gorgée de vin italien.

– Par exemple je travaille à partir de stocks dont une personne souhaite se débarrasser et je trouve des clients. Ou alors des clients me contactent et c'est à moi de leur obtenir les produits désirés trente à cinquante pour cent moins cher que par un réseau normal. Je fournis les bonnes personnes pour les bons produits, et les bons produits pour les bonnes personnes. On peut appeler ça de la distribution intelligente.

Il a commandé des tagliatelles à la pescatore et moi un filet au gorgonzola.

– Mais les produits moins chers tu les trouves où ?

– Les relations, principalement les relations. Des stocks, je travaille aussi beaucoup avec les douanes, les ports, parfois de la marchandise se perd, personne ne la réclame, il y a des saisies...

Il a opiné en reposant son verre, on n'avait pas encore commencé à manger qu'il avait déjà presque bu la moitié de la bouteille.

– Nous, nous sommes plus dans la prestation, dans le service.

Adagio Communication s'occupait d'événementiels, organisait des galas, des séminaires, des conventions, produisait des films d'entreprise, concevait des petites campagnes de communication. En ce moment il faut reconnaître que c'est un peu la crise il a conclu en attaquant ses pâtes, je suppose que chez vous aussi rien n'est facile ?

J'ai demandé au serveur si je pouvais avoir un peu de moutarde.

– On est assez compétitifs, on arrive à se maintenir.

A la fin du repas on était copains comme cochons, mes produits à prix attractifs l'intéressaient énormément et moi la communication m'a toujours passionné.

– Dis donc...

Le serveur déposait les cafés, j'aimais autant tirer ça au clair maintenant.

– ... si je te paye le loyer en liquide c'est gênant?

Il m'a regardé et sans qu'on ait besoin de le dire les choses se sont entendues d'elles-mêmes, sa société connaissait des petites difficultés, moi c'était l'inverse, on s'arrangeait et personne ne rentrait dans les détails.

– Je pense que le mieux c'est que je règle trois mois d'avance.

Le prix comprenait outre la location proprement dite, toutes les charges, chauffage et électricité, le gardiennage, les bureaux et la remise étaient sous alarme reliés à une société de surveillance, ainsi que l'utilisation du standard et de la standardiste. Seul le téléphone serait en sus, les trois postes affectés à mon secteur possédant un compteur indépendant.

On s'est séparés les meilleurs amis du monde, il avait réceptionné les billets, quinze mille francs en cash et je n'avais plus qu'à investir les lieux. Dorénavant j'étais chez moi. En encaissant l'argent il m'avait demandé si je voulais un reçu mais j'avais secoué la tête, c'est pas la peine, dans ma partie on a l'habitude de faire confiance, les gens qui se manquent ça ne leur porte pas bonheur. Il avait acquiescé, tu as tout à fait raison, la confiance c'est primordial.

L'enveloppe de billets faisait dans la chemise en carton où il l'avait rangée une bosse incongrue au milieu du bureau. Au revoir j'avais dit à Patricia.

A demain.

***

– Tu sais, j'ai expliqué à Gilles le soir, j'ai bien analysé la situation, ces gens sont des baltringues, rien d'autre.

Depuis une semaine je lui rebattais les oreilles avec le déménagement, qu'il allait devoir changer du tout au tout, changer de langage, de comportement et de fringues, je m'étais même demandé si j'allais le garder, de peur de déparer dans mes nouvelles installation, mais de voir l'autre se picoler sa bouteille de chianti au restaurant et étouffer l'argent du loyer sans broncher m'avait ouvert les yeux. Pour notre arrangement j'aimerais que ça reste entre nous, mes associés sont un peu stricts niveau principes. Ben tiens. C'était des gens comme n'importe qui, et à mon avis pas spécialement plus futés. Ils avaient juste la chance d'être dans le bon circuit.

– Tu t'attendais à quoi, à des surhommes ?

Minuit venait de s'annoncer sur RTL, on a quitté Paris par la porte d'Italie, pour un peu je me serais fait l'effet d'être un routier en partance pour de grands voyages.

– On doit prendre mon contact au passage à Villejuif, c'est par lui que j'ai le plan.

Le matin il n'avait pas été question de tierce personne, et certainement qu'une fois sur place les données du problème changeraient encore, on me demanderait d'investir, et la rentabilité aurait chuté de moitié, mais rien ne pouvait altérer ma bonne humeur, une seule chose comptait pour moi, la plaque discrète et sobre qui signalerait notre présence rue Saint-Roch.

– Il est pile à l'heure, tu vas voir, il est impeccable, j'étais à Widal avec lui, il connaît Rungis comme sa poche.

– Évidemment, j'ai remarqué en souriant, s'il était à Widal avec toi...

La camionnette a freiné et notre nouveau compère m'a rejoint sur le siège avant. Honnêtement il ne payait guère de mine, je l'aurais très bien vu dans une crémerie. Ou responsable du rayon périssables d'un petit bouclard de province.

– Je te présente le patron, lui a annoncé Gilles, à partir de maintenant il décide de tout.

L'entrée du marché n'était pas gratuite, les frais commençaient, j'ai dû sortir mon portefeuille.

– Prends le boulevard circulaire, on va déjà faire un tour, que tu vois bien de quoi il s'agit.

Des camions nous croisaient dans tous les sens, partout des gens allaient et venaient entre les entrepôts, là c'est les fleurs coupées, et plus loin la marée, serrés comme on l'était sa voix résonnait juste à deux millimètres de mes tympans et il postillonnait. C'est comme une immense ville sans habitants, de surface supérieure à Monaco, on avait l'impression qu'il en tirait une sorte de fierté personnelle, et c'est géré par le président, pas par un maire.

– Par le président ? s'est étonné Gilles.

– Le président du marché, il contrôle tout.

Un instant j'avais eu la vision du président de la République, en tablier bleu, charriant sans relâche jusqu'à l'aube des caisses de victuailles. Je me suis renversé en arrière, le plus loin possible de la source sonore, demain matin j'appellerais Marie-Pierre, elle rentrait à la fin de la semaine, mais comme il fallait que je monte au Havre je pouvais aussi la récupérer là-bas, et j'attaquerais le déménagement avec Gilles, si besoin est je prendrais un jeune pour nous aider. A côté de moi Coin-Coin repartait de plus belle, et regardez-moi comment ça picole, ça picole et ça fauche, partout, dans tous les pavillons. Et lui on l'avait licencié pour vol et alcoolisme, allez y comprendre quelque chose. Je pense que le nouveau taulier pouvait pas me sacquer, oui, je crois qu'elle est là l'explication. Le sentant s'éloigner de nos préoccupations premières Gilles l'a interrompu, dis donc si on allait jeter un coup d'œil au camion. Incroyable le nombre de gens qui déambulaient, perdus face à la vie tels des poissons sur le sable, incapables de surnager, et qui remâchaient leur amertume et leur rancœur, comme si le fond du problème ne venait pas d'eux, ce gars-là, qui le poussait à boire, et si un patron le jetait pourquoi ne retrouvait-il pas une place ailleurs ? On a stoppé près de l'aire des TIR, c'est là que tout devait se jouer.

Il a pris conseil auprès de Gilles.

– Qu'est-ce qu'on fait, on va la voir ?

– Tu crois...

– Je sais pas.

Ils semblaient la proie d'un affreux doute.

– Voir qui ?

Gilles s'est frotté l'oreille. L'autre m'a lancé un postillon.

– La pute.

Je les ai regardés tous les deux, ce n'était quand même pas le moment pour la virée du légionnaire.

– Quelle pute ?

Le plan extrêmement astucieux mis sur pied par Coin-Coin et approuvé par Gilles concernait un trente-huit tonnes bourré de viande bovine dont le chauffeur était polonais et qui systématiquement s'envoyait la pute à son arrivée. Seulement, seulement, gros avantage, contrairement à ses collègues, lui ne voulait rien faire dans le camion. Il préférait le mobile home de la jolie.

– Pourquoi ?

– Parce qu'il est très croyant, il ne veut pas faire ça devant les images du pape et de la Vierge Marie, il en a plein sa cabine.

– Il a même des photos de Jésus, a renchéri Coin-Coin, c'est tout dire.

J'espérais au moins qu'elles étaient dédicacées. Bon j'ai failli dire à Gilles, tu voulais que je me rende compte maintenant c'est fait, on bouge, mais il m'a pris de vitesse.

– Écoute, je vois bien ce que tu penses mais regarde juste ça, la pute marche avec nous, elle ne le fera pas en moins d'une demi-heure, peut-être plus, il aime bien prendre son temps, et il y a une clef de secours vissée dans le garde-boue arrière, on s'arrache avec le camion, trente tonnes de viande, à cinquante francs le kilo prix de gros combien ça fait ?

J'ai pris un peu de temps avant de répondre.

– Un million cinq cent mille.

– D'accord, a fait Gilles, on la bazarde au tiers, combien il reste ?

Il restait cinquante briques. Il fallait en convenir, la somme était tentante.

– Alors, m'a demandé Coin-Coin, qu'est-ce que vous en pensez ?

Tout à l'angoisse de ma réaction maintenant il me vouvoyait.

– Démarre, j'ai dit à Gilles, et dirige-toi vers la sortie la plus proche à vitesse normale.

Il a obéi, j'avais dégrafé ma montre pour surveiller le minutage.

– En temps normal la sortie est toujours aussi dégagée ou il peut y avoir des blocages ?

– Avant minuit c'est libre. Toujours.

Je parlais calmement, chaque problème devait s'étudier froidement, d'une manière rationnelle, Gilles avait pris un air super-concentré, Coin-Coin aussi, je me faisais l'effet d'être Parker au début de *Parker rafle la mise.*

Le trajet avait pris sept minutes.

– Je continue ?

Comptons dix par sécurité, plus cinq le temps de récupérer la clef, il restait quinze minutes à tout casser pour se mettre en lieu sûr.

– Qu'est-ce qui se passe une fois sortis, on va où ?

Coin-Coin m'a scruté avec des yeux inquiets, Gilles a temporisé.

– Pour le moment on n'a organisé que le début du projet, c'est pour ça que t'es là.

On est rentrés sur Paris, j'avais besoin de réfléchir à tout ça tranquillement.

– Mais quand même, a insisté Coin-Coin avant de descendre, vous croyez que c'est faisable ?

Gilles a allumé une cigarette, j'ai toussoté avant de répondre.

– Pour le moment je n'en sais vraiment rien.

On l'a laissé à ses espoirs déçus, la première chose à faire j'ai expliqué à Gilles c'est de le mettre hors d'état de nuire, avec lui c'est pas à Rungis qu'on va finir, mais à Fresnes. Tu me diras a fait Gilles, par la 186 c'est vite fait.

C'était une bonne manière de voir les choses. Il est revenu à la charge.

– Sérieux, tu le sens bien ou pas ?

Je le sentais moyen.

Pour que ça marche il fallait planquer le camion à moins d'un quart d'heure du marché, avant que les flics n'aient balancé leur appel radio; et avoir un acheteur.

– Trouve l'endroit, j'ai proposé, et je m'occupe du client.

Il a promis de se pencher sur la question et m'a déposé gare du Nord.

– Oublie pas que demain on déménage, j'ai rappelé, c'est midi dernier carat, après je compte des pénalités sur ton salaire.

En montant j'ai donné un grand coup dans la porte de la vieille, il était quatre heures du matin, je me suis allongé sur le lit et j'ai regardé le plafond, c'était ma dernière nuit au-dessus du Bar Maurice.

Le sommeil tardant à venir j'ai refait le parcours du parking jusqu'à la sortie, c'était jouable, si le chauffeur n'avait pas d'éjaculation précoce, si la clef de rechange était bien à sa place, s'il n'y avait pas de contrôle surprise à la sortie, si je trouvais un acheteur, ça faisait beaucoup de si, j'étais moyennement emballé, mais vingt ou trente briques d'un coup, c'est ce qu'il me restait une fois déduits les frais et la part des uns et des autres, ça ne se refusait pas en crachant dessus. Petit à petit mon esprit a dérivé sur d'autres sujets, mes affaires en cours, je devais remonter au Havre dans les plus brefs délais, et l'autre licencié pour alcoolisme, et la vieille en dessous, et Saïd, dans le fond des gens heureux il n'y en avait pas des masses, je me suis demandé si Marie-Pierre était enceinte, je ne m'étais jamais imaginé avec un enfant, qu'est-ce que je lui dirais, ton père c'est un voleur, il vole des camions aux Halles de Rungis, et sinon il a une combine en or avec un flic, à eux deux c'est razzia sur les docks en permanence. Mais j'ai chassé l'idée, quand mon fils serait en âge de comprendre depuis belle lurette j'aurais des affaires réglo. Si l'autre Adagio y arrivait je pense que j'avais plus que mes chances. C'était juste une question de positionnement.

Doucement le sommeil s'est emparé de moi, comme une bulle m'emportant vers des cieux plus cléments, où tout était calme et lisse, je flottais comme un bienheureux sans plus me préoccuper de ce que je faisais ni où j'allais, j'avais l'impression de n'avoir jamais été aussi bien et détendu de toute ma vie et l'instant d'après c'était terminé, je dévalais au milieu d'un monceau d'éboulis la pente abrupte d'une montagne et une voix résonnait mais qu'est-ce que tu fous, tu dors ou quoi ?

Il était une heure moins le quart et Gilles tambourinait derrière la porte.

⁂

Transporter des cartons, des télés et tout un tas d'objets divers accumulés au fil du temps, par un escalier minuscule, pour les charger dans la camionnette, alors qu'il fait une chaleur infernale, la météo parlait d'une nouvelle sécheresse sans précédent, et on n'était qu'au mois de mai, j'étais épuisé avant d'avoir commencé. Gilles a inspecté les pièces où s'entassait la marchandise, et il y avait encore toutes mes affaires perso, mince il a dit, ça fait beaucoup, je ne pense pas qu'à deux on puisse s'en sortir. On s'est pourtant attelés à la tâche, montant, descendant et montant les quatre étages, à la suite d'une fausse manœuvre dans un tournant ma main m'élançait horriblement et Gilles s'est tordu le pied en ratant une marche.

Je l'ai regardé, il paraissait au bord de la syncope.

– On fait ce voyage, au retour on se trouve deux bourricots et nous on organise, d'accord ?

– D'accord.

Sa voix n'était plus qu'un filet. J'ai pris le volant pendant qu'il s'asseyait à côté, c'était pas évident qu'il tienne jusqu'au bout.

Rue Saint-Roch, Bruno n'était pas là mais Patricia s'est fait un plaisir de nous accompagner dans les sous-sols. La veille je ne l'avais pas bien vue mais elle était ravissante et habillée plutôt sexy, je me suis posé la question de savoir si Bruno la sautait. Peut-être que oui.

– Merde, a observé Gilles, c'est bourré de gueulards ici.

Effectivement, l'entrée commune était blindée et chaque porte avait son alarme. Patricia lui a jeté un petit coup d'œil, après l'effort insensé qu'il venait de commettre on l'aurait facilement pris pour le copain de Blueberry, au retour de six années de désert à la mine perdue, hum, hum, j'ai fait, et il a très bien compris parce qu'il a embrayé sur tout un tas de politesses comme quoi c'était vraiment sympa de nous emmener alors qu'elle devait avoir du boulot par-dessus la tête, et quand elle nous a montré pour le code et ce qu'il fallait faire en cas d'erreur il l'a écoutée religieusement, seulement elle a dit essayez, vous allez voir, et il a appuyé au mauvais endroit, tout s'est déclenché, même les alarmes voisines, c'était déjà arrivé une fois, Patricia ne savait pas comment faire pour stopper le raffut, pendant qu'elle montait téléphoner à la société de surveillance on est restés sur place et un moment la lumière s'est éteinte, en m'avançant pour allumer j'ai failli avoir une crise cardiaque, la porte s'est ouverte à toute volée et deux vigiles avec un chien se sont précipités sur nous.

Tout s'est enchaîné très vite, j'ai eu un mouvement de recul, Gilles a crié je suis grand brûlé, je suis grand brûlé et moi c'est une erreur, société Extramill, le clébard n'avait pas de muselière, il a bondi en avant et ses dents ont frôlé mon avant-bras pendant que l'autre vigile me braquait avec une lacrymo, je suis le gérant d'Extramill, et Gilles pensant qu'il s'agissait d'une arme a hurlé ne tirez pas, mais ne tirez pas c'est le directeur d'Extramill, et heureusement sur ces entrefaites Patricia est revenue in extremis avant la bavure, et tout s'est arrangé, les vigiles étaient désolés mais vous comprenez il y a des vols régulièrement, et vous n'imaginez pas le genre de loustics sur lesquels on peut tomber. J'ai dit bien sûr, je comprends, et vraiment pour la surveillance on peut compter sur vous, bravo. Patricia a fait la bonne manœuvre, les sirènes se sont arrêtées, elle m'a dit le code en aparté et les vigiles sont repartis avec elle. Assis sur un carton dans le fond de la pièce Gilles se remettait de ses émotions en respirant avec difficulté.

– J'ai cru qu'il avait un calibre, il répétait en se tenant la poitrine, j'ai cru qu'on y était.

C'était pas le tout mais on avait encore le chargement à rapatrier et après le reste du déménagement, c'était pas le moment de traîner. Par chance Patricia a encore réapparu et elle poussait un diable devant elle, tenez, j'ai récupéré ça chez le gardien, ça peut être utile, je l'ai remerciée, vraiment vous êtes formidable, sans vous on était dévorés et maintenant vous nous facilitez la tâche. En moins de dix minutes tout était soigneusement empilé, c'est Gilles qui s'occupait du rangement, et il tenait à ce que tout soit bien en place.

Avant de partir on est montés au bureau, Bruno venait de rentrer et Patricia racontait nos démêlés avec les chiens et les alarmes, toute la société dans l'entrée l'écoutait en se poilant, j'ai cru que le cadavérique allait faire un arrêt du cœur, ah, ah, au regard de Bruno elle s'est arrêtée, c'est sûr qu'on l'a échappé belle j'ai reconnu, sans Patricia on se faisait déchiqueter, Patricia était toute rouge, tout est bien qui finit bien a dit Bruno, ça prouve au moins que leur système marche. C'était vraiment chouette d'être la risée de tout le monde dès le premier jour.

– Dis, m'a demandé Gilles dans la camionnette, c'est de moi qu'elle parlait la meuf tu crois ?

Il s'est ausculté dans la glace du pare-soleil.

– Un peu fatigué d'accord mais cadavérique faut pas pousser.

Pendant qu'il rentrait le véhicule dans la cour je suis passé au Bar Maurice embaucher un peu de main-d'œuvre mais il n'y avait pas grand monde.

– Tu peux contempler ton œuvre, m'a fait remarquer Saïd d'une voix acerbe. Maintenant que ces messieurs travaillent dans la journée je ne fais rien et le soir je suis obligé de fermer plus tard pour faire le même chiffre d'affaires. Merci monsieur Grand Chef.

Il me cassait les oreilles, s'il n'était pas content il pouvait faire de la publicité, rien ne l'en empêchait. Il a quand même promis de m'envoyer son neveu et un de ses copains. Je suis ressorti et au moment de passer sous le porche j'ai entendu la voix de Gilles répéter comme un disque, attention, je suis grand brûlé, je suis grand brûlé, et j'ai failli m'avancer et lui dire c'est bon, change de musique, c'est fini les vigiles, ils sont partis ils ne vont pas revenir, mais à la vue de ce qu'il se passait je me suis rejeté en arrière, un monstre d'au moins deux mètres de haut le soulevait du sol et lui tapotait le crâne contre le mur, répète après moi petit enculé ce que tu fais si la grand-mère te dit de pas prendre de douche, non disait Gilles à moitié étouffé, je prends pas de douche, je le jure, et du gaz, tu vas te servir du gaz petit enculé, la tête de Gilles partait d'un côté et de l'autre, comme un pantin dans la main du géant, écoute-moi bien petite crevure, si j'entends encore une fois parler de toi, que tu prends des douches ou que tu te sers du gaz, je t'explose, compris? Oui, a dit Gilles, je prends pas de gaz, jamais, et la brute l'a lâché, t'as de la chance que je sois pressé, ses grosses cuisses moulées dans le jean ressortaient telles des excroissances abominables et ses avant-bras ressemblaient à ceux d'un bûcheron, ce n'était pas possible d'être aussi balèze. Il est passé tout près de moi et il a sifflé jusqu'à ce que la vieille mette son nez à la fenêtre, c'est réglé mémé, je pense pas qu'à l'avenir il te cause beaucoup de problèmes.

– Mon Dieu, a gémi Gilles une fois que j'ai pu rentrer, ferme la porte, je viens de me faire attaquer par un désaxé.

Il était encore plus blême que la normale et sa voix chevrotait.

– C'est ma journée aujourd'hui, qu'est-ce que j'ai fait, le gars arrive et me fonce dessus et demande si je prends des douches et si je me sers du gaz, c'est dingue non?

– C'est dingue, j'ai dit, vraiment dingue.

D'un commun accord on a décidé de s'autoriser une petite pause, le dément pouvait revenir et il fallait mieux s'y remettre une fois les secours parmi nous. On s'est réfugiés chez Saïd, lui toujours tremblant et moi pas plus rassuré que ça, je ne tenais pas du tout à ce que l'autre rapplique et s'aperçoive de sa méprise. Je crois que j'ai un problème au cœur a annoncé Gilles en s'accoudant au bar, je me sens pas bien. Saïd imperturbable essuyait les verres derrière son comptoir. Un cognac a repris Gilles, avant que je m'évanouisse. Saïd m'a regardé, je t'avais dit quoi le jour des tests, j'avais pas raison? C'est différent l'a contré Gilles, c'est complètement différent. Il m'a pris à témoin, explique-lui ce qu'on a traversé aujourd'hui, par quoi on est passés.

– C'est vrai qu'il nous en est arrivé de drôles, j'ai reconnu. On a failli se faire croquer par un chien et après un cinglé l'a attaqué.

Là-dessus une armada de Surveilleurs nous ont rejoints et ils ont tous voulu savoir de quoi il retournait, les vigiles encore ça se comprend a fait un grand, mais le dingue ça c'est vraiment fou, Gilles mimait la scène, je te jure qu'il était anormal il mesurait facile deux mètres, peut-être deux mètres dix, et il avait des yeux de bête fauve, comme un loup, une première tournée est arrivée et Gilles n'a pas pris de cognac mais un whisky, j'ai pris une bière, tu vas voir s'il revient comment on va s'occuper de lui a menacé un autre, et il est sorti devant le café nous montrer son habileté au karaté, ah, il se retournait et pliait les genoux, yahaha, chacun de ses gestes semblait se démultiplier et se mouvoir dans l'air comme raidi dans une gangue de béton, il a perdu l'équilibre et s'est assis pesamment sur le trottoir, merde, d'habitude j'y arrive bien. Quelqu'un a proposé de nous donner un coup de main, c'est bien la moindre des choses qu'on lui doit au petit, et ça m'a plus touché que j'aurais pu l'admettre. Très vite l'assemblée s'est organisée, il y avait dans la cage d'escalier des barres de métal provenant de la rampe, une partie de l'équipe s'en est munie, les brandissant au-dessus de leurs têtes comme des massues en guettant depuis le trottoir un éventuel retour de l'agresseur, pendant que les autres faisaient la chaîne entre les étages, tu vas voir tch'o si on n'en vient pas à bout de ton déménagement.

A un moment la vieille est descendue aux nouvelles, se rendre compte par elle-même d'où provenait ce bazar, mais vingt clochards gesticulant et beuglant dans tous les sens c'était trop pour elle, faut pas rester là ma petite dame l'a avertie le karatéka, il y a un dingue dans les parages, ce serait dommage qu'il tombe sur vous.

En un rien de temps la camionnette s'est retrouvée remplie, c'était comme une ruche bourdonnante se mettant d'un coup au travail, j'ai laissé Gilles superviser la suite des opérations et accompagné de trois Surveilleurs on a mis le cap sur les bureaux. A cette heure je ne risquais pas de rencontrer quelqu'un, pas de danger de se faire surprendre avec nos camarades, Gilles c'était déjà suffisant, je ne tenais pas à en rajouter. Tout a fonctionné au poil, les clefs, la commande électronique du parking, le code étaient bons, mais malheureusement en ressortant Gérard a voulu m'arrêter la circulation et une porte était mal fermée, Guy s'est précipité, attends je vais t'aider, ils étaient tous les deux bien visibles à trifouiller l'arrière et j'ai tourné la tête, Patricia installée à la terrasse en face ne perdait pas une miette du spectacle, nul besoin d'être devin pour savoir ce qu'elle pensait, que les nouveaux locataires devaient être au moins sponsorisés par l'abbé Pierre et les Emmaüs. Sur la chaussée les deux zigotos faisaient la sarabande, un automobiliste s'est plaint, mais bon Dieu qu'est-ce que vous foutez, et bien sûr ils l'ont insulté, Guy a fait un pas de danse, les bagnoles on s'en occupe toute la journée vous allez pas nous les briser maintenant, et quand nos regards se sont croisés elle était tellement interloquée que mon petit bonsoir est resté sans réponse.

A part ça le déménagement s'est achevé dans la joie et la bonne humeur, Saïd a eu droit à tout un stock de cacahuètes et des bouteilles de Martini et de Ricard qu'on a retrouvés sous la pile de cartons, le karatéka a récupéré un poste FM et j'ai donné à tout le monde un réveil-radio, j'en avais deux caisses et c'était invendable, tous les Paris Pas Cher en ont. La joyeuse compagnie a réintégré le bar, j'ai payé ma tournée et Saïd a mis le Martini sur le comptoir. Gilles était ivre mort et lançait en l'air des cacahuètes qui retombaient en pluie, alors m'a dit Saïd, cette fois-ci ça y est, tu t'en vas. J'aurais pu m'en foutre, et d'ailleurs c'était un peu le cas, mais aussi c'est vrai qu'on se connaissait depuis un bail et qu'on avait toujours marché plus ou moins ensemble.

– C'est normal Saïd, il y a trop de risques ici, et j'ai besoin de m'agrandir, j'ai une société, j'ai pignon sur rue, je peux pas rester là, c'est pas légal.

Fait rarissime, il s'est servi une vodka.

– Légal...

Il a fixé la salle pleine d'ivrognes tellement bourrés que le concert qui montait des discussions n'était plus qu'un murmure inaudible, s'enflant par instants et décroissant la minute suivante, comme un chœur échappé en direct de la marmite infernale, qui est-ce qui pouvait croire ça, plusieurs dormaient la tête entre leurs bras et le karatéka essayait de me parler, c'est super-sympa pour la FM. Pour la FM. Pour la FM. Des gens dans l'alcool depuis des années et des années, sans rien que la perspective d'agripper un verre le matin et de ne pas le lâcher jusqu'au soir.

– La vérité je crois que c'est bien autre chose...

Il a rempli ma coupe, je commençais à en tenir une bonne moi aussi.

– La vérité c'est que t'as honte d'être là, c'est pour ça que tu t'en vas.

Et je me suis senti rougir jusqu'aux oreilles, sans raison, c'est vrai que je ne voulais pas rester, mais je n'avais pas honte.

– Tu te trompes, j'ai dit, pas du tout.

Il a secoué la tête en avalant son cocktail, un peu de vodka et du Citror, à ta réussite mon ami, à la réussite d'Extramill a repris le karatéka. Et des Surveilleurs. J'ai levé mon verre et ils se sont tous mis à crier, des mots et des paroles indistincts, Saïd a fait le tour pour baisser le rideau de fer.

– Tu veux en connaître une marrante, j'ai demandé à Gilles qui s'approchait, le gars de tout à l'heure, le dingue, je sais qui c'est.

– Tu sais qui c'est ?

J'étais de plus en plus bourré.

– C'est le petit-fils de la vieille pute.

L'information a fait son chemin, lentement, avant qu'il ne réalise ce que je venais de dire.

– La voisine ?

De voir sa tête j'étais de plus en plus plié, lui aussi, la vieille salope qui m'espionne quand je transbahute la marchandise ? J'ai expliqué le problème avec la douche, elle a peur que ça explose. Remarque a fait Gilles, quand on sait qui a fait le branchement, elle n'a peut-être pas tort, et là on est tombés carrément par terre à force de rire. Je sais ce qu'on va faire a annoncé Gilles, on va lui faire la peur de sa vie. Je l'ai suivi dehors, deux collégiens le jour du canular, il brandissait un petit sac en papier extirpé de la camionnette, c'est de la Cyanolite il a murmuré, de la Cyanolite. Les escaliers étaient sombres et nos pas résonnaient dans le silence. On va lui souder sa serrure, il a mis un doigt sur ses lèvres et s'est attelé à la tâche, tu t'en mets sur les mains t'es foutu, bon pour les urgences. La colle avait du mal à rentrer bien au fond, il a fallu la pousser avec une petite épingle, son travail fini il a essayé de savoir si la vieille dormait, mais pas un bruit ne venait de l'appartement. D'être dans le noir le fou rire m'a repris. Maintenant regarde bien, il s'est mis à cogner comme un dingue, ohé la grand-mère, on ronfle, il a tambouriné de plus belle, jusqu'à ce qu'un rai de lumière perce sous sa porte, alors il a hurlé, c'est le feu mamie, les clochards ont foutu le feu, il y a le gaz, c'est le gaz qui prend, et on s'est sauvés à toute allure.

– Tout de même, a reconnu Gilles une fois dans la cour, qu'est-ce qu'on est cons.

⁂

Le lendemain j'ai mis le cap sur la Normandie. J'avais rendez-vous avec Marie-Pierre à la gare du Havre, une de ses tantes devait la déposer aux alentours de quatorze heures pour qu'on rentre ensemble. A l'idée de la revoir je me sentais tout content, on était séparés depuis presque une semaine, dans une parfumerie j'ai fait les frais d'un flacon de Chanel N° 5, et d'une paire de boucles d'oreilles fantaisie, de petites bananes en pendentifs attachées sur des cerises, et j'ai tournicoté dans le centre en attendant le moment de rejoindre la gare et j'étais là à rouler tranquillement dans la circulation quand j'ai vu soudain, comme une vision d'horreur sortie d'un cauchemar en trois dimensions, Marie-Pierre et Joël marchant dans la rue, lui accroché à son avant-bras et elle rigolant, certainement aux blagues très marrantes qu'il lui glissait à l'oreille. Le temps que je braque et que je donne un coup de volant je les avais perdus de vue. Ça va pas a crié quelqu'un sur ma droite. Dans ma précipitation j'avais éraflé tout le côté d'un car Espace. Au loin je les ai vus apparaître, disparaître, réapparaître pour s'échapper définitivement au coin d'un magasin, d'accord j'ai dit au mec, c'est ma faute, on va faire un constat. Au début il s'est calmé mais dès que j'ai brandi mes papiers les ennuis ont commencé, mon assurance n'était pas en règle et mes papiers non plus, pour l'assurance il se trompait mais pour le permis il avait raison, ce n'était pas le bon, on a parlementé et tergiversé, je n'avais pas du tout la tête à ça, à la fin j'étais au bord d'en venir aux mains, j'ai tiré une liasse de ma poche, combien vous pensez que ça coûte ? Il a palpé l'éraflure, le visage crispé comme si la blessure était en connexion intime avec sa propre chair. Au moins mille cinq, je ne m'en tirerai pas à moins. J'ai compté les billets, je n'avais pas de monnaie, voilà mille six, est-ce que c'est humain de savoir que sa femme se faisait peut-être baiser par un autre ? J'avais une sorte de poison partout dans le corps, qui circulait, montait et se répandait, je ne crois pas pouvoir accepter disait le connard, on ferait mieux de régler cette affaire au commissariat. Je lui ai recollé des billets dans les mains, à deux mille on est quittes, j'ai récupéré le permis, déchiré le constat à moitié gribouillé et j'ai filé vers la gare. Vers la gare et le rendez-vous. Qu'est-ce que j'allais lui dire ? Mais la première chose qui m'est apparue c'est eux deux, assis bien sagement sous l'arrêt des cars, Marie-Pierre m'a fait un signe, la portière s'est ouverte et elle est montée m'embrasser, je suis drôlement contente de te revoir, et puis juste après, tu ne devineras jamais qui est venu chez mes parents. J'imagine que je me doute un peu j'ai répondu. A travers le pare-brise Joël me souriait bêtement.

***

Dire que le retour à Paris s'est bien passé serait mentir, je n'étais pas en forme, je me sentais noué, et Joël n'arrêtait pas avec ses histoires à dormir debout, terminé les moments durs, maintenant je suis en fonds, il débitait ses sornettes sans discontinuer, tu te souviens des enculés où on avait été, c'est fini là-bas, ils sont tous tombés, les condés ont nettoyé, et les grossistes aussi, t'as dû en entendre parler, les importateurs à La Courneuve, aux 4 000, c'était dans les journaux. Marie-Pierre devait se rendre compte que ça coinçait, elle me demandait constamment ça va, t'es sûr que ça va ? En fait c'est Joël qui avait balancé l'affaire à la police, ceux des Courtillières et le plan pour remonter jusqu'aux gens importants, et quand ils avaient fait la saisie, des centaines et des centaines de kilos, l'inspecteur lui avait laissé un sac de sport avec douze énormes plaques de marocain dedans, plus de dix unités qui lui avaient permis de redémarrer.

Balancer, tout le monde le fait, c'est une question d'occasion, et eux ne s'étaient pas gênés pour le voler et le molester, à quarante sur le tas de magnétoscopes, mais se vanter d'avoir mis dedans les gars qui font passer des tonnes de shit quasiment depuis les années soixante, tu fais ce que tu veux j'ai dit à Joël, mais je ne crois pas que c'est une bonne idée.

– Pff, a fait Joël, c'est des bouffons, les poulets me l'ont dit, une fois arrêtés ils se pissaient dessus, ils pleuraient comme des enfants.

J'ai envie de te péter la gueule j'ai pensé, de te casser la tête jusqu'à ce que tu cries grâce.

Porte d'Auteuil, il s'est inquiété du programme de la soirée.

– Qu'est-ce qu'on fait, on s'autorise une petite gamelle ?

Il rêvait complètement, j'avais l'impression de parler avec du sable dans la bouche, qui grinçait entre mes dents et étouffait ma respiration, j'ai décliné gentiment sa proposition, je ne crois pas que ce soit possible, on est vraiment crevés. Ah s'est étonnée Marie-Pierre, pourquoi on n'irait pas manger, si c'est une question de pognon a précisé Joël t'inquiète pas, c'est pour moi. Merci, merci beaucoup. J'ai freiné devant la Compagnie anglaise.

– T'as de la chance, il y a des taxis.

Il a hoché la tête, un peu contrit, genre t'as vu, pourtant je fais des efforts, et il a embrassé Marie-Pierre, quatre baisers sur les joues, smack, smack, sur les joues mais tout près des lèvres quand même, et il lui a fait une petite pression sur la cuisse, je t'appelle, d'accord, j'avais des bouffées qui me montaient dans le cerveau, c'est sûr qu'il l'a baisée, maintenant j'en étais certain. Il a disparu de mon champ de vision et j'ai fait le tour de la place sans prononcer un mot. On ne va pas gare du Nord m'a demandé Marie-Pierre. De la boîte à gants dépassait le paquet cadeau avec le Chanel et les boucles d'oreilles, non, on n'allait pas gare du Nord.

– De toute façon on a déménagé, c'est fini gare du Nord.

J'ai roulé sans but, sans parvenir à me calmer, c'était même tout l'inverse, tu es tout pâle a dit Marie-Pierre, ça va pas ?

– Je sais pas, qu'est-ce que tu penses de la situation, tu trouves que ça va ?

Sur le bord de la rue des ouvriers installaient les pancartes signalant l'accès aux parkings et aux navettes pendant Roland-Garros, Roland-Garros c'est Paris au printemps disait hier un responsable à la radio, c'est bien au-delà du tennis.

– Si c'est pour Joël que tu dis ça c'est vraiment ridicule.

Je l'ai laissée s'enferrer avant de répondre.

Bien sûr, complètement ridicule, et qu'il te retrouve à trois cents kilomètres, comme ça, par hasard, dans un village de quinze habitants, pendant que je me tue à la tâche, ma bouche s'ouvrait et se refermait mais ce n'était plus moi qui parlais, c'était des horreurs enfouies dans un endroit que je ne connaissais pas, un endroit sombre et glacial rempli de venin, pute, t'es qu'une pute, une pute et une salope, et elle s'est mise à chialer, j'ai tout déchiqueté l'emballage du parfum et j'ai balancé le flacon contre le tableau de bord, qui a rebondi, et elle a eu un mouvement pour l'éviter, jamais j'aurais pensé ça de toi, elle chialait de plus belle et j'ai crié bordel arrête de pleurer, elle reniflait en sanglotant, j'ai cogné sur le volant, sale pute, et j'ai agité mon poing dans l'air, elle s'est caché le visage dans les mains je n'ai pas pu la frapper, le coup s'est détourné contre le carreau de la portière et bien que ce soit du verre Securit et incassable je suis passé au travers, presque au ralenti, et à cet instant tout s'est apaisé brusquement, j'ai ressenti une grande fatigue, je regardais devant moi, hébété, sans avoir de pensée, juste mon corps entièrement détendu et j'ai eu envie de croiser les bras et de m'endormir là, dans les débris de verre et les effluves de Chanel sans plus me soucier de rien ni de personne.

Le silence s'est installé, troublé par le bruit des voitures filant vers le bois, pas un de nous deux ne parlait, j'avais froid et ma main striée de coupures commençait à me faire mal, j'ai ramassé les boucles d'oreilles qui traînaient par terre pour les poser à côté de moi.

L'attache de l'une avait cassé et la cerise pendouillait lamentablement.

– Je crois que je suis enceinte.

Tout le reste du temps il avait fait beau, la canicule, et aujourd'hui le vent se levait par bourrasques, annonçant la pluie.

– Enceinte comment ?

Ses paroles me parvenaient dans un brouillard de coton. J'ai remis le contact.

– Enceinte.

Sur le moment je n'ai même pas pensé est-ce qu'il est de moi, vraiment, ou bien c'est Joël, j'ai juste dit ah, ah bon, et aussi, qu'est-ce qu'il faut faire maintenant, tu sais si c'est une fille ou un garçon ? Et elle s'est remise à pleurer, mais la situation m'apparaissait comme si j'étais deux mètres au-dessus, pas complètement présent, et je l'ai rassurée, c'est pas grave tu sais, ça va s'arranger, et j'entendais bien qu'au son de ma voix ça voulait dire n'importe quoi. Elle continuait, je me suis excusé, excuse-moi, je ne le pensais pas, mais reconnais la situation prêtait à confusion, je viens te chercher et avec qui je te trouve, avec un autre, qui t'embrasse et te caresse les cuisses pendant que tu rigoles, au fur et à mesure de mes justifications ma façon de réagir me semblait absolument normale, plus d'un l'aurait déjà jetée, je n'allais pas lui faire un petit bisou sur le front en lui disant merci, il a fallu que je me recalme sinon c'était reparti, alors comme elle chialait toujours j'ai fait un gros effort, j'ai pris sa main dans la mienne, celle qui me faisait mal, et avec un coin de mouchoir j'ai essuyé ses larmes, mais honnêtement j'avais encore super les boules après elle.

Petit à petit la fontaine s'est tarie, j'ai renouvelé mes excuses, plusieurs fois, et elle a reconnu que oui, avec Joël c'était juste un ami, il était monté en Normandie vendre du shit, jamais elle ne lui avait dit de venir, et que je crois autre chose était stupide. A la porte Maillot j'ai pris à droite jusqu'à l'Arc de triomphe, l'avenue de la Grande-Armée était quasiment déserte, c'était le jour du match.

J'avais faim, j'ai proposé qu'on aille dîner.

– On peut se faire un Congrès si tu veux.

J'ai fait demi-tour, la salle du restaurant elle aussi était presque déserte, on mène toujours faisait le maître d'hôtel à un trio d'hommes d'affaires libanais, pour le moment on les a à notre main. Je me suis assis et elle a filé aux toilettes se passer de l'eau sur le visage pendant que j'inspectais la carte. Beaucoup de choses restaient mystérieuses, comment avait-il l'adresse de sa mère, si elle lui avait donnée avant c'était qu'ils s'étaient vus. Sans que je le sache. Donc qu'elle n'avait pas la conscience bien nette. Et qu'ils avaient baisé, forcément.

C'est à ce moment précis que j'ai pensé à l'enfant, s'ils avaient baisé je ne pourrais jamais en être vraiment sûr. S'ils ne l'avaient pas fait non plus d'ailleurs, mais que ce soit vrai ou pas et qu'elle accouchait, jamais je ne pourrais être certain qu'il soit de moi, et un bébé ressemble à n'importe quel bébé, c'est en grandissant qu'on se rend compte, si le mien se mettait à loucher et à avoir un air flagrant de Joël ce serait moi le père pendant qu'il viendrait ricaner et la faire glousser en mon absence. Elle est remontée, les yeux encore un peu rouges, mais elle s'était remise du maquillage et ça allait mieux, elle était tout à fait présentable et vraiment jolie, les hommes d'affaires libanais ont suivi son reflet dans la glace pendant qu'elle s'asseyait et le garçon a déposé le kir royal que je lui avais commandé. C'est la dernière fois elle a souri, après avec le bébé je ne pourrai plus. Et ça m'a fait comme un coup de poignard au cœur.

Le maître d'hôtel s'est approché en susurrant, ça y est, ces messieurs dames ont choisi ? Ce soir le monde entier me faisait horreur. J'ai acquiescé, oui, nous allons commander, et Marie-Pierre a pris du foie gras et après du homard, du homard à un prix extravagant, comme si tout allait bien, comme si on était n'importe quel couple en goguette, n'importe quel couple avec du pognon, jeune et plein d'avenir dans une brasserie parisienne de la porte Maillot, discutant de nos projets de vacances et de notre futur pavillon, j'ai demandé des nouvelles de sa famille, et elle s'est inquiétée de Saïd, alors on ne va plus le voir, elle était un peu désappointée d'avoir raté le déménagement mais j'ai expliqué ce qui s'était passé avec la vieille et la police, en précisant que je trouvais Bruno très sympathique, oui, vraiment très elle a renchéri, il n'était pas du tout obligé de nous le louer, j'ai dit bien sûr, bien sûr, en songeant je suis en train de devenir malade, est-ce qu'il l'a baisée aussi ou bien est-ce que c'est moi qui rêve, quand le serveur a déposé les plats j'étais tellement crispé qu'il m'a fallu faire un effort pour desserrer les doigts et saisir ma fourchette.

Elle continuait à me parler de Bruno et de sa société, ça a l'air vachement bien, c'est de la communication, et moi je voyais le visage de Joël en gros plan s'incruster dans le fond de mon assiette, un Joël petit et grimaçant, j'ai essayé de boire mais même le vin ne passait pas.

– C'est fait, a soudainement hurlé le serveur, on les a, on a gagné!

L'ensemble du restaurant s'est levé et a crié, les hommes d'affaires applaudissaient, sauf moi et Marie-Pierre. Mon poignet était enflé, j'avais du mal à bouger la main et on est rentrés directement. C'était comme si la scène de tout à l'heure n'avait pas eu lieu, on n'y avait fait aucune allusion, à se demander si ça s'était vraiment passé. Place de l'Étoile des centaines de voitures klaxonnantes et vociférantes tournaient et s'apostrophaient, des grappes de supporters hystériques suspendus aux fenêtres, manifestant leur joie d'avoir gagné en scandant des slogans que je ne comprenais pas. Le temps de réaliser, il était trop tard, j'étais engagé dans le charivari. Il bruinait et le sol devait être terriblement glissant, devant nous des crétins s'amusaient à faire déraper une 205, au moment où je pensais c'est idiot, avec la pluie c'est dangereux, l'arrière du véhicule est parti en tête-à-queue et l'abruti accroché en rappel à la portière a tamponné un motard, l'entraînant dans sa chute. Les deux ont roulé sur la chaussée, la moto effondrée sur le supporter et son conducteur, puis une BM a freiné mais sans succès et les a à moitié écrabouillés.

– C'est affreux, a dit Marie-Pierre, elle leur a roulé dessus.

J'ai déboîté pour éviter l'incident et j'ai accéléré, devant la voie était libre, j'avais hâte de retrouver mon lit.

6.

– Tu crois que ça va marcher ?

Alors que j'avais maintenant pignon sur rue et qu'une plaque de cuivre flambant neuve, *Extramill, des professionnels à votre service*, ornait la façade du 156, rue Saint-Roch, j'avais, sur l'insistance de Gilles, investi un temps considérable dans l'affaire du camion de viande. Il m'avait fallu dénicher des grossistes prêts à racheter la cargaison, établir un plan d'action précis, rencontrer la prostituée à deux heures du matin affublé d'une fausse barbe et d'une perruque de manière à rester l'homme-mystère, si tout se passait bien elle serait la première sur le gril et je n'avais aucune envie qu'elle soit en mesure de m'identifier, c'était donc un travail énorme, s'additionnant aux affaires courantes, et là-dessus Gilles n'arrêtait pas de me stresser.

– Tu crois que ça va marcher ?

Depuis notre soirée d'adieux au Bar Maurice où il avait rebu c'était tangent, ses journées se passaient en jongleries perpétuelles entre des Équanil et une petite fantaisie, et souvent en fin de soirée je le récupérais effondré, et c'était presque un travail supplémentaire, à la fois de lui remonter le moral, il avait peur de finir poivrot, poivrot et clochard, et de faire en sorte qu'il assure suffisamment. Je limitais ses passages au bureau, on avait convenu que son domaine c'était la réserve en bas, Marie-Pierre paradait avec Bruno, Patricia et toute l'équipe d'Adagio, dès son arrivée je pense qu'elle avait contrebalancé la fâcheuse impression des Surveilleurs, et moi je faisais des efforts surhumains niveau fringues, chaussures, je m'étais acheté une Tag, j'aurais pu facilement me procurer des imitations Rolex plus vraies que des vraies, et même des vraies vraies d'ailleurs, mais à la lecture d'articles faisant autorité c'était une Tag qu'il fallait, celle-là et pas une autre, j'avais lâché plus d'une plaque pour un résultat il fallait le reconnaître appréciable, le lendemain Bruno s'était jeté sur moi et m'avait enserré le poignet, merde, elle est super, c'est canon les Tag, et moi j'avais dit ouais, c'est pas mal, je préfère à Rolex, si tu vois à ce que je veux dire, on avait eu un petit rire, tu m'étonnes, Rolex c'est bien d'en avoir une comme passeport, au cas où tu dois aller dans le Sentier, ah, ah, on s'était tapé dans la main, Adagio en moins de quinze jours c'était tous mes potes. Évidemment que ça allait marcher, j'avais rassuré Gilles, tout marche, aucune raison que ça rate.

J'étais plus calme, d'avoir déménagé et de travailler dans un autre cadre, avec des gens différents, plus dans mon genre, et de sentir qu'il y avait un cap de franchi m'avait fait retrouver un rythme intérieur correct. La grossesse de Marie-Pierre et son comportement avaient donné lieu à toute une discussion, quelques jours après la crise due à Joël, bien sûr que l'enfant était de moi, jamais elle n'aurait imaginé pareil drame. Joël lui faisait un gringue terrible, mais juré promis il ne s'était rien passé. Les tests montraient que le moment crucial devait se situer juste avant son départ pour la Normandie, j'avais calculé et recalculé, c'était pile bon, il nous fallait encore s'accorder sur un prénom, Mathilde ou Morane, pour le moment je n'étais pas plus emballé que ça par ses nouvelles propositions. Restait à trouver un appartement, l'hôtel où nous étions installés était propre et d'un plutôt bon standing mais y vivre posait tout un tas de petits problèmes, les tracas surgissant inévitablement lorsqu'on n'est pas chez soi, trouver quelque chose devenait urgent. Marie-Pierre recommençait à regarder beaucoup la télé, en général ses journées au bureau ne démarraient pas avant quinze, seize heures, autant dire qu'elle venait pour l'apéro, et je ne tenais pas du tout à ce qu'elle passe sa grossesse devant un écran à s'enfiler des imbécillités.

Par chance une semaine après avoir investi la rue Saint-Roch, Marie-Pierre avait copiné avec une amie de

Bruno, à qui elle n'avait rien caché de nos malheurs, sans fiche de paie, tu comprends la société démarre, on n'en a pas encore, trouver une location n'est pas facile, et avec le petit qui va naître... ce n'était pas la peine d'en dire plus, la fille était hyper-d'accord, maintenant si on n'était pas fonctionnaire ou cadre chez EDF on n'avait aucune chance, et encore, il faudrait presque payer l'année d'avance. Elle avait pris l'affaire en main et le lendemain on avait une possibilité, un pavillon à Châtillon, par son oncle qui était notaire, le pavillon pour d'obscures raisons administratives ne pouvait être vendu actuellement et les héritiers semblaient partants pour le louer de la main à la main, une misère qui plus est, deux mille cinq cents francs, l'oncle parlait d'un jardin et de plusieurs pièces, Marie-Pierre était dans tous ses états et je dois avouer que moi aussi.

C'était la différence avec le Bar Maurice, là-bas ils étaient prêts à rendre service, à donner leur chemise si nécessaire, seulement eux n'avaient pas d'oncles notaires, ou si par extraordinaire c'était le cas le plan se trouvait grillé depuis si longtemps qu'on n'en parlait même pas, et les seuls millionnaires qu'ils fréquentaient c'était en songe, effondrés sur un comptoir avec monsieur J&B, au bureau sans être parents directs avec la famille Rothschild on touchait une autre gamme.

Le pavillon était au fond d'une petite allée pleine de maisons couvertes de lierre et d'oiseaux chantant dans tous les sens, avec des jardins comme arrangés par Blanche Neige et ses copains, des pelouses et des arbres fruitiers, les cerises presques mûres faisaient des taches rouges et même en tendant l'oreille on ne percevait pas le moindre bruit de voiture.

– Alors, ça vous plaît ?

J'ai dit oui, beaucoup, Marie-Pierre avait les yeux qui brillaient et j'ai palpé à travers ma poche la liasse qui maintenant ne me quittait plus. Si je paye quatre mois vous pensez que c'est suffisant ? La collaboratrice du notaire a hoché la tête, visiblement oui, ça l'était, elle a insisté sur l'assurance, sans assurance pas de clefs, les propriétaires étaient très stricts là-dessus, mais j'ai bien précisé que cette petite formalité serait réglée dès cet après-midi, il fallait se déclarer occupants à titre gratuit, en cas de pépin on était couverts, et c'est ce que j'ai fait, j'ai déposé la femme à l'étude, en face un agent représentait une grosse compagnie, à des tarifs paraît-il tout à fait compétitifs, si bien qu'en moins de quinze minutes l'affaire était expédiée, dans la foulée j'ai alerté l'EDF et les Télécom, ni la ligne ni le compteur n'étant coupés il suffisait de modifier les contrats d'abonnement, le soir j'avais mes précieuses clefs, et le lendemain à la première heure on avait quitté l'hôtel, direction notre nouveau chez nous.

Il y avait trois pièces, une grande avec une cuisine spacieuse et une cave en dessous donnant sur un garage et deux chambres en étage, plus un petit grenier, presque un paradis, tout le jardin était verdoyant, avec des fleurs partout, le premier soir pour nous souhaiter la bienvenue des voisins sont venus nous apporter des gâteaux et ils sont restés prendre un café, on avait sorti la table, pour le moment c'était une installation de fortune mais sentir le soir tomber, au milieu de la végétation encore mieux qu'à la campagne, à la campagne on a beau être dans la nature les inconvénients sont innombrables, là c'était juste ce qu'il fallait, tout paraissait un enchantement, les voisins étaient sympa, un peu plus vieux que nous, ils venaient d'acheter et pour eux aussi c'était le bonheur, la fille était enceinte alors évidemment les choses se sont tout de suite bien présentées, pas la peine de chercher loin les sujets de discussion, les papotages se sont poursuivis jusqu'à la nuit et on s'est quittés en se jurant assistance mutuelle au cas où, de ma vie c'était une ambiance que je n'avais jamais connue.

En la prenant dans mes bras, les volets n'étaient pas fermés et dehors les étoiles et la lune se mélangeaient aux lumières des réverbères, je lui ai demandé t'as déjà été aussi heureuse et elle a reconnu que non, jamais et je l'ai baisée doucement, sans faire de folies, pour ne pas déranger le bébé, elle avait un peu mal au ventre mais la voisine Sylvie avait expliqué que c'était normal et elle s'était endormie pendant que je pensais à comment je l'avais rencontrée, perdue en pleine cambrousse, il pleuvait, et une sorte de chose engoncée dans un K-Way avait surgi du bas-côté, bien malin qui aurait pu deviner ce qu'il y avait là-dessous, ma seule idée c'était de retrouver mon chemin, mais elle allait au même endroit, voir sa sœur, pour moi elle avait douze, peut-être treize ans, les cheveux mouillés et le costume la rajeunissaient, et quand elle s'est mise un peu à l'aise j'avais réalisé ce que j'avais à trente centimètres de moi sur le siège passager, une occasion pareille même le dernier couillon ne la laissait pas s'échapper, c'était le gros lot à portée de ma main, j'avais suggéré que sa sœur n'en mourrait pas si on se faisait d'abord une halte pour se remettre de l'humidité et du voyage, au Grand Hôtel par exemple, c'est assez sympa comme endroit, d'autant que j'avais commencé à lui raconter un peu, mon père milliardaire, son récent décès, et mes affaires qui m'absorbaient, et je suis sûr que nous deux dans l'immense salle à manger presque vide, avec le bruit feutré des garçons et du maître d'hôtel s'affairant à nous rendre la vie encore plus agréable, c'était pour elle au-delà du conte de fées, même dans un film elle ne l'avait pas vu.

⁂

Les jours suivants ont été idylliques, le matin je partais au bureau dans le flot des banlieusards, comme un vrai patron de société, j'avais investi dans un téléphone portable, il y avait toute une pub pour les nouveaux GSM, et je passais ma vie en ligne, avec Marie-Pierre, avec les clients, avec le bureau, avec Gilles, pour préparer Rungis et l'attaque du camion plein d'or. Le jour J était arrêté, dans une semaine, normalement le Polonais revenait le jeudi ou le vendredi, éventuellement le mercredi, on serait en planque tous les soirs de toute manière, la pute viendrait exprès plus tôt pour ne pas le louper, sur le marché elles étaient deux, des fois qu'il lui prenne soudain l'envie d'essayer l'autre on serait dans de beaux draps, le camion partait, franchissait le péage, prenait la nationale jusqu'au centre Chérioux, sur la droite vers Paris, puis coupait dans Vitry, Gilles avait déniché un petit entrepôt où mes bouchers pouvaient venir faire leurs emplettes. Mon gain personnel, net de tout, s'élèverait à vingt-deux bâtons, deux cent vingt kilofrancs, en quelque sorte ma prime de fin d'année. Sans compter la vente du camion à un épaviste, mais ça c'était la cerise sur le gâteau, on n'en était pas encore là.

Pour l'heure je devais faire face à de multiples obligations, mon bureau jouxtait celui de Bruno et constamment moi ou lui passions nos têtes pour informer l'autre d'un projet mirifique ou d'une opération à fort rendement, grâce à ses contacts j'avais enrichi mes débouchés d'un nombre appréciable de comités d'entreprises, tous ravis de compter parmi leurs relations un fournisseur aussi performant. Pour la fête des mères j'avais explosé les prévisions, à tel point que Le Havre m'avait demandé de lever un peu le pied, le flic en ce moment s'inquiétait que c'était chaud, un de ses collègues l'avait dans le nez, heureusement j'avais pas mal de possibilités de dépannage à droite et à gauche, beaucoup de gens savaient que je rachetais, à prix correct et surtout cash, ce qui faisait que les voleurs de tous horizons affluaient pour proposer leurs articles. Autre affaire, on étudiait avec Bruno la possibilité de doter les journalistes invités à un séminaire d'un magnétoscope, Adagio avait produit un film pour une grosse entreprise et toute l'astuce consistait à ce que les journalistes voient le film, et ensuite se répandent en louanges, sur la boîte, sur le patron, sur les innovations. Le problème c'est que le film était à mourir d'ennui. Idée simple, disait Bruno, basique, on leur met un magnétoscope avec la cassette dans chaque chambre. Et le magnétoscope c'est cadeau. Qu'est-ce qu'ils peuvent faire ? Au moins un article, non ? Au prix où je faisais les magnétoscopes tout le monde était gagnant.

On finissait juste de régler les derniers détails quand le téléphone a sonné. C'était Sylvie, la voisine enceinte. S.O.S. Médecins était venu, Marie-Pierre se plaignant de douleurs constamment ce n'était quand même pas normal, et le docteur était formel, il s'agissait d'une grossesse extra-utérine. J'étais abasourdi. Il fallait attendre les résultats des examens mais l'ambulance venait d'arriver et est-ce que je pouvais venir ?

– L'ambulance ?

Bruno me regardait et faisait des signes, qu'est-ce qui se passe ? L'œuf risquait d'éclater en dehors des trompes et dans ce cas-là c'était mortel. Le médecin préférait la dévier sur l'hôpital. La voix de Sylvie grésillait à travers le portable. C'est bien si tu nous retrouves là-bas, je te donne l'adresse. Bruno m'a tendu un stylo pour noter, hôpital de la cité universitaire, boulevard Jourdan. Ça va aller s'est inquiété Bruno, j'ai souri, bien sûr, c'est pas grave, je dois la rejoindre à l'hôpital.

A l'instant où j'appuyais sur le bouton de l'ascenseur le portable a résonné, si elle était morte pour moi c'était un coup dur. Un gros coup dur. On a des galères a bourdonné Gilles, madame nous fait des manières, elle n'est plus d'accord pour trente mille. Et elle veut prévenir le Polonais. Dans la cage d'ascenseur la réception était mauvaise. T'es où j'ai demandé. Il était à Garonor, en bas de chez la pute, pendant qu'elle allait chez le coiffeur il avait proposé de m'appeler, c'est sûr que j'aurais une solution.

Je suis sorti de l'immeuble, le concierge astiquait les cuivres de l'entrée, il m'a salué, j'ai fait les plaques à fond, pour qu'elles brillent, et je lui ai glissé dix sacs au passage, en faisant un clin d'œil, toute peine mérite salaire, Gilles toujours en ligne, et ma femme à moitié morte dans une ambulance qui roulait vers l'hôpital, ce que tu vas faire, tu vas attendre qu'elle revienne et tu me rappelles aussitôt.

A l'arrière du taxi je me suis dit si ça se trouve j'aurai jamais d'enfant, et j'ai eu envie de pleurer mais sans y arriver. C'est dingue disait le chauffeur, mais deux nouveaux sans-emploi de plus à la minute on se demande ce qu'ils vont bien pouvoir faire, sans qu'on sache s'il parlait du gouvernement ou de l'occupation des futurs oisifs, le chômage maintenant ça concerne tout le monde. Place Denfert-Rochereau le lion de Belfort était fidèle au poste et j'ai essayé de ne pas me laisser gagner par la confusion, remarquez le chômage c'est aussi un bon moment pour se poser des questions, de temps en temps c'est bien de savoir pourquoi on fait les choses. J'ai opiné, oui, certainement, ça peut être une occasion de réfléchir. Les admissions étaient dans le hall de l'hôpital mais comme elle était rentrée en urgence on m'a dit d'aller me renseigner là-bas, et la première chose que j'ai vue c'est Sylvie, seule, avec une revue, le visage torturé quand elle s'est tournée vers moi, il avait dû arriver un malheur, elle paraissait décomposée, mon Dieu, mon Dieu, comme c'est affreux, comme c'est triste, elle était si contente. J'ai dû la repousser légèrement parce que sa main agrippait mon épaule, où elle est j'ai demandé, où l'a-t-on mise ?

Mais avant qu'elle ait pu me répondre la porte derrière s'est ouverte et Marie-Pierre a surgi, couchée sur un chariot-brancard à roulettes, son corps sans vêtements entortillé dans une blouse verdâtre, un poids énorme s'est enlevé de mes épaules, elle n'était pas morte, je m'étais tellement habitué à l'idée qu'il m'a fallu un léger temps de réaction. Ils l'ont abandonnée à nos côtés et j'ai pu lui parler, ça va petit chat j'ai murmuré, tout va bien. Des grosses larmes ont coulé le long de ses joues, de toute façon c'était fichu, le bébé était parti, elle n'était plus enceinte, et Sylvie s'est mise à pleurer aussi et à renifler bruyamment, jusqu'au retour des infirmiers, ils devaient la monter en chirurgie et Marie-Pierre m'a demandé discrètement si je pouvais donner un peu d'argent à Sylvie pour repartir en taxi. J'ai tendu des billets, peut-être cinq cents ou deux mille francs, en la remerciant, elle a balbutié qu'il y en avait beaucoup trop, j'ai dit c'est pas grave, on ne sait jamais ce qui peut arriver. Les aides-soignants emmenaient Marie-Pierre, Sylvie m'a serré dans ses bras, courage, je suis avec vous, et elle est partie d'un coup, sans se retourner, pendant que le portable se mettait à sonner, sixième étage m'a indiqué l'infirmière, il faut prendre l'autre ascenseur. C'était de nouveau Gilles, ça y est, je suis avec elle, je te la passe, et j'ai pris la pute en ligne. Mon esprit fonctionnait comme un moteur de Formule 1 au ralenti, prêt à démarrer de façon fulgurante au premier top, un par un j'ai contré ses arguments et avant qu'elle en parle j'ai expliqué qu'augmenter sa part n'était pas possible, ce n'était pas équitable pour le reste de l'équipe, quant à nous balancer aux condés croyez-vous que cela soit raisonnable, si ce n'est que vous vous exposez à de graves et ennuyeuses difficultés, vous n'avez rien à y gagner. Et j'ai insisté sur graves et ennuyeuses.

De nouveau il y a eu des problèmes de réception et j'ai dû gagner la rue dehors pour entendre quelque chose, le téléphone brandi en haut de mon bras et moi grimpé sur un petit rebord en ciment et criant dedans, pourtant je suis prêt, compte tenu des risques réels d'interrogatoire à faire un effort, ceci uniquement dans le cas où la police vous retienne plus de quelques heures. De combien ? Je l'ai sentie fléchir. De vingt mille. On avait convenu de trente, je rajoute vingt en cas de pépin prolongé. Plus de quinze heures au commissariat cinquante mille. Elle a tergiversé un peu, je vous donnerai ma réponse demain, mais j'ai été extrêmement clair, c'est maintenant ou vous vous placez en dehors de l'affaire. Avec ce que ça comporte comme risques potentiels. Elle a fait après tout c'est vrai que moi j'y suis pour rien, si on m'interroge je suis pas au courant. Elle m'a repassé Gilles à qui j'ai brièvement résumé la situation, je pense être à Châtillon en début de soirée, tu me retrouves là-bas et on fait un point. J'ai raccroché, il y avait déjà un problème de réglé.

On avait donné à Marie-Pierre une chambre toute seule et quand j'ai poussé la porte le médecin lui décrivait les possibilités des jours à venir, normalement une opération était conseillée, on ouvrait pour délivrer la trompe de l'œuf, mais lui pensait qu'en attendant un peu, avec bien entendu un contrôle médical accru, l'organisme faisait le travail et l'œuf s'évacuait naturellement, l'œuf, les trompes et la dernière fois que vous avez eu vos règles c'était quand, il évoquait tout ça comme s'il s'agissait de changer les bougies de sa 205. Évidemment si vous souhaitez qu'on opère on le fera, mais les trompes ont tendance à se scléroser. Il a demandé si on voulait un enfant après. J'ai dit oui et Marie-Pierre s'est remise à pleurer, rassurez-vous a tempéré le docteur, rien n'indique que ce petit incident provoque des séquelles irréversibles. Il a pris congé et je suis resté en face d'elle, sans trop savoir quoi dire, si ce n'est t'inquiète pas, vraiment, je suis sûr qu'il a raison, dans trois mois on en remet un en route. Petit à petit ses larmes ont cessé, je m'étais assis sur le lit et je lui tenais la main, et puis comme l'heure tournait j'ai dit il va falloir que j'y aille, mais je reviendrai demain matin de bonne heure, elle avait besoin d'un peu de linge, de quoi faire sa toilette et aussi à manger, mais jusqu'au lendemain elle devait être à jeun. J'ai promis de ramener tout ça dès l'aurore et je lui ai laissé deux billets de cinq cents francs.

***

Gilles m'attendait comme convenu à Châtillon, garé à l'entrée de l'allée, la musique du cassette à fond, bien entendu sans considération aucune pour la quiétude de notre petite communauté, une femme à la fenêtre le regardait, lui affalé les yeux mi-clos fredonnant en cadence, et sans mon arrivée je suis sûr que le coup de fil à police secours n'était qu'une question de minutes.

– Tu crains, j'ai fait en l'entraînant vers le pavillon, on n'est pas gare du Nord ici, je suis connu.

Il a maugréé que franchement, plus ça allait et plus c'était l'embourgeoisement, j'ai dit tu veux que je tende vers quoi, vers la clochardisation ? On s'est assis, lui dans le seul fauteuil qu'on avait, c'était pas encore bien meublé, et moi sur une caisse en bois.

– Je me suis autorisé une petite incartade...

Maintenant chaque soir avant de venir au rapport il me tenait d'abord au courant des dernières nouvelles de sa santé, tisane, pas tisane, combien d'Équanil, et s'il était retourné voir son médecin à Widal. Aujourd'hui il avait craqué en attendant que l'autre revienne de chez le coiffeur.

– Mais c'est pas pareil, à force d'être mal avec le manque d'alcool j'avais envie d'un peu de détente.

Il avait acheté à des jeunes un paquet à quatre cents.

– De la super-came, je m'y attendais pas, je pensais tomber sur de la merde et je suis défoncé.

Sinon bravo pour la pute, je l'avais retournée comme

une crêpe, en raccrochant elle avait reconnu que j'avais raison, trente mille francs vite gagnés ne se refusaient pas, et ça se voyait que j'étais un pro, elle se sentait en confiance, mais on était obligés d'opérer avant la fin du mois parce qu'après elle partait en vacances.

On se préparait à casser une petite croûte, ce soir je n'avais pas la tête à manger dehors, quand le carillon a retenti.

La tête de Sylvie s'est manifestée dans l'embrasure de la fenêtre.

– Oui ?

Elle m'a fait signe de la rejoindre sur le pas de la porte, elle ne savait pas que j'avais du monde, elle ne voulait pas me déranger.

– Tiens, je tenais à te les rendre, j'ai pris une fiche pour le taxi et il y a la monnaie à l'intérieur de l'enveloppe.

Elle m'agitait une grande pochette en kraft sous le nez, je pense que tu devais être bouleversé, comment va-t-elle ? J'ai pris l'enveloppe et j'ai dit ça va moyen, si l'organisme n'élimine pas il faudra opérer. Elle se tortillait d'un pied sur l'autre. On a beaucoup réfléchi avec Marianne, Marianne c'était encore une autre voisine, Marie-Pierre avait passé l'après-midi chez elle la semaine d'avant, ce soir elle faisait une petite fête pour ses quarante ans, et Sylvie pensait, ainsi que tout le monde dans l'impasse, que de me changer un peu les idées ne pouvait me faire que du bien. Même si tu n'as pas envie faut que tu te forces un peu. C'est comme ça qu'on arrive à s'en sortir, elle l'avait vécu pendant la maladie de sa mère.

J'étais un peu pris de court.

– C'est que je suis avec un de mes collaborateurs...

Elle m'a fait un air plein de compréhension. Derrière Gilles s'était rapproché.

– Mais au contraire, venez tous les deux, au contraire.

Je devais la regarder avec des yeux ronds, bonjour a dit Gilles par-dessus mon épaule, bonsoir a répondu Sylvie. L'instant d'après je gravissais les marches de la petite maison de Marianne et Jean-Claude, Sylvie ouvrant la marche et Gilles suivant, ses yeux bleus explosés par la poudre qui ressortaient au milieu des brûlures. Cool j'ai dit tout bas, vraiment cool, c'est mes voisins.

Sur le moment je n'avais pas fait attention mais Sylvie était vêtue d'un tee-shirt de marin à rayures et les autres que j'apercevais semblaient tous déguisés dans un style bien particulier. Qu'est-ce que c'est a demandé Gilles, c'est la rade de Brest ou quoi ? Des baffles sortait comme un bruit de vagues. Un bruit de mer avec des cris de mouettes, cri, cri. On est tous un peu costumés a expliqué Sylvie, mais c'est pas grave si vous ne l'êtes pas. Pas grave du tout. Jean-Claude s'est précipité. Ça va. Il m'a serré le bras. Gilles a salué, enchanté j'ai dit à la ronde. Assis sur les canapés les convives discutaient sagement, toujours avec cette espèce de musique horripilante en fond, tcchhaa, tcchhhaaa, cri, cri, le ressac sur la jetée et les oiseaux de mer. On s'est posés sur un bout de tapis, j'ai bien observé Jean-Claude, mais sans comprendre exactement en quoi il avait bien pu se déguiser. Une veste de kimono s'ouvrait sur son petit torse maigrelet et poilu et un turban ridicule lui enserrait le front. Son retour a dissipé mes interrogations, ce soir je suis Simbad, Simbad l'aventurier. Il nous a tendu deux coupes de champagne. Tenez, je vais vous chercher de quoi vous restaurer. J'ai pris la mienne mais Gilles l'a toisé sans bouger. Tu veux ma mort, toi, c'est pas possible. Il m'a pris à témoin. T'as vu ce qu'il me donne, une coupe, pourquoi pas la bouteille de J&B pendant que t'y es. Je suis confus j'ai expliqué, mais mon collaborateur ne boit pas d'alcool. Petit problème de santé. Oh je suis désolé, vraiment désolé. Il se mordait les lèvres, vous voulez un jus de fruits, un Perrier, Gilles a dit vas-y pour le Perrier, d'accord, et moi j'ai rajouté merci, merci beaucoup, c'est très sympa et Marianne ondulait vers nous, comment ça va, comment va-t-elle. Sa jupe recouverte d'écailles et ses nageoires signifiaient clairement qu'elle s'était grimée en poisson. Elle s'est accroupie à nos côtés. Dis donc m'a interrogé Gilles, tu crois que c'est quoi les papelards qui pendent partout ? Elle va très bien j'ai dit, extrêmement bien. Marianne a hoché la tête, heureusement qu'elle a pu aller là-bas, c'est un bon hôpital. Qu'est-ce que c'est les papiers au plafond a redemandé Gilles, un mobile ?

– C'est des mouettes a répondu Marianne, ce sont les mouettes de Simbad.

Heureusement Jean-Claude l'a appelée pour danser, une danse bizarre, la danse de la sirène a chantonné Simbad, la sirène, la sirène, je me suis tourné vers la fenêtre et j'ai retenu ma respiration très fort, à côté de moi je sentais Gilles qui pouffait franchement, mate, sa robe est déchirée, on lui voit la culotte. Simbad emmène la sirène, Simbad et la sirène. Il chantonnait doucement en la faisant tourner, elle le milieu des fesses avec son slip rose pâle offert à la vue de tous, Simbad nous faisait des signes pour qu'on les rejoigne, je me suis levé et j'ai fait semblant de m'étrangler, et Gilles a dit bien fort, des charlots pareils c'est quand même pas ordinaire. Un couple s'était lancé et ils faisaient aussi la sirène, les autres regardaient, j'avais des larmes plein les yeux, Gilles a disparu aux toilettes et je me suis réfugié dans la cuisine, j'étais obligé de me mettre de l'eau mais le fou rire ne voulait pas passer, dès que je retrouvais mon calme l'image du turban et de la culotte réapparaissait, la sirène, la sirène et Simbad. Je suis allé me rasseoir, la danse était terminée et tout le monde parlait presque à voix basse. Les conversations roulaient sur des sujets palpitants, ils devaient tous être profs parce que ce n'était qu'histoires de mutations et d'emplois du temps, mon Dieu j'ai pensé, mais ces gens doivent s'ennuyer depuis leur naissance jusqu'à leur mort, et je tendais l'oreille pour bien comprendre de quoi ils parlaient, maintenant du crédit du pavillon et du coût des travaux, quand une voix a crié le feu, il y a le feu dans les toilettes, Jean-Claude a hurlé restez calmes, surtout restez calmes, la moitié des matelots étaient déjà dans le jardin, je me suis avancé, Simbad essayait de forcer la porte avec un petit tournevis qui rayait la peinture mais sans rien ouvrir du tout et Marianne tambourinait, mais répondez, c'est affreux, répondez, et heureusement juste quand Simbad disait tant pis je l'enfonce, en prenant son élan pour se jeter sur l'huisserie la porte s'est entrebâillée et Gilles est apparu, c'est rien, c'est rien, c'est juste un peu de journal qui s'est enflammé. Il a titubé jusqu'au salon, je sais pas ce que j'ai, ça doit être le mélange avec le médicament pour l'alcool, je me sens pas bien. J'ai jeté un coup d'œil dans les toilettes. Les toilettes toutes blanches et toutes nickel. En plein milieu de l'émail étincelant on voyait une grosse brûlure sur le dessus de la chasse d'eau, et le bas de la peinture s'était noirci de fumée. Mais comment a-t-il fait ça répétait Sylvie, comment a-t-il pu faire ça? Comme si c'était dur à imaginer. Ce connard s'était envoyé le reste du paquet, et en piquant du nez dans les chiottes sa clope avait foutu le feu aux journaux. Simbad allongeait le pyromane sur un divan et lui tendait un verre d'eau, son turban dénoué pendouillant sur les épaules et c'était net que la plaisanterie avait du mal à passer. Vous voulez que j'appelle un médecin? Sa voix était sèche et tendue, petit à petit les invités réintégraient le salon et on sentait encore une forte odeur de papier brûlé.

Quand j'ai finalement pu le ramener au pavillon, on avait encore passé une bonne demi-heure, lui vautré en plein milieu et les amis de la mer autour qui essayaient de ne pas trop regarder, bien que ce soit difficile, de le voir marmonner c'est le mélange avec les barbi, c'est ça qui ne m'a pas réussi, c'est ça la cause de tout, l'assemblée s'en trouvait comme saisie, j'étais furieux et en même temps je n'arrivais pas à lui en vouloir vraiment. En partant Marianne s'était encore inquiétée de savoir s'il allait mieux et là il avait eu le mot pour achever tout le monde, une réflexion terrible sur ses hémorroïdes qui le grattaient quand il avait pris quelque chose, et il y avait eu un grand silence, vous pouvez pas savoir ce que ça démange, on a envie de s'arracher le cul tellement on souffre. Bon avait dit Marianne, et bien bon retour.

– Je crois que je t'ai un peu grillé...

On a marché jusqu'à chez moi, pas une ombre ne bougeait, c'était vraiment un quartier calme. Ça ne servait à rien qu'il reparte à Paris maintenant, je lui ai proposé de rester pour la nuit.

– Tu me déposeras porte d'Orléans demain matin.

Ni l'un ni l'autre n'avions très envie de dormir, lui parce qu'il était trop cassé et moi je pensais à Marie-Pierre, si nous aurions un jour un enfant, la salle à manger était éclairée par la petite ampoule du plafonnier et les moustiques venaient se coller dessus. Sérieusement, il a demandé, comment tu les trouves?

Qu'est-ce que j'aurais pu dire, c'était des nuls, pas l'ombre d'un doute, mais en même temps gentils.

– Gentils je suis d'accord, mais nuls surtout.

Il s'est mis à chantonner, de sa voix un peu nasillarde, la sirèèène, Siiimbad et la siirène, et malgré la soirée catastrophe et Marie-Pierre à l'hôpital je n'ai pas pu m'empêcher de me marrer, tu te rends compte la vie qu'ils doivent avoir pour imaginer des conneries pareilles ? Et tous les deux on était en phase là-dessus, ils étaient pires qu'une invitation à la drogue et à l'alcoolisme, petit à petit la conversation a dévié sur comment les choses devaient se dérouler dans l'idéal et les ambitions qu'on pouvait avoir.

– Toi, c'est net, c'est le pognon.

J'étais surpris par sa remarque.

– Pourquoi, pas toi ?

Il a attendu un peu, tout déglingué qu'il était par moments il avait des lueurs.

– Bien sûr oui, mais c'est pas le moteur principal.

La vérité c'est qu'il voyait la vie autrement, tout son but c'était d'arrêter l'alcool et la défonce. Complètement.

– Si je pouvais réussir ça et me sentir bien, pouvoir rigoler ou me faire une gamelle en y prenant plaisir, sans tisaner, je serais déjà content.

Des gens comme ce soir par exemple le déprimaient complètement, des gens ternes et ennuyeux, adolescent c'est pour ça qu'il avait commencé à se doper, pour ne jamais leur ressembler, et maintenant il se rendait bien compte qu'à sa manière il était encore pire, son organisme au garde-à-vous tel le dernier des beaufs devant un verre.

– Tu ne te doutes pas de l'échec que ça représente pour moi.

De savoir que même un couillon habillé en guignol au bord du suicide parce qu'on lui a taché ses cabinets valait mieux que lui, il ne pouvait pas le digérer.

– Au moment de mourir de quoi je serai fier ? de rien mon pote, vraiment de rien, c'est ça qui me tue.

– Tu sais j'ai dit pour le rassurer, si tu vas par là moi non plus je ne serai pas fier de grand-chose.

Il a reposé sa cigarette.

– Oui, peut-être, mais toi t'as investi dans l'extérieur des choses, dans la réussite, ton choix est fait, c'est pas pareil.

Il s'est levé pour aller se chercher un verre dans la cuisine, ses paroles me faisaient l'effet d'un coup de gong, ça voulait dire quoi l'extérieur des choses, qu'il n'y avait que le fric qui comptait pour moi ?

– C'est ça que tu penses, j'ai demandé quand il est revenu, tu trouves que je suis trop rat ?

Il a paru étonné de ma question.

– Il s'agit pas de ça, certains veulent réussir leur vie humainement, avoir des amours, des enfants, ou alors spirituellement, ou artistiquement, toi c'est le côté matériel qui t'intéresse, c'est l'argent, il n'y a pas de complexe à avoir, t'es comme ça, c'est tout.

Je suis allé me coucher là-dessus, un peu mal à l'aise quand même, quoiqu'il avait raison, il n'y a pas de complexe à avoir, le monde entier est un appel à la consommation et à la dépense, qu'est-ce qu'on pouvait faire d'autre que d'essayer de faire sa pelote. Je n'étais pas un fanatique du pognon, j'en connaissais des pires que moi, quand je pensais à ça je revoyais un receleur rue Myrha, un Juif pied-noir, tous les matins et tous les soirs il embrassait un billet de cinq cents, je baise le Dieu de la Terre, au réveil comme au coucher, le Dieu de la Terre, qu'on vienne me démontrer qu'il avait tort et j'ai sombré dans le sommeil.

***

Le lendemain, j'ai passé ma matinée à régler des problèmes administratifs du fait que Marie-Pierre n'était ni majeure, ni domiciliée sur Paris rien n'était simple et il a fallu téléphoner puis télégraphier à sa mère, de manière à obtenir l'autorisation en cas de mesure d'urgence. Entre faire installer un poste dans sa chambre, il fallait ouvrir un abonnement au premier étage, rappeler une troisième fois en Normandie, les courses, la bouffe, le fleuriste, les fleurs c'était la moindre des choses pour égayer un peu la chambre, et aussi une robe de chambre et deux chemises de nuit, elle voulait être à son avantage et c'était bien naturel, je ne savais plus où donner de la tête. A mon retour le médecin était avec elle, mais les tests ne donnaient rien, lui conseillait d'attendre un peu, de toute façon ici vous êtes en sécurité, et moi je voyais qu'il n'était quand même pas question que je m'appuie la note, même avec la sécu, sans mutuelle il fallait être au moins Crésus pour assumer, et puis je me suis dit que de là à ce qu'ils nous retrouvent la mère pouvait toujours demander l'aide médicale gratuite, je lui avais parlé le matin et c'était bien ce que m'avait laissé entendre Marie-Pierre, c'était le quart monde, le vrai de la campagne, elle devait l'obtenir sans peine.

J'ai émergé au bureau dans le milieu de l'après-midi un peu vaseux et la tête confuse, et là il s'est passé quelque chose d'assez étrange, quelque chose que je n'aurais pas prévu comme ça de but en blanc, Bruno était en rendez-vous extérieur et comme Gilles n'était pas là j'ai demandé à Patricia de m'accompagner chercher des magnétoscopes. Sans être de la classe de Marie-Pierre elle était quand même plutôt pas mal, je voyais ses jambes s'agiter, une, deux, sa jupe tellement courte qu'on apercevait le haut de ses cuisses, Marie-Pierre m'avait dit tu sais c'est une vraie coquine, elle l'avait surprise dans un bureau en pleine action avec Bruno, et alors que la seconde d'avant je n'y songeais même pas la porte de la réserve s'est refermée et j'étais en train de l'embrasser, sa main descendait et me caressait les couilles pendant que je m'occupais d'elle, ça a été assez vite, elle s'est baissée et m'a sucé, moi pensant à elle et à Bruno, et juste après c'était fini, on est remontés tous les deux tranquillement comme si de rien n'était.

Au standard il y avait un message de Marie-Pierre, sa mère venait et je devais aller la chercher à Saint-Lazare.

***

Entre l'idée qu'on peut se faire de quelqu'un et sa réalité il y a parfois un écart certain. J'étais comme un idiot, muni de ma pancarte « Marie-Pierre », à scruter les mémères éventuelles, dans mon esprit je m'attendais à une vieille, genre grosse, avec des jambes énormes, pour qui le moindre mouvement représente un effort, empestant la cuisine et les produits ménagers, ceux qui sentent toujours mauvais, et je lorgnais en tous sens, une vieille vraiment vieille arrivait depuis la fin du quai en poussant son petit chariot si péniblement que je me suis dit bingo, c'est elle, avec un taxi je ne vais pas m'en sortir, il me faut une assistance supplémentaire, quand on m'a tapé dans le dos.

– Je suppose que vous êtes mon gendre.

J'étais estomaqué. Devant moi se tenait Marie-Pierre. Avec quelques années de plus, des pattes d'oie au coin des yeux et l'air fatigué, mais Marie-Pierre quand même.

– Bon, on s'embrasse alors.

Et elle m'a posé quatre gros bisous sur les joues, avant que j'aie pu réagir on était sortis de la gare, elle parlait à toute vitesse, Marie-Pierre m'avait prévenu qu'elle était bavarde et c'était plus que vrai, en cinq minutes je savais déjà des tas de choses, comment elle vivait depuis la mort de son mari, quand Michel était encore là tout était différent, mais maintenant à part une sortie de temps en temps avec sa sœur et son beau-frère on ne peut pas dire que c'était l'euphorie, en moi-même je pensais mais combien elle a eu d'enfants, c'est incroyable, Marie-Pierre m'avait expliqué qu'ils étaient cinq, c'est pas possible, elle est encore trop bien, et elle reprenait à mes côtés, pendant qu'on s'alignait dans la queue pour le taxi, c'est bête à dire et bien sûr c'est une tuile pour Marie-Pierre mais au moins j'ai une occasion de monter à Paris et de me distraire un peu.

A l'hôpital Marie-Pierre était effondrée, après l'avoir passée au scanner l'œuf semblait parti, mais les prises de sang indiquaient tout le contraire, le taux de je ne sais quel mystère médical ne collait pas, mais alors pas du tout, et donc la sortie était repoussée d'autant, le médecin n'y comprenait rien. Sa mère l'a embrassée, c'était émouvant de les voir toutes les deux, presque pareilles avec vingt ans d'écart, Marie-Pierre appelait sa mère par son prénom, Myriam, tu m'as amené mon cahier que j'avais oublié, et sa mère l'a rassurée, t'inquiète pas j'y ai pensé, et tu sais ce que tu as c'est rien, vraiment rien du tout, avec cinq grossesses tu penses comme j'en ai vu.

A cette époque il faisait jour tard, le temps de papoter et de descendre lui racheter deux ou trois bricoles dans le hall en bas il était presque dix heures, je commençais à me demander ce que j'allais bien pouvoir faire quand le portable a sonné, Gilles voulait savoir si ça me disait une petite gamelle. Pourquoi pas j'ai dit, mais je suis avec ma belle-mère, belle maman est là. Ah s'est inquiété Gilles, faut sortir mémé, et j'ai fait un clin d'œil à Myriam, l'ambiance s'était détendue, on se tutoyait et elle avait l'air sympa, oui t'as raison, c'est l'angoisse, elle a au moins soixante balais, bon a tergiversé Gilles, bon, bon, qu'est-ce que je fais, je viens ou quoi ? Et moi je lui ai dit oui, tu ne peux pas me laisser tout seul, c'est un vrai cauchemar, et elle veut absolument visiter le Moulin-Rouge.

Marie-Pierre et sa mère rigolaient, quand il va te voir il risque de faire une drôle de tête, et on a encore plaisanté un peu sur le sujet jusqu'à ce qu'il arrive et se rende compte par lui-même, vous m'avez charrié, elle a pas soixante balais, elle est jolie comme un cœur, Myriam faisait sa coquette, vous exagérez j'ai fait mon temps, maintenant c'est mes filles qui sont dans la course, et Marie-Pierre renchérissait, pas du tout maman, t'es drôlement bien foutue, j'arrête pas de te le dire mais tu veux jamais me croire.

C'était dommage que Marie-Pierre ne puisse pas venir avec nous mais l'infirmière était intraitable, pas question de sortir faire la bamboula, elle devait rester couchée, Myriam a promis d'être là à la première heure et on l'a laissée sur son lit.

La soirée s'est hyper bien passée, au Zeyer, à côté de l'hôpital ça s'imposait, et tout le repas Myriam et Gilles n'ont pas arrêté de blaguer, Myriam avait un petit coup dans le nez et Gilles s'est très bien tenu, c'était rare de le voir comme ça, drôle et jamais à court de sujets de discussion, au dessert c'était clair qu'elle était sous le charme et que lui la draguait franchement.

– Vas-y mollo, je lui ai dit en sortant, c'est ma belle-mère.

Mais il m'a fait un clin d'œil rassurant, tu me prends pour qui, pour le satyre de Bagatelle ? Il n'empêche, Myriam s'est retrouvée au pavillon, lui évidemment, comme par hasard, n'avait plus assez d'essence pour rattraper Paris, à cette heure tout était fermé, je suis monté dans ma chambre, après tout elle était grande et même pas une demi-heure plus tard le rodéo a commencé, impossible de dormir, ils faisaient un boucan d'enfer, si ça avait été quelqu'un d'autre je serais descendu intervenir et calmer le jeu mais là franchement je me voyais pas ouvrir la porte en faisant les gros yeux et dire à ma belle-mère ça t'ennuie pas de baiser moins fort.

Le lendemain j'étais vraiment gêné et je ne savais pas du tout comment mettre ça sur le tapis avec Marie-Pierre, s'il fallait que j'en parle ou pas, mais en fait c'est Myriam qui a dû lâcher le morceau parce que l'après-midi, dès qu'elle a eu le dos tourné Marie-Pierre m'a questionné, alors ça y est, avec Gilles c'est bon ? Elle était plutôt contente pour sa mère, c'est pas marrant d'avoir personne, Myriam avait beau être encore bien physiquement les années filaient vite.

C'était parfait qu'elle soit venue, on avait des milliers de choses à faire et je ne pouvais pas passer mes journées à l'hôpital, dans l'attente d'une amélioration. L'opération camion était pour les jours à venir. Le séminaire organisé avait lieu également le surlendemain. Il avait fallu courir partout pour trouver des lots suffisamment homogènes, pas question de ne pas faire équitable avec les journalistes, gens selon Bruno hyper-susceptibles, c'était au revoir l'article à tous les coups. Le mardi Lille avait téléphoné, il y avait une animation commerciale là-bas et l'avocat voulait de la marchandise en urgence, Gilles avait dû foncer, encore heureux qu'il y avait l'autoroute. J'avais eu l'explication pour Lille, l'avocat avait investi l'année précédente dans un énorme magasin d'électroménager et les affaires ne marchant pas fort il avait sauté sur ma proposition, lui revendait au prix fort, sans taxes, net d'impôts, c'était du super-bénéfice.

Tu penses bien m'avait dit son beau-frère le représentant de bière, que s'il n'avait pas cette raison précise, avec la situation qu'il a, jamais il ne se mettrait dans une magouille.

Il me semblait que mon cerveau fonctionnait en permanence à deux cents à l'heure, je venais de racheter un stock de bières, un franc la canette, j'en avais dix mille et pourquoi ne pas profiter de la fête de la musique pour les écouler, dix francs la bière, et moi je les faisais à cinq aux vendeurs, sur dix mille ça faisait cinquante mille, moins ma mise de départ gain quarante mille, en une soirée. Au bureau, même si je ne la ramenais pas avec des signes trop voyants, les gens se rendaient bien compte que je n'étais pas tout à fait n'importe qui, Bruno me demandait de plus en plus mon avis et me consultait avant d'entreprendre une affaire, et si personnellement je mettais un point d'honneur à me comporter en vrai chef d'entreprise les manières des uns avaient fini par déteindre sur les autres, les secrétaires s'essayaient au verlan et l'autre jour j'avais entendu Bruno qui disait faudrait pas vous manquer les gars, vous avez pas de parole ou quoi, et celui à qui il parlait n'était pas moins que le directeur de communication d'une énorme entreprise.

Je pense que tout le monde devait se la donner un peu que j'étais une sorte d'Al Capone, et ce qui avait achevé d'asseoir cette petite réputation c'est quand Patricia était rentrée avec moi, au moment de monter en voiture j'avais sifflé et un clochard en haillons s'était précipité, c'était un Surveilleur, et m'avait tendu les clefs, comment ça va patron ? Patricia était sciée, mais tu les connais, mince c'est dingue, c'est comme dans un film, on voit le chef des mendiants, il dirige toute la ville mais personne ne le sait.

⁂

En planque dans ma voiture en attendant l'irruption du Polonais je refaisais une fois de plus tout l'itinéraire, depuis cet hiver jusqu'à maintenant le moins que l'on puisse dire c'est que j'avais fait du chemin, Gilles à côté de moi disait si tout se passe bien je prends ma part et basta, je crois que j'ai besoin d'un peu de repos à la campagne, il va te falloir trouver un autre complice. C'était notre deuxième soir à Rungis, la veille on avait poireauté jusqu'à trois heures, et je n'avais vraiment pas envie de recommencer pour rien, j'étais fatigué. Gilles continuait en insistant sur la difficulté du recrutement, des mots et des phrases totalement incongrus, ce coup-ci tu pourrais les faire danser, ou même chanter, un mec qui chante c'est sûr c'est un bon collaborateur. Surtout si c'est de l'opéra. On frappait au carreau, j'avais dû m'endormir sans m'en rendre compte, c'est O.K. disait Coin-Coin en faisant un rond du pouce et de l'index, O.K. cent pour cent, le voilà.

La masse s'était garée à son emplacement habituel, dans la zone d'attente des TIR, entre deux camions, avec un peu de chance les chauffeurs seraient partis manger et Gilles pourrait opérer en toute sécurité. Une dizaine de minutes ont passé, Coin-Coin était parti taper au carreau de la pute, inutile qu'elle accepte des clients maintenant et elle avait fermé les rideaux du mobil home, Coin-Coin devait la prévenir si le Polonais faisait mine de s'approcher, pour qu'elle puisse rouvrir à toute vitesse et accueillir comme il le méritait son vieil ami, mais rien, on devinait la forme immobile derrière le volant, dans le noir, sans mouvement, qu'est-ce qu'il pouvait bien foutre c'était un vrai mystère. J'espère qu'il est pas en train de se branler a nasillé Coin-Coin, sinon on l'a dans le cul, après une branlette jamais il ira payer pour une pute. A travers le pare-brise une petite lueur a scintillé, une petite lueur dans la nuit. Je vais voir discrètement a proposé Coin-Coin. Et il est revenu un instant plus tard, porteur de nouvelles rassurantes, le Polonais ne faisait rien de louche, il priait, la lueur provenait d'un cierge fiché sur le tableau de bord.

– Faites-moi confiance je connais l'animal, il va y aller tout seul.

J'avais été obligé d'augmenter légèrement sa part, pour qu'il me fiche la paix et surtout pour qu'il la ferme. Les phares du camion se sont allumés, puis éteints, c'était bon.

Coin-Coin a caracolé jusqu'au lieu crucial, tout roulait, elle avait commencé à le sucer, il avait regardé par le store de la vitre. Gilles est descendu, hyper-froid, on se retrouve au hangar, je t'appelle sur le portable dès que j'y suis. Il a traversé calmement, fait le tour de l'engin, s'est baissé sous le garde-boue, a trouvé la clef, s'est redressé et a pris possession du camion et des tonnes de viande. Près de moi Coin-Coin retenait sa respiration. Le moteur du semi s'est mis en marche et à cet instant une noire et blanche débouchait de l'autre secteur, mais sans s'arrêter, à Rungis un camion en train de démarrer qui s'en soucie ? Gilles s'est mis en route tranquillement pendant que je restais surveiller les arrières, si l'autre sortait trop tôt et donnait l'alerte je prévenais Gilles par téléphone, qu'il puisse abandonner le bahut et se dégager en douceur, mais tout s'est passé au poil, c'est lui qui a appelé le premier, Hippopotamus à bon port, je répète Hippopotamus à bon port. Avant de le rejoindre j'ai contacté mes bouchers, qu'ils viennent réceptionner la livraison, la nuit était loin d'être finie.

On est rentrés au pavillon dans les embouteillages du matin, tout s'était tellement bien goupillé que je sentais à peine la fatigue, les bouchers avaient payé, pas tout, mais une partie, une grosse partie, j'avais une sacoche avec plein de liasses, Coin-Coin avait eu la moitié de sa part, Gilles aussi, celle de la pute attendait dans une enveloppe.

– Alors, a demandé Gilles, affaire foireuse ou pas affaire foireuse ?

J'étais ennuyé qu'il décide d'arrêter. En même temps je le comprenais, il prenait une bonne somme et il en avait assez de Paris, je crois qu'il envisageait un petit séjour en Normandie.

– Qu'est-ce que tu vas faire à la campagne, tenir une ferme ?

– Déjà je vais me reposer, j'ai envie que de ça, me reposer et regarder la mer.

– C'est à la mer que tu vas ou à la campagne ?

– A la campagne, mais il y a aussi la mer. Je vais chez Myriam à Veules-les-Roses.

Je l'engageais comme employé, pour faire des livraisons, Marie-Pierre et moi essayions de faire un enfant, qui tournait en problème, Myriam venait pour nous aider, et maintenant, à cause de tout ça lui se mettait avec la mère de ma femme.

A Châtillon un petit déjeuner nous attendait, des œufs avec du jambon, des jus de fruits et plein de croissants. On a mangé comme des fous et j'ai plongé dans mon lit, vers un sommeil sans rêve, mon sac de billets roulé au fond des draps, jusqu'au milieu de l'après-midi.

***

– Tu sais à quoi j'ai réfléchi ?

On était dans le bureau de Bruno, son séminaire avait été un franc succès, tous les journalistes étaient enchantés, le fait de repartir avec un magnétoscope à sept cents sacs sous le bras y étant évidemment pour beaucoup, certains avaient même dit franco à l'attaché de presse de la boîte, vous inquiétez pas, les ascenseurs on sait les prendre mais aussi les renvoyer, et sur quarante-trois participants trente-huit avaient promis des retombées, presse, télé et radio. Un carton. De mon côté Rungis s'avérait du billard. Personne ne s'était ému de la disparition du camion, le Polonais avait porté plainte, mais sans dire où il était à l'instant du rapt, avec une pute, si bien que notre complice n'avait même pas été inquiétée, ce qui baissait sa part. A ma grande surprise les bouchers avaient payé rubis sur l'ongle, ils devaient encore cinquante mille francs mais le gros était réglé. Pour eux l'opération était exceptionnelle et si je pouvais remettre ça ils étaient direct partants. Coin-Coin avait dû retourner hanter les bars de Villejuif, au moment de le dédommager j'avais encore rajouté dix mille, spontanément, pour moi une misère, mais comme ça il garderait un bon souvenir. Il m'avait regardé, visiblement ému, j'avais insisté sur le rôle prépondérant qu'il avait joué, sans toi rien n'était possible, et il m'avait serré la main, longuement, toi t'es un grand, Gilles me l'avait dit, t'es un seigneur, mec, vraiment.

Deux jours plus tard Marie-Pierre était sortie de l'hôpital, parfaitement rétablie, le médecin disait qu'on pouvait remettre ça dans les trois mois, pour le moment c'était préservatif obligatoire, et quant à Gilles il devait cesser toute activité chez Extramill d'ici la fin juin, Myriam était repartie et il n'avait qu'une hâte c'était la rejoindre et roucouler là-bas, en Normandie, si bien que j'allais devoir trouver un remplaçant.

En attendant ce à quoi avait réfléchi Bruno c'était qu'un jour ou l'autre j'allais ressentir l'envie de me poser un peu. De stabiliser une partie de mes activités. Je ne pouvais pas toujours rester à fonctionner avec que du liquide et une plaque posée sur une façade avec derrière une société fantôme.

– Je me trompe ?

J'ai attendu qu'il s'explique, pour le moment ma société fantôme je ne pense pas qu'il avait à s'en plaindre beaucoup.

Il m'a touché l'avant-bras.

– Tu permets que je te parle sincèrement ?

J'ai acquiescé, bien sûr, on est un peu des amis maintenant.

– Tu sais combien je vais gagner grâce à toi ?

Là, j'ai dit non, je n'en savais rien.

– Avec ton idée de magnétoscope ils nous confient trois films, des gros budgets, et l'animation de toutes leurs conventions pendant deux ans, j'ai signé hier.

Il a saisi un document qui dépassait sur le bord de son bureau.

– Ce qu'il te faut maintenant c'est régulariser ta société, t'as le sens de l'argent, des affaires ; du pognon tu vas en ramasser énormément, il te manque juste l'ossature légale.

J'ai examiné les papiers.

– Les statuts d'Extramill, rédigés par mon avocat.

Si j'étais d'accord je pouvais le rencontrer dans la semaine. J'ai parcouru la feuille, il s'agissait de la constitution d'une société. De ma société.

– C'est cadeau. Tu vas le voir, il t'expliquera tout.

Le soir Marie-Pierre m'attendait sur la petite terrasse. Il fallait cinquante mille francs, bloqués pendant deux mois, mais cinquante mille francs qu'est-ce que c'était pour moi, pas grand-chose, et aussi déposer les statuts à la chambre de commerce, et avoir deux associés, même avec des parts symboliques. D'après Bruno une fois dans le bain tout était facile, l'organisation, le rapport avec les banques, c'était du gâteau. On a mangé tranquillement, en essayant de voir à qui on allait demander de prendre des actions, en tant que mineure il fallait que je me renseigne pour savoir si elle avait le droit, sinon on demanderait à sa mère, le mieux c'était encore la famille. Sur la table les assiettes et les verres formaient un dessin presque géométrique, en repoussant légèrement mon couteau j'obtenais un équerrage parfait. Je peux te poser une question ? Je t'écoute j'ai dit. Le soir tombait tout doucement, demain on allait à la fête de la musique avec Bruno, Patricia et des amis à eux. Elle est rentrée dans la maison pour en ressortir la seconde suivante porteuse de deux gros cahiers.

– Tu sais ce que c'est ?

C'était mes cahiers de poésie. Elle m'a scruté comme si c'était la première fois qu'elle me voyait.

– Alors c'est ça, t'écris des poèmes ?

J'ai allumé un cigare, toujours je m'étais dit qu'avoir un peu d'argent et se mettre au cigare était ridicule. D'autant que je ne consommais pratiquement pas de cigarettes. La fumée m'a râpé la gorge.

– C'est déjà arrivé, j'ai reconnu.

Les cahiers devaient se trouver dans les cartons restant du déménagement et qu'elle avait fini de déballer aujourd'hui. Elle s'est éventée avec sa main.

– Ça pue ton truc. Pourquoi tu ne me l'as jamais dit ?

J'ai écrasé le fumigène dans un pot de yaourt, j'aimais pas, j'allais pas me forcer non plus.

– Je sais pas, parce que c'est jamais venu dans la conversation, j'en sais rien.

Elle a ouvert le premier fascicule et s'est mise à lire.

Marcher dans la campagne
Et écouter les plaintes
Que nos erreurs passées
Font peser sur nos vies
Trois soldats et un chevalier

Courent dans la nuit
La femme qu'ils poursuivent n'atteindra pas le matin
Dans l'obscurité
Les brasiers et les feux
Illuminent tes yeux
D'étincelles de peur
Oh mon amour
Verront-ils un jour s'éclaircir les cieux ?

Je n'avais plus aucun souvenir de quand j'avais pu écrire ça. C'est super disait Marie-Pierre, je trouve que c'est vachement beau et mystérieux. Elle a tourné les pages, et t'en as fait plein.

Une vieille au bout d'un chemin
Qui veille
Avec un chien
Une vieille au bout d'un chemin
Qui veille sur mon destin
Qui sait
Quelle est la fin.

Celui-là elle le trouvait moins bien, mais c'est troublant, tu te rappelles ce qui t'est arrivé la première fois que tu revenais de Lille, avec la femme et le chien, dans la ferme ? Je m'en souvenais très bien, j'y repensais souvent, la nymphomane et son clébard. Tu ne crois pas que c'est curieux ? S'est ensuivie toute une discussion sur les prémonitions, les songes, une des sœurs de Marie-Pierre avait rêvé qu'elle allait se marier une semaine avant de rencontrer son futur promis, et dans beaucoup de livres on en parlait, peut-être aussi que c'était une sorcière. On a fini la soirée en se chamaillant gentiment sur tout ça, franchement le paranormal c'est pas que je n'y croyais pas mais il y avait des sujets plus préoccupants. La nuit j'ai rêvé mais que des trucs agréables, sans prémonition d'aucune sorte, des choses beaucoup plus triviales, où Marie-Pierre était toute nue, et quand j'ai ouvert les yeux on a pu continuer en vrai et on a batifolé jusqu'à ce qu'il soit l'heure de se lever, la journée s'annonçait chargée, j'avais toute la mise en place de la fête de la musique à assurer, on avait passé des annonces un peu partout pour recruter des vendeurs et des chefs d'équipes et tous les Surveilleurs de la Rue étaient mobilisés. Dix mille canettes répandues en un soir dans la capitale n'était pas une mince affaire mais c'était vraiment satisfaisant, en plus du bénéfice réalisé, de marcher dans la rue, au bras de sa femme, avec ses amis, et de savoir que bon nombre des bières bues ce soir par le peuple de Paris en liesse provenaient directement de mon organisation, Extramill était partout, et je comprenais ce que pouvait ressentir un mec comme Dassault, c'était normal d'être fier.

A l'angle de la place Saint-Sulpice, un étalage proposait les boissons à quinze francs, j'avais recommandé un prix de dix francs maximum.

– C'est combien ?

Le garçon devait avoir dans les dix-huit, dix-neuf ans, son jean était déchiré et il m'a immédiatement fait une très mauvaise impression.

– C'est marqué.

Marie-Pierre m'a tiré par la manche, laisse tomber, quelle importance ?

– Quinze francs ?

Il n'a même pas répondu. On avait cent revendeurs partout dans la ville, chacun avec cent bières, cent fois cent font mille, à dix francs prix public, cinq pour Extramill, cinq pour eux.

– Quel est votre nom ?

Il a daigné se pencher en avant.

– Qu'est-ce que ça peut te foutre ?

Il n'était pas très grand et surtout j'ai eu l'avantage de la surprise, il ne s'y attendait pas. Mon poing est parti et s'est écrasé sur son nez, je lui ai recollé une gifle immédiatement après et je l'ai chopé par les cheveux pour le projeter contre une voiture. Bruno et Patricia sont arrivés en courant. Le mec saignait de la lèvre.

– Où est ton chef d'équipe ?

Un attroupement s'est immédiatement formé, le responsable qui avait des étalages aux quatre coins de la place a galopé vers nous. En me voyant il a paru stupéfait, mais que s'est-il passé, que s'est-il passé? J'ai montré le jeune, je crois que vous avez un léger problème de personnel. C'est qui ce con demandait le petit crétin, il m'a frappé. Pour finir tout s'est arrangé, j'ai obtenu des excuses, le responsable expliquait que les concurrents montaient les prix, il n'y avait pas de raisons de laisser nos bières à dix francs, mais moi j'ai dit un accord c'est un accord, les affaires on les fait honnêtement ou on s'abstient, c'est pas normal d'escroquer les clients, ce soir les gens travaillent gratis, pour qu'on puisse faire la fête et s'amuser, l'assemblée autour m'approuvait, c'est vrai, il a raison. Au début ils ne savaient pas trop mais maintenant mes arguments commençaient à porter, des punks ont sifflé, quinze francs tu m'étonnes que c'est trop cher, dix francs au moins c'est correct. Au moment de partir la foule entière était avec moi et quand le vendeur a baissé les prix ils ont tous applaudi.

– Mince, a fait Bruno, et dans ses yeux je voyais bien qu'il était soufflé, t'y vas pas avec le dos de la cuillère.

Partout des groupes jouaient, toutes sortes de musiques, de la flûte bretonne au hard rock, dans un ensemble quasiment polyphonique qui se déroulait le long des rues, en marchant cinq mètres on passait de l'un à l'autre mais sans que cela soit gênant.

– Et qu'est-ce que j'aurais dû faire, me laisser insulter?

Patricia m'a souri, non, je n'étais pas du genre à me laisser insulter.

– Regarde, m'a montré Marie-Pierre, ça tombe à pic.

Elle avait ramassé un programme par terre, marché de la poésie, place Saint-Sulpice, avec la date, c'était le week-end suivant.

– C'est marrant, s'en est mêlée Patricia, j'y suis allée avec ma mère l'année dernière.

– C'est l'occasion ou jamais, il faut que tu les présentes.

– Quoi donc? s'est enquis Bruno.

– Ses poèmes, il en écrit des super-bien.

– Des poèmes de poésie?

En remontant vers le Luxembourg quelques personnes attroupées chantaient ensemble, sans instrument, hoooo, haaaa, des gens entre quarante et soixante ans, habillés avec simplicité mais tous de la même manière, hoooo, haaaaaa, une dame agenouillée donnait l'impulsion aux autres, ça m'a fait penser à une bande dessinée où une secte attendait les extraterrestres, une des femmes avait des bigoudis, hoooo, haaaaa, ils devaient essayer de faire comme une mélopée mais ça ne donnait pas ça, juste les deux sons qui s'enchevêtraient, montaient du trottoir et se perdaient dans la ruelle obscure.

– C'est des trucs que j'ai faits avant, pour m'amuser, c'est vraiment rien.

Patricia et Bruno étaient sciés, t'écris mais c'est formidable, j'en reviens pas disait Bruno, en plus de la poésie, c'est pas n'importe quoi.

De fil en aiguille, les jours suivants on en avait encore reparlé, le samedi on a pris le chemin du sixième, Marie-Pierre bien décidée à contacter un éditeur, et moi dans le fond, après tout ce que m'avaient dit les uns et les autres, je ne savais plus trop, mes deux cahiers sous le bras on s'était renseignés auprès d'un libraire, la poésie c'était extrêmement spécial, une enclave à part dans l'édition et effectivement le marché c'était là et pas ailleurs qu'il fallait s'adresser.

– C'est l'équivalent de Cannes pour les films, c'est l'endroit où ça se passe.

Sans avoir jamais mis les pieds sur la Croisette et encore moins au festival la comparaison me semblait malgré tout un tantinet hasardeuse. Le premier stand à recevoir notre visite était tenu par une dame d'un certain âge, plutôt bien mise, qui gentiment nous a proposé un poème. Notre premier de l'après-midi.

– Merci. Merci beaucoup.

Ça s'intitulait *Ordre du jour* et c'était signé Jean-Pierre Rosnay, « Tenir l'âme en état de marche Tenir le contingent à distance Tenir Dieu pour une idée comme une autre, un support, une éventualité », je lisais pardessus l'épaule de Marie-Pierre « Ne pas se laisser emporter par le courant, Tenir son rang dans le rang de ceux qui ont décidé de tenir l'homme en position estimable », t'as vu m'a fait Marie-Pierre il y a beaucoup de répétitions, « Ne pas se laisser séduire par la facilité », visiblement l'autre acolyte du stand avait un certain mal à mettre ces principes en application, vautré sur un bout de banc il piquait du nez sur son gobelet de rouge. De l'autre côté du tract une publicité nous invitait au Club des poètes, c'était bon à savoir, on a noté l'adresse et on a continué notre petit tour.

Franchement il n'y avait que l'embarras du choix, tous les deux mètres on rencontrait un éditeur, un éditeur de poésie, avec de la barbe et un jean usé, sûr de promouvoir à travers ses publications le vrai et unique fleuron de l'expression poétique. Les livres étaient de toutes les formes, souvent jolis et originaux, mais aussi mal reliés et imprimés à la va-vite, au premier abord tous ces textes aux propos décousus donnaient un ensemble quelque peu surprenant. Avec la poésie on pouvait s'attendre à tout et bien sûr c'était un genre à part, on était d'accord là-dessus, mais quand même, « Ta grosse tige Au fond de ma bouche Fond en mille souillures Éclabousse de brûlure Ma joie Je suis ta reine », heu, on lisait avec Marie-Pierre, zut, c'était pas triste leurs histoires. Et celle-là regarde, ils exagèrent, « La quéquette de Zézette. Dans son étui en peau de bête. Elle est si belle La quéquette de Zézette. » C'est pour les enfants a précisé l'éditeur, c'est le premier de la série. On s'est longuement interrogés pour savoir ce que seraient les suivants, pas à dire, l'endroit était curieux. Il faisait chaud, j'ai proposé qu'on aille se rafraîchir à la buvette. A notre premier passage des joueurs de guitare jouaient des airs militants, en chantant, atrocement faux, même sans comprendre la langue c'était certain, oyoyoyo, d'un ton pénétré, maintenant un vieux occupait l'estrade, nom d'un chien s'est exclamée Marie-Pierre, il baisse son pantalon, j'ai tourné la tête, le vieux s'accroupissait et nous montrait son cul. Je le connais disait quelqu'un derrière nous, c'est Aguigui Mouna. Tu crois disait sa femme, ça me semble bizarre, il ressemble mais je ne pense pas que ce soit lui, Aguigui Mouna doit être mort depuis belle lurette, pense donc, quand il sévissait on avait vingt ans. Le vieux avait remonté son froc et nous abreuvait d'un ramassis d'élucubrations sur la corrida, c'est une honte, vous êtes des animaux de supporter une boucherie pareille, des brutes et des barbares, et que l'un de vous se lève et ose m'affirmer le contraire. Personne n'a moufté, je vous attends, qui ici prétendra aimer la corrida, le massacre des pauvres taureaux ? On s'est faufilés jusqu'au bar, je mourais de soif.

– Qu'est-ce qu'on va faire ?

Je n'en avais pas la moindre idée. Incontestablement il y avait des gens sérieux, ceux des beaux livres, et des charlots. On avait un peu tâté le terrain, est-ce que ça vous arrive de publier des nouveaux auteurs ? et ce n'était pas gagné, il fallait envoyer les textes, qui seraient lus par un comité de lecture, souvent d'autres poètes déjà édités, tu vois le tableau disait Marie-Pierre, t'envoies ce que tu as écrit et c'est le mec de *La Quéquette de Zézette* qui les lit et qui donne son avis, ou alors encore pire c'est un obscur qui te les vole et les publie sous sa signature, c'est très fréquent.

On en était là, à peser le pour et le contre de l'utilité d'un nouveau tour, je sentais Marie-Pierre découragée, à quoi ça sert si c'est ceux qu'ont du piston qui marchent, est-ce qu'on essaye quand même de les faire lire ? et ce n'était pas possible de se laisser abattre, pas en ce moment, avec tout ce qui s'était passé les dernières semaines, les réussites en cascade et le reste. On y va, j'ai dit, tu refais un tour, tu choisis trois éditeurs, les trois qui te semblent le mieux, pendant ce temps moi je vais aviser.

Sur un banc au milieu du parcours j'avais remarqué une femme assise toute seule, une pile de livres posée près d'elle, des gens avaient commenté son courage de s'éditer seule, elle devait pouvoir me renseigner. L'ouvrage s'intitulait *Un couloir tout noir*. Bonjour j'ai lancé pour amorcer ma manœuvre d'approche, ça va ? Elle m'a fixé un long moment dans le blanc des yeux, des gros yeux exorbités et pleins de méfiance. C'est vous qui avez écrit ça ? Sa poitrine se soulevait d'une respiration lente et régulière, elle a hoché la tête, oui, c'est elle qui avait écrit ça. La quatrième de couverture expliquait de quelle démarche procédait le texte, une volonté de rédemption, mais aussi de reconnaissance, et une soif immense de dire, enfin, aux autres, aux « normaux », les méandres obscurs de l'hôpital psychiatrique, le « couloir noir »... Hum, hum, peut-être pourriez-vous me renseigner, je cherche des informations sur le coût de fabrication d'un livre ?

– Ce que m'a coûté ce livre ?

Sa voix était toute douce, presque une voix d'enfant, mais grave en même temps.

– Il m'a coûté cher, très cher, beaucoup plus cher que ce que je pouvais payer.

– Combien, plus d'une plaque ?

Ses paupières ont cligné, plusieurs fois, à différentes vitesses, tel un code en morse exprimant un profond désarroi intérieur.

– Je pense oui, certainement plus.

J'ai affiné mon questionnaire, quel prix précisément, et les imprimeurs, et après pour le mettre en vente, mais les réponses restaient obscures, et sans vraiment de rapport avec ce qui m'intéressait. Tu viens a fait Marie-Pierre, j'en ai trouvé un qui a l'air pas mal. Trois mecs l'avaient branchée pour aller boire un café, deux lui avaient demandé son téléphone et le dernier avait proposé franco d'aller baiser dans un petit hôtel pas loin, et tu verrais la touche qu'ils ont, tu te demandes d'où ils sortent, et pas tout jeunes avec ça. L'éditeur sélectionné ne présentait, à part un chapeau genre cow-boy, aucune anomalie notable.

Marie-Pierre l'avait retenu parce que ses livres étaient bien, simples, mais plutôt de bonne qualité, avec des couvertures attrayantes et des textes dans la norme, ni grosse tige ni Zézette, mais un panaché de rééditions de poètes disparus et d'auteurs de maintenant.

Je me suis présenté, bonjour, société Extramill, nous sommes actuellement à la recherche d'un partenariat dans le monde de l'édition. J'étais habillé assez classe, Marie-Pierre aussi, plus ma montre, mes chaussures, deux ou trois bijoux qu'elle avait, on n'indiquait pas la pauvreté, pourtant le gars a dû se méprendre sur mes intentions, si c'est de l'argent ou que vous avez quelque chose à vendre franchement mon vieux c'est pas la bonne adresse, on est fauchés en ce moment.

– Pas du tout, absolument pas.

Je l'ai détrompé immédiatement, non seulement nous n'avons rien à vendre mais nous vous proposons de l'argent. Du bon argent j'ai pensé intérieurement, du bon argent pour acheter plein de trucs qui te font envie et que tu peux pas te payer. Ah, ah, vous travaillez pour le Loto ou quoi ? Les autres du stand, un mec et trois femmes se sont esclaffés, c'est le Père Noël mais il n'a pas de barbe, hi hi. Permettez-moi de m'expliquer, notre société, Extramill, est à la recherche d'une jeune maison d'édition dans le cadre d'un sponsoring de créateur, peut-être sous forme de bourse, ou de participation dans l'édition d'un ouvrage, pour financer l'essor d'une collection se rapportant à la poésie.

Une des crétines pouffait encore mais le chapeau lui a fait signe de se taire.

– Une participation de l'ordre de combien ?

L'autre gars ne quittait pas Marie-Pierre des yeux, à croire que ses nichons possédaient des aimants spéciaux à l'attraction imparable.

– Nous serions peut-être plus tranquilles pour parler de tout ça en face, a proposé chapeau de cow-boy, qu'en pensez-vous ?

J'ai fait un petit clin d'œil, que des pistonnés, c'est ça que tu disais ?

On a traversé vers le café faisant l'angle, mais c'est le café du film a remarqué Marie-Pierre, tu sais quand le mec est un vrai salaud et rend une fille qui tape à la machine amoureuse de lui juste pour écrire un livre, c'est là qu'il lui donne des rendez-vous. C'est vrai a renchéri la femme, vous avez raison, je n'avais jamais remarqué. Ils ont tous pris un apéro, Marie-Pierre et moi une menthe à l'eau, alors de quoi s'agit-il ? Je les ai regardés un par un, le cow-boy, le maniaque sexuel et la femme entre deux âges un peu hippie, nous voulons lancer une collection, au sein d'un groupe d'édition déjà existant, à groupe d'édition j'ai vu que le maniaque avait du mal à se retenir de sourire, la femme m'approuvait de la tête, les sourcils froncés, une collection que nous financerons entièrement, et composée de jeunes auteurs récompensés par une bourse, une bourse d'ailleurs assez, j'ai bu une gorgée de ma menthe, disons substantielle. Des auteurs choisis par nous, mais aussi, pourquoi pas, des auteurs que vous nous proposerez, le serveur a encaissé les consommations, en sortant le billet pour payer j'ai incliné ostensiblement ma pochette de manière à ce qu'ils n'en perdent pas une miette, j'avais dans les trente mille en liquide, tout en pascals, ils ont fixé le portefeuille comme un lapin les yeux du serpent, même le maniaque s'était détourné des jambes de Marie-Pierre.

– Et vous avez déjà une idée du premier bénéficiaire ?

J'ai récupéré ma monnaie en laissant dix francs de pourboire.

– Oui, une idée assez précise.

Marie-Pierre a poussé en avant le cahier avec les poèmes, la femme l'a pris et s'est mise à lire.

– Et votre investissement couvrirait les frais de fabrication ?

– Bien évidemment.

Le chapeau de cow-boy a inspiré très fort pour s'empêcher de rigoler.

– Pour un recueil je pense qu'il faudra envisager dans les...

La femme a levé le nez du cahier.

– Trente, quarante mille, non ?

– Tu n'y es pas du tout, avec quarante mille francs on ne paye pas la moitié de l'imprimeur.

– D'autant que maintenant il y a toute la partie communication, qui coûte extrêmement cher.

– Comptez, par livre, pour arrondir bien sûr, plutôt dans les cent mille.

Le sexuel avait un début de fou rire, il s'est mouché bruyamment.

– En tout cas, a dit la vieille, les textes sont de qualité.

Elle a toussoté pour s'éclaircir la voix, à l'autre bout de la salle le serveur venait de renverser son plateau sur un couple bien habillé, merde disait la femme, merde, vous auriez pu faire attention. La vieille a commencé à déclamer un poème :

Douze pas vers la Seine
Comme douze étoiles brillantes dans la nuit
Toi et moi
Nous mourrons un jour ensemble
Sans savoir
Le fond des flots noirs cache
Tant de drames
Et d'horreurs
Il est si dur
Parfois de vivre

Le reste s'est perdu dans les gargouillis du crétin qui étouffait dans sa serviette, mais ce qui est étrange expliquait Marie-Pierre à la vieille, c'est que certains poèmes sont prémonitoires, ils parlent de choses qui vont arriver. Ah bon l'a coupée le sexuel, c'est écrit par un voyant, et l'autre est reparti dans une crise de quintes. Ils finissaient par me gonfler.

– Bon, il me reste à vous remercier pour tous ces précieux renseignements.

Je me suis levé, Marie-Pierre aussi, je pense que nous reprendrons contact avec vous prochainement.

Comment a dit le cow-boy, vous partez déjà, il faisait vraiment le masque, l'obsédé avait fini par se calmer, bien sûr nous pouvons essayer de tirer un peu nos prix. Je n'en doute pas j'ai répondu en souriant, mais on a besoin de réfléchir à tout ça. En tout cas a opiné la vieille c'est un travail très intéressant. Bande de baltringues j'ai pensé, vos petits bouquins merdiques vous pouvez les rouler et vous les enfoncer profond.

Dehors il faisait encore chaud, tu sais quoi j'ai dit, ce soir je me ferais bien une bonne gamelle dans un endroit sympa.

– Regarde s'est exclamée Marie-Pierre, c'est le type de la tour Eiffel.

Sortant du marché de la poésie, une femme plutôt pas mal à son bras, dans un petit complet d'été où il paraissait encore plus gros que dans mon souvenir, Alexandre Dragan, urbaniste de qualité, s'avançait vers nous.

TROISIÈME PARTIE

Des chandelles étaient allumées dans leur chambre, car il ne venait par les fenêtres qu'un pâle crépuscule;
l'air était lourd comme à l'approche du tonnerre.

Tolkien, *Le Seigneur des anneaux*

7.

Sentiments : Vénus et Mercure vous inspireront pendant l'été des envies de fastes et de folies. De nombreuses relations, une nouvelle idée de la fidélité et du couple. Un mois de juillet plutôt torride. Ben dis donc on va pas s'ennuyer a fait Marie-Pierre, si c'est vraiment ce qu'ils prétendent, d'accord.

On était dans le bureau, il faisait chaud mais pas trop, le temps s'était rafraîchi et la moitié du personnel d'Adagio se trouvait en vacances, le reste devait vaquer à quelques mystérieuses activités à l'extérieur parce que le standard était branché sur le général et j'avais pour consigne de mettre l'alarme en partant. Avec Marie-Pierre nous récapitulions qui allait venir ou pas au dîner organisé le 13 juillet. On avait pas mal de succès à fêter, le départ de Gilles et aussi l'anniversaire de Marie-Pierre, le quatorze elle aurait juste dix-sept ans et j'avais vraiment envie de marquer le coup, d'autant que c'était officiel, Extramill rentrait de plain-pied dans le monde des affaires légales, mon registre de commerce était en cours d'immatriculation, j'avais une vraie société, avec des associés, Myriam avait quelques parts et Bruno aussi, Marie-Pierre n'avait pas pu en prendre parce qu'elle était mineure mais je lui avais promis que c'était pareil, que t'aies des parts sur le papier ou pas ne change rien, pour moi on était à cinquante-cinquante. En attendant mettre sur pied cette soirée était un vrai casse-tête, le mélange des invités faisait que rien n'était évident, plutôt qu'un banquet on avait opté pour une solution chez un Chinois de la rue Saint-Roch avec plein de petites tables, Marie-Pierre reprenait son crayon, table un : Saïd, Mokthar et son cousin, la logique voulait qu'on rajoute aussi Gilles, il était comme cochon avec Saïd et s'entendait bien avec Mokthar, mais Myriam venait pour l'occasion et c'était obligé qu'il soit avec elle et on ne pouvait pas coller la mère de Marie-Pierre avec les Arabes à la table du fond, alors qui mettre avec Mokthar et Saïd ? Les autres clients, avait proposé Marie-Pierre, le gars du bowling et celui de la boîte sur les Champs, avec le représentant en bière, mais c'est moi qui n'étais pas chaud, ils vont parler entre eux, comparer les prix, tu sais bien qu'on est toujours obligé de pratiquer des différences et ça va faire des histoires.

Comme c'était aussi l'anniversaire de Patricia il y avait pas mal de monde d'invité, pas que des gens du boulot mais aussi d'autres, des amis à elle, paraît-il un chanteur assez connu avec qui elle était pote et du coup on avait hyper fouillé, ce n'est pas que j'avais honte de mes relations mais il fallait reconnaître que c'était toujours assez connoté, ce serait bien d'avoir un peu autre chose à présenter, invitons Alexandre j'avais proposé, c'est maintenant ou jamais. Lui au moins ne risquait pas de sortir des trucs énormes, j'avais encore un souvenir très précis de ma soirée avec Gilles chez nos voisins, depuis je dois dire que notre cote dans l'impasse était en baisse notoire, c'est tout juste si Sylvie était venue dire bonjour à Marie-Pierre depuis son retour, Alexandre était sans conteste une très bonne idée.

C'était un drôle de hasard d'être tombés sur lui au marché de la poésie, il se souvenait très bien de nous, on avait bu un verre, toujours très sympa et aussi plutôt marrant, en quelques phrases il avait le chic pour cerner les gens et les situations, il venait tous les ans pour les poètes et n'était jamais déçu, et le vieux qui faisait le pitre sur la scène, impayable non ? Malgré la différence d'âge on était sur la même longueur d'ondes, on s'était rééchangé nos coordonnées en se jurant que cette fois-ci on allait se revoir. J'ai noté Alexandre, table centrale, avec Bruno, Marie-Pierre, Patricia, moi, la femme d'Alexandre s'il venait accompagné, le chanteur célèbre, plus trois autres personnes encore à préciser, je crois qu'il y avait la sœur de Patricia, et tout bien réfléchi on pouvait mettre

Myriam et Gilles avec Saïd et les autres, dispatchés sur trois petites tables, vue sous cet angle la situation commençait à se préciser. Il était convenu avec le restaurateur d'un forfait-menu unique, mais suffisamment varié et copieux pour contenter tout le monde, des assortiments de spécialités asiatiques avec différentes sauces, on avait fait exprès d'y déjeuner plusieurs jours de suite de façon à pouvoir goûter et rien à dire, c'était bon, même très bon.

Cette soirée allait également nous permettre la première exposition de Marie-Pierre, toutes ces photos qu'elle prenait, jour après jour, avaient fini par produire un volume considérable, des tirages en couleurs pour la plupart, quelques noir et blanc mais pas trop, depuis qu'elle avait l'appareil elle n'avait pas arrêté, moi, Gilles, Saïd, on y était tous passés, les Surveilleurs de la Rue et pour qui connaissait un peu c'était fendard de se retrouver accroché au mur, sous verre, dans une position toujours drôle ou solennelle, elle avait bien le coup pour capter les moment spéciaux où les choses transparaissaient, sur une on me voyait avec Gilles et Saïd et c'était exactement les rapports qu'on pouvait avoir, Saïd les yeux plissés, essayant de calculer comment faire pour être dans la course, et Gilles l'air défait mais en même temps prêt à charrier Saïd, et moi un peu en retrait, calme et sûr de moi. L'idée de l'exposition était venue après le marché de la poésie, j'avais dit à Marie-Pierre laissons tomber ces charlots, faire imprimer un livre n'est certainement pas sorcier. Elle avait commencé à rassembler des poèmes et à les taper bien au propre sur l'ordinateur et de fil en aiguille on en était venus à une exposition, mes textes mais aussi ses photos, avant de tout réunir dans une plaquette, j'avais un premier devis d'un imprimeur de cinquante mille, mais après discussion on arrivait à trente mille, je n'avais plus qu'à dire banco et trois semaines après on avait le tirage. J'allais bien voir les réactions le soir du dîner, si c'était encourageant j'étais prêt à franchir le pas, je voulais faire quelque chose de réussi, pas de la merde. Tout le monde m'avait déconseillé l'auto-édition mais en faisant mes comptes, si le livre était bien c'était possible de gagner un peu, au moins d'amortir les frais, et ce serait aussi un bon cadeau d'entreprise.

– Tu veux que je te lise pour ce qui concerne ta vie professionnelle ?

Mais j'ai dit non, je t'en prie, tu sais ce que j'en fais des horoscopes, sur la couverture du magazine s'affichait une femme nue courant sur la plage, « Un été torride », je l'ai prise dans mes bras, les horoscopes ça se réalise que si on le veut bien et j'ai déboutonné tout le devant de son chemisier, et ses seins sont apparus, d'abord le gauche et après le droit, je me suis attaqué au premier, qu'est-ce qu'il disait déjà pour la vie amoureuse, elle a rigolé pendant que ma main remontait sous sa jupe et en un clin d'œil j'étais en train de la baiser sur le bureau, han, han, de toutes mes forces, ça faisait un moment que de ce côté-là aussi ça marchait génial, non pas qu'au début j'avais des problèmes mais peut-être à cause du fait d'être amoureux je me sentais moins à mon aise et j'avais souvent tendance à jouir trop vite, alors que maintenant je me donnais complètement et de son côté pas de malaise, tout collait bien aussi, et j'étais en pleine action, avec des ha et des ho dans tous les sens quand elle m'a dit arrête, arrête, il y a quelqu'un qui nous regarde et Patricia a poussé la porte et demandé si elle pouvait prendre l'agrafeuse, vraiment je suis désolée, je ne pensais pas vous déranger, elle a refermé mais le mal était fait, ça nous avait coupés dans notre élan, Marie-Pierre avait l'impression qu'elle était là depuis un bon moment.

– Quelle importance, tu les as bien surpris une fois avec Bruno, on va pas en faire un drame.

Le soir on en a reparlé, après tout les autres aussi font l'amour et ont des fantasmes, et peut-être que ça l'excitait de rester à nous regarder, petit à petit, la discussion a dérivé sur tout ce dont on avait envie et qu'on n'osait pas mettre en pratique, Gilles arrivant au dessert en a profité pour rajouter son grain de sel, ce qu'il adorait c'était le cunnilingus mais pendant longtemps il s'en était privé, la fille avec qui il vivait à l'époque n'était pas une délurée, du moins le croyait-il parce qu'un jour il était rentré et comme dans un film il y avait du bruit au premier étage, c'était chez les parents de la fille, et bien sûr elle était avec un autre, et tu sais en train de quoi faire, un soixante-neuf mon pote, exactement ce dont je rêvais. Pour lui ça avait été une leçon. Une grande leçon. Quand on a envie de quelque chose faut le dire, surtout si c'est pour se faire plaisir.

En se couchant j'ai dit à Marie-Pierre qu'est-ce que t'en penses toi, moi aussi un soixante-neuf me tenterait bien, tu l'as déjà fait ? Elle a répondu oui, ça m'est déjà arrivé et à la fois je me suis demandé avec qui et en même temps j'étais excité, je suis descendu sous les draps et j'ai commencé à la lécher, en écartant les poils et en insinuant ma langue tout le long de sa fente et aussi en tournant autour du point sensible et pendant que je pivotais pour arriver à la hauteur de son visage elle a fait attends, je vais mettre un oreiller, je serai plus à mon aise et elle m'a sucé, d'abord timidement puis de mieux en mieux, c'était génial et on s'est vraiment donnés à fond et à un moment j'ai eu l'image d'elle en train de sucer un autre mec, j'ai joui et je crois qu'elle aussi.

Le lendemain, pendant ma séance de yoga, j'y repensais encore, Patricia à qui j'avais fait part de mes problèmes de tension m'avait convaincu de m'inscrire et deux fois par semaine j'allais me ressourcer avec une prof pratiquant différentes méthodes de relaxation, Gilles avait aussi voulu venir, du yoga il en avait fait en prison, mais j'avais dit attendons un peu, je vais déjà y aller en éclaireur, ça se passait rue de La Boétie, dans un appartement hyper-chicos que la prof partageait avec un institut de massage et le mardi et le vendredi je me livrais à toutes sortes d'activités étranges mais paraît-il hyper-bénéfiques pour mes problèmes de surmenage.

Maintenant visualisez un événement source de plaisir mais dont la réalisation serait source de déplaisir, chaque séance coûtait sept cents francs, normalement le top, moi j'imaginais Marie-Pierre, d'abord en train de me sucer et puis avec un autre, sans qu'il ait vraiment de visage mais Marie-Pierre s'approchait et sa bouche engloutissait tout, montait et descendait et donnait des petits coups, maintenant cristallisez ce sentiment, nouez-le à l'intérieur de vous et expirez, pffff, pffff, ça me faisait exactement comme à l'école, ça m'endormait, je suivais à la lettre les conseils, moi aussi je faisais pffff, pffff, mais rien, tout ce que je voyais c'était elle s'activant comme une damnée et une voix à l'intérieur de moi, tu suces bien, tu suces comme une pute, alors que c'était idiot et pas du tout ce que je pensais.

A la fin de la session je n'étais pas plus avancé qu'avant, fallait bien le dire franchement, sauf que j'avais claqué deux mille cent francs pour faire pfff, pffff, et un massage des épaules à ma voisine, une avocate, coup de bol encore j'aurais pu tomber sur le gros informaticien qui sentait la transpiration, et j'avais pris la prof à part et je lui avais expliqué comment je voyais les choses, si on paye on a un résultat, sinon c'est qu'on se fait enculer, et bien qu'en ce moment je croulais sous l'oseille je n'avais aucune envie que ce soit le cas, mon stress était le même qu'avant, ni plus ni moins, et surtout j'avais toujours des pensées bizarres qui surgissaient sans que j'y puisse quoi que ce soit et je sentais qu'il suffisait d'un rien pour que j'explose, alors que tout roulait au poil et que la vie était douce, mais c'était par moments et ça venait sans prévenir.

– Ce que je crois, a lâché la prof après m'avoir examiné avec attention, elle avait quand même un certain charme, c'est qu'il vous faut un travail en profondeur, un travail plus poussé.

Ne dis rien d'autre j'ai pensé, dis-moi juste combien.

– Quand on reste dans la superficialité des choses on ne peut pas s'attendre à des bouleversements profonds, une technique comme le rebirth peut vous connecter avec une autre partie de vous-même, vous redonner un peu d'intégralité.

Sincèrement leur mascarade de positions et de respirations dont s'accompagnaient les exercices m'apparaissait carrément ridicule, mais j'avais décidé de le faire, autant jouer le jeu et aller jusqu'au bout. J'ai accepté, d'accord, refaisons une tentative. Il y avait un week-end prévu la semaine suivante, j'ai dit banco, je serai là. Sur le palier j'ai croisé la voisine esthéticienne, ses cheveux tirés en arrière lui donnaient une allure d'amazone un peu flétrie.

– Vous veniez pour un rendez-vous ?

Les deux activités étaient totalement distinctes mais l'entrée était commune.

– Non, pour le yoga, pfff, pfff, la relaxation.

Dans l'ascenseur, je me suis regardé dans la glace, avec mon petit blazer et ma chemise bien repassée maintenant c'était ça, j'avais vraiment une gueule de micheton, une gueule de BCBG qui va se taper une pute en douce dans un salon des beaux quartiers. Peut-être que la prof avait raison, peut-être que j'attendais trop, trop tôt, des séances, ça ne pouvait pas être magique non plus. Ce qui avait tout déclenché c'était mon énervement le soir de la fête de la musique, Marie-Pierre avait abordé le sujet en rentrant dans la voiture, ce n'était pas normal de se mettre dans des états pareils et bien sûr au bout d'un moment ce qui était revenu sur le tapis c'était la scène quand on était rentrés du Havre, on en reparlait pour la première fois et c'est elle qui avait diagnostiqué un problème dû au stress et après comme par hasard Patricia m'avait donné l'adresse du yoga, pour ma part si j'avais accepté ce n'était pas pour l'histoire du poing dans la gueule mais parce que depuis quelque temps je me sentais bizarre, comme à la brasserie place Clichy ou lors de ma rencontre avec la vieille.

– C'était bien ? m'a demandé Marie-Pierre à mon retour et j'ai dit moyen, je ne suis pas certain que ça fasse de l'effet.

Le lendemain avant de passer au bureau je suis monté à Barbès, on avait comme projet des vacances au mois d'août avec Bruno et Patricia au cap d'Agde, et pour partir il me fallait une voiture correcte, je voulais voir si Moussa avait quelque chose sous la main mais à peine arrivé quelqu'un m'a dit comment t'es pas au courant, c'était dans les journaux, c'est passé à la télé, les stups l'ont fait marron la semaine dernière, son frère et ses cousins y sont aussi, c'est une grosse affaire, ils étaient sur lui depuis un an. Comme quoi on n'est jamais trop prudent j'ai pensé en remontant le boulevard, le mec était au top et dans le quartier c'était le roi et maintenant il dégringole comme n'importe quel délinquant, c'est des années à

Fresnes qui l'attendent et au mieux une expulsion à mi-peine. J'ai médité un moment sur ce coup du sort et je suis reparti pour le bureau, même si au mois de juillet les affaires étaient calmes, j'avais quand même du pain sur la planche, l'argent se dépensant toujours plus vite qu'il ne se gagne.

***

J'étais à peine installé à boire un thé et à préparer la succession de Gilles, quand Bruno est rentré comme une tornade, dis donc t'as rien d'urgent, on a besoin de toi, tu vas passer à la télé. Je n'avais pas eu le temps de respirer que j'étais déjà dans sa voiture pendant qu'il m'expliquait que son cameraman travaillait pour le JT et eux devaient impérativement effectuer le retournage d'un film d'entreprise dans l'après-midi, il comptait sur le cadreur mais l'autre était dans l'obligation de ramener un sujet sur les nouveaux entrepreneurs d'ici ce soir, alors si on boucle les images pour quatorze heures je récupère la bétacam et le cadreur et je peux faire mon retournage tranquille. C'était un peu confus, qu'est-ce que je viens faire là-dedans j'ai demandé, je suis pas journaliste. Il conduisait comme un dingue, putain on est hyper à la bourre faut que je sois chez mon client à quinze heures trente au plus tard. Le sujet c'était comment peut-on aujourd'hui se lancer dans la course à la réussite, et j'avais exactement le profil, j'avais moins de trente ans, je venais de créer mon entreprise et j'étais dynamique. Et surtout a martelé Bruno tu as confiance dans les possibilités du système économique, t'as entendu ce qu'a dit le Premier ministre, le pays manque de confiance, tout le monde est frileux et ça n'est pas bon, pas bon du tout.

Le gars nous attendait dans le bois de Boulogne, un peu avant l'hippodrome de Longchamp, le client était sur Saint-Cloud, après ils n'avaient plus qu'à foncer et puis tu comprends une interview avec un champ de courses en fond c'est toute une symbolique.

J'ai dit bonjour, ça va ? et c'est à peine s'il m'a répondu, mettez-vous là c'est bien on est un peu en trois quarts contre, si on n'a pas de fausse teinte ce sera parfait.

– Là ?

– Non, un peu plus à gauche.

Derrière des joggers passaient à intervalles réguliers, comme le champ de courses ça pouvait aussi être une bonne entrée en matière mais au moment où je me préparais à lui dire qu'est-ce que vous en pensez, on pourrait faire un parallèle, j'ai dû rebouger pour une histoire de soleil et du coup je l'avais à fond dans la figure, c'était tout pour me mettre à l'aise.

– Bon, a dit le mec à Bruno, faut se speeder, si je dépose pas les bandes au montage à temps je suis vraiment dans la merde.

C'était presque comme si je n'existais pas, le mec s'est encore plaint que je brillais et qu'on n'avait pas de maquillage et les questions ont commencé.

– Vous avez donc monté votre entreprise récemment ?

– Oui.

– Malgré la conjoncture ?

– Oui.

– Le contexte économique, la crise que nous traversons ne vous effraient pas ?

– Non.

Coupez a grogné le mec d'un ton énervé, s'il répond par oui ou par non je ne vois pas très bien ce qu'on va pouvoir en faire, attends un peu a dit Bruno, il va se détendre. Il m'a adressé un petit clin d'œil rassurant, j'avais trop chaud et des gouttes de sueur me dégoulinaient le long du dos.

– On recommence.

Là il s'est passé un déclic, est-ce que le gars m'avait vraiment chauffé avec son petit ton méprisant ou alors autre chose mais ça m'a fait comme un coup de baguette magique, exactement pareil que le jour de la conférence devant les stagiaires, avant qu'il ne pose sa question j'avais déjà la réponse, super-précise et judicieuse et en même temps en accord avec ce que je ressentais, profondément je crois qu'il y a un malaise humain, regardez la France de nos grands-parents, partout c'était la misère, la vraie, sans machines à laver et sans allocations, et les gens se battaient, maintenant que fait-on, on regarde la télévision et on attend le RMI, ce n'est pas normal.

– Vous êtes contre le RMI ?

– Pas du tout, ne me faites pas dire ce que je n'ai pas dit, beaucoup de gens vivent actuellement d'une manière précaire et c'est bien de les aider, mais reste un problème de fond, le problème que nous devenons mous. Tous. Mous et ramollis, comme des animaux de compagnie habitués à leur confort.

Et tout comme ça, j'ai donné mon point de vue sur les nouvelles mesures d'aides, il a voulu savoir si monter mon entreprise avait été facile et j'ai dit oui, la question n'est pas de la monter, le problème c'est de la faire vivre, ah, ah !

– Parfait, approuvait le mec, on a ce qu'il faut.

Bruno m'a adressé un petit clin d'œil t'as été bien, tu vas faire un carton, crois-moi. La caméra était déjà rangée, oublie pas de brancher ton magnétoscope, normalement t'es dans le vingt heures.

Ils sont montés en voiture, et moi comment je rentre, et les bandes a dit l'autre, qui les porte, merde a fait Bruno on est en retard, faut y aller, et au final c'est moi qui ai eu le droit de faire le coursier et encore c'était presque une faveur parce que le mec n'était pas chaud, et s'il les perd, toujours sans s'adresser à moi directement mais à Bruno, c'était exaspérant, ils m'ont laissé à un taxi pont de Saint-Cloud avec l'adresse de la chaîne sur les quais.

– Un connard, j'ai raconté à Marie-Pierre en rentrant, tu ne peux pas te rendre compte, j'étais à deux doigts de lui en mettre une.

N'empêche que connard ou pas j'étais juste après le speech du ministre, en plein milieu des infos le présentateur a annoncé aujourd'hui malgré un monde en plein bouleversement il reste encore de jeunes chefs d'entreprise pour relever le défi, regardez, l'interview coup de poing d'un patron bulldozer, et ma tête s'est précipitée du fond de l'écran pour venir s'incruster plein pot dans la télé, profondément je crois qu'il y a un malaise humain, regardez la France de nos grands-parents, le magnétoscope enregistrait sans en perdre une miette et normalement au bureau aussi, je l'avais programmé avant de repartir, quant à Marie-Pierre elle suivait bouche bée les questions et les réponses et le plus fort c'est que juste après un sociologue est venu donner son point de vue et il a insisté sur la qualité de mes idées, et que j'avais tout à fait raison, on était dans l'ère de l'assistanat à outrance et ce n'était pas sain, c'est des gens comme moi qui relèveraient la barre et le sociologue avait à peine fini de parler que le téléphone sonnait, c'était Myriam et je savais qu'elle m'aimait bien et me trouvait sympa mais là ma cote avait explosé, c'est important pour une mère de savoir où va sa fille, tout le village avait regardé les infos, je lui ai passé Marie-Pierre, la sonnerie du portable retentissait, banco garçon s'est annoncé Gilles, encore un petit effort et on va te donner un ministère, tu parles mieux qu'un homme politique et j'ai dû raccrocher parce que maintenant c'était le carillon de la porte d'entrée et Sylvie m'a sauté au cou, bravo, bravo, je suis tellement contente pour vous, c'est tellement formidable.

Je ne l'avais pas revue depuis la sirène et j'étais tellement scié qu'elle débarque comme ça, merde j'avais quoi, le parfum qui rend fou, c'était pas possible, on peut dire ce qu'on veut sur la télé mais c'est quand même un drôle de truc, Marie-Pierre me regardait avec des yeux comme si maintenant j'étais définitivement en catégorie spéciale et l'autre se trémoussait dans la pièce au bord de la jouissance.

– C'est rien, j'ai dit, c'est qu'une interview.

Mais au fond de moi ça me faisait aussi quelque chose qu'on me voie comme une star donner mon avis à égalité avec le ministre et de savoir que partout en France des tas de gens avaient dû se dire zut, le gars c'est vraiment un top, et le téléphone a encore sonné, Bruno voulait me féliciter, tu vois que je ne t'ai pas mis sur un plan galère, et après Patricia s'y est mise aussi, je n'avais pas le temps de raccrocher il n'y avait que des R2 et enfin quand j'ai eu un moment de calme Sylvie et Jean-Pierre me fixaient avec des yeux de merlans frits et Sylvie s'est lancée, on attendait une occasion pour t'en parler, je voyais bien que quelque chose les démangeait, ils se tortillaient tous les deux sur leur chaise et leurs visages affichaient une expression tourmentée, que se passait-il donc ?

Jean-Pierre s'est raclé la gorge.

– Nous avons beaucoup réfléchi, Sylvie et moi...

Oui faisait Sylvie derrière, beaucoup réfléchi.

– C'est au sujet de ce pauvre garçon, votre ami...

– Gilles a précisé Sylvie, il s'appelle Gilles.

Je n'avais pas raconté à Marie-Pierre la soirée, elle a demandé ah bon vous connaissez Gilles et Jean-Pierre a hoché la tête oui nous l'avons rencontré. Après un silence il a repris, crois-tu qu'il soit prêt à envisager une démarche ? Je devais avoir l'air réellement interloqué, le cousin de Marianne travaille au Trait d'Union, c'est une association qui se trouve à Boulogne et qui propose un soutien, un accompagnement a précisé Jean-Pierre. Je ne voyais pas du tout où il voulait en venir. Il a besoin d'aide, tout seul il ne pourra pas y arriver, mais arriver à quoi s'est inquiétée Marie-Pierre, il est malade ? Sylvie avait des yeux un peu tristes, tristes mais pleins de compréhension, en étant entouré, avec une présence, beaucoup de respect, je l'ai coupée, mais de quoi vous parlez ? Jean-Pierre a semblé surpris, mais de ton ami, de Gilles, il est drogué, on ne peut pas le laisser sombrer. Oh mon Dieu je me suis dit, mais ils sont incroyables. Marie-Pierre était sidérée, il se drogue vous êtes sûrs ? et ensemble ils ont fait oui, malheureusement c'est certain, holala s'est exclamée Marie-Pierre, mais c'est vachement grave. Attention l'a reprise Sylvie, il ne s'agit pas de dramatiser et à cet instant le carillon de la porte a refait dring, dring, et évidemment c'était Gilles, j'ai pas pu m'empêcher de passer, remets-le un coup au magnétoscope qu'on revoie ça, et s'apercevant de la présence des deux, on se connaît non, vous étiez chez la sirène, il a foncé à la cuisine se servir un verre d'eau, à toute vitesse, sans s'arrêter de parler, tout de même ils sont gentils mais ils craignent un peu, avec son turban et ses simagrées Simbad était ridicule, ça y est a dit Marie-Pierre, je suis au début, regardez la France de nos grands-parents a réannoncé la télé, vraiment très bon a commenté Jean-Pierre sans regarder Gilles qui se roulait une cigarette et le visage de Sylvie s'est crispé douloureusement, vous travaillez en ce moment, ça vous plaît ? Encore une semaine et c'est la quille a répondu Gilles, je vais me marier. Quoi s'est exclamée Marie-Pierre stupéfaite, tu vas te marier mais Myriam? Justement a dit Gilles, sa cigarette était mal roulée et tout le bout s'est enflammé, c'est avec elle qu'on se marie. J'ai coupé le son. Tu te maries avec sa mère? Oui, oui a fait Gilles en soufflant sur le bout rouge pour en équilibrer l'incandescence, vraisemblablement au mois de septembre.

– Ça me fait un effet bizarre, a dit Marie-Pierre, je ne sais pas trop comment je dois le prendre.

Jean-Pierre s'est levé, on va peut-être y aller, demain on démarre de bonne heure et j'ai renchéri, oh mais c'est vrai, déjà si tard, ils m'ont encore félicité, maintenant on a une star pour voisin et en me faisant la bise Sylvie m'a glissé essaye de lui parler, dans tous les cas tu peux compter sur nous.

– Celle-ci tu peux pas la croire, j'ai dit à Gilles sitôt la porte refermée, ils veulent te désintoxiquer.

– Comment ça?

– Ils pensent que t'es un pauvre garçon, c'est leurs propres termes, un pauvre garçon qui risque de sombrer.

– Non?

– Je te jure. Ils ont un cousin qui travaille au Trait d'Union et ils veulent que je te parle.

Il était mort de rire, moi aussi, tu te rends compte, c'est dingue, de quoi je me mêle, je monte me coucher a prévenu Marie-Pierre, à tout à l'heure.

– D'autant que je connais le gars du Trait d'Union, c'était mon médecin à Marmottan, c'est lui qui m'a fait sortir du placard la première fois que j'ai plongé.

On a continué encore un peu comme ça, quand il était parti dans ses souvenirs en général c'était dur de le freiner, à cette époque il était en haut de la vague, il avait une connexion avec quelqu'un de la Croix-Rouge internationale qui ramenait de la pure et pendant deux ans il avait vraiment compris ce que c'était que d'avoir du pognon. J'étais blindé d'oseille, mec, à ne plus savoir quoi en faire.

A l'étage j'ai entendu Marie-Pierre qui prenait une douche.

– C'est pour ça, quand je te vois ça me rappelle beaucoup de choses que j'ai vécues, j'ai de l'admiration et en même temps la roue tourne, faut pas l'oublier.

Je ne comprenais pas ce qu'il voulait dire.

– La roue tourne, plus tu vas haut et plus tu redescends, c'est comme une loi mathématique.

⁂

Les jours suivants j'ai eu tout un tas de petits problèmes à régler si bien que ni le mariage ni l'intoxication de Gilles n'ont tellement occupé le devant de la scène. Coin-Coin s'était soudainement mis dans l'esprit de m'extorquer cent mille francs et il avait fallu se déplacer et le convaincre que vraiment c'était tout sauf une bonne idée. Scène pénible, le neveu de Saïd lui avait mis des claques et Gilles brandissait une bouteille remplie d'essence en menaçant je vais tout arroser connard et après je vais mettre le feu, c'était sordide de le voir pleurnicher et essayer d'endiguer le flot de sang qui lui pissait des narines, j'ai plus d'argent, ils m'ont tout volé, et Gilles m'avait dit je crois qu'il est pédé, il paye des mômes de la cité à côté, ils ont dû le rançonner. Bon prince j'avais allongé cinq mille à la condition qu'il nous oublie définitivement et le lendemain c'est le mec du bowling qui téléphonait, une pute l'avait cité dans une affaire d'escroquerie et en perquisitionnant les flics avaient trouvé cinq magnétoscopes dans leurs emballages, il avait pu raconter des craques et les endormir mais du coup c'était chaud et il valait mieux arrêter de passer pour le moment.

La soirée est donc arrivée à toute vitesse, le restaurant chinois était entièrement mobilisé, la veille déjà on avait accroché les sous-verres, les photos de Marie-Pierre et mes poèmes, les invités étaient convoqués à vingt heures trente et Patricia et moi étions venus un peu en avance pour vérifier que tout se préparait correctement. A nous deux on attendait une quarantaine de personnes, la semaine s'était passée à étudier une dernière fois la liste des invités, de mon côté tout était bon, Alexandre venait et Bruno m'avait fait une petite réflexion, c'est pas un ponte de la mafia j'espère, Patricia avait rigolé en m'entendant expliquer qu'il était urbaniste, au dernier moment on avait rajouté Joël sur la liste, c'est élégant ce que tu fais avait dit Gilles, tu peux pas le saquer, mais tu l'invites tout de même, c'est classe.

L'occasion avait provoqué une cascade de folies vestimentaires, moi avec un costume d'été Armani légèrement chiné et des pompes à six cents sacs en lézard et Marie-Pierre devait arriver dans une robe signée Ungaro qui m'avait coûté largement plus que les yeux de la tête, quant à Patricia je ne sais pas d'où sortait sa tenue mais c'était au-delà d'un attentat à la pudeur, depuis l'épisode de la pipe dans les sous-sols je m'étais juré plus jamais, c'était juste une fois comme ça et d'ailleurs elle et moi avions aussitôt oublié l'incident mais en la voyant accoutrée de cette manière, avec ses fesses moulées dans le tissu quasi transparent, c'était évident qu'elle n'avait pas de culotte, pas même un string, ça faisait bip, bip, j'adore me faire sauter à chacun de ses pas, on était tous les deux en train d'échanger des banalités dans la petite pièce transformée en vestiaire pour la circonstance et je n'ai pas pu résister, qu'est-ce que t'es canon ce soir, ma main s'est égarée le long de sa hanche, pendant qu'elle se marrait, vous les mecs vous êtes vraiment sans surprise, et effectivement elle n'avait pas de culotte, juste des bas qui tiennent tout seuls, habituellement je ne suis pas trop fana, j'aime mieux les porte-jarretelles, les bas qui tiennent tout seuls avec l'élastique en plastique ça gâche un peu tout, mais je n'allais pas faire mon difficile, je commençais déjà à la caresser et ma bite était sortie quand en même temps elle a dit pas de ça Lisette, pas sans préservatif et Gilles s'est mis à crier d'en bas alors il y a quelqu'un ou quoi, et on est redescendus dare-dare les accueillir.

– Alors, que penses-tu de ces dames?

Avec Myriam elles avaient passé la journée à se pomponner, là aussi j'avais dû y aller d'une robe, j'avais bien fait remarquer à Gilles que s'il comptait réellement l'épouser un petit geste serait la moindre des choses mais selon lui pas du tout, c'était une histoire entre ma belle-mère et moi. Avec les chaussures c'était une histoire à quatre mille huit cents francs. J'ai regardé attentivement les deux créatures qui se tenaient devant moi, la robe de Myriam lui allait au poil, avec un soupçon de maquillage elle était parfaite, à point et pleine de charme, quant à Marie-Pierre, comment dire ça, c'était mieux qu'une publicité en vrai, à peine croyable, le truc de chez Ungaro épousait ses formes et le reste comme si on l'avait cousu exprès et un petit trait noir soulignait son regard, la vieillissant juste ce qu'il fallait.

C'était à tomber foudroyé.

– Depuis Châtillon jusqu'ici ça n'a pas arrêté, j'ai cru qu'on allait provoquer une émeute.

Patricia en avait les yeux comme des billes de loto, ben dis donc quand tu t'y mets d'accord. Elle aurait pu danser nue sur les tables avec un tambourin toute bien foutue qu'elle était, à côté de Marie-Pierre elle ne faisait pas le poids du tout.

La répartition des convives selon un plan précis avait donné lieu à de nombreuses discussions, il avait fallu revoir toutes mes propositions, Patricia n'était pas d'accord, avec ta manière ils sont tous séparés les tiens et les miens, c'est beaucoup plus drôle si on les met ensemble. Saïd se trouvait en face du chanteur connu et Gilles et Myriam animaient une grande table avec le représentant en bière, Mokthar, deux mannequins amies d'enfance de Patricia et des techniciens de la télé qui travaillaient pour Adagio, quant à nous, les VIP top-top, il nous restait celle du fond avec la banquette, j'étais en plein milieu, à côté de Bruno, avec Alexandre, sa femme, Marie-Pierre, Patricia, sa sœur, son copain journaliste, Patricia avait tout sur des listes et on essayait de s'y retrouver et de bien préparer les places quand le premier invité s'est manifesté, c'était Saïd.

– Je suis en avance, il est tôt pour la nouba ?

Au dernier moment j'avais aussi proposé à quelques Surveilleurs de venir mais ils m'avaient dit c'est pas sûr, on verra, je leur avais juste demandé de faire un petit effort niveau fringues. J'ai contemplé Saïd, lui avait reçu le message cinq sur cinq, dans son costume trois-pièces rouge brique, avec une cravate bleu métallique, rasé de frais, les cheveux coupés, c'était presque à ne pas le reconnaître. Où t'as déniché un costume pareil, j'ai demandé, on dirait un gentleman britannique.

– T'es super, a dit Marie-Pierre, tu ressembles au Père Noël sans la barbe.

Il a minaudé comme une adolescente le jour de son premier maquillage.

– Chez Guerrisold, on a été chez Guerrisold avec Gilles.

Gilles est intervenu.

– Fallait pas lui dire, je voulais lui faire croire que ça venait d'un grand couturier.

Lui avait un complet en velours et une chemise blanche. Sobre mais très élégant.

– Je t'ai déjà expliqué, maintenant j'investis dans les choses importantes, pas dans l'extérieur, pas dans le superflu.

Il a parcouru la pièce.

– Demain qu'est-ce qu'il restera, rien, un vague souvenir, pourquoi je mettrais des milliers de francs pour faire le beau alors qu'avec trente sacs je peux briller autant qu'un autre.

Il n'y avait rien à répondre, d'autres invités commençaient à arriver, on allait pouvoir commencer à s'installer.

Dire que la soirée était réussie était bien en dessous de la vérité, déjà les plats et la nourriture étaient excellents et tout le monde avait l'air de super s'amuser, par moments je me levais et je passais entre les groupes pour m'assurer que rien ne clochait, à notre table la discussion roulait bon train, Alexandre et le journaliste n'arrêtaient pas de se renvoyer la balle, d'abord sur des sujets liés à la politique et à Paris, ça devait être son dada, toujours, l'urbanisme et Paris, regardez la gare de Lyon et la halle aux vins, c'est un massacre, puis après doucement une phrase en entraînant une autre c'est le cul qui a eu les honneurs de la conversation et moi d'un seul coup je ne sais pas ce qui m'a pris, j'ai dit à Marie-Pierre excuse-moi, j'ai oublié un truc au bureau, j'en ai pour une seconde, mais elle était tellement captivée par Alexandre qu'elle m'a à peine entendu, je savais qu'il y avait des préservatifs dans le tiroir de Bruno, je suis monté à toute vitesse, la boîte était bien là et quand je suis revenu Patricia était debout, à une autre table, en train de parler à une amie, je me suis glissé derrière elle et j'ai chuchoté ça y est, je m'en suis procuré, avant de disparaître dans l'escalier des toilettes, Marie-Pierre me tournait le dos, même dans les glaces c'était impossible qu'elle me voie, une demi-minute plus tard Patricia a surgi, et pan, pan, en quelques minutes le tour était joué.

– Mmmm, ça fait du bien.

C'est tout ce qu'elle a dit et on est remontés comme si de rien n'était. Je ne suis pas d'accord commentait le journaliste, ce n'est pas un film si attendu que ça, il y a des scènes de baise très réussies. C'était à se demander ce qui me passait dans la tête, j'avais la plus belle fille du monde, franchement on pouvait les regarder toutes, même les mannequins, aucune ne lui arrivait à la cheville et pourtant c'est de l'autre dont j'avais eu envie comme un dingue et que j'étais allé niquer dans les toilettes au risque de me faire pincer bêtement.

– Non, répondait Alexandre, parlez-moi d'*Emmanuelle*, même de certains films porno mais cette fille à califourchon avec son écharpe pour lui attacher les mains et nous présenter ça comme si c'était le nec plus ultra en matière de divertissement, vraiment, laissez-moi rire.

Je me suis rassis, personne n'avait remarqué ma petite absence, de quel film s'agit-il, Bruno m'a fait un sourire, ça va, t'es sûr de suivre la conversation et je me suis dit si ça tombe il s'en doute, Patricia était avec sa sœur et lui murmurait un truc à l'oreille qui la faisait rire, la sœur a regardé dans ma direction, je devais me faire des idées, quand même se défendait le journaliste, je ne pense pas que tout puisse être permis, il y a une limite à respecter, et Alexandre, avec un petit sourire, ma liberté s'arrête là où commence celle de l'autre, entre adultes consentants quel interdit peut-il y avoir, sa main disparaissait sous la nappe sans qu'on puisse apercevoir exactement ce qu'il fabriquait, un instant j'ai pensé mince il est en train de peloter Marie-Pierre mais ça semblait tellement saugrenu que j'ai aussitôt chassé cette impression bizarre, le journaliste secouait la tête, visiblement pas convaincu.

– Et celui où un milliardaire paye pour se taper la femme du mari, vous l'avez vu ?

Le journaliste a saisi la balle au bond, très bon exemple, cette femme a-t-elle le choix, peut-elle refuser la proposition que lui fait ce vieux beau avec son millier de dollars ? Le débat était ouvert, chacun y allait de son avis, et vous m'a interrogé Alexandre, si quelqu'un vous offrait une fortune pour goûter aux charmes de votre ravissante compagne que diriez-vous ? J'ai eu un temps avant de répondre, je ne sais pas, faudrait d'abord lui demander mais un million de dollars tenterait n'importe qui, justement pas m'a coupé le journaliste, prenant mystérieusement le contre-pied de ce que sous-entendait sa question, justement pas, il couvait du regard sa petite fiancée qui approuvait à chacune de ses interventions, quelqu'un qui aime vraiment ne s'interrogerait pas une seconde, dans ton cas disait sa sœur à Patricia le problème ne risque pas de se poser, tu le ferais gratuitement, toute la table rigolait, sauf Marie-Pierre qui me regardait bizarrement, ce que j'aimerais tout de même bien savoir s'est inquiété un convive mais il n'a pas pu finir, la salle a fait oooooohhh et aaaaaahhh, la lumière s'éteignait et les serveurs ont allumé des bougies, la première danseuse a jailli de l'obscurité, son maquillage blanc faisant comme une tache, ça dégage ce soir s'est enthousiasmé mon voisin pendant qu'une seconde danseuse apparaissait, les arabesques qu'elle décrivait avec ses jambes avaient quelque chose d'incroyable, Patricia en avait eu l'idée et c'est moi qui payais, les filles faisaient une chorégraphie un peu genre danse balinaise mais avec de la musique plus rock et à la fin elles étaient presque à poil et il n'y avait pas le moindre doute sur la finalité de cette petite gymnastique, juste quand les deux partenaires s'immobilisaient, l'une à genoux le visage à trois millimètres de la chatte de l'autre, mais toujours dans le bon goût et la créativité, c'était hot mais plutôt branché tout le monde a applaudi, bravo, c'était extra, t'as vu elles sont pas possibles, quand la lumière s'est rallumée c'était définitivement gagné, on avait réussi un super-anniversaire.

– Pas mal non, j'ai demandé à Marie-Pierre en faisant le tour de la table, les gens ont l'air content.

– Oui, c'était très bien.

C'est à ce moment-là que j'ai réalisé qu'elle était toute rouge.

– Ça va pas, tu te sens pas bien ?

– Je crois que j'ai un peu trop bu, je vais aller me passer un peu d'eau.

A l'autre bout, juste quand je tournais la tête, j'ai vu Joël me faire un petit signe, il était arrivé en retard, accompagné d'une chose en minijupe, Gilles avait dit c'est pas possible, c'est boulevard Ney qu'il l'a pêchée, et intérieurement je me suis fait la réflexion que c'était une connerie de l'avoir invité, c'est lui qui devait mettre Marie-Pierre mal à l'aise.

Je me suis approché, tout se passe bien, tout se passe comme vous voulez, j'avais une telle animosité après lui qu'il fallait vraiment que je me force, il n'a pas répondu à ma question mais a demandé c'est qui le gros porc là-bas, à côté de ta femme.

– Pourquoi, tu le connais ?

Il a secoué la tête, non d'ailleurs j'y tiens pas, tu verrais comment il mate Marie-Pierre, c'est répugnant. Ça, a renchéri sa copine, je ne voyais franchement pas de quoi elle se mêlait, c'est net que c'est un vieux cochon, un vieux bouc qui peut encore bander et qui s'en prive pas, et ils ont gloussé tous les deux, à part ça il a voulu savoir, quoi de neuf ?

– Rien, j'ai dit, rien de significatif.

Et je me suis éloigné.

Partout c'était la super-ambiance, on amenait les desserts, des coupes de fruits super-bien présentées avec des glaces de chez Bertillon, c'est moi qui avais insisté auprès du patron, chez vous c'est très bon sauf les litchis en boîte, il faut faire autre chose, plus frais, plus soigné comme qualité.

– Écoute, m'a attrapé Saïd, on sentait qu'il avait un bon coup dans le nez, je veux te féliciter.

Avec l'alcool il avait du mal à ne pas beugler.

– Du fond du cœur je te félicite, tu as grimpé haut, tu as réussi, mais tu n'as pas oublié tes amis.

Il a levé son verre.

– C'est rare, très rare.

J'ai dit mais non Saïd, bien sûr j'oublie pas les amis, je suis pas un enculé et j'ai poursuivi mon chemin, Marie-Pierre revenait des toilettes et s'est rassise, toujours près d'Alexandre, c'est vrai que pour une fois Joël avait raison il faisait un peu gros porc. Les deux danseuses m'attendaient dans la cuisine, rhabillées et démaquillées c'était complètement différent, ça perdait de son mystère, Patricia m'avait dit tu verras avec elles mais normalement elles prennent au moins deux mille francs pour la soirée, et après examen approfondi le tarif était exact, mais par personne, et la plus petite a reconnu que si je pouvais deux mille cinq elle ne cracherait pas dessus, c'est la crise en ce moment, on a un mal fou à bosser et l'autre faisait la gueule parce que ce n'était pas déclaré, je comptais là-dessus pour avoir des heures, j'ai donc allongé un gros billet de cinq mille, deux mille cinq et deux mille cinq, avec le sourire, après tout qu'est-ce que j'en avais à foutre, c'est juste en ressortant qu'une voix m'a fait dresser l'oreille.

– Comme je te le dis, un vrai Al Capone.

C'était mon cadreur-interviewer, en grande discussion dans les toilettes avec un autre. Par la bouche d'aération je pouvais suivre leur conversation.

– Il a de multiples activités, tu vois par exemple les clochards qui te gardent ta voiture ou te lavent les carreaux ?

L'autre a dû faire oui, je vois, parce que le cadreur a repris, eh bien c'est tous des hommes à lui, je ne sais pas si t'imagines ce que ça représente sur Paris, mais il marche dans la rue et il a toujours quelqu'un pas loin, et Bruno m'a raconté qu'il a explosé un mec pour une différence d'un franc ou deux sur le prix d'une bière, il a failli le tuer.

J'ai réalisé qu'il parlait de moi.

– Il connaît tout, la pègre, le milieu, il est hyper-introduit.

J'ai proposé aux deux danseuses de prendre un verre là-haut avant de partir, dans le fond c'était plutôt amusant, des braqueurs ou des dealers j'en avais à la pelle mais est-ce que c'était des truands, pas vraiment, c'était des gens comme n'importe qui, essayant de surnager comme ils pouvaient, des du vrai milieu j'aurais eu du mal à en sortir un de ma manche, je ne sais même pas si j'en avais déjà rencontré. Et les poèmes, tu les as lus les poèmes, c'est étrange non ? Je te dis répondait l'interviewer, c'est un drôle de mec, certainement protégé politiquement, en tout cas suggérait l'autre qui ne perdait pas le nord on pourrait le brancher pour de la coke, ça nous changerait de la merde qu'on achète par ton copain.

Je les ai laissés à leurs suppositions mafieuses, la distribution des cadeaux avait commencé et devant Marie-Pierre et Patricia s'étalait un tel amoncellement de paquets et de boîtes enrubannées qu'il en devenait impossible de déballer quoi que ce soit, Marie-Pierre semblait frappée de stupeur, et ça aussi vous êtes sûrs que c'est pour moi ?

J'étais un peu en retrait, à la regarder, jamais elle n'avait paru aussi belle et touchante, et à ce moment-là j'ai eu comme un frisson, de la tête aux pieds, presque aussi fort qu'une décharge électrique et j'ai pensé c'est pas possible, ça va pas durer, maintenant il va plus nous arriver que des galères, je trouve ça très bien disait quelqu'un dans mon dos, très bien et très intéressant.

– C'est vous qui les avez prises ?

Bruno me l'avait montré au début de la soirée, c'était un jeune producteur qui possédait également une petite maison d'édition.

– Non, j'ai juste écrit les poèmes, les photos c'est la personne qui se trouve à la table là-bas.

Il a approuvé longuement, les poèmes aussi étaient bien, et c'était une bonne idée de les avoir couplés avec les photos, la poésie était si difficile d'accès pour une grande majorité. J'étais flatté. Surtout venant d'un professionnel.

– Et je suppose que vous avez déjà pensé en termes d'édition ?

J'ai répondu vaguement, rien de concret, c'est surtout un passe-temps, une manière de nous faire plaisir à ma femme et à moi. Écoutez a proposé l'amateur des arts, je suis assez copain avec Bruno, si nous déjeunions la semaine prochaine, et moi l'air de pas y toucher j'ai fait bien sûr, pourquoi pas, avec plaisir. Le chanteur connu s'était mis debout et reprenait une chanson de Cheb Kaleb, Mokthar tapait dans ses mains pour l'accompagner, la soirée s'est prolongée jusqu'à plus d'heure et quand Marie-Pierre et moi sommes montés en voiture l'aube se levait, Myriam et Gilles s'étaient endormis sur la banquette arrière, Gilles avait quand même fini par craquer mais dans une telle circonstance qui pouvait lui en vouloir ?

– A quoi tu penses? m'a demandé Marie-Pierre.

– A des conneries, à des conneries sans intérêt.

Juste avant de partir Saïd m'avait pris à part, je voulais t'en parler, tu sais la vieille de l'immeuble, la voisine, elle est morte. Ah, j'avais dit, ah bon, sincèrement ça ne me faisait ni chaud ni froid, c'était normal qu'elle meure elle était vieille, vieille et fatiguée et c'était une emmerdeuse. Une emmerdeuse peut-être avait continué Saïd mais elle est morte le soir du déménagement, son petit-fils le sait parce qu'elle avait rendez-vous à l'hôpital le lendemain et elle ne s'est pas présentée, et comme lui était en déplacement personne ne s'est aperçu de rien avant son retour, ses chats l'avaient dévorée, il paraît qu'elle a fait une attaque cérébrale, son petit-fils est venu au café me poser des questions, qu'est-ce qui s'était passé ce soir-là, si j'avais remarqué quelque chose d'anormal. T'as dit quoi, t'as parlé de moi? je l'ai coupé trop vite. Il a secoué la tête, non, pourquoi veux-tu que je parle de toi, mais c'était dur de le voir pleurer, un grand gaillard, à sangloter qu'on avait tué sa mémé et qu'il y passerait du temps mais qu'il retrouverait les assassins, paraît-il aussi que la porte était bloquée et qu'on lui aurait fait peur exprès et que la serrure était cassée pour ne pas qu'elle puisse sortir, la vieille était méconnaissable, les chats avaient fait un carnage.

Bonne nuit ont fait Myriam et Gilles à peine arrivés, j'étais curieux de savoir si c'était vraiment nous qui l'avions tuée, après tout quelle importance?

– T'as envie de dormir tout de suite?

Elle avait enlevé sa robe, en culotte et en soutien-gorge assise sur le lit, non, pas forcément tout de suite, et c'est elle qui a pris l'initiative et m'a déshabillé, ma main s'est glissée entre ses cuisses, elle était trempée, ça nous a encore plus excités et on a fait l'amour comme des petits fous avant de s'endormir pour de bon, l'horoscope avait raison, l'été semblait parti pour être torride.

⁂

Quelques jours plus tard j'ai acheté une voiture, une Volvo de collection que vendait un ami de Bruno et sur ses conseils j'ai pris un crédit au nom de la société, la voiture coûtait cent soixante-dix mille francs mais c'était un vrai cadeau, il en restait une vingtaine d'exemplaires sur le marché et c'était évident que le jour où je voudrais la revendre non seulement elle n'aurait pas perdu mais je ferais un bénéfice au passage, en temps normal j'aurais marchandé et fait baisser le prix mais déjà paraît-il que le gars me la faisait bien en dessous de ce qu'il aurait pu espérer et en plus c'était un copain du producteur-éditeur avec qui nous devions déjeuner, ça m'ennuyait de passer pour un marchand de tapis auprès de ces gens-là et de toute façon Bruno connaissait le fondé de pouvoir de la banque où j'avais ouvert mon compte et il avait accepté le dossier de crédit sans broncher, avec juste un apport de cinquante mille.

Tout à l'émotion suscitée par ma nouvelle acquisition, j'étais à la recherche d'un box à louer proche du pavillon, quand le portable a sonné, c'était la fille du yoga qui voulait savoir si je venais bien le lendemain au séminaire-marathon.

– Le séminaire ?

Je n'étais pas plus chaud que ça pour aller perdre mon week-end avec leurs pitreries mais Marie-Pierre a insisté, mais si, vas-y, tu m'avais promis, et j'ai dit, ah, oui, le séminaire, bien sûr, vous pouvez compter sur moi, Marie-Pierre m'a posé la main sur la cuisse, je suis sûre que ça va te faire du bien, j'ai encore vu une émission l'autre jour, beaucoup de PDG en font, même aux États-Unis.

Je n'aurais jamais dû me laisser entortiller, c'est la première chose qui m'est venue à l'esprit quand le réveil a sonné, j'avais fait un rêve bizarre mais impossible de m'en souvenir, j'allais pour replonger dans le sommeil quand Marie-Pierre m'a secoué, tu vas être en retard, la fille m'avait recommandé de venir à jeun mais ça c'était au-dessus de mes forces, j'ai bu mon thé avec mes tartines en regardant la pluie tomber, qu'est-ce que tu vas faire j'ai demandé, tu vas rester là ? Je ne sais pas, peut-être un cinéma avec Patricia, on doit s'appeler. Je l'ai embrassée et je suis parti, le séminaire durait toute une journée de neuf heures le samedi à neuf heures le dimanche. En donnant ma voiture à garer au parking j'ai failli rebrousser chemin et rentrer, ce truc n'allait rien m'apporter, juste me coûter de l'oseille et Marie-Pierre était toute seule pour le week-end, mais quelque chose m'en a empêché et j'ai pris l'ascenseur pour l'étage du yoga.

Bonjour à tous a dit la prof, en fait ce n'était pas vraiment une prof mais une animatrice, on s'est tous embrassés, smack, smack, même les hommes entre eux, apparemment ils se connaissaient tous, elle m'a présenté à ceux que je n'avais jamais vus et on a démarré les festivités par quelques exercices de détente corporelle, mon petit déjeuner se manifestant à intervalles réguliers, je me sentais gauche et lourd, on s'est tous mis en rond et la prof a fait passer un coussin, celui qui l'avait devant dire ce qu'il ressentait, moi j'ai dit ça va, je me sens un peu tendu, elle a approuvé des yeux et les autres aussi, je n'étais pas du tout à mon aise, assis en tailleur, avec juste mon slip et un tee-shirt pour tous vêtements c'était le contraire absolu des endroits où je me trouvais d'habitude.

L'exercice suivant consistait à venir nu devant le reste du groupe présenter son corps, qu'aimait-on dedans, que n'aimait-on pas, recto comme verso et là je me suis dit merde, je paie pour ça, je dois être malade, un par un les participants se levaient et je ne sais pas si c'était un hasard mais on avait dû oublier d'inviter les pin-up, moi je n'aime pas mes vergetures et moi mes grosses fesses, et l'autre c'était ses seins qu'elle trouvait pendouillants et tout le monde disait mais non, tu te fais des idées, tu as un très beau corps, tu es très belle, alors que pas du tout, c'était stupide de se voiler la face, je ne l'ai pas dit mais c'était une vraie horreur et quand tout le monde est passé il ne restait plus que moi, la prof m'a regardé, j'ai dû enlever ce qui me restait de vêtements et me lever, j'avais envie de les laisser là et de m'en aller mais une fois encore je ne l'ai pas fait et je me suis entendu bafouiller je trouve mes jambes un peu maigres et j'ai une position trop cambrée et votre sexe comment le trouvez-vous, j'étais tout rouge, ça ne rimait à rien, c'était stupide.

– Je le trouve bien, normal...

L'assistance souriait gentiment.

– Alors pourquoi le cacher dans vos mains ?

Ils ont tous ri, vous n'êtes pas très à l'aise avec votre corps, je me trompe ? non ? Je bafouillais de plus en plus, ça dépend, ça dépend des situations, on entendait des éclats de voix sur le palier, la prof a proposé un nouveau divertissement, je me suis rhabillé un peu honteux alors qu'il n'y avait franchement pas de quoi, eux avaient l'habitude, pas moi.

De fil en aiguille on est arrivés au milieu de l'après-midi sans avoir mangé et je me félicitais d'avoir enfreint les consignes, je meurs de faim disait les vergetures à côté de moi et je pensais que la prof allait donner le signal de la pause mais au lieu de ça elle a annoncé on va commencer les rebirths, quelqu'un a demandé si on pouvait aller pisser avant et elle a donné son autorisation.

La porte des toilettes donnait sur l'entrée et en ressortant j'ai entendu la colocataire au téléphone, j'ai pas envie qu'il revienne maman, on n'a plus rien à se dire, on a fait le tour de la question.

– Je vous propose de vous étendre deux par deux, l'un restant à côté de l'autre.

Comme on était un nombre impair la prof est venue avec moi et je me suis allongé sur un matelas, toujours en slip, à contempler le plafond, si jamais il ne se passait pas quelque chose de radical je dégageais après l'exercice et elle pouvait s'asseoir sur le règlement.

Sa main s'est posée au-dessus de mon estomac, au niveau du plexus, respire, et j'ai suivi ses indications, j'ai fermé les yeux, respire, mon ventre se soulevait à intervalles réguliers, respire, à chaque fois que je faisais mine de stopper une pression venait me rappeler à l'ordre, respire, et petit à petit le rythme s'est installé, respire, j'avais l'impression d'avaler de l'air, pas de respirer, respire, le bout de mes bras devenait glacial, la prof m'avait prévenu, c'était normal, au début il y a des risques de tétanie qui disparaissaient au fur et à mesure. Il me semblait que ma respiration avait quitté le siège naturel de son activité pour se répandre partout dans mon corps, des pieds jusqu'à ma tête et une barre douloureuse m'enserrait les tempes, respire, mais plus j'inspirais et j'expirais et plus j'étouffais, respire encore, mes bras maintenant étaient comme de la pierre et il s'est passé quelque chose d'étrange, la conscience que j'avais de moi-même s'est déplacée pour venir se loger dans la courbe du souffle, entraînée par le mouvement, respire, et à partir de ce moment-là j'ai complètement décroché, tout marchait seul, la prof continuait à parler de temps à autre et je l'entendais mais c'était annexe, c'était noir à l'intérieur et en même temps complètement lumineux, mes pensées se succédaient, limpides et claires, les choses de ma vie m'apparaissant une à une, dans une juste perspective, comme elles étaient, sans jugement particulier mais sans complaisance, l'avidité qui m'habitait et le peu de cas que je faisais des autres, la mort de la vieille et tout ce après quoi je courais alors que l'important n'était pas là et brusquement des larmes me sont montées aux yeux et un sentiment de tristesse m'a parcouru et j'ai pensé Marie-Pierre et moi ça ne donnera rien, c'est voué à l'échec et je me rendais compte à quel point j'étais amoureux, tout en continuant à respirer et du fond de ma conscience a surgi la vision d'un énorme bloc de pierre noir, lisse et poli à la perfection représentant une sorte de cadran solaire mais avec des rouages et des mécanismes se détachant en arrière-plan et j'ai eu la sensation bizarre d'être face au moteur de toute chose sur cette terre, comme une horloge immuable dont chaque cran serait un passage obligé vers lequel la lente rotation de la pierre nous emmenait, sans possibilité d'échappatoire et à bien y regarder la surface du bloc n'était pas vide mais fourmillait de milliers et de milliers de points brillants, minuscules et mus d'une frénésie anarchique et tourbillonnante, sans la moindre logique, mais derrière ce chaos apparent régnait un ordre subtil, j'en étais certain, un grand calme m'a envahi en même temps qu'une sensation de douceur et de tranquillité, quoi qu'il se passe c'était dans l'ordre des choses. J'ai ouvert les yeux, la pièce était dans l'obscurité, et une couverture me recouvrait pour ne pas que j'aie froid.

– Ça va ? m'a demandé la prof dans le couloir, elle buvait un café tranquillement en attendant que les autres se réveillent. Très bien j'ai dit, je me sentais encore un peu ankylosé mais ça allait en s'améliorant, en refermant la porte des toilettes j'ai entendu de nouveau des éclats de voix provenant de chez la voisine mais cette fois elle n'était plus au téléphone, elle parlait avec quelqu'un. C'est pas possible Sandrine, ça marche pas de cette façon tu le sais très bien, la fille disait tu vas arrêter de me faire chier parce que je vais téléphoner aux poulets ça va pas traîner et mon esprit dans le plus grand calme enregistrait les informations, tiens la pute a un problème avec son jules, pendant que je faisais pipi, mon reflet dans la glace était celui d'un jeune homme aux traits tirés mais aussi détendu et mon regard m'a semblé perçant et désabusé tout à la fois.

Dans l'entrée le différend tournait en eau de boudin, t'es complètement cinglé et un grand bruit de gifle a retenti, plusieurs rebirtheurs s'étaient rapprochés, au secours criait la fille, au secours c'est un dingue, la petite foule était derrière la porte sans que personne n'ose ouvrir et c'est moi qui me suis avancé, le mec était un vrai nabot avec une calvitie, vraiment pas l'image qu'on pouvait se faire d'un barbeau, et j'ai dit que se passe-t-il, que se passe-t-il ici, il m'a regardé, moi et le groupe derrière dont la majorité en sous-vêtements, et c'était net qu'il ne voyait pas du tout ce que c'était que cette compagnie-là, j'ai marché sur lui et dans un geste de recul son bras a heurté une coupe en verre placée sur une petite table qui a explosé en mille morceaux par terre, provoquant dans la pièce la même impression que lorsqu'un orage éclate après des heures d'attente et doucement je lui ai conseillé de partir, dégage ou je vais te faire bobo, en le toisant bien au fond des yeux, il a maugréé quelque chose comme quoi on allait se retrouver, mais tout en appuyant sur le bouton de l'ascenseur, et quand les portes se sont ouvertes, il a foncé dedans.

– Bravo a fait la prof, vous l'avez eu!

Les autres ont applaudi, vous avez vu comment il est rentré dans l'ascenseur, on aurait dit la séquence d'un film, il n'était pas fier. La pute était en larmes, c'est normal a dit quelqu'un, c'est le contrecoup et une des femmes est passée derrière elle pour lui masser les épaules, ça va aller maintenant et moi la scène m'apparaissait pour ce qu'elle était exactement, une petite comédie ridicule et sans importance. Pendant qu'ils l'entouraient et s'empressaient autour je suis allé me rhabiller, dans la pièce un rebirtheur continuait, ummpff, ppff, sans souci du remue-ménage, et une fois prêt j'ai récupéré la victime, venez, je vais vous mettre dans un taxi, rentrez donc vous reposer, c'est bon pour aujourd'hui, ils ont tous approuvé, la prof m'a fait un clin d'œil, nous allons peut-être pouvoir continuer, et pendant qu'ils réintégraient la salle je l'ai enfournée dans l'ascenseur et on est descendus, pressés l'un contre l'autre dans la cabine minuscule, son visage à quelques centimètres du mien, je pouvais sentir son parfum, c'était un que Marie-Pierre mettait parfois et j'ai pensé cette femme est fatiguée, elle tourne en rond et juste en arrivant dans la rue c'est ce qu'elle a dit, j'ai l'impression de tourner en rond, je l'ai assisté pendant des années, les parloirs, les mandats et maintenant il est dehors mais je ne peux plus, et moi sans même m'en rendre compte j'ai posé ma main sur son épaule, vous savez bien qu'il n'y a pas que ça, le problème ce n'est pas tellement lui, c'est vous, et elle en a convenu, c'est vrai, vous avez raison, un taxi est arrivé et elle est montée dedans, en tout cas merci, sans vous je crois que je passais un sale quart d'heure, je l'ai regardée s'éloigner, la pluie avait cessé mais la chaussée était encore pleine de flaques, il n'y avait plus trop de raisons pour que je remonte faire le marathon, j'avais envie de marcher, de marcher et réfléchir, tout ce que j'avais fait jusqu'à présent était motivé par le même but, réussir et maintenant je me demandais si c'était ça le bon truc ou si je devais faire autre chose, mais alors dans ce cas quoi, je n'allais pas devenir professeur de littérature ou spécialiste en électronique du jour au lendemain, mais de toute façon c'était même pas ça, c'était pas une histoire d'activité, comme j'avais dit à la pute, le problème était ailleurs, le problème c'était moi, je me sentais calme, détendu, comme reposé et lavé à l'intérieur mais en même temps complètement incertain sur le sens que je devais donner à tout ce qui m'entourait.

Il s'était remis à pleuvoir, j'ai rebroussé chemin et je suis allé récupérer ma voiture.

– Jolie petite pouliche, a dit le gars en me la sortant, ça rappelle un peu certaines vieilles Rover, elle est belle vraiment.

Et en moi-même je me suis fait la réflexion c'est sûr elle est agréable mais maintenant est-ce que je suis plus avancé et après en prenant le périph j'ai pensé ça y est, je n'ai plus qu'à me faire baba cool, j'ai du pognon en pagaille et une bagnole je n'avais même pas imaginé pour de bon en avoir une comme ça et voilà que je crache dessus, je dois perdre la boule c'est pas possible, mais l'impression subsistait malgré tout, que je n'avais pas complètement tort et surtout qu'un jour ou l'autre j'allais regarder derrière en me disant tout ce que tu croyais ce n'était pas ça, t'as fait fausse route et aujourd'hui c'est cuit, il n'y avait aucun rapport mais une anecdote m'est revenue à l'esprit, pendant la dernière guerre un groupe de Témoins de Jéhovah s'était présenté à l'entrée d'un camp de concentration, le gardien leur avait demandé ce qu'ils voulaient et eux avaient dit appelle ton chef, nous voulons entrer, le gardien avait dû répondre vous êtes cinglés les mecs, c'est pas une colonie de vacances, mais quand le chef était arrivé ils l'avaient regardé, ouvre la porte gros porc et laisse-nous entrer, et le chef interloqué avait voulu savoir pourquoi, qu'est-ce qui les poussait à venir ici risquer la mort et la réponse l'avait laissé pantois, nous sommes les témoins de Dieu et le jour du Jugement dernier nous tenons à être là pour témoigner de l'horreur et de l'infamie, toujours en le matant à fond dans les yeux, et paraît-il que tous les SS autour, pourtant des super-durs à cuire, en avaient eu la chair de poule. Du groupe des Jéhovah présents ce jour-là aucun n'était revenu vivant, c'est un Juif qui l'avait raconté dans un livre après la guerre.

Devant la circulation se faisait plus dense et un panonceau lumineux annonçait un embouteillage, en sortant porte d'Auteuil je pouvais rattraper Issy-les-Moulineaux et couper jusqu'à Châtillon, une chose me turlupinait quand même, c'était bien joli cette histoire de Dieu et du Jugement mais s'Il existait vraiment c'était Lui le créateur de tout, des nazis et des camps autant que du reste, et alors je ne voyais pas très bien quel reproche Il pouvait faire aux uns comme aux autres, parce que merde s'Il pensait que les vilains n'avaient pas leur place Il n'avait qu'à pas les faire venir, ç'aurait été plus simple.

La nuit était tombée et en quittant le périphérique j'ai fait ma première connerie, au lieu de récupérer la Seine jusqu'aux usines Renault j'ai voulu prendre un raccourci par le centre-ville de Boulogne et juste derrière Roland-Garros une voiture faisait un écart pour éviter une forme allongée par terre et évidemment j'ai pensé les enculés ils ne s'arrêteraient même pas et ma deuxième connerie c'est que je suis descendu pour lui porter secours.

– Ça va, tout va bien ?

Et là comme dans un cauchemar la forme s'est redressée et m'a balancé un super-coup de pompe dans la tête tandis que deux autres sont apparus et bang, sans que j'aie le temps de comprendre ou même de dire un mot j'étais à terre en train de me faire matraquer, les mecs tapaient comme des sourds, tout en m'arrachant ma veste et mes clefs de voiture, pendant que l'un d'eux essayait de la faire démarrer les autres continuaient le festival, heureusement il y avait un truc à débloquer si bien que l'alarme de la Volvo s'est mise à hurler et juste quand je voyais dans un demi-brouillard un des gars sortir une lame l'autre a dit c'est bon on s'arrache j'ai l'argent, il devait pas être déçu j'avais presque quinze mille francs en liquide, la tête me tournait et sur le moment je ne suis pas arrivé à me relever, merde j'ai pensé, ces salopards m'ont pété les dents et je crois que j'ai perdu conscience.

Quand j'ai rouvert les yeux tout était pareil, les phares d'une voiture m'ont ébloui une seconde mais le conducteur a dû réaliser qu'un individu couché sur un trottoir la gueule en sang n'était pas très catholique parce que le moteur a vrombi et en une seconde les feux arrière ont disparu dans la nuit. J'ai rampé jusqu'à la Volvo, l'alarme s'était arrêtée et en grimpant sur le siège l'image des Témoins de Jéhovah m'a encore traversé l'esprit, ouvre porc de nazi, que nous puissions te montrer du doigt le matin du grand jour. J'ai bloqué les portes avec la fermeture, par chance dans la précipitation ils avaient laissé les clefs, je me suis renversé en arrière et tout mon corps s'est mis à trembler, sans que je puisse rien contrôler, mes dents s'entrechoquaient, c'est le contrecoup j'ai pensé, comme la pute tout à l'heure. Dans la boîte à gants il y avait des Kleenex et une bouteille d'eau, j'ai entrepris de nettoyer le sang qui me coulait de partout, j'avais l'arcade ouverte, la joue complètement déchirée et une grosse coupure sur le front, et trois dents cassées, en plus j'avais très mal à la tête, ce n'était pas possible de rester comme ça, il fallait que je trouve un hôpital. En remettant le contact j'ai aperçu ma veste toute déchirée et mon portefeuille un peu plus loin sur la rue et rien que pour descendre les récupérer il m'a fallu dix minutes, tellement ça n'allait pas et surtout j'avais peur. Je vais les tuer, je vais retrouver ces connards et je vais les bousiller, mais en moi-même je n'étais pas aussi convaincu que ça, j'étais sonné et je ne pouvais pas m'empêcher de revoir la scène, tout va bien et la forme se relevant comme une apparition d'un film d'épouvante et l'impression qu'une locomotive m'arrivait en pleine figure. Ça allait se passer, c'était juste un mauvais moment et j'ai démarré, je n'avais qu'une envie rentrer chez moi et me coucher, mais le premier hôpital que j'ai fait, Corentin-Celton, n'avait pas de service d'urgences médicales, ce que l'on m'a appris après un quart d'heure de déambulations dans un dédale de vieux bâtiments sinistres et j'ai dû repartir jusqu'à Béclère, dans le haut de Clamart où là, oui, il y avait des urgences mais aussi une bonne dizaine de personnes à l'affût de soins et j'ai dû attendre un temps infini, sans parler du problème à la caisse parce que je n'avais pas ma carte de sécu, il m'a fallu insister à mort, je viens de me faire agresser madame, on m'a volé mes papiers, ce qui n'était pas vrai, je n'avais pas la sécu, en temps normal j'aurais payé sans sourciller mais mon argent les bandits l'avaient raflé, ça c'était vrai, et pour finir la dame a dit allez vous asseoir on vous appellera, je pense que si j'avais été nègre ou Pakistanais même avec la gueule en sang ils m'auraient laissé crever. Et d'ailleurs au bout d'un certain temps je me suis sérieusement posé la question de savoir si ce n'était pas leur intention profonde, nous laisser tous mourir à petit feu, avec nos plaies, nos bosses, et nos malheurs divers, rien ne se passait, personne ne venait, sur la banquette en face un vieux s'était vautré et faisait ahahaha par vagues régulières, ahahahaha, un silence et puis ahahaha de nouveau et une mamie se tenait le poignet enserré dans un torchon rougi, et quand la dame de la caisse est revenue, même elle était partie, on était vraiment tout seuls, le mec proche du vieux s'est levé d'un bond et l'a apostrophée madame vous avez pu parler de mon problème et elle a répondu sèchement de toute façon on ne vous donnera pas de drogue ici ce n'est pas la peine d'insister et le mec a bondi, mais vous êtes bouchée, je ne veux pas de drogue je suis allergique, je fais une allergie aux opiacés, et c'est vrai son visage était boursouflé comme s'il avait été piqué par un moustique géant, ça m'est déjà arrivé il faut me faire du Soludécadron sinon je vais mourir, il a fait ummmpf, ummmpf comme les gens pendant le rebirth, je suis en train de faire un œdème pulmonaire, ummmpf, ummmpf je n'arrive presque plus à respirer, et la femme l'a regardé pleine de pitié, on ne vous donnera pas de drogue et le mec a crié mais t'es conne ou quoi et sur la chaise à mes côtés une jeune avec un enfant a dit ils ont très mauvaise réputation, ils ne sont pas efficaces, pas serviables et un autre a rajouté vous vous rappelez il y a quelques mois quand ils ne sont même pas sortis pour l'accident, et toute la salle d'attente a hoché la tête, une honte, une véritable honte, quelqu'un s'était fait renverser juste devant la porte et naturellement des témoins ont immédiatement foncé prévenir, avoir un pépin devant un hôpital c'est tout de même de la chance et eux ne s'étaient pas dérangés, le pauvre accidenté était mort sans secours, tsss a fait la dame au torchon c'est vraiment à se demander s'ils nous voient comme des humains et le toxico maintenant faisait un raffut d'enfer et hurlait à l'assassin, on m'assassine, je suis utilisateur de drogue depuis 1976 je sais ce qu'il m'arrive je fais une allergie, je vais mourir et à la fin l'interne est venu et l'a emmené, quand finalement je suis passé dans la pièce des soins il était une heure et quart.

– Alors, m'a demandé l'externe, que vous est-il arrivé ?

J'ai dit la vérité, qu'est-ce que je pouvais dire d'autre, je me suis fait casser la gueule et il m'a examiné sous tous les angles et mis des pansements, ce n'était pas grave, sauf pour la tête et les dents, pour la tête il me fallait une radio et pour les dents je n'avais qu'à voir un dentiste le lendemain, quant à mon arcade, des points de suture ne s'imposaient pas, il a juste recollé les bords de la blessure et l'a fait tenir avec un scotch spécial et je suis parti à la radio où j'ai encore attendu mais moins longtemps et heureusement au final je m'en sortais bien, il n'y avait pas de fracture et je commençais à reprendre le dessus, si bien que j'ai proposé de ne pas m'attarder, je vois que vous avez du boulot, ce n'est pas la peine que je vous encombre, et l'interne a donné son feu vert, logiquement à part les dents dans quelques jours toute trace de ma mésaventure aurait disparu, au moment où je partais le toxico refaisait une scène pour pouvoir s'en aller, non disait l'interne, vous nous avez suffisamment emmerdés maintenant vous restez en observation que ça vous plaise ou non.

Je suis rentré en roulant doucement, l'interne m'avait conseillé de porter plainte, comme si ça allait changer quelque chose d'aller au commissariat pleurnicher. Je devais vraiment être flapi parce que rien que pour ouvrir le box et ranger la voiture il m'a fallu dix bonnes minutes, j'en avais ras-le-bol, dans l'allée du pavillon la tête me tournait tellement que j'ai dû m'appuyer à un réverbère.

La maison était dans le noir, en poussant la porte de la chambre j'ai appelé tu es là, tu dors, ma première intention était de ne pas la réveiller mais parler un peu m'aurait fait du bien, m'aurait réconforté, j'ai allumé la lumière, le lit n'était pas défait, il était deux heures et demie du matin, Marie-Pierre n'était pas là et j'ai pensé bravo, impeccable, c'est un bon jour pour mourir, ç'aurait été épatant pour une chanson mais à la réflexion je crois que c'était déjà le titre d'un film ou d'un livre. J'avais envie de boire quelque chose, dans la cuisine j'ai mis de l'eau à chauffer pour une tisane et j'ai attendu face à la casserole, l'esprit vide et meurtri en songeant qu'une chanson n'était pas une si mauvaise idée, il faudrait que ce soit encore plus tragique, par exemple que les flics m'aient serré et que je sois en prison pour longtemps, je pourrais écrire une lettre, petit à petit les paroles se mettaient en place.

Cinq ans ne passent pas vite
Et je sais que tu ne m'attendras pas
D'ailleurs je ne te le demande pas
Je voudrais juste que tu viennes
Une dernière fois au parloir
Nue sous ta robe
T'embrasser
Par-dessus ce petit comptoir
Qui nous sépare
Et savoir que dehors
Un autre que moi t'emmènera
Je voudrais juste
Te voir une dernière fois.

C'était pas mal, un bon début, mais m'imaginer en prison et elle avec un bellâtre l'attendant sur le parking dans une grosse voiture, la baisant sans relâche pendant que je dépérirais en cellule à compter les jours me foutait trop les boules, j'ai pris les Di-Antalvic et le Doliprane donnés par l'hôpital et je suis allé me coucher, à cinq heures et demie je ne dormais toujours pas, la porte d'entrée a grincé légèrement et la lumière s'est allumée en bas, j'ai entendu Marie-Pierre aller et venir, et puis les robinets de la douche crépiter et cinq minutes plus tard mademoiselle a fait une entrée triomphante dans la chambre, une serviette autour d'elle, ses yeux se sont agrandis comme des soucoupes et j'ai cru qu'elle allait avoir une crise cardiaque, mais qu'est-ce que tu fais là, et je suppose que la vue des pansements et de mes dents manquantes n'a rien arrangé parce qu'elle est restée au bout du lit complètement pétrifiée, mais que t'est-il arrivé, tu es blessé ?

– Et toi, c'était bien, tu as passé une bonne soirée ?

Et du tac au tac, sans ciller, elle a répondu oui, moyen, on a été au cinéma avec Patricia et puis après on est passées chez elle et on a discuté.

– Moi je me suis fait agresser, j'ai dit, je me suis fait casser la tête.

Et j'ai raconté en détail mon coup de malchance, peut-être c'est une super-salope je ne pouvais pas m'empêcher de penser en même temps, peut-être qu'elle arrête pas de se faire tirer ailleurs, mais je n'étais pas en état de m'énerver et aussi ce soir entre le rebirth et le cassage de gueule je me sentais beaucoup plus détaché, elle m'a fait un massage en me disant pauvre canard c'est incroyable cette histoire, t'as dû avoir drôlement mal, et à ma grande surprise je me suis endormi tranquillement, après tout c'était fort possible qu'elle soit restée avec Patricia à papoter jusqu'à plus d'heure.

8.

Début août les stigmates de mon aventure avaient presque disparu, j'avais trois fausses dents, le dentiste me les avait faites en urgence, au bas mot dix-huit mille francs, un peu moins parce qu'évidemment il n'était pas question que je lui allonge la totalité, rien que de voir ses petits mocassins en cuir et son sourire bronzé j'en avais comme un coup de poignard, je l'avais donc endormi avec une belle liasse, sept mille, tenez voilà déjà un acompte en liquide, il se frottait les mains, ah, ah, vous avez soldé vos Sicav, j'avais ri aussi, oui c'est un peu ça, je me ruine pour toi connard, regarde-les bien il n'y en aura pas d'autres, le reste t'es bon pour une carotte.

J'avais fait mes comptes en fin de mois, à ce rythme je courais droit sur le précipice, depuis le 15 juin mes dépenses s'élevaient à deux cent soixante-quinze mille francs. Une véritable folie. Quand on n'a pas trop d'argent on fait attention, c'est normal, mais dès qu'on a trois sous on dirait que d'un coup la vie est devenue plus chère et que le monde entier se ligue dans le but avoué de vous faire dépenser, dépenser, jusqu'à ce que vous soyez à sec et que la seule solution qu'il vous reste c'est de faire un croum chez l'épicier et sortir votre mouchoir pour pleurer. Bien sûr j'avais encore de quoi voir venir, un peu plus de cinq cent mille francs, et tous les jours du pognon rentrait mais avec l'été c'était la saison creuse, au mois d'août à Paris il n'y a personne et après c'est le retour de vacances et le dernier tiers et il n'était pas question de mettre vingt plaques par la fenêtre comme ça chaque mois, je devais être plus rigoureux, c'est ce qu'on avait décidé avec Marie-Pierre, on avait nos deux semaines prévues au cap d'Agde avec Bruno et Patricia et après ceinture.

Poussé par Bruno j'avais depuis un moment l'intention de diversifier mes activités, pour parvenir vraiment à un résultat significatif et jouer dans la cour des grands je devais mettre un pied dans les vraies affaires si bien que quelques jours avant de partir on est allés déjeuner avec le producteur rencontré à la soirée.

D'après Bruno c'était une bonne occasion et moi j'étais partant, bien sûr, certainement, dans ma sacoche se trouvaient les poèmes et les photos rassemblés pour faire un livre mais dès l'apéritif la conversation s'est nettement orientée vers d'autres projets autrement plus importants que notre petit recueil, Marc préparait un long métrage et tu comprends je suis en train de boucler le tour de table, je crois qu'on tient un sujet qui sort de la norme, et avant que j'aie commencé à toucher à mon assiette il était déjà question de combien je pouvais mettre, une coproduction Extramill-Studio Canal + – Marc et les Autres, c'était le nom de sa boîte, voilà ce qu'il fallait que je voie, le générique. C'était formidable et extraordinaire, le cinéma c'est toujours quelque chose de magique, regarde les plus grands, un jour ou l'autre ils y viennent, la presse et le cinéma, c'est les deux choses qui fascinent encore, sans parler de la rentabilité, c'est bien simple a fait Marc en baissant la voix, un succès peut rapporter encore plus que la drogue, en toute légalité, et même si j'étais tout sauf un naïf comment ne pas s'imaginer au bord de la piscine avec un cigare pendant que l'actrice principale les nichons à l'air faisait des petits plongeons.

– Effectivement, j'ai dit, ça peut m'intéresser.

Lui pensait à une première participation de plusieurs unités et j'ai mis quelques instants avant de réaliser qu'il s'agissait de millions nouveaux, il leur manquait six grosses plaques pour pouvoir dire moteur, et Marc m'a regardé droit dans les yeux, quelle que soit la provenance de l'argent nous pouvons nous arranger avec les mécanismes de production et là c'était on ne peut plus clair, je ne sais pas ce que lui avait raconté Bruno mais il devait me considérer comme un ponte de la mafia ou un truc dans le genre, avec un gros semi-remorque bourré de dollars dont je ne savais que faire, prêt à tout pour blanchir ma fortune et j'ai atterri soudainement, comme un masque me tombant des yeux, il veut m'embrouiller mes sous, ni plus ni moins, et j'ai opiné d'un air songeur, le cinéma, pourquoi pas, c'est une idée, simplement, et là j'ai fait comme lui j'ai baissé la voix, il me faudrait en parler à, hum, mes partenaires, ses sourcils se sont froncés, le bout de sa langue apparaissant légèrement entre ses dents, lui aussi avait une couronne, maintenant en dentition j'étais imbattable, vos partenaires, évidemment je comprends, je comprends très bien, Bruno en oubliait de manger, sa fourchette suspendue au bout de sa main comme figée par mes propos, j'ai poursuivi, un léger rictus au coin des lèvres, il faudrait simplement que nous ayons certaines garanties sur le sérieux de l'opération, en général les gens avec qui je travaille n'aiment pas l'échec et là il était quand même un peu mal à l'aise, il a souri, garantie c'est garantie et j'en ai profité pour balancer mon uppercut, au fait vous êtes toujours intéressé par notre projet d'édition et j'ai vu qu'il ne voyait pas du tout de quoi je voulais parler et quand j'ai sorti mes photocopies, bien propres, avec les photos, rassemblées dans une chemise, il s'est exclamé bien sûr, donnez-moi ça, j'en ai justement touché deux mots à mon directeur de collection. En sortant du restaurant j'avais bien mangé, c'est lui qui avait payé et je me suis dit mec, ça va, même s'ils t'impressionnent avec leurs grands airs c'est quand même jamais que des baltringues cent pour cent.

– Au fait, m'a demandé Bruno dans la voiture, de la coke, tu pourrais en avoir ?

Je suppose qu'il devait se dire autant battre le fer quand il est chaud, ça coûte rien de lui en parler.

– Pour toi ?

– Oui.

De la coke c'était toujours possible, c'était pas sorcier à trouver, mais si j'avais voulu faire dealer je l'aurais fait carrément, j'aurais pas attendu Bruno.

– En général c'est pas trop mes activités.

Il en a convenu, c'est normal que tu veuilles pas t'emmerder avec des petites quantités. Je me demande vraiment quelle image il avait de moi.

– Combien tu voulais acheter, beaucoup ?

Avec ses copains ils prenaient dix ou vingt grammes à plusieurs, ah oui, tu veux juste pour faire une petite fête. Je connaissais quelqu'un qui vendait des trucs corrects et comme il avait de l'argent sur lui on a fait un crochet par le dix-septième, mon gars habitait entre Monceau et Clichy dans un meublé, je sais qu'il travaillait de nuit dans un hôtel, d'habitude en milieu d'après-midi il était visible, j'ai laissé Bruno dans la voiture, et effectivement coup de chance le lascar était là et recoup de chance il avait ce qu'il fallait, à un prix normal, avec l'argent de Bruno j'ai eu le double de ce à quoi il s'attendait et d'après les autres clients présents la qualité était irréprochable, si bien que j'ai partagé en deux le paquet, dix et dix et quand je suis redescendu Bruno était soufflé, t'as fait vite, c'est déjà bon, je lui ai donné le truc et j'ai proposé goûte-la, ce qu'il a fait, deux grosses lignes et une cigarette, moi j'ai refusé non merci, ça va, et au bout d'un moment il a reconnu qu'elle était bonne, très bonne même et comme j'avais encore le reste je lui ai dit j'ai été obligé de prendre plus, si tu connais quelqu'un pour que je bazarde le truc ça m'arrangerait, et il m'a assuré qu'il n'y aurait pas de soucis, de la bonne comme ça tout le monde va se jeter dessus, ça changera de la coke à zéro pour cent qu'on achète habituellement.

– Et le livre, s'est inquiétée Marie-Pierre le soir, tu crois qu'ils vont le publier ?

A mon avis non, fallait pas trop compter dessus, pour me soutirer des millions ou me raconter des bobards sur ses projets de films il se posait là mais pour éditer nos œuvres j'avais de sérieux doutes, pourtant juste comme on bouclait nos valises direction les vacances le portable a sonné et c'était le directeur de collection, bonjour comment allez-vous je me permets de vous appeler au sujet de *Au Bar Maurice*, c'était le titre retenu, la majorité des photos avaient le café de Saïd pour décor, et vraiment je trouve ça étonnant, Marc et moi aimerions beaucoup en faire quelque chose, il avait l'air sincère mais je ne pouvais pas m'empêcher d'entendre ce qu'avait dû lui dire l'autre derrière, vas-y, mets les violons, on a un gros paquet d'oseille en perspective avec ce gars-là, l'argent de la drogue c'est lui, et quand même je les sentais mal faire un livre entier, d'ailleurs c'est ce qu'il a expliqué, il était nécessaire de nous faire connaître, ils avaient une revue, genre revue littéraire et seriez-vous favorables à une publication de quelques morceaux choisis avant, bien sûr, une aventure éditoriale plus conséquente ? J'avais mis l'ampli, Marie-Pierre faisait la moue, elle aurait préféré un livre directement mais j'ai quand même dit d'accord, pourquoi pas et il a suggéré de prendre la photo où un vieux buvait à la bouteille en cachette de Saïd, Marie-Pierre l'avait surpris juste quand il la portait à ses lèvres tout en jetant un regard inquiet vers le bar, et pour le poème nous pourrions mettre *J'ai pas aimé ta mort*, c'était sur quelqu'un que je connaissais qui était décédé l'année d'avant et je ne voyais pas trop le rapport mais j'ai dit oui, parfait, mais ça va paraître quand ? Dans le numéro de septembre a répondu le mec du tac au tac, on a pu vous trouver une place in extremis, Marc y tenait beaucoup.

En prenant l'autoroute on en parlait encore, une revue c'est vrai que ça peut être pas mal pour démarrer, mais est-ce qu'il nous paye s'inquiétait Marie-Pierre, il n'y a pas de raison pour lui laisser gratuitement.

***

Bruno et Patricia nous attendaient au cap d'Agde le surlendemain mais notre première étape était la côte atlantique. Il y avait eu un petit quiproquo avec Marie-Pierre, elle croyait que le cap d'Agde se trouvait sur l'océan, son rêve depuis toute petite était de voir les grosses vagues et les pins, ce qui fait qu'on s'était enclenchés sur Bordeaux et les Landes. Je comptais descendre jusqu'à Biarritz et après couper par Pau et Tarbes pour rejoindre la côte des Pyrénées-Orientales. C'était mon premier vrai départ, dans une voiture achetée avec des vrais papiers et ma gonzesse à côté, et pour le moment c'est tout ce que je voyais. La seule chose qui me chiffonnait c'était l'histoire de camp de nudistes au cap d'Agde, l'appartement se trouvait en plein cœur du village naturiste, Marie-Pierre ne semblait pas inquiète mais moi plus j'y pensais et plus je trouvais que montrer sa bite comme ça et se balader à poil à longueur de journée c'était quand même pas complètement catholique.

Un peu après Châtellerault un voyant du tableau de bord a clignoté et j'ai dû m'engouffrer dans la première aire de stationnement, d'avoir une voiture à soi rend les choses toutes différentes, je ne tenais pas à prendre le moindre risque et je me suis garé pour étudier précisément sur le manuel ce qu'il se passait et si c'était ennuyeux ou pas, on était un peu en retrait par rapport aux autres du troupeau, plein d'Allemands et des vacanciers français, quand j'ai senti une présence dans mon dos et à la réflexion je me demande vraiment d'où il sortait parce que de ce côté il n'y avait que le grillage donnant sur les champs et un jeune homme blond me demandait en souriant s'il était possible que nous l'emmenions jusqu'à Bordeaux, alors que c'était pas le moment de m'emmerder, je ne comprenais pas du tout à quoi correspondait le voyant et j'allais lui répondre un peu sèchement je ne pense pas que cela puisse se faire, nous avons un problème technique, quand il s'est penché et a dit si vous permettez je crois que ce n'est pas très grave, c'est juste une indication concernant les ampoules, vous devez avoir un feu de grillé, tout ça dit de la même voix douce et aimable, regardez on va vérifier et c'était exact, un de mes feux de position arrière était mort et il m'a aidé à le changer, j'en avais des neufs dans la boîte à gants, si bien qu'après il était un peu malaisé de lui dire pauvre con va te faire enculer, t'as qu'à trouver une autre voiture, il est monté à l'arrière et j'ai redémarré, le voyant ne clignotait plus, au moins la panne était-elle réparée. Et vous allez sur Bordeaux a demandé Marie-Pierre et il a fait oui, en quelque sorte, je vois que vous vous préparez de bons moments, le mois d'août est une saison propice au plaisir, le ton qu'il avait était légèrement ironique, je me suis fait la remarque qu'il n'avait pas de bagages, ni sac ni valise, juste un livre, *La Vieille Dame est morte*, avec un dessin de femme au volant d'une auto des années trente, décapotable, son écharpe flottait au vent, dans le rétroviseur le gars me souriait et l'air qu'il avait me rappelait quelqu'un, sans que j'arrive à savoir qui exactement et d'un seul coup une image affreuse a surgi, lui se livrant à des attouchements sexuels sur moi, c'était incroyable, j'ai eu un sursaut mais qu'est-ce qu'il m'arrive depuis quelque temps, l'image continuait, comme un corps étranger injecté dans mon cerveau sans que j'y puisse rien, c'était une sensation atroce et extrêmement déroutante. Il y a tellement de choses qu'on ignore, continuait le mec, je vais certainement faire la route des vins. Son sourire s'était encore accentué, je savais qui il me rappelait, la vieille de la campagne, la vieille folle, mes mains sur le volant étaient toutes moites et j'avais la gorge sèche, on est encore loin s'inquiétait Marie-Pierre, j'aimerais bien qu'on s'arrête une fois, mais le mec a parlé en même temps, leurs voix se chevauchant, le plus dur c'est de donner un sens à ce qui nous arrive, et j'ai dit ah oui, comment cela et à Marie-Pierre on y est presque, dans moins d'une heure on sera à Bordeaux, tandis que l'autre reprenait, c'est quand nos actes perdent leur sens que nous sombrons dans la folie, nous avons la capacité de nommer les choses et de leur attribuer une signification mais avons-nous toujours les éléments pour cela ? Le silence est retombé, je réfléchissais à ce qu'il venait de dire, pourtant il y a plein de trucs que l'on vit qui n'ont aucune importance a fait remarquer Marie-Pierre, et le mec a eu une moue dubitative, pas tant que l'on pourrait le croire, parfois la vraie raison de certain événement n'apparaît qu'après, et c'est ce moment qu'a choisi l'alarme pour se détraquer et se mettre à beugler, de l'intérieur on aurait dit que quelqu'un étranglait un bébé en prenant son temps, qu'est-ce qu'on va faire a bêtement demandé Marie-Pierre, c'est horrible, mais le bruit infernal a cessé, il devait y avoir un faux contact quelque part.

A l'arrière notre passager s'était renversé sur la banquette et semblait dormir, indifférent au vrombissement de la mouche énorme qui voltigeait dans l'angle du pare-brise et je me suis dit je deviens barjot elle me fait des clins d'œil quand Marie-Pierre a hurlé attention, sur la droite trois voitures se télescopaient, l'une d'elles, une 4 L fourgonnette, littéralement propulsée en hauteur avant de retomber sur le toit et de glisser en tournant sur elle-même et alors que tout se déroulait dans un éclair ça m'a paru des siècles, comme si j'explosais au ralenti avec la voiture et heureusement je suis passé à côté de l'accident, sans dommage, mais en ayant le temps de voir le visage du conducteur, ses cheveux mi-longs à l'envers quand son crâne heurtait la ferraille et l'angle bizarre de son cou, la scène s'imprimant comme si mon œil l'avait enregistrée au microscope et à cet instant l'autre à l'arrière a fait quelque chose d'ahurissant, il a éclaté de rire, oh merde, les cons, quel looping, il s'est retourné si bien que je l'ai eu en plein dans le rétro, l'expression qu'il arborait était celle d'un dingue, ses yeux brillaient et sa bouche s'est tordue dans un rictus, presque comme un clown et le pire il a fait slapp du bout de la langue avant d'énoncer sur le ton d'une vérité profonde c'est certainement un problème de pneus, des pneus lisses ou mal gonflés c'est l'accident garanti mais ça sonnait horriblement faux et alors que pourtant le problème ne se posait pas j'ai pensé super-fort tu mens, tu es en train de mentir, c'est pas un problème de pneus, il s'agit d'autre chose et je ne sais pas pourquoi j'ai eu la conviction que c'est lui qui avait provoqué l'accident, alors que bien évidemment c'était stupide et complètement irrationnel, pourtant je n'arrivais pas à empêcher mes mains de trembler, lui continuait sur la mort et le destin, c'est tellement bête parfois, vous savez ce que disait le général Giap, il meurt sur terre tous les jours cent mille personnes, une vie humaine n'a aucune importance, il tenait le livre *La Vieille Dame est morte* et le brandissait à la manière d'une marionnette, j'avais l'impression de suffoquer et qu'une odeur épouvantable se répandait autour de nous, la même odeur que dans l'escalier gare du Nord le jour où police secours était venue et j'ai dit à Marie-Pierre c'est dingue comme ça pue et elle a répondu ah bon, je ne sens rien, et derrière la voix sardonique a fait je vous promets que ce n'est pas moi qui ai pété, provoquant le rire de Marie-Pierre, j'avais du mal à tenir le volant et à respirer, au premier panneau annonçant une aire de repos j'ai coupé la route pour m'engouffrer sur la voie de décélération.

– Qu'est-ce que tu fais ?

J'ai stoppé devant un groupe de caravanes, je fais une pause, tu voulais t'arrêter et l'autre n'en loupait vraiment pas une, il plaisantait encore, comme ça on va pouvoir aérer en grand pour chasser les petites mauvaises odeurs, et il a froncé le nez, à la manière d'un cochon de dessin animé.

Marie-Pierre est descendue et s'est dirigée vers les toilettes, pendant que j'avançais de quelques pas pour me dégourdir les jambes, en faisant bien exprès de tourner le dos à l'autre monstre, il faisait chaud, ça sentait les herbes et l'autoroute serpentait à perte de vue, les voitures toutes chargées à bloc, des valises et des vélos sur la galerie, et les gens pique-niquaient sur le parking, c'était les vraies vacances et je me sentais triste. Triste et amer. C'est bon a appelé Marie-Pierre, on peut y aller, mais le mec avait disparu, il n'était ni autour de la voiture, ni dans les toilettes, et quand même l'aire de repos n'était pas si immense mais on a eu beau regarder partout, rien, pas la moindre trace de sa présence, Marie-Pierre voulait qu'on attende, c'est idiot, il ne s'est pas volatilisé, mais j'ai remis le contact, en route mauvaise troupe, on ne va pas passer l'après-midi là et un poids immense s'est enlevé de mes épaules alors que je démarrais, salut mon gars j'ai pensé, salut et bon voyage, j'ai roulé aussi vite que le flot de circulation le permettait et moins d'une heure plus tard on était à Bordeaux, où les embouteillages ont pris une proportion très désagréable, tout était bouché à partir du grand pont, mais à vrai dire je m'en fichais, je n'avais qu'une frousse, que le cauchemar ressurgisse, mais rien ne s'est passé, aucun diable n'a jailli et on a poireauté des heures dans la chaleur et les gaz d'échappement, Marie-Pierre en nage et n'en pouvant plus, et j'allais dire n'empêche il était curieux ce type-là, en parlant de notre stoppeur, quand elle s'est exclamée : regarde il a oublié son livre, et moi j'ai dit quel livre, il n'avait pas de livre, mais c'est *La Vieille Dame est morte* qu'elle agitait, tu vois qu'il n'avait pas l'intention de disparaître, avant qu'elle aie pu continuer j'avais déjà freiné et je lui avais arraché des mains pour le balancer dehors, quand un sentiment terrible m'a envahi, j'étais la vieille de gare du Nord au moment de mourir et je ressentais tout ce qu'elle avait pu être, la douleur et la peur qui l'avaient saisie quand Gilles et moi avions tapé à la porte, elle était restée très longtemps paralysée dans l'appartement mais toujours à demi consciente, et aussi comme un concentré d'elle-même à l'intérieur de moi, toute sa vie, petite, banale et sans beaucoup de joie, son odeur et le goût qu'avait sa bouche, vieux et desséché, et j'ai juste eu le temps de me pencher à l'extérieur, je vomissais de la bile, Marie-Pierre me regardait complètement ahurie, mais qu'est-ce qu'il t'arrive, tu ne te sens pas bien, et moi tout en m'essuyant avec le mouchoir qu'elle me tendait j'ai balbutié mais tu n'as pas vu qu'il n'était pas normal, que c'était un dingue, peut-être un tueur ou en tout cas quelqu'un de dangereux, et dans ses yeux se reflétaient une profonde incrédulité, et en même temps une inquiétude, ça va j'ai dit, c'est bon, j'ai certainement mangé quelque chose qui n'est pas passé, tout en m'arrangeant pour flanquer le livre par la fenêtre, je te promets que ce n'est pas moi qui débloque mais il y a quelque chose d'étrange que je ne peux pas t'expliquer, alors que j'aurais été bien en peine d'en dire quoi que ce soit.

On a roulé jusqu'à la nationale sans rien dire, moi plongé dans mes pensées et elle visiblement désarçonnée et il fallait reconnaître qu'il y avait de quoi, ce n'était pas une situation ordinaire, à un moment pour dire quelque chose j'ai montré une pancarte « Foie gras produit à la ferme », si on en achetait ? mais c'est à peine si elle a répondu, si t'es malade c'est peut-être pas le moment, juste avant d'arriver à la plage j'ai posé ma main sur sa cuisse, excuse-moi tu sais je suis un peu perturbé en ce moment, je crois que j'ai travaillé trop dur ces derniers temps et elle a souri, parfois je te trouve vraiment bizarre et enfin je me suis garé, dans un parking au milieu des pins, des gens en maillot de bain s'affairaient de partout, leur planche de surf sous le bras et des ballons, nous tout blancs au milieu d'eux sur le chemin menant à la mer, ça faisait un bon moment que je n'avais pas mis les pieds dans ce genre d'endroit et Marie-Pierre la mer elle connaissait par cœur vu qu'elle y habitait mais c'était la Manche, pas la super-plage comme ici avec des dunes, des pins en fond, le soleil comme au Sahara et des vagues et des surfeurs. C'était tellement grand qu'en marchant un peu on avait autant de place qu'on voulait, la majorité était à poil, hyper-bronzés sous tous les angles et Marie-Pierre a dit on n'a qu'à faire pareil, si je mets mon maillot avec la peau que j'ai ça va me faire des marques et au cap d'Agde j'aurai l'air ridicule, si bien que j'ai souri, oui, t'as raison, autant commencer maintenant, mais sans que ça me dise plus que ça, tous ces enculés allaient pouvoir la mater jusqu'à plus soif et j'en étais malade à l'avance, encore plus que pour moi, et on s'est donc déshabillés complètement pour s'allonger sur nos serviettes, au début j'étais un peu aux aguets et puis en fait personne ne faisait attention et petit à petit je me suis laissé aller, les rayons du soleil me brûlant la peau tellement fort qu'au bout d'un moment j'ai dit tu viens, on va se baigner et tout compte fait d'être sans maillot était extrêmement agréable, les vagues étaient énormes, avec plein d'écume blanche qui déferlait et on est restés au bord à faire les cons, à plonger et à se laisser entraîner par le courant, de la voir gesticuler au milieu des éclats de lumière qui se reflétaient sur la surface de l'eau faisait comme une vision de paradis et tout le reste était oublié, les embouteillages, et surtout l'horrible stoppeur et mon souvenir de la vieille, c'est extra disait Marie-Pierre, je l'ai prise dans mes bras, toujours bousculés par la force du ressac, et on a chahuté encore un long moment, elle enlacée autour de moi et quand on a eu trop froid on est sortis, c'était plus que génial de se remettre au soleil, tout glacés sur le sable et de sentir les gouttes d'eau s'évaporer au fur et à mesure, une fois secs on s'est passé de la crème un peu partout, surtout partout d'ailleurs et si on n'avait pas été au plein milieu de la plage c'était net comment ça allait finir, mais elle a minaudé, non, pas là, il y a des gens, alors qu'à bien y regarder il y avait plusieurs couples qui ne s'embêtaient pas dans les environs, le soir au restaurant on était tellement rouges que le serveur nous a pris pour des Allemands et après par une chance inouïe il restait une chambre dans l'hôtel au-dessus, une chambre super-mignonne avec un grand lit et un édredon dessus et même s'il faisait trop chaud pour le mettre c'était quand même signe d'un endroit douillet et confortable, nos coups de soleil rendaient tout contact difficile, ajoutés au vin et au bain de mer on était dans un état quasi second mais on a malgré tout fait l'amour, pas très longtemps mais de façon délicate, en faisant ouille et aïe à chaque frottement douloureux, en m'endormant la dernière image que j'ai eue c'est le dingo faisant du stop mais j'en avais vraiment rien à foutre.

Le lendemain il pleuvait et c'était un plaisir d'être sous les draps bien nichés à écouter le bruit des gouttes sur les tuiles du toit, si j'avais pu je crois que je ne serais pas parti, qu'on serait restés des jours et des jours, juste tous les deux, à roupiller, se papouiller, faire un peu de plage et puis manger, mais même si rien ne m'y obligeait maintenant on avait dit oui et c'était gênant vis-à-vis de Bruno et Patricia, je crois qu'ils avaient refusé d'autres amis pour qu'on puisse venir et donc après déjeuner on s'est remis en chemin.

Le vent s'était levé, les K-Way avaient remplacé les maillots de bain et on entendait le tonnerre au loin. Je ne sais pas ce que faisaient les gens en vacances quand il pleuvait, peut-être qu'ils ne faisaient rien, qu'ils attendaient que ça se passe, comme des débiles devant leur télé. Tu veux pas qu'on aille à la plage avant de partir a proposé Marie-Pierre, j'adore quand c'est la tempête, juste devant la voiture je l'ai embrassée, un vrai baiser comme au cinéma, et des enfants en passant ont dit hou la menteuse, elle est amoureuse, et elle a rigolé, tiens, je me demande comment vous avez deviné, à ce moment si j'avais eu à choisir entre ma réserve de thunes et elle je n'aurais pas hésité une seconde.

Le vent soufflait tellement fort qu'on devait marcher à reculons, appuyés sur la tornade, au milieu des paquets de sable qui voltigeaient et venaient nous fouetter, tu te rappelles c'est comme à Étretat, et j'ai dit oui, je préparais ma phrase depuis tout à l'heure et même j'y avais déjà réfléchi le matin, je me suis lancé, qu'est-ce que t'en penserais si on se mariait vraiment, entre le bruit des vagues et le hurlement de la tempête j'avais dû crier et elle a répondu je sais pas, pourquoi pas, juste quand il y avait une accalmie dans la violence des éléments, un rayon de lumière a filtré entre les nuages et une phrase m'a traversé l'esprit, une phrase bizarre, *le doigt de Dieu dans un ciel tout blanc*, j'ai insisté, c'est vrai, tu serais d'accord pendant qu'elle souriait, je pense que oui, je pense que rien ne s'y oppose, et elle a ajouté à la condition que tu sois gentil, et on est partis en courant, de grosses gouttes commençaient à tomber, l'orage éclatait et tout en galopant je lui ai promis, bien sûr, les fois où je me suis énervé ça n'arrivera plus, alors qu'en même temps résonnait à mon oreille une voix que je connaissais, déplaisante, la voix du blondin de l'autoroute, le doigt de Dieu dans un ciel tout blanc mes couilles oui, le doigt de Dieu dans une mare de sang c'est plutôt ça la vérité, mais j'ai fait semblant de rien, on s'est réfugiés sous les arbres et après le voyage a été idyllique, toutes nos conversations roulant sur le mariage et comment et où ça allait se passer, sans que je puisse me défaire malgré tout du même sentiment étrange, que toute cette mise en scène ne servirait à rien, et que si vraiment je m'étais écouté on se serait mariés tout de suite, rien que nous deux et des témoins ramassés dans la rue, dans la première église de village venue, mais je n'ai pas osé le proposer, et on a continué à faire des plans jusqu'à ce que je sois trop fatigué pour conduire et qu'on soit obligés de s'arrêter.

***

Architecturalement le cap d'Agde avait de quoi surprendre, on m'avait tellement dit tu verras c'est super que je m'attendais je sais pas trop à quoi mais pas à toutes ces constructions modernes, on aurait dit des cités en juste un peu mieux.

Bruno et Patricia n'étaient pas là mais ils avaient laissé un mot, on revient vers midi, si bien qu'on a eu le temps de faire un tour, sans oser se déshabiller, sur la plage ou dans l'eau c'est une chose mais là se promener comme si de rien n'était au milieu de la rue et des voitures les fesses à l'air je ne m'y voyais pas trop, heureusement encore qu'il y avait quelques personnes en short sinon on aurait eu l'air malin.

– Ça fait quand même bizarre, a dit Marie-Pierre, je ne pensais pas que c'était à ce point-là.

De partout des gens sortaient nus, en vélo, dans les magasins, bronzés avec leur truc apparent et j'essayais de prendre un ton désinvolte, c'est normal, c'est une façon de voir les choses, c'est des naturistes, au fond de moi j'étais gêné et un peu choqué. En revenant de notre exploration, à dire vrai assez succincte, ce n'était pas immense, Bruno et Patricia remontaient de la plage, tout nus aussi et je n'ai pas pu m'en empêcher, j'ai jeté un petit coup d'œil rapide, sa bite était plutôt pas mal, plus grosse que la mienne, on s'est embrassés, super, vous êtes là depuis longtemps, merde qu'est-ce que vous êtes bronzés et immédiatement après mais vous devez crever de chaud avec tous ces vêtements, vous allez voir comment on est bien, tout en montant dans l'ascenseur, d'autres personnes allaient au même étage, moi serré entre un vieux et sa femme, sans être méchant on aurait dit des singes, avec juste leurs sacs de plage, c'était complètement incongru, cinq minutes plus tard j'étais sur la terrasse, dans le plus simple appareil, mes fesses collant au plastique des fauteuils, pendant que Marie-Pierre aidait Patricia à préparer une salade, génial non disait Bruno, les terrasses étaient légèrement en espalier et donnaient directement sur la mer et le soleil et hormis le fait que je ne me sentais pas très à l'aise c'est vrai que c'était pas mal.

Les jours suivants à part manger, dormir et se prélasser sur la plage on n'a pas débordé d'activité, dès le lendemain j'avais surmonté mon petit handicap, je sortais habillé, certes, mais dès que l'occasion s'en faisait sentir, crac, boum, j'enlevais le bas, et dans le fond c'était plutôt sympa de se voir bronzé intégral, de ma vie c'était la première fois que ça m'arrivait, on avait loué des matelas à la semaine dans le carré VIP et le plus gros effort que j'avais à fournir était de me traîner jusqu'à l'eau toutes les demi-heures tellement le soleil tapait, et de me laisser passer de la crème par les filles, vers quatre heures s'organisait le débat de fond pour savoir si on faisait restau ou pas restau, Patricia disait j'en ai marre de faire les courses et Bruno putain ça nous coûte une fortune tes sorties, mais invariablement on finissait par manger dehors, dans une des brasseries du centre naturiste, effectivement coûteuse et pas très bonne, mais après les trois Ricard de l'apéro et la bouteille de rosé personne ne s'en plaignait, c'était les vacances, non, là était l'important.

A l'appartement Bruno et Patricia nous avaient laissé la banquette dans la pièce, eux avaient rapproché les deux lits simples dans la chambre, en tout ce n'était pas immense, mais avec la terrasse en plus largement suffisant pour notre petit séjour, de vivre à poil dans le même espace nous donnait une sorte d'intimité forcée, le soir on entendait tout ce qui se passait, et par moments entre les voisins qui se la donnaient à fond la fenêtre ouverte et Bruno et Patricia on était comme en stéréo, aaaahh, ooohhoo, à tous les étages, Marie-Pierre avait ses règles et pour moi ce n'était pas très marrant, d'ailleurs Bruno avait dû s'en rendre compte parce qu'un matin où on était tout seuls vautrés sur nos matelas il s'était inquiété, mais dis donc vous baisez pas avec Marie-Pierre, qu'est-ce qu'il se passe, et j'avais expliqué la situation, mince il avait admis, c'est terrible, Patricia je la baise même quand elle a ses règles, ah j'avais dit, personnellement je trouvais ça un peu dégoûtant, s'est ensuivie une fois de plus toute une discussion sur le sujet, pour le cul on pouvait lui faire confiance, il était intarissable, vraiment il n'en revenait pas que je n'aie jamais eu l'idée, mais en plus de nous entendre baiser tu dois être dingue, il paraissait sincèrement désolé, tu veux dormir avec Patricia ce soir, tu veux que j'arrange ça ? Pardon j'avais fait, pas très sûr d'avoir bien entendu, qu'est-ce que t'as dit ? Mais c'était bien ça, il insistait, faut que Patricia s'occupe de toi, je ne sais pas comment tu fais, tu vas devenir cinglé si on ne met pas quelque chose en place, et j'étais réellement abasourdi, ça ne te ferait rien si je faisais l'amour avec ta femme, mais lui, désinvolte et comme si c'était la chose la plus naturelle du monde, bien sûr que non, d'ailleurs tu l'as déjà fait et on n'est pas morts, ni moi ni elle. Un long silence s'est ensuivi, derrière ses lunettes je ne voyais pas ses yeux mais c'était étrange de découvrir d'un seul coup un aspect totalement inédit de quelqu'un dont vous aviez jusqu'ici une image précise et, à tort semble-t-il, plutôt juste, Bruno c'était le gars sympa, un peu fils à papa mais débrouillard quand même, pas complètement couillon mais j'avais toujours pensé qu'à côté de moi il ne faisait pas le poids, après ce qu'il venait de dire je me sentais désarmé et légèrement imbécile, gêné comme un gamin pris en faute.

– Elle te l'a dit ?

– Bien sûr.

Il souriait, si je devais flipper à chaque fois que Patricia s'envoie en l'air, j'aurais pas fini. Je n'ai pas répondu, c'est lui qui a poursuivi, mais tu sais qu'on est dans un endroit spécial ici, il se passe plein de choses incroyables.

– Quel genre ? j'ai demandé, d'un seul coup pas très à mon aise.

Dans le reflet de ses lunettes une jeune fille s'entraînait à la planche à voile, sans grand succès, malgré tous ses efforts elle repartait en arrière et tombait à l'eau, les poils de son sexe débordant en longues traînées sur le haut de ses cuisses, j'ai pensé qu'elle n'avait pas dû s'épiler.

– Plutôt genre hot.

Et on en est restés là, les filles arrivaient, regarde ce qu'on s'est acheté, Marie-Pierre arborait une robe entièrement transparente et Patricia la même chose en version short, genre hot je ne tenais pas trop à creuser la question et il s'est passé plusieurs jours avant que l'occasion se présente d'approfondir, mais la discussion avait dû donner le signal du démarrage car d'un coup tout semblait prétexte à évoquer les choses du sexe, Patricia avait mis la main sur une collection d'*Union* dans le placard de l'entrée, certainement que les propriétaires n'étaient pas du genre à s'ennuyer et c'était un plaisir de descendre à la plage, chacun sa petite provision de distractions, attends fais voir celui-là je l'ai pas lu, ce qu'on trouvait dans le courrier des lecteurs dépassait l'entendement, les histoires étaient plutôt amusantes et il faut bien le dire assez excitantes mais aussi souvent vraiment scabreuses et difficilement crédibles, à deux, trois, quatre, et même avec une foule, ou des animaux, un dauphin, vingt-sept déchaînés un soir de printemps dans le bois de Boulogne, par derrière évidemment, et Bruno était formel, c'est le courrier d'*Union*, rien n'est inventé, tout est vrai, maintenant on ne parlait plus que de ça, des bizarreries et fantaisies sexuelles, il avait une façon de dire les choses, je te jure que beaucoup de femmes se font lécher par leur chien, c'est très courant, entre ses histoires abracadabrantes, les corps nus qu'on croisait partout et le courrier des lecteurs le soir j'étais dans un état second, Marie-Pierre s'était endormie, elle avait toujours ses règles mais demain promis c'était bon, en attendant j'étais allé me branler une fois, puis une deuxième, ooohhooo faisait Patricia derrière la cloison, je regrettais la proposition de Bruno et en même temps j'avais tout bien lu les articles de long en large, cela portait un nom précis, l'échangisme, je le voyais venir gros comme une maison, il allait pas me faire croquer gratos, depuis le début les regards qu'il lançait à Marie-Pierre étaient sans ambiguïté et ça il n'en était pas question. La nuit j'ai fait tout un tas de rêves horribles où Marie-Pierre et moi rentrions dans une grande salle, genre salle de bal, une vieille affreuse sur une estrade faisait tourner une roue de loterie, comme à la foire du Trône, et chacun gagnait un petit animal en peluche et après ceux qui avaient le même formaient des couples et disparaissaient ensemble derrière l'estrade, à travers une porte en toile, dans mon rêve je me retrouvais seul au milieu de la foule clairsemée, une angoisse terrible m'étreignait, j'essayais de m'approcher mais impossible, les contours de la porte s'estompaient tandis que des feulements de bêtes s'échappaient de sous la toile, comme si on était dans la ménagerie d'un cirque, la vieille se mettait à rire et toutes les lumières de la loterie clignotaient en même temps « C'est fini » venant s'inscrire au-dessus, comme un light show sinistre, en me réveillant je transpirais tellement que j'ai dû me lever et faire quelques pas sur la terrasse, pas besoin d'être docteur Freud pour se la donner d'à quoi correspondait mon songe.

– Qu'est-ce que tu fais ?

Le ciel était voilé et on ne voyait pas les étoiles, adossée à la fenêtre Patricia me souriait, il fait chaud, je n'arrive pas à dormir. Elle s'est approchée de moi, la luminosité de la lune entre deux nuages se reflétait dans la mer, elle était si près que je pouvais sentir son odeur. A quoi tu penses elle a demandé en chuchotant, alors que je ne pensais à rien, je bandais comme un fou sans pouvoir rien contrôler, tous ces jours à ne parler que de cul et à les entendre baiser, nu en permanence, j'étais plus en état de penser à quoi que ce soit, sa main est venue m'enserrer et elle m'a branlé doucement, en continuant à parler, tu crois qu'il va faire beau demain, on dirait qu'il va y avoir de l'orage, son autre main descendait le long de mon dos, tout ça aussi naturellement que si elle m'avait tendu l'assiette de cacahuètes avant l'apéritif, elle a serré plus fort, j'ai senti ses ongles sur mes fesses et brusquement elle m'a enfoncé un doigt dans le cul, en arrêtant son va-et-vient pour concentrer sa pression à la base de ma bite, me laissant tout au bord de l'explosion, un bruit m'a fait tourner la tête et Marie-Pierre comme dans un rêve s'est avancée vers nous, l'air pas très bien réveillée et après, chose incroyable, Patricia la caressait et lui embrassait les seins tout en me poussant vers elle, et nous avons fait l'amour les trois ensemble, sur la terrasse face au jour qui se levait, un moment Patricia a dit prends-la et j'ai voulu la pénétrer mais Marie-Pierre s'est excusée, attends, il faut que j'enlève mon tampon et je l'ai baisée appuyée contre la balustrade pendant que Patricia nous excitait tous les deux, sa langue montait et se faufilait indifféremment sur elle et sur moi, j'ai senti Marie-Pierre jouir sans retenue juste quand Patricia glissait les doigts dans sa chatte et nous les faisait lécher, d'une manière presque obscène mais en même temps c'était extraordinaire et je me suis aussi laissé aller, Marie-Pierre gémissait toujours et dans les yeux de Patricia brillait une lueur d'amusement, alors les tourtereaux, c'est pas si mal l'amour à plusieurs, Marie-Pierre a souri, vraiment c'est malin et moi franchement je ne savais pas quoi en penser, en même temps j'avais trouvé ça génial et aussi j'étais un peu mal à l'aise. Bruno ronflait toujours, on est descendus petit déjeuner en bas, le café venait d'ouvrir et les croissants étaient encore chauds, ça va j'ai demandé pendant que Patricia allait acheter les journaux, et elle a dit oui, ça va, en me prenant la main, toute la journée je n'ai fait que retourner ce qu'il s'était passé dans tous les sens, ce que ça voulait dire et si c'était normal, sans pouvoir donner de réponse précise et définitive, après tout d'après ce que j'avais compris ici c'était monnaie courante et personne ne semblait s'en porter plus mal. Un peu plus tard dans la journée j'en avais parlé avec Bruno, maintenant il était vert d'avoir loupé le coche, vous êtes pas sympa, vous auriez pu me réveiller, mais lui avait tendance à me rassurer, au début bien sûr ça fait bizarre mais si tu réfléchis deux minutes ce que tu as peur que l'autre fasse c'est ce que tu es le premier à commettre, et l'important c'est le plaisir qu'on prend, ce qui est moche c'est quand c'est caché.

L'après-midi du coup il avait profité que les filles étaient écroulées sans la moindre envie de bouger pour m'emmener à l'autre bout de la plage, tu vas voir, c'est un spectacle surprenant, et effectivement une fois qu'on passait le camping et la petite buvette servant de QG aux pédés il y avait une drôle d'activité dans les dunes et les bosquets, ce qu'il faut c'est attendre un peu, en général on n'est pas déçu. Des hommes se promenaient çà et là, leur tête apparaissant au gré des accidents du terrain, c'est pas compliqué a repris Bruno, il suffit de suivre le mouvement, dès qu'il se passe quelque chose tu les vois tous converger comme des assoiffés. Je n'ai pas eu le temps de répondre, visiblement un truc démarrait plus loin parce que de partout des hommes accouraient, avec leur bob sur la tête et leur bite pendouillante, une fois un copain m'avait traîné porte Dauphine et c'était exactement le même genre d'ambiance, à la différence qu'à Paris personne n'était à poil sous un soleil brûlant, au milieu de dunes qui faisaient ressembler tout ça à la séquence d'un film d'anticipation sur l'arrivée des envahisseurs. On a suivi le mouvement, une femme seule s'engageait dans le no man's land, nue bien sûr, à l'exception d'une fine chaîne dorée autour de sa taille, le troupeau trottinant derrière elle, un mec a dû lui parler parce qu'elle a accéléré l'allure, de loin elle n'était pas si mal, trente-cinq, quarante ans, les cheveux décolorés, exactement dans la moyenne de la partouzeuse de base a fait remarquer Bruno, elle a stoppé près d'un bosquet de bambous et les agapes ont commencé. Deux hommes sont sortis du rang, le premier a posé sa main sur l'épaule de la femme, elle souriait, et trois secondes plus tard il n'y avait plus qu'une masse grouillante s'affairant en silence, d'où j'étais je voyais les fesses des mâles onduler et se frotter, toutes à leur plaisir, Bruno avait disparu au milieu et j'ai quand même avancé un peu pour me rendre compte, doucement disait la femme, soyez plus doux, vous me faites mal, pendant qu'un mec arrivait et fendait la foule et la faisait mettre à genoux pour qu'elle le suce, Bruno était baissé et la caressait par-derrière tout en se branlant de l'autre main, je commençais à être excité moi aussi.

– Pourquoi t'as pas participé ? m'a demandé mon camarade alors qu'on repartait, fallait venir.

Un peu devant nous la femme traversait le camping, bras dessus bras dessous avec celui qui s'était fait faire une pipe, en fait c'était son mari, et j'ai dit à Bruno, tu sais je suis quand même un peu surpris. Lui avait joui sur ses seins apparemment sans le moindre complexe.

De retour aux matelas on a évidemment raconté notre aventure, il s'en passe de belles là-bas, Patricia n'avait pas l'air trop surprise mais Marie-Pierre était pas mal interloquée, elle y a été toute seule ? toute seule avec les satyres qui la tripotaient ? et j'étais content qu'elle réagisse comme ça, restait quelque chose en suspens qui me tracassait beaucoup, c'était elle avec Bruno, après notre petit divertissement de la nuit précédente c'était évident comme une maison qu'il suffisait d'un rien pour que les fantasmes deviennent réalité, et évidemment bien sûr que c'était excitant de se boutiquer à quarante mille dans toutes les positions, il n'empêche qu'il y avait aussi un autre aspect des choses, ma copine est une super-salope et ça c'était beaucoup moins plaisant.

Les jours suivants je ne pensais qu'à ça, c'était dans l'air, flottant autour du moindre de nos gestes, le pire était quand on allait se baigner, de le voir enlacer Marie-Pierre et la faire couler j'en étais malade, mais je m'obligeais à garder le sourire, c'était un événement devant subvenir contre lequel je ne pouvais rien, il allait la baiser, avec mon assentiment, et je m'en sentais à l'avance comme mortifié et stupéfait tout à la fois, deux jours se sont encore passés avant le moment fatal et un soir après le dîner, il avait fait une chaleur à crever, Bruno a dit je retourne à l'eau, et Marie-Pierre l'a accompagné, moi j'ai dit non, ça va, merci, je préfère rester, j'étais calme et détendu, c'était Bruno qui avait raison, tout cela n'avait pas une grande importance, mais sitôt qu'ils ont été partis c'est l'inverse qui s'imposait à moi, j'ai failli descendre pour les rattraper mais je ne l'ai pas fait, Patricia finissait d'enfourner les assiettes dans le lave-vaisselle, je me suis avancé sur la terrasse et j'ai scruté la nuit devant moi, à la recherche de leurs deux silhouettes s'ébattant dans l'eau, sans les voir d'abord et puis petit à petit j'ai cru entendre Marie-Pierre crier et j'ai pensé mon Dieu elle ne veut pas et cet enculé essaie de la violer mais les formes se sont rapprochées et c'était juste des enfants, je reviens j'ai dit à Patricia, je descends cinq minutes, j'ai dévalé les escaliers sans attendre l'ascenseur, sur la plage on ne voyait rien sauf des jeunes assis qui discutaient et j'ai marché un long moment avant de les distinguer, sortant de l'eau et rigolant, Bruno la tenait par la main et ils se sont embrassés longuement, le salopard lui roulait une pelle, avant de la pousser vers le truc servant à délimiter la zone avec matelas, il s'est assis et elle l'a rejoint à califourchon, han, d'où j'étais c'est comme si un coup de poignard m'avait transpercé et que la nuit et le désespoir fondaient sur moi alors que merde, c'est vrai que ce n'était pas la fin du monde, j'ai tenu encore cinq minutes, la veille encore on avait eu une discussion sur la jalousie, comment c'était idiot et bête, mais j'ai fini par m'approcher, l'eau était bonne ? ça va ? En m'entendant Marie-Pierre s'est détachée de lui et je me suis demandé si ça allait être pareil maintenant, on a parlé cinq minutes, de tout et de rien, et on est remontés à l'appartement, l'un derrière l'autre, dans l'entrée de l'immeuble j'ai allumé la minuterie, le sperme de Bruno avait coulé sur la cuisse de Marie-Pierre et commencé à sécher, alors s'est inquiétée Patricia avec un petit sourire c'était bon, l'eau était bonne et Bruno a répondu décidément la température de l'eau vous préoccupe ce soir et il s'est fait un rail de coke en allumant la télé, Marie-Pierre a disparu dans la salle de bains, à son retour elle est venue se pelotonner contre moi, tu m'aimes, et j'ai dit évidemment, bien sûr, en l'embrassant doucement sur le front, je n'arrivais pas à comprendre comment j'avais pu me laisser embarquer dans toute cette histoire, et d'un autre côté qu'est-ce que j'y pouvais aussi, tout le monde a envie de baiser, c'est pas d'aujourd'hui, dans le film un flic prenait un mec en stop et j'ai repensé au gars bizarre qu'on avait pris sur l'aire d'autoroute, j'avais l'impression d'entendre sa voix, c'est quand nos actes perdent leur sens que nous sombrons dans la folie, nous avons la capacité de nommer les choses et de leur attribuer une signification mais avons-nous toujours les éléments pour cela, la signification de ce qui s'était passé ce soir, j'aurais été curieux de la connaître. Tu crains disait Patricia dans la chambre que tu fasses l'amour avec elle je m'en fiche mais que tu ne mettes pas de préservatif je trouve ça stupide.

***

Le lendemain des amis de Patricia nous on rejoints, c'était plus ou moins prévu qu'on s'en aille quand ils arrivent, mais tout le monde a insisté pour qu'on reste, non, c'est idiot, on va trouver une solution, le couple était plus âgé que nous, dans les quarante ans et la femme était belle à couper le souffle, avec plein de cheveux gris, bronzée, des seins super et des grands yeux, et peut-être à cause de ça j'ai dit oui, bon, d'accord, on peut encore rester quelques jours, Marie-Pierre était partante aussi, vu la chaleur ce n'était pas gênant de dormir sur la terrasse. Au début j'avais tendance à les vouvoyer mais l'atmosphère s'est très vite détendue, elle avait une façon de lancer des discussions qui tombaient pile dans plein de questions que je me posais en ce moment, par rapport à Marie-Pierre, à ce qu'on devait faire, l'histoire avec Bruno me turlupinait pas mal et comme par hasard le soir tout le dîner s'est enclenché là-dessus, mais pas de la même manière qu'avec nos deux compères, elle replaçait les relations hommes-femmes dans leur contexte en fonction de l'époque et de la civilisation, c'était passionnant de l'écouter retracer les formes multiples qu'avaient pu emprunter les rapports humains à travers les siècles, elle expliquait les choses de telle manière que même si on n'y connaissait rien on se sentait quand même intéressé et très au fait du propos, elle citait plein d'exemples, certains Sumériens n'avaient pas de femme attitrée mais honoraient leurs maîtresses à tour de rôle, pour ne pas être dérangés ils abandonnaient leur bouclier à la porte de manière à ce qu'un autre ne vienne pas s'immiscer dans leurs ébats, et au IVe siècle après Jésus-Christ une secte se réclamant de sa doctrine avait instauré un mode de sexualité totalement libre, alors que dans la Grèce antique il était courant pour un jeune garçon d'être sodomisé par un ancien, et que dire plus près de nous de la polygamie africaine ou des relations échangistes dans nos sociétés modernes, en fait il n'y avait pas de règle universelle et tout ça avait énormément varié au fil du temps, le seul tabou que l'on retrouvait partout était l'inceste, d'après Lévi-Strauss c'était la base de la civilisation, en sacrifiant une de mes femmes à l'autre et en acceptant de procréer avec une étrangère je créais la dynamique nécessaire à l'expansion de ma famille, Marie-Pierre en était médusée, c'est vrai que quand on y réfléchit ça semble logique, et puis sans cause apparente la discussion a dérivé sur les vies antérieures, et je dois avouer que ce n'était pas le genre de sujet qui me captivait d'habitude mais Sarah était tellement convaincante que je me suis laissé prendre à ses arguments, elle-même avait déjà revécu plusieurs vies dans des séminaires exprès pour ça, dans l'une des dernières elle était une putain et son existence entière avait été un cauchemar voué au sexe alors qu'elle détestait ça, ceci explique pourquoi j'ai mis si longtemps avant de pouvoir faire des fellations. Mais dans quel but renaît-on ? a demandé Marie-Pierre. Pour progresser a répondu catégoriquement Joseph, le compagnon de Sarah, jusqu'ici on ne l'avait pas tellement entendu, nous sommes sur terre pour progresser et pour apprendre, de la même manière qu'à l'école nous passons de classe en classe nos vies sont des paliers nécessaires à notre évolution. Un silence a accueilli sa déclaration, Bruno a disparu dans la salle de bains, à mon avis pour se faire une ligne en douce, je ne pense pas que Sarah et Joseph étaient trop le genre cocaïne. Mais pourquoi autant d'inégalités, c'est quand même pas très juste tous les gens qui naissent avec rien et les autres blindés d'oseille ? Sarah m'a regardé, Joseph aussi, je pourrais vous répondre que les voies du Seigneur sont impénétrables mais sincèrement, il a mis la main sur son cœur, je suis persuadé du contraire, qu'il y a une justice et une logique à nos existences, nous choisissons nos vies et nous les méritons selon notre stade de développement et nos actions passées. Ah oui a dit Bruno revenant de la salle de bains, je ne m'étais pas trompé, il avait encore une légère trace de poudre accrochée aux poils de sa narine, j'ai tout de même du mal à croire qu'il y en ait qui choisissent d'être clochards ou toxicos.

Après manger on a tiré les matelas et tout naturellement, comme si c'était une chose entendue et parfaitement normale, Patricia et Sarah se sont mises à faire l'amour, et tout genre gourou qu'il était visiblement Joseph n'avait pas fait vœu d'abstinence parce qu'il les a vite rejointes, et quand Sarah a dit vous n'allez pas rester là à nous regarder, c'est trop bête je savais déjà comment ça allait se passer et dans le fond ce n'était pas si désagréable que ça, plus tard j'ai pensé cette femme est incroyable, c'est comme d'aimer une magicienne de l'ancien temps, on leur avait laissé notre lit et au moment de fermer les yeux et de m'endormir il y avait plein d'étoiles dans le ciel, Marie-Pierre s'était blottie contre moi, je me suis senti incroyablement détendu, toutes les tensions des derniers jours s'étaient envolées et le sommeil m'a pris en une seconde, j'avais sur moi encore l'odeur de Sarah et le goût de ses lèvres, le matin en me réveillant la première réflexion qui m'a traversé l'esprit c'est bien sûr c'est parfait, c'est les vacances, mais je gagne pas une thune, je fais qu'en dépenser et immédiatement après se sont télescopées les explications de Joseph sur les vies antérieures et le fait que l'on choisissait nos vies, ça m'a rappelé ce qu'avait dit un copain à moi à son juge d'instruction, mais monsieur une racaille il en faut une, sinon des juges il n'y en aurait pas et vous seriez au chômage et vous pensez bien que si j'avais pu devenir magistrat j'aurais pas fait braqueur.

On a petit déjeuné tous ensemble, pour moi sentir l'odeur du café, alors que pourtant je n'aimais pas ça, associée à la présence de Sarah c'était à la fois rassurant et apaisant, on a passé notre journée à la plage, le soir on a été en boîte, pas celle d'échangistes, celle-là à part Bruno personne ne tenait trop à y aller, et en moins d'une minute j'étais au milieu d'un troupeau d'adolescents bronzés, tous à leur avantage, en train de faire houhou-houhou et huhuhuhu et d'autres paroles en même temps que le disque, incompréhensibles pour moi, j'avais les jambes lourdes et je venais de manger, à ma grande surprise Marie-Pierre paraissait comme un poisson dans l'eau, houhouhou et huhuhu et Patricia et Sarah aussi, et le pire c'est que même Bruno s'en tirait honorablement, tandis que je peinais tel un babouin mal à l'aise et tétanisé, exactement comme dans un sketch comique où le mec se trémoussait lamentablement, maintenant tout le monde hurlait et agitait les bras en l'air, bon Dieu Sarah était parfaitement dans le ton et un connard enlaçait Marie-Pierre, houhouhou, huhuhu, houhouhou, alors que la fille devant moi trouvant sans doute que je la collais trop me balançait un super-coup de coude, j'ai fendu la foule jusqu'à Marie-Pierre que le crétin venait de lâcher et je l'ai entourée de mes bras, houhou et huhu, et là je n'en ai pas cru mes yeux, le connard est revenu à la charge, m'a écarté et m'a dit tu permets, Patricia était pliée, j'ai hoché la tête, elle s'est approchée de moi, ce soir je crois que c'est pas ton soir, je suis allé rejoindre Joseph qui nous regardait en sirotant un jus de fruits, c'est dingue j'ai dit, comme rythme c'est complètement à contretemps. Perdue dans la masse Patricia relevait sensiblement sa robe et mimait avec Sarah les pires folies, il faisait une chaleur à crever et d'un seul coup la robe a volé jusqu'à la chaise, yeeea a crié le gars dans le micro, après tout on était dans un club naturiste, en moins d'une minute ils étaient presque tous nus, c'est le connard qui s'est chargé de déshabiller Marie-Pierre, et les voilà en train de faire la chenille, les mains de l'ordure enserrant les hanches de ma femme, mais vas-y enculé je n'ai pas pu m'empêcher de m'exclamer, fais comme chez toi, nique-la par-derrière, il a dû sentir que je le regardais parce que son regard s'est tourné et il m'a souri, d'une manière nette et précise sur ce que ça voulait dire, pauvre con, si bien que quand ma tête lui a fracassé le nez il était déjà trop tard pour réagir mais il avait l'air de savoir se battre parce qu'il s'est relevé et s'est mis en garde, j'ai dû l'achever d'un grand coup de pied dans les couilles, vu qu'il était à poil ça n'a pas été très dur, la musique s'est arrêtée, Marie-Pierre m'a regardé et j'ai dit je suis désolé mais merde c'était trop et je suis sorti de la boîte sans que personne ne songe à m'arrêter.

Tout ce qui s'était passé ces derniers temps, les doutes que j'avais eus et elle baisant avec Bruno, maintenant je le voyais comme une sorte de porc, des images de nous avec Sarah et Joseph me revenaient, mais comment avais-je pu laisser faire ça? Un groupe de mecs venait à ma rencontre, celui sur ma gauche m'a bousculé et je l'ai repoussé, jamais tu t'excuses enfoiré, le mec m'a mis illico un pain, pendant que ses potes me tombaient dessus, ils devaient faire de la boxe thaï, en trois secondes j'étais par terre explosé, avant de perdre conscience j'ai pensé c'est la deuxième fois en moins d'un mois que je me fais casser la tête, c'est pas possible.

Quand j'ai réintégré l'appartement il était trois heures du matin et tout le monde m'attendait avec des mines de circonstance assis en rond sur la terrasse, j'ai dû m'asseoir et refaire un effort énorme pour me contenir, seul Bruno m'a fait un petit clin d'œil. Ne penses-tu pas qu'il vaudrait mieux exprimer tout ça d'une autre manière m'a demandé Joseph et j'ai failli lui répondre de quoi tu te mêles mon gros, c'est pas ta femme qui faisait la chenille avec l'autre nullard, mais je me suis abstenu et j'ai joué le jeu, oui, tu as certainement raison, alors que des bouffées de colère me parcouraient des pieds à la tête, tu as le droit d'être jaloux a dit Sarah, mais il est aussi légitime pour Marie-Pierre de vouloir posséder son propre espace. Peut-être pourriez-vous vous mettre face à face et vous parler a dit Joseph. Sur la terrasse à côté nos voisins commençaient à baiser, en son et lumière évidemment, l'homme avait une voix un peu criarde, on l'a entendu dire tu veux que je te bouffe la chatte, ce qui a fait rire Bruno mais pas les autres, j'avais l'impression d'être au tribunal, Marie-Pierre a dit j'en ai marre que tu sois jaloux, j'ai répondu oui, je comprends, tout en pensant moi j'en ai marre que tu te conduises comme une salope.

Crois-tu que l'on puisse être propriétaire du corps de l'autre a demandé Joseph ? Qu'est-ce que je pouvais répondre, dans le cas de Marie-Pierre c'est vrai que je me sentais un tout petit peu prioritaire par rapport à d'autres, merde, sans moi c'était évident qu'elle ne serait pas en train de se faire bronzer les nichons sur des matelas à soixante-dix francs la journée, c'était quand même la moindre des choses qu'elle se conduise correctement, mais visiblement ce n'est pas ce qu'il voulait entendre. Il a reposé sa question, penses-tu qu'une personne, que le corps d'une personne soit quelque chose que l'on puisse acquérir, posséder ? Bruno l'a coupé, il est pas sourd, tu viens de lui demander, et Joseph a eu un geste de la main, agacé et ferme, attends Bruno, c'est important. Non j'ai dit, bien sûr, mais de la voir avec d'autres mecs ça me rend dingue, je ne crois pas que ce soit très extraordinaire. Effectivement a convenu Joseph, la jalousie est une maladie couramment répandue, comment cela se passait-il chez toi, entre tes parents, ton père était jaloux de ta mère ? De nouveau je me sentais comme ailleurs, quelques mètres au-dessus, sans angoisse ni tension particulière. Pas franchement, j'ai pourtant répondu, mon père a laissé ma mère et après elle est décédée, ils auraient eu du mal à être jaloux. Joseph a hoché la tête, genre effectivement je comprends mieux et Marie-Pierre a fait tu ne m'avais jamais raconté ça. Je me suis passé les mains sur les yeux, un des coups que je m'étais pris sur la tête me faisait mal, on pourrait peut-être continuer demain, il est tard et je suis fatigué, mais Joseph a enfoncé le clou, tu as souvent peur de perdre quelque chose, et là je l'ai regardé bien droit dans les yeux et je lui ai redit un peu plus fermement, c'est bon maintenant, mes vieux ils sont bien où ils sont, ils font chier personne, c'est pas la peine d'aller les déranger, moi je me couche, ce qui a clos la discussion.

La nuit j'ai dormi d'un sommeil sans rêve, quand je me suis réveillé tout le monde dormait encore, si bien que je suis descendu tranquillement petit déjeuner, tout seul, il était temps de faire le point, ce n'était pas possible d'avoir des gens comme ça s'immisçant dans notre vie privée, et puis j'en avais marre des nudistes, à poil sur une plage d'accord, mais là on ne pouvait pas tourner la tête sans voir un morceau de chair flasque ou des fesses écrasées sur la selle d'un vélo, et j'avais envie de voir des vagues, la Méditerranée on peut dire ce qu'on veut mais c'est plat et ennuyeux comme la surface d'un lac. Fais ton sac j'ai annoncé en remontant, on s'en va, et à midi on était dans la voiture, sans direction précise mais en tout cas le cap d'Agde c'était terminé. Au moment de partir l'ambiance était un peu morose, bon a dit Bruno, on se retrouve au bureau, pour montrer que je n'étais pas fâché ni rien je lui ai glissé un peu de la coke qui me restait, j'ai fait la bise aux autres, à Patricia et à Sarah, et en serrant la main de Joseph sans savoir pourquoi j'ai dit en tout cas bonne chance et il m'a percé d'un long regard, c'est plutôt à toi qu'il faudrait dire ça, de la chance je crois que tu en auras besoin, et j'avais fait oui, c'est ça, au revoir, sans pouvoir m'empêcher de penser connard tu vas me foutre la poisse, et en démarrant j'avais un mauvais pressentiment.

– Ce que l'on pourrait faire c'est visiter un peu l'arrière-pays, j'ai proposé, qu'est-ce que tu dirais du pont du Gard? il paraît que c'est vachement joli.

Au début Marie-Pierre faisait un peu la gueule mais je me suis expliqué, tu comprends, à six là-dedans je n'en pouvais plus, et moi la plage ça va un peu mais là c'était trop, j'avais envie de bouger, et elle a fini par reconnaître qu'effectivement tout ça était un peu monotone. On a traversé Montpellier, puis Nîmes, à vrai dire je n'avais aucune raison particulière d'aller au pont du Gard, pour moi c'était juste un endroit comme les autres et j'aurais été bien en peine d'expliquer pourquoi ça me prenait comme une envie de faire pipi de foncer là-bas, mais dès qu'on s'en est approchés je me suis senti bizarre, en sortant de la voiture il a fallu que je m'appuie contre un arbre, la tête me tournait et j'ai dit à Marie-Pierre ça ne va pas, j'ai froid, alors qu'il faisait au moins quarante degrés à l'ombre, et puis l'étrange impression s'est estompée et on a été boire un coup à la buvette et après se promener dans la nature derrière, au milieu des cigales et des bruits de la garrigue. Tu crois qu'il y a des serpents s'est inquiétée Marie-Pierre, durant tout le trajet on n'avait presque pas parlé mais en grimpant un raidillon brusquement elle a admis que c'était un peu normal que je me sois fâché, si j'avais fait pareil avec une autre fille ça ne lui aurait pas fait plaisir non plus, elle parlait de la scène dans la boîte et moi je n'ai pas pu m'empêcher de lui demander avec Bruno c'était comment, c'était bien? et elle a eu une moue qui en disait long, franchement pas, il ne m'a vraiment fait aucun effet, après un petit silence elle a voulu savoir si je l'aimais toujours, ce qui bien sûr m'a fait fondre, et elle s'est collée contre moi, après tout j'étais aussi responsable qu'elle. Comme le soir tombait on est retournés à la buvette et la dame nous a fait des omelettes, j'essayais de me concentrer sur Paris et les affaires qu'il allait falloir reprendre mais je n'y arrivais pas du tout.

– Et si je n'avais plus d'argent tu m'aimerais encore ou pas?

Elle m'a souri, de son sourire à tomber qu'elle avait

parfois, le soleil couchant diffusait partout une lumière rouge qui faisait ressortir encore plus ses petites taches de rousseur, à cet instant précisément j'ai su que ça allait mal finir et que je n'y pouvais rien. Rien du tout.

– Je ne sais pas, peut-être que oui...

Et on a continué à discuter de choses et d'autres, jusqu'à ce qu'il fasse complètement nuit et que la dame se mette à ranger la terrasse, sous la lumière de la lune la voiture entre les pins ressemblait à un vaisseau spatial brillant de tous ses feux. Dans mon idée on allait se trouver un petit hôtel tranquille et s'y poser jusqu'au lendemain. J'ai mis la clef dans le contact et j'ai voulu démarrer mais rien ne s'est passé. J'ai réessayé, sans plus de succès. Qu'est-ce qu'il se passe a demandé Marie-Pierre, ça ne marche pas ? Comme tu peux le voir j'ai répondu, elle refuse de démarrer. Dans le manuel rien n'était marqué concernant cette éventualité, une voiture totalement inerte et sourde à mes injonctions, ça ne pouvait pas être la batterie, les phares et le klaxon fonctionnaient, en désespoir de cause j'ai dit à Marie-Pierre attends-moi là, je vais descendre jusqu'à la route voir si on ne peut pas trouver un dépanneur, je ne pouvais même pas me servir du portable, l'alimentation était à plat et avec les collines autour le signal n'aurait jamais pu passer. Au camping il devait être possible de téléphoner, mais quand je suis arrivé le bureau était fermé et la cabine était à carte, ma carte était restée là-haut dans la voiture et en plus je n'avais pas de Bottin, tout bien réfléchi un dépanneur c'était une connerie, je ne trouverais jamais quelqu'un pour réparer à cette heure.

Au moment où je repassais sur la petite route une voiture arrivait pleins phares en sens inverse et quand elle m'a croisé, juste sous le réverbère du camping, j'ai pu voir le visage du passager, grimaçant et rigolard, c'était l'horrible auto-stoppeur de l'autoroute.

– Qu'est-ce que tu as, s'est inquiétée Marie-Pierre, t'es malade, on dirait que tu as vu un fantôme.

Du camping brusquement on a entendu les paroles d'une chanson, *Fais-nous danser Julie la Rousse, Toi dont les baisers font oublier*, et une voix de stentor a repris sur le disque, fais-moi danser, petite gueule d'amour, t'es à croquer.

– On va dormir là, j'ai dit, c'est la meilleure solution, demain matin il fera jour et on pourra trouver un réparateur compétent.

Et j'ai sorti les duvets du coffre, encore heureux qu'on en avait, Marie-Pierre m'a regardé, ici, là ? et j'ai confirmé oui, pourquoi, c'est pas pire que sur la terrasse du cap d'Agde.

De l'autre côté du Gard on voyait les lueurs du camping, la musique continuait de plus belle, vraisemblablement ils devaient faire une soirée, après *Julie la Rousse* maintenant c'était Michel Fugain, au-dessus du pont la lune était presque pleine et nos ombres se découpaient sur le sol.

– Eh bien bonne nuit, a annoncé Marie-Pierre, moi je dors.

J'ai dit c'est ça, bonne nuit, dors bien et fais de beaux rêves, ce qu'elle pouvait penser ou ses états d'âme à ce moment-là j'étais à cent lieues de m'en préoccuper, la seule chose qui m'importait c'était comment l'autostoppeur avait pu nous retrouver, s'il nous suivait depuis le cap d'Agde ou si c'était autre chose, peut-être que Marie-Pierre le prévenait. Je me suis allongé dans ma couverture, je lui avais laissé le deuxième duvet comme matelas et le sol était dur, dur et froid, même en fermant les yeux je revoyais toujours la même image, l'autre dans la voiture, rigolant.

En face les flonflons de la fête faisaient un boucan d'enfer, tu dors j'ai demandé, mais elle n'a pas répondu, j'ai essayé de me détendre, de me dire que tout ça n'était qu'une coïncidence, en respirant doucement et profondément comme pour un rebirth, mais au lieu de m'apaiser c'est tout l'inverse qui s'est produit, j'étais de plus en plus crispé et une vague de terreur m'a transpercé, je n'étais plus là mais très loin, à une autre époque, sur un autre continent, des flashes atroces m'obscurcissaient l'esprit, j'étais au milieu d'une clairière, des gens étaient assis en rond, des Noirs, leurs yeux brillant dans l'obscurité, au milieu de chants et de tam-tams, comme dans une mauvaise bande dessinée, et d'un seul coup celui qui dansait au milieu s'est arrêté pour dire quelque chose que je n'ai pas compris, mais je savais qui c'était, j'en étais certain, c'était un être horrible, une incarnation maléfique, qui m'a complètement pétrifié, j'aurais voulu hurler mais un amoncellement de cailloux avait pris possession de ma gorge et de ma poitrine, pour m'étouffer et me paralyser, jusqu'à ce qu'il se retourne et que je prenne soudain conscience que c'était moi, au milieu de la clairière, dans un autre temps, avec un autre corps et un autre visage, mais bien moi sans l'ombre d'une incertitude, j'étais l'Esprit du Mal et évidemment ça peut sembler marrant et super drôle mais sur le moment je n'avais pas du tout envie de rire, j'ai attendu que le jour se lève, de toute façon j'aurais été incapable de bouger, et j'ai réveillé Marie-Pierre, on a rejoint la voiture en quatrième vitesse, elle complètement endormie me demandant ce qui se passait encore, par acquis de conscience, presque machinalement, j'ai mis le contact et j'ai tourné la clef, comme par magie le moteur a ronronné au quart de poil, la voiture démarrait sans problème.

9.

Septembre était déjà entamé et les journaux annonçaient la rentrée des classes. Je me sentais engourdi. Engourdi et fatigué. Marie-Pierre me regardait maintenant comme si je n'étais pas tout à fait normal et sujet à des moments de démence dangereuse, alors que de mon côté le seul souci était de relancer nos activités.

Au retour des vacances les affaires restaient calmes. Bien sûr j'avais encore de l'argent, suffisamment pour voir venir sans angoisse les mois d'hiver, mais je voulais construire un empire, c'est ce que je me répétais, un empire et une fortune, quelque chose dont je sois fier le jour de ma mort, je n'arrêtais pas de me le dire, un empire et une fortune, alors qu'au fond de moi je n'étais pas si convaincu, à quoi ça servait, et en quoi serai-je tellement avancé, et plus je me l'enfonçais dans le crâne, un empire et une fortune, et plus ça me semblait vain et inutile, sans pourtant avoir la moindre intuition d'un moteur autre que cette course à la possession dans laquelle je m'étais engagé.

J'étais monté jusqu'à Ménilmontant récupérer mon argent, de le savoir caché si loin, à la merci d'un impondérable, avait fini par m'inquiéter et en fouillant dans la cave pour mettre à jour mon butin je me suis fait l'effet d'un Picsou avide et sans cœur et cette idée m'a mis mal à l'aise.

Dehors le soleil était brûlant et j'ai pensé merde, l'enculé n'a pas attendu, après la blague du pont du Gard j'avais préféré donner ma voiture en révision et pour venir j'avais pris un taxi. Ce n'était pas du tout le moment que je me fasse contrôler avec mes liasses roulées au fond du sac à dos, j'avais presque cinquante briques en liquide. J'ai entrepris la descente de la rue de Ménilmontant, des taxis il y en avait forcément en bas sur la place, le soleil était non seulement chaud mais en plus aveuglant, mes yeux se sont mis à pleurer à cause de la lumière, quelqu'un m'a croisé et m'a dit quelque chose en arabe que je n'ai pas compris, j'avais l'impression que l'ensemble des gens sur le trottoir me regardait et me dévisageait, j'ai accéléré le pas, entre mes paupières remplies de larmes deux mecs en blouson et baskets venaient à ma rencontre, mon cœur s'est arrêté de battre, cette fois j'y suis, mais ils ont disparu de mon champ de vision sans s'occuper de moi, sur le boulevard des taxis attendaient et j'ai sauté dans le premier en disant Opéra s'il vous plaît, le plus vite que vous pouvez, derrière un scooter a démarré, à notre suite j'en étais certain, les flics étaient sur moi, maintenant tout s'expliquait, l'affreux sur l'autoroute et tous les trucs bizarres que je constatais ces derniers temps, un instant l'envie de balancer le sac par la fenêtre m'a traversé mais je ne l'ai pas fait. Qu'est-ce qu'on décide a demandé le taxi, c'est mercredi, le mercredi il y a le marché, et quand il y a le marché Barbès c'est toujours la merde, alors que c'était idiot de me dire ça, on pouvait tourner avant et rattraper la rue qui descendait. Le scooter était juste à côté de la voiture et nous dépassait, prenez à gauche, à gauche tout de suite. Le chauffeur a hésité une seconde, à gauche ici ? avant de s'exécuter, le scooter était obligé de continuer tout droit. Que pouvait-on me reprocher ? du recel, au maximum, mais il y avait aussi le camion de Rungis, et pour ça un juge mal luné m'y mettait au moins pour deux ans, à la réflexion peut-être même pour plus. Dans le rétroviseur le chauffeur avait l'air contrarié, que se passe-t-il j'ai demandé, vous avez un problème, nos regards se sont croisés, non, tout va bien, pourquoi ? Prenez par là j'ai ordonné en indiquant le boulevard de Magenta, sans tenir compte de son étonnement, on était juste au croisement de la rue du Faubourg-Saint-Denis et j'ai tendu un billet avant de m'extirper à toute allure et de filer aussi vite que je pouvais au milieu des voitures et des sex-shops, sans me retourner, jusqu'à ce que je sois sûr d'être suffisamment loin. Un vieux m'a bousculé sans le faire exprès et j'ai fait un bond en arrière, le laissant ahuri au bord du trottoir, essaye pas de m'approcher enculé, et aussitôt après je me suis repris, excusez-moi, excusez-moi, mais en reculant j'ai à mon tour piétiné une petite mémère et ses deux enfants, tous les gens devant leur magasin me regardaient, les putes et les grossistes en prêt-à-porter, il est pas bien celui-là a dit une femme, mais j'ai continué sans me soucier d'eux, je n'avais même pas le portable sur moi pour appeler, et pourtant je devais absolument savoir ce qu'il se passait au bureau, s'ils étaient déjà là-bas ou pas, je suis rentré dans un café et par chance le taxiphone était libre et fonctionnait.

– Allô, j'ai dit, c'est moi, je peux avoir Marie-Pierre ?

La standardiste m'a fait patienter, au moins cinq minutes, la voix de Patricia a résonné, attends ne quitte pas, je te la passe, et Marie-Pierre s'est mise à glousser, qu'est-ce que tu fabriques, ça fait une heure qu'on devrait être partis, et moi comme un crétin j'ai dit partis, mais partis où, pendant qu'un souvenir fulgurant me revenait, tout était organisé pour la foire de Lille, l'avocat avait besoin de marchandise et m'attendait ce soir au plus tard, est-ce que j'étais en train de devenir cinglé, sur un Bottin était griffonné *Dieu seul le sait* tel un hiéroglyphe étrange adressé à mon intention particulière. Dieu seul le sait j'ai répété et Marie-Pierre a fait qu'est-ce que tu dis, alors je me suis efforcé au calme et j'ai demandé peux-tu aller jusqu'à la fenêtre et me dire s'il n'y a rien de spécial dehors, elle a posé le combiné et a dû faire ce que je lui avais demandé parce qu'elle est revenue et m'a assuré que tout était normal, et au bureau, personne n'est venu au bureau, pas de livreur ou de mec des postes ? et elle a été formelle, absolument personne ne m'avait demandé, mais ça ne voulait rien dire. Je suis resté un moment silencieux, tu vas faire ce que je te dis, tu vas sortir, prendre un taxi et me retrouver à Châtelet, au café à côté du théâtre, tout en le disant j'ai réalisé qu'il y avait des théâtres et des cafés des deux côtés de la place, à celui qui s'appelle le Bernard quelque chose j'ai précisé, tu vas là, tu ne bouges pas et tu m'attends. Oui agent 007, d'accord agent 007.

J'ai raccroché au bord de la syncope, petite salope, je me casse le cul pour essayer de nous tirer d'affaire et elle se foutait de ma gueule, qu'est-ce qu'elle s'imaginait, que le juge d'instruction la féliciterait, bravo mademoiselle, vous vivez avec un voyou qui recèle et qui vole à tout va, vous lui croquez tous ses sous, c'est épatant, j'aurais bien voulu voir sa tête dans la cour de Fleury, salope.

Je me suis repropulsé dans la fournaise, c'est pas possible qu'il fasse aussi chaud maintenant gémissait une dame, en vacances on a de la pluie et le jour où on reprend c'est la canicule, il n'y a vraiment de la veine que pour la canaille. Ça ne servait à rien que je me presse, Marie-Pierre ne serait pas là avant au moins une heure et je ne tenais pas à poireauter place du Châtelet, avec mes angoisses et ma fortune, et les autres tapis partout, à l'affût pour me sauter. Un peep-show proposait son attraction à des prix défiant toute concurrence, je me suis réfugié à l'intérieur et j'ai attendu un bon moment, guettant avec anxiété qui allait surgir de derrière le rideau, normalement s'ils étaient là l'un d'eux aurait dû venir vérifier ce que je foutais, mais tous ceux qui franchissaient le seuil du magasin n'avaient que des tronches de pervers et de vieux salauds, même si les flics maintenant ressemblent à tout sauf à des poulets il y a quand même des limites, je ne les voyais pas dans le lot, je peux avoir de la monnaie j'ai demandé aux gars.

– Moi aussi s'il vous plaît, a fait une voix, sur cent francs.

Il avait dû rentrer le temps que je tourne la tête et que je m'avance vers la caisse, il était grand, bronzé, dans les quarante ans et il sentait l'eau de toilette. En ramassant ses pièces il m'a souri, ses lèvres retroussées en un rictus laissant apparaître des dents brillantes et pointues, pas du tout normales, je suis ressorti dare-dare, de nouveau dans la chaleur et les bruits de la rue, monsieur, criait le gars du peep-show, monsieur, vous oubliez votre argent, mais je n'en avais rien à foutre, je devais absolument me mettre en sécurité, les gens s'écartaient sur mon passage en me jetant des regards bizarres, au bout de mon bras le sac de billets pesait une tonne et quand trois civils ont jailli à l'angle d'une boutique j'ai stoppé net et je les ai attendus, maintenant c'était bon, jamais je n'aurais pensé me faire toper ici, au milieu de la foule de zonards et de touristes, je me suis dit tant pis, t'y es, faut savoir être beau joueur, mais ils sont passés sans faire attention à moi.

– Qu'est-ce qu'il décide ? a demandé un clochard assis sur les marches de l'église, il nous dépanne d'une petite pièce ou c'est un rapiat ?

Sans réfléchir j'ai franchi l'escalier et j'ai poussé la porte en bois, il nous dépanne pas donc c'est un rapiat a constaté l'autre, dans l'église la messe venait de commencer, il n'y avait presque personne, l'assemblée était clairsemée, page cent soixante-quatorze a annoncé le prêtre du haut de sa chaire, pour me donner une contenance j'ai attrapé un livre sur l'étagère à l'entrée et j'ai essayé de suivre. De ma vie je crois que c'était une des premières fois que je mettais les pieds à la messe. J'étais le dernier arrivé, personne ne m'avait suivi et j'avais l'impression d'un film d'Hitchcock, quand le héros se retrouve toujours dans des endroits insolites, avec plein de gens, et les méchants sont là planqués et essayent de lui faire un sort en douceur, sans que personne ne s'en rende compte, mais au fur et à mesure que le gars s'époumonait, Nous Te Rendons grâce, ô Notre Père !, je réalisais qu'il n'y avait ni poursuivants, ni démons à mes trousses, j'avais perdu la tête, en même temps que cette certitude me pénétrait je sentais la détente et la quiétude s'installer, Souviens-Toi Seigneur, de Ton Église, pour la délivrer du mal, j'avais entièrement tout fabriqué moi-même, en médecine on appelait ça de la paranoïa, mais à bien considérer la question c'était logique, rien que la somme que je transportais aurait rendu dingue n'importe qui, Car à Toi sont la puissance et la gloire dans tous les siècles ! Ce n'était pas humain de brailler comme ça, la vieille à côté de moi hurlait d'une voix fausse et suraiguë, j'ai failli lui faire remarquer qu'elle n'était pas obligée de s'égosiller autant mais je me suis abstenu. La majorité des participants étaient âgés, sauf quelques-uns, dont une femme assez jeune, trente-cinq ans maximum, qui s'est agenouillée au sol pendant que le chœur reprenait à fond, Amen !

Que vienne le Seigneur ! Amen ! Et que passe ce monde ! Amen ! En admettant que je fasse une petite dépression nerveuse associée à de la paranoïa ce qu'il me fallait c'était un peu de repos, une manière de vivre plus calme, Celui qui est saint qu'il vienne. Celui qui ne l'est pas qu'il se repente. Les chants ont cessé et le curé a commencé un discours, ridicule a fait quelqu'un à côté de moi, complètement ridicule, c'était le clochard de l'entrée, sale et empestant, les vieux devant se sont retournés, mais sans faire de commentaire. Des pécheurs qui devons considérer notre prochain avec compassion, avec amour, aime ton frère comme toi-même a dit le Christ. Tu manques de Grâce a dit le clochard, assez fort pour que les rangs du début l'entendent, la Grâce ne t'a pas été donnée. Tous méritent notre amour, nous sommes tous unis dans notre amour de Jésus-Christ, unis dans nos différences et dans notre foi. Non, pas tous a crié le clochard, et il a fait un pas de côté pour se dresser en plein milieu de l'allée, il était juste en face du curé. *Un moine vers l'autel s'avance, Baise ardemment le crucifix et là, le front sur le parvis, Frappe son sein avec violence, Christ, ai-je fait avec pénitence ? Voilà quarante ans que je vis Tuant la chair avec mépris Dans le jeûne et la continence*, le curé s'était tu et dans l'église tout le monde regardait le clochard, *Si vous agréez ma constance Christ, Daignez faire que pour prix je monte à vous les yeux ravis ! C'est la nuit calme et le silence.* Personne n'a bronché, le clochard était toujours titubant, au centre de la nef, et puis le curé est descendu et s'est approché de lui, oui, je suis d'accord avec vous, Jules Laforgue est un grand poète mais nous sommes en train de dire la messe, il a pris le clochard par le bras gentiment et l'a conduit jusqu'à une chaise, je serais très heureux d'en parler mais pas ici, pas maintenant. Marie-Pierre devait être arrivée, j'ai laissé les pécheurs à leurs problèmes et je suis sorti.

J'avais à peine pris place à une table qu'elle a surgi, pas franchement avec le sourire, j'ai voulu l'embrasser mais elle s'est détournée, Gaston il faut qu'on parle, c'est plus possible de continuer comme ça. Le garçon a demandé ce qu'on voulait boire et j'ai dit un whisky et Marie-Pierre un Martini, il y a six mois j'aurais pris une menthe à l'eau et elle un Orangina, de quoi elle pouvait se plaindre, d'avoir la vie trop facile ? Les récriminations ont commencé, j'étais ceci ou trop cela, est-ce que je m'en rendais compte ? A son avis j'avais certainement un problème plus profond, tu m'écoutes elle a demandé, j'ai dit bien sûr, mais la seule chose que j'entendais, d'une façon un peu bête et attendue c'est la chanson des Doors, *This is the end my friend* et le tac-tac des mitraillettes dans *Apocalypse Now*, si tu veux j'ai proposé, on va au pavillon et tu prends tes affaires, ce qui l'a laissée comme deux ronds de flan, tu tiens vraiment à ce que je m'en aille ? et j'ai dit, d'un ton stupide et emprunté, non, mais qu'est-ce que tu veux que je fasse ? je ne vais pas t'attacher, et en même temps elle a eu l'air soulagé.

Le retour jusqu'à Châtillon s'est passé dans le silence, le taxi nous a déposés au garage où j'ai récupéré ma voiture, et puis on a regagné la maison, je ne me sentais ni triste ni abattu, je me sentais vide et fatigué.

Devant l'impasse je me suis juste dit ce soir je vais dormir tout seul, mais sans émotion particulière, plutôt comme un fait reconnu et depuis longtemps prévu, le jardin avait des couleurs de fin d'été, il commençait à y avoir des feuilles mortes, la première chose que j'ai faite en arrivant c'est de monter dans les combles et de planquer mon magot, réparti en deux endroits, trois cent mille dans un conduit de cheminée désaffecté et deux cent mille que j'ai redescendus pour les mettre dans le box où je garais ma voiture, un instant j'ai pensé prendre le flingue que j'avais et le garder sur moi mais je ne l'ai pas fait.

– Tu es prête ? j'ai demandé en entrant.

J'allais l'emmener jusqu'au métro et après ne plus jamais la revoir, tu es prête ? j'ai recommencé, avec ses affaires à pied elle allait galérer.

– Marie-Pierre, j'ai appelé.

Mais à cet instant on m'a poussé en avant et j'ai pris un grand coup sur la tête et je suis tombé à genoux, sonné et meurtri, assise dans un fauteuil Marie-Pierre ouvrait des yeux agrandis par la terreur et un jeune en kippa me menaçait d'une bombe lacrymogène.

– C'est lui, Franck, je suis sûr que c'est lui!

La forme derrière moi m'a rebalancé un grand coup dans les côtes, pile à l'endroit où j'avais encore mal après ma bagarre au cap d'Agde, et une voix grave a dit c'est l'heure des comptes, mon pote, il est temps de payer, et j'ai pensé c'est qui ces mecs, c'est pas des poulets c'est des racketteurs, mais en me retournant la lumière s'est faite instantanément, en veste de cuir et encore plus grand que dans mon souvenir l'homme à la Mercedes du parking d'Orly braquait sur moi le canon d'un fusil de chasse.

– Parle, et dépêche-toi, on est pressés!

Je n'ai pas essayé de faire le malin ni cherché à nier quoi que ce soit, j'ai dit attends, je vais t'expliquer, ce n'est pas ce que tu crois, moi je n'y suis pour rien, mais l'ordure m'a explosé le nez avec le bout du fusil, j'avais horriblement mal et des larmes me sont montées aux yeux, tente pas de m'endormir petit enculé, raconte où est passée ma came, c'est tout ce que je veux entendre, et là l'unique pensée cohérente qui me soit venue c'est il y a un imbroglio, le jeune m'a matraqué de toutes ses forces, arrête de nous prendre pour des cons, je t'ai vu sur le parking, ça pleuvait tellement fort que je ne sentais plus rien, Marie-Pierre a hurlé, mais vous allez le tuer, et il m'a semblé que le salopard se retournait pour lui allonger une claque.

– Laisse-moi, j'ai bredouillé, je vais t'expliquer.

J'avais la bouche pleine de sang et du mal à respirer, si je m'en sors je me suis promis, je les retrouve et je les tue.

Le grand a fait un signe à l'autre et j'ai pu me redresser, Marie-Pierre était affalée dans son fauteuil et reniflait en pleurnichant, vas-y depuis le début et n'oublie rien.

– Qu'est-ce que je fais, Franck, je le filme?

Celui avec la kippa avait sorti une petite vidéo, le même genre que celle qu'on avait et l'agitait dans ma direction.

– Attends, a ordonné le grand, tu vas raconter par le commencement, et lui va te filmer.

Ils vont me tuer j'ai pensé, comme dans ce film affreux où des dingues massacrent une famille en enregistrant tout avec une caméra pour se le repasser après, le mec m'a fait tu peux démarrer, et j'ai obéi, ce n'est pas moi qui ai eu l'idée, c'est quelqu'un qui m'a commandé le vol, le grand m'a arrêté, dis d'abord ton âge, où t'habites et comment tu t'appelles, ce que j'ai fait, mais le jeune a demandé que l'on recommence, ça n'avait pas marché, si bien que j'ai répété, j'ai vingt-neuf ans, je m'appelle Gaston et j'habite à Châtillon, comme au début d'un jeu télévisé, la lumière rouge au-dessus de la caméra s'est allumée, c'était bon, cette fois ça fonctionnait. J'ai raconté mon histoire, en donnant tous les détails, parfois le grand m'interrompait pour une précision, comment ça des godemichés ? Et à la fin j'ai bien insisté sur la manière dont Moussa s'inquiétait, et j'ai juré que je ne savais rien d'autre, le grand m'écoutait sans faire de commentaire et puis il a dit, calmement mais d'un ton réellement sinistre, dans la voiture il y avait quatre kilos de pure, j'ai besoin de les récupérer, Moussa où il est je ne peux pas le toucher, son frère non plus, c'est toi qui es en dette. Un silence a accueilli sa déclaration, qu'est-ce qu'il voulait que je fasse, de la came je n'en avais pas, je n'allais pas en faire pleuvoir.

– Alors tu vas mourir.

Le fusil s'est rapproché de moi, j'ai fermé les yeux très fort, je voyais déjà le sang répandu, Marie-Pierre qui hurlerait et le bruit qu'allait faire la détonation, alors que je n'avais aucune envie de mourir et en plus c'était complètement injuste, c'est Moussa qui aurait dû être là, pas moi, moi tout ce que j'avais fait c'était honorer une commande, tu vas mourir et ta femme va travailler pour me rembourser, et à ce moment-là j'ai rouvert les yeux et j'ai dit non, tue-moi si tu veux mais laisse-la, je te la rachète, j'ai de l'argent, je vais te payer, et il a souri, tu vois que tu comprends quand on t'explique, s'il passe à la télé comme chef d'entreprise c'est forcé qu'il ait du pognon a commenté Kippa, et je l'ai haï encore plus que l'autre, où est l'argent a questionné le grand, mais j'ai redit laisse-la, laisse-la partir, j'ai trente briques, elle s'en va et après je te les donne. Le grand a fait celui qui réfléchissait intensément, cherche pas à m'enculer, paye ta dette et on discutera, c'était comme une scène des séries télévisées que Marie-Pierre regardait, fausse et un peu irréelle, sauf que là j'avais la tête en bouillie et il allait prendre ma femme pour la faire tapiner, ma femme et mes sous, et peut-être me tuer aussi. Donne-moi ta parole j'ai insisté, l'argent et elle s'en va, il a acquiescé pendant que Kippa me faisait mettre debout, sa bombe lacrymogène à deux centimètres de mon visage, par la fenêtre on pouvait voir Jean-Claude remonter l'impasse, comme tous les jours à exactement la même heure, l'heure d'arrivée du bus de moins le quart et intérieurement je l'ai béni et remercié, tout en poussant Kippa sur le grand et en criant à Marie-Pierre barre-toi, il y a Jean-Claude, ils ne pourront pas tirer, et elle a ouvert la porte et s'est faufilée à l'extérieur aussi vite qu'une gazelle poursuivie par l'incendie, alors que dans sa chute le crétin arrosait tout de lacrymo, psssccchhh, en une seconde l'atmosphère était irrespirable, t'es vraiment con disait le grand, on s'est tous les trois propulsés dans le jardin, étouffant et toussant, j'ai cru que Kippa allait vomir, c'est lui qui s'en était pris le plus, et j'ai tenté de me sauver aussi, mais le grand m'a chopé aux épaules, on a roulé sur le gazon et le fusil s'est encore une fois abattu sur ma tête, pas très fort, mais j'ai vu le moment où le coup allait partir, à bout portant je n'avais pas la moindre chance d'en réchapper, ce truc aurait pu tuer un éléphant, et je suis resté sans bouger en priant pour que Marie-Pierre se dépêche d'appeler les flics et qu'on en finisse. Une main m'a agrippé au col et le grand a dit maintenant tu tiens ta parole ou même s'il y a les poulets je t'explose, et au ton de sa voix je l'ai cru, j'ai fait d'accord, j'ai promis de te payer je le fais, on a traversé le nuage de gaz et on est montés jusqu'au grenier, à chaque pas je me disais c'est ma fortune qui disparaît, tout ce que je me suis cassé le cul c'est ce gros con qui va en profiter, et c'était tellement affreux que j'en oubliais la douleur, j'ai montré la cheminée, c'est là, Kippa a fourragé dans le conduit et les liasses enrobées dans du plastique sont tombées par terre, ça faisait un tas énorme, le grand m'a regardé, sincèrement étonné, c'est avec ma came que t'as gagné tout ça ? Mais j'ai expliqué non, moi je ne suis pas dans la came, je suis dans les affaires, c'est différent, Kippa a raflé comme il a pu la masse de billets et j'ai eu envie de pleurer. Allez on redescend a ordonné l'autre, on va finir nos comptes en bas, l'escalier aussi sentait le lacrymogène, avec la bousculade une lampe s'était renversée et il y avait du sang sur un coin du tapis, mets-toi à genoux a ordonné le grand, nos regards se sont croisés et j'ai su que ça y était, il allait me tuer.

– J'ai tenu parole, pourquoi tu veux tirer ?

Il s'est tripoté le bout du menton, à la manière du grand vizir réfléchissant à quelque décision fâcheuse, certes, mais néanmoins absolument nécessaire.

– Tu n'imagines pas les problèmes que tu m'as causés.

La came qu'il avait était de l'extra-pure, comme le coffre à la banque où il la mettait n'était pas sûr il avait planqué la drogue dans la voiture, Kippa devait la surveiller mais la première fois quand j'avais mis les godes il n'était pas encore arrivé et après quand on avait soulevé la Mercedes, croyant que c'était la police il n'avait pas osé intervenir. Six mois après, par miracle il m'avait reconnu à la télévision, le temps de trouver le journaliste, qui bien sûr était parti en vacances entre-temps, de l'intimider pour qu'il se procure l'adresse du pavillon, ils n'étaient venus me rendre visite qu'aujourd'hui.

Il a montré la vidéo.

– Maintenant mes partenaires sauront que je n'ai pas menti.

Il a baissé les canons du fusil, a vérifié que les cartouches étaient bien dedans et m'a dit de faire ma prière, Kippa filmait de nouveau.

Pour gagner du temps j'ai demandé quelle prière, je ne connais pas de prière, certainement que cette salope n'avait pas appelé les flics et qu'elle attendait bien tranquille pour venir piller l'argent qui restait. Et ça c'est quoi a fait Kippa, toujours la vidéo à l'épaule. Il a balancé le livre ramassé à l'église, Franck l'a ouvert, pourquoi tu renies ton dieu, c'est les pédés qui renient leur religion. Il a feuilleté les pages à la recherche d'une susceptible de convenir, je t'en supplie j'ai bredouillé, me tue pas, mais il a ajusté le fusil, si près de mon crâne qu'en avançant un peu la tête j'aurais pu le toucher.

– Dans la paix je m'endors, c'est bien non ? Garde mon

âme dans la paix près de Toi, Seigneur, Fais-nous voir, Seigneur Jésus, Ton visage de lumière.

On a entendu un pin-pon se rapprocher, Kippa a arrêté de filmer, tu crois pas qu'elle a prévenu les poulets, mais le grand lui a dit de se taire et de continuer, avec trente bâtons qui voient pas le jour dans le grenier tu supposes quand même pas qu'elle va aller se plaindre aux lardus, mais la sirène s'est immobilisée, vraiment proche du pavillon, Kippa est allé regarder, ils sont là Franck, il y a le car et les polichinelles arrivent, Franck m'a toisé, crois pas qu'on soit quittes, on se retrouvera, et je les ai vus sortir et s'en aller tranquillement par les jardins, l'argent, le fusil et la vidéo rangés dans un sac, je me suis relevé, mon reflet dans la glace était couvert de sang et j'avais chié dans mon froc.

La suite s'est déroulée comme au sortir d'un mauvais rêve, je n'étais pas mort mais le cauchemar continuait, des képis ont envahi la maison, recouverts de gilets pare-balles et commandés par un brigadier obtus, Marie-Pierre était assez choquée, pauvre petite, et bien sûr Jean-Claude, Sylvie, Marianne et tous nos joyeux amis de l'impasse s'en donnaient à cœur joie, le fait divers était parmi nous et ma foi on n'allait pas s'en priver, j'ai quand même réussi à m'isoler sous la douche et à me changer, avant que les inspecteurs n'arrivent et m'interrogent. Des cambrioleurs preneurs d'otages et armés d'un fusil ils n'étaient pas contre mais il fallait bien admettre que ce n'était pas courant, en général les gars recherchaient plutôt la discrétion, vous êtes sûr de ne pas les connaître ? revenait à la charge constamment le plus jeune, ça ressemble plus à un règlement de comptes qu'à un cambriolage. Pour finir j'ai prétexté que ça n'allait pas, mais vraiment pas du tout, ils nous ont laissés, ils m'attendaient demain au commissariat pour porter plainte. En me quittant le jeune m'a dit parfois de mettre les choses à plat vous évite des ennuis, et j'ai répondu honnêtement je ne sais pas quoi vous dire de plus.

– Qu'est-ce que tu vas faire, m'a demandé Marie-Pierre un peu plus tard, tu vas essayer de les coincer ?

Mais je n'en avais pas la moindre intention, l'argent était parti, envolé, j'étais encore vivant, je devais m'estimer heureux, comment aurais-je pu les retrouver, je n'allais pas m'embusquer à Saint-Paul ou dans le Sentier à l'affût du grossiste en manteaux de cuir.

– Alors pourquoi tu prends le pistolet ?

Et je lui ai expliqué gentiment, je me suis fait casser la tête trois fois en deux mois, qu'est-ce que tu crois qu'il faut que je fasse, que je devienne bouddhiste ?

– En tout cas, et elle avait presque les larmes aux yeux, je te remercie.

– Remercie de quoi ?

Et là elle s'est mise à chialer carrément, pleure donc j'ai pensé, ce n'est pas tous tes petits connards qui lâcheraient leur pognon rien que pour t'éviter le tapin, elle s'est blottie contre moi, m'arrachant un cri de douleur, jamais je n'aurais cru que tu le ferais, que je comptais plus pour toi que l'argent, et on est restés l'un à côté de l'autre, main dans la main, à se chuchoter combien on regrettait toutes les choses qu'on avait pu se dire, faire ou penser, en se jurant que jamais on ne recommencerait et en moi-même j'imaginais si en plus elle s'était barrée comme prévu, plus d'oseille et fracassé de partout dans le pavillon devenu soudain lugubre et sinistre, c'était un coup à se pendre. Elle a encore redit c'est comme si t'avais payé une rançon, une rançon énorme, quand la sonnette de la porte d'entrée a retenti, driiinng, assez longtemps, à la manière de quelqu'un sûr de nous trouver, alors que les lumières étaient presque toutes éteintes. J'ai fermé les yeux, tu crois que c'est eux a demandé Marie-Pierre, mais j'avais déjà attrapé le calibre, si c'est eux on va le savoir très vite, la sonnette a refait driiiinnng, encore plus longtemps, et je me suis propulsé dans l'escalier, prêt à appuyer sur la gâchette si nécessaire. Tu vas ouvrir brusquement en te protégeant derrière la porte j'ai ordonné, et elle s'est avancée en marchant sur la pointe des pieds pendant que je prenais position, les jambes légèrement fléchies et écartées, ma main gauche soutenant mon poignet droit. Ouvre j'ai chuchoté, ouvre maintenant, éclairé par la petite ampoule du perron le dentiste, agitant sa facture, nous fixait d'un air incrédule, c'est eux criait Marie-Pierre en même temps qu'emporté par mon élan je beuglais bouge pas enculé ou t'es mort, déclenchant le premier moment de stupeur passé une véritable sirène, aaaaaah, aaaaaaaah. Bien sûr dans son idée il s'agissait de venir récupérer son dû, pas de se trouver face au commando de la guerre du Viêt-nam, tout bardé de pansements et le visage défiguré pire qu'Elephant Man. En une seconde on l'a vu galoper comme un dément jusqu'à la grille, en dérapant sur le gazon mouillé avant de disparaître dans la nuit, toujours hurlant, aaaaaaah, de partout des lumières s'allumaient et j'étais toujours sur le perron mon arme à la main quand une forme casquée a déboulé à fond de l'autre côté de l'allée, criant aussi, aaaaaah, cette fois-ci pas de doute c'était eux, j'ai ajusté et j'ai tiré, meurs donc salopard, Marie-Pierre a bondi, c'est Jean-Claude, c'est Jean-Claude, par miracle le coup n'était pas parti, je n'avais pas enlevé le cran de sûreté, c'était bien Jean-Claude, affublé d'un casque de Mobylette trop grand et agitant une bêche de jardinage, avec Marianne ils se doutaient d'un retour possible du danger, en entendant les cris il avait chargé direct.

Discrètement j'ai rangé le pistolet, il n'aurait plus manqué qu'une bavure, lui dans son accoutrement, étendu sous la pluie, une grosse tache rouge au milieu de la poitrine, et moi comme un crétin balbutiant devant l'impasse entière c'est idiot mais je crois avoir commis une petite bévue, je l'ai pris pour un affreux.

– Marianne téléphone au maire, reprenait notre sauveur, il n'est pas admissible que la sécurité ne soit pas mieux assurée, c'est le rôle des institutions compétentes de garantir notre protection, la police ne fait pas son travail.

D'autres résidents nous ont rejoints, timidement d'abord puis de plus en plus nombreux, la police est arrivée, suivie du maire, et en quelques instants c'était l'émeute, les gens apostrophant l'autorité, de mémoire d'habitant de l'impasse on n'avait jamais vu ça. Le maire s'est tourné vers la police, la police a appelé le commissariat, et après quelques conciliabules un gardien de la paix a été désigné pour le reste de la nuit.

La petite foule a encore parlementé une dizaine de minutes et on est tous rentrés chez nous, pourquoi justement moi disait l'agent de la paix choisi, tu sais très bien que je sors d'une grippe, j'ai fermé à double tour et on est remontés se coucher.

– T'as vu la tête qu'il avait avec le casque?

– Et la bêche, qu'est-ce que tu crois qu'il comptait faire?

De se repasser le film, le cri du dentiste et l'intervention du maire, on n'en pouvait plus, malgré mes côtes qui me faisaient mal j'étais plié et elle aussi, c'était tout le stress de la journée accumulé, je n'arrivais plus à m'arrêter, tais-toi je t'en prie, mais elle continuait, impitoyable, j'ai l'impression qu'il avait une coquille, comme au rugby, j'ai bien regardé, je ne pense pas que je me trompe, et là c'était trop, j'ai failli m'étouffer, avec toi disait Marie-Pierre c'est peut-être pas toujours facile mais au moins on rigole.

Je commençais à sombrer doucement dans le sommeil quand le téléphone a sonné, Bruno voulait me parler c'était important.

– J'écoute...

Après les événements, la crise de rire et les médicaments que m'avait donnés l'hôpital je me sentais un peu ailleurs, je suis très ennuyé m'a annoncé Bruno, j'ai l'impression que mon copain a commis une grosse connerie, des gars sont venus le chercher et sous la menace il a dû donner ton adresse. J'ai mis un temps avant de répondre. J'espère que ce n'est pas grave s'est inquiété Bruno et je l'ai rassuré, non, c'est bon, il n'y a pas mort d'homme et j'allais raccrocher mais il y avait autre chose, cette fois-ci plutôt une bonne nouvelle, ton livre est prêt, on a rendez-vous demain avec l'éditeur, il a baissé la voix, comme ça on pourra reparler de sa proposition, tu sais, pour le film.

Je me suis replongé sous les draps, Marie-Pierre me caressait les cheveux, mon pauvre poussin, t'en as vu de toutes les couleurs aujourd'hui, et puis sa main est descendue et elle m'a branlé délicatement, sans faire de mouvement brusque, avec mes côtes et les bleus j'avais mal partout, j'ai fermé les yeux et je me suis endormi comme un bébé.

***

Au matin il faisait un froid de canard, mon corps entier était douloureux, beaucoup plus que la veille, il y avait un petit mot de Marie-Pierre, « Je n'ai pas voulu te réveiller, on se retrouve au bureau à midi », et je me suis traîné péniblement jusqu'à la douche, où avait-elle pu passer, il y a six mois encore prendre le métro était pour elle un vrai casse-tête et aujourd'hui à l'aube elle avait déjà disparu, sans doute vers de mystérieuses activités, merde qui connaissait-elle à Paris ?

J'ai entortillé mes pansements avec des sacs en plastique et je suis resté un long moment sous le jet bien chaud, rien n'était simple, et le fait qu'elle soit aussi jolie n'arrangeait rien, sans compter qu'à dix-sept ans ce n'est pas comme à trente, on est plus instable. Je me resavonnais pour la troisième fois quand une pensée affreuse s'est imposée, je n'avais plus d'argent, ce n'était pas un cauchemar, les trois cent mille francs avaient réellement disparu. Je me suis assis sur le tabouret de la salle de bains, ruisselant d'eau et atterré, avec tout ce qui s'était passé j'avais relégué ça au second plan, mais la cruelle vérité était bien là, incontournable, ces enculés m'avaient dépouillé, une année de labeur s'était volatilisée. Il ne me restait plus que deux cent mille francs. Autant dire une misère. A treize heures je déjeunais avec l'éditeur, c'était l'occasion ou jamais de me refaire. Je pouvais les appâter et habilement leur faire miroiter un investissement à la rentabilité faramineuse, une fois que j'aurais l'oseille ce n'était pas le branleur avec son catogan ni Bruno qui allaient venir se plaindre.

A midi précis j'ai surgi au bureau, provoquant immédiatement un attroupement dans l'entrée, mince, mais que t'est-il arrivé, on dirait un éclopé de la dernière guerre, Bruno m'a pris à part, c'est la connerie de mon pote, c'est ça, c'est lui qui t'a mis dans la merde, et j'ai hoché la tête, t'inquiète pas, dans la vie tout se paye. En venant je m'étais arrêté chez un armurier à Montrouge et coup de chance le gars avait un holster pour mon 7,65. Je me suis penché légèrement en avant, de manière qu'il voie le truc et la crosse qui dépassait, et lui pensant que je faisais allusion à son copain a dit attends, fais pas de connerie, ils l'ont forcé, ils l'ont menacé avec un fusil, il n'a vraiment pas eu le choix. Dans l'autre pièce on entendait la voix de Marie-Pierre claironner bonjour tout le monde, on ne devait pas déjeuner avec l'éditeur ?

Malgré tous mes efforts je n'ai pas pu m'empêcher d'être un peu sarcastique, alors c'était bien, tu t'es bien amusée ? Mais elle n'a pas paru gênée, elle souriait, radieuse, ce n'est pas du tout ce que tu penses, j'ai trouvé du travail.

– Dans une agence de publicité, c'est Sarah qui m'a présentée à son ex-mari et il m'a prise tout de suite, je commence lundi.

Les bras m'en tombaient, on a traversé le parking, Bruno avec nous qui essayait de se rendre invisible. Mais Extramill, tu arrêtes, qu'est-ce que tu vas faire ? Elle a eu une moue indécise, je ne sais pas trop, de toute façon pour ce que j'y faisais ça ne changera pas grand-chose, non ?

Assommé, j'étais assommé et anéanti, j'ai dit pourquoi pas, elles avaient dû faire leurs petites salades avec Sarah et plus la peine de chercher d'où venait cette lubie de me quitter, je n'étais pas de force à lutter, sourire et profil bas j'ai pensé, ma revanche viendra en son temps.

Le baltringue et son directeur de collection nous attendaient dans un restaurant de l'île de la Jatte, un squelette de diplodocus était pendu au plafond et çà et là des pédés bronzés agitaient leur queue de cheval en souriant de toutes leurs dents, Bruno et lui se sont fait la bise, personnellement je n'embrasse pas j'ai dit, et le directeur de collection a rigolé, moi non plus, autant Marc l'éditeur avait une tête de crétin, autant l'autre m'a été immédiatement sympathique, on s'est assis, je voyais bien que tout le monde me jetait des petits regards, vous avez eu un accident s'est interrogé l'éditeur, et je n'ai pas démenti, oui, en quelque sorte, le serveur est venu prendre la commande, tous les plats portaient des noms alambiqués du genre terrine de gambas au coulis d'oseille ou soufflé de cuisses de grenouilles et son lit d'amandes douces.

Sur un signe de Marc le directeur de collection a sorti une grosse chemise, les yeux de Marie-Pierre se sont écarquillés, c'est la revue ? et même si j'étais à cent mille lieues de tout ça en voyant la couverture je n'ai pas pu m'empêcher de m'exclamer mince j'en reviens pas, il y a nos noms de marqués, ce qui les a fait sourire, maintenant vous êtes un auteur.

Le serveur a déposé les entrées, dans mon assiette se disputaient deux petites rondelles de tomate avec des câpres et une minuscule tranche de feta, la carte annonçait tomates à l'étouffée dans un accompagnement du chef, merde, c'était comme des tomates mozzarella sauf que les tomates étaient cuites et que la mozzarella n'était pas de la mozzarella mais de la feta, ce n'était pas franchement infect mais pas bon non plus, c'était bizarre. Marc s'en pourléchait les babines.

– Alors, heureux ?

– Génial, a reconnu Marie-Pierre qui feuilletait toujours notre œuvre, vraiment génial.

Voyant que je n'avais pas l'air aussi enthousiaste il a insisté, et vous, content, nous n'avons pas trop dénaturé votre texte ? Je l'ai immédiatement rassuré, au contraire, c'est magnifique, et les autres écrivains ont l'air bien aussi. Il a fait un mouvement approbateur de la bouche, effectivement, on essaye de proposer une certaine qualité. J'ai bu une grande gorgée d'eau, le goût de la feta ne collait pas du tout avec la légère acidité des tomates cuites, sur son statut d'éditeur il semblait intarissable, par rapport au milieu il faisait figure de hors-la-loi, de rebelle, lui venait de la pub et de l'audio-visuel, vous comprenez le sixième arrondissement ce n'est pas trop mon genre. Régulièrement il adressait un petit coucou à des connaissances aux quatre coins de la salle, ici par contre c'était son fief, au milieu des pédés et des doublures de Madonna il paraissait comme un poisson dans l'eau. Au moment où Marie-Pierre me passait la revue j'ai cru avoir une hallucination, elle aussi disait bonjour à quelqu'un, tu le connais j'ai demandé, tu sais qui c'est ? Le type s'est approché de notre table, bronzé avec des cheveux gris argenté, mais dites-moi le monde est petit, ils ont échangé quelques banalités et il est allé s'asseoir à une table plus loin, une de vos relations s'est étonné Marc, et Marie-Pierre a dit oui, je commence un stage lundi dans son agence. Marc a eu l'air épaté, bravo, vous avez de la chance, avec lui vous serez à bonne école. La revue était plutôt bien présentée, rouge avec le titre en lettres noires, *L'Inouï, revue sensiblement caractérielle*, mon poème et la photo du poivrot venaient à peu près au mililieu, entre les textes d'autres gars visiblement plus connus, j'étais étonné, je m'attendais à un truc un peu bas de gamme, ou que le mec me fasse traîner, dans l'espoir de se concilier mes bonnes grâces en me promettant la lune, alors que pas du tout, ils avaient mis le paquet, rien à dire là-dessus. Je ne savais pas trop comment réintroduire le sujet qui nous intéressait sur le tapis mais au dessert c'est lui qui s'est lancé, Marie-Pierre avait disparu aux toilettes et après s'être consultés du regard avec Bruno il m'a posé la question, la question de fond pour laquelle on était là, que pensaient mes partenaires de sa proposition ?

– Du bien.

Malgré mes contusions j'ai grimacé un sourire, beaucoup de bien. La poitrine de Baltringue s'est affaissée dans un soupir de soulagement. Bruno m'avait expliqué la situation, Marc comptait sur Canal + mais le gars des coproductions avait changé et avec le nouveau c'était tintin pour le pognon et vraiment c'était stupide, il a vraiment un beau projet tu sais. J'ai repoussé mon assiette, même le dessert était moyen, entortillé dans une crème prétentieuse et en désaccord complet avec le gâteau au chocolat qu'elle accompagnait.

– Ils seraient, éventuellement et sous certaines conditions, et j'insiste à dessein sur ces réserves, favorables au financement de votre investissement, moyennant évidemment des garanties et une participation de votre part.

L'inquiétude sur le visage de Baltringue a réapparu, quel genre de garanties ? Bruno avait été assez explicite, si le projet n'aboutit pas il l'a dans le cul profond, il a déjà mis pas mal, plus qu'il ne pouvait et c'est sa crédibilité dans la profession qui est en jeu. J'ai regardé Baltringue au fond des yeux, mes partenaires sont, comment dire ça, plutôt vieille école, ils comprendraient mal que vous leur proposiez une affaire mirobolante dans laquelle vous-même ne risquez rien.

Lui non plus n'avait pas fini sa pâtisserie.

– Leurs intérêts pourraient se manifester à quelle hauteur ?

Marie-Pierre était revenue des toilettes et s'était replongée dans la revue.

– La somme n'est pas le problème, vous imaginez bien que ce genre d'investisseurs travaillent sur une échelle quasiment illimitée, la question est plutôt de savoir quel sera votre apport.

Il en est resté coi. Bruno s'en est mêlé.

– C'est un peu normal, Marc, ils ne veulent pas qu'on les fasse marron.

J'ai approuvé, peut-être était-il encore plus pendu que ne le supposait Bruno.

– Pour qu'ils s'engagent sur six millions il faudrait mettre combien ?

J'ai souri, d'un grand sourire franc et rassurant.

– Un dixième, je pense que même si vous êtes dans l'affaire pour six cent mille francs les choses ont beaucoup plus de chances de se débloquer.

– Eh bien, a fait Bruno, c'est formidable.

Mais à voir la tête de Marc ce n'était pas aussi super, il a baissé les yeux d'un air piteux. Je n'ai pas six cent mille, j'avais six cent mille largement avec Canal, sans Canal je suis dans la même situation vis-à-vis de la banque, personne ne veut faire le premier pas.

– Vous pouvez disposer de combien ?

– Regarde, m'a montré Marie-Pierre, ils ont mis que le livre était à paraître prochainement.

– Deux cent mille, deux cent mille en tirant de tous les côtés.

C'était beaucoup moins que ce que j'espérais, deux cent mille ne rembourseraient même pas le vol ignoble dont j'avais été la victime.

– Dans ce cas je doute fort pouvoir convaincre mes partenaires.

J'ai toussoté légèrement.

– A dire vrai je ne pense même pas être en mesure de leur en reparler. Désolé Marc, mais je préfère partir sur la vérité, aucun intérêt de vous faire miroiter des faux espoirs.

Le serveur nous a demandé si on voulait des cafés, tout le monde a acquiescé sauf moi, vous n'en buvez jamais m'a demandé le directeur de collection et j'ai dit non, je préfère le thé, le café je trouve ça amer.

– Bon, a fait Marc, eh bien tant pis, c'est un tel chemin de croix aujourd'hui de monter un film.

J'ai rappelé le serveur, excusez-moi, réflexion faite je vais prendre une tisane, une verveine si vous avez.

– Quand je pense au sujet qu'on a, aux comédiens qui nous ont donné leur accord, c'est rageant, vraiment rageant.

– C'est sûr, a renchéri le directeur de collection, incontestablement rageant.

Mais j'ai eu l'impression qu'il s'en foutait complètement, Baltringue tripotait l'emballage de son morceau de chocolat en fixant le vide, les lèvres crispées dans une expression amère, et ces petits connards de bureaucrates du CNC m'ont refusé l'avance, non mais je rêve, vraiment je rêve. Ça a dit le directeur de collection on n'y peut rien, c'est une commission, normalement ils sont indépendants. J'ai poussé mon pion doucement, sans avoir l'air de trop y toucher, indépendants s'indignait Marc, quels indépendants, indépendants mes couilles oui.

– Le seul moyen serait de faire fructifier vos deux cent mille francs.

Il a percuté immédiatement.

– Comment ça ?

Je pense qu'en temps normal il aurait flairé la supercherie dans la seconde, mais il devait être dans un tel état, rongé par l'angoisse de voir le beau générique avec son nom disparaître à tout jamais, ruiné et failli et mis au ban de la guilde des Vrais et Super-Producteurs de Cinéma, qu'il était prêt à avaler n'importe quelle faribole, prêt à acheter en toute confiance la carte du Trésor Perdu qui le sauverait de la banqueroute.

– Non, j'ai dit, je pensais à quelque chose mais ça ne va pas être possible.

– Quel genre de chose ? m'a demandé Bruno.

J'ai pris un air grave. Un air grave et pénétré.

– Des choses lucratives mais pas exactement dans vos cordes.

– Pourquoi pas dans nos cordes ?

J'ai reposé ma tasse, la verveine était brûlante.

– A votre avis ?

Il a jeté un coup d'œil furtif autour de lui, mais personne ne nous écoutait.

– Des choses... illégales ?

Seigneur ce n'était pas possible un couillon pareil.

– Effectivement, pas des choses reconnues d'utilité publique.

Il a fait mine d'hésiter, a regardé Bruno, moi, son directeur de collection et encore moi, c'est de la coke, c'est de ça dont vous parlez ?

Je me suis raclé la gorge.

– Les possibilités pour faire fructifier un capital sont multiples.

Et mon Dieu en dix minutes de discussion le tour était joué, bien sûr il devait réfléchir, il avait des Sicav et les vendre demandait au moins vingt-quatre heures, mais on sentait dans ses yeux la fièvre de celui qui a pris sa décision, une décision importante et primordiale, comment était-il possible qu'un gars ayant pignon sur rue, aux activités multiples, avec une intelligence au-dessus de la moyenne, se laisse embobiner de cette manière ? Le directeur de collection semblait plus réticent, et comment cela se passe-t-il en cas de problème, il y a une assurance, quelqu'un nous rembourse, l'opération se déroule avec quelles garanties ? Du coup j'ai été obligé de charger un peu la note, l'idée c'est de gagner de l'argent, pas d'en perdre, et franchement je préfère qu'on en reste là, les gens avec qui je travaille ne sont pas toujours des partenaires faciles, j'ai peur qu'il soit un peu compliqué d'organiser quelque chose ensemble.

– Attention, a dit Marc, ne nous emballons pas, vous

nous proposez d'investir vingt patates dans une affaire qui nous en rapportera trente, c'est ça ?

J'ai dit oui, c'est ça, mais comprenez ma position, à un moment donné vous allez être obligés de me faire confiance, il y a des barrières que, j'ai baissé la voix jusqu'au murmure, qu'il vaut mieux ne pas franchir. Marc et Bruno en avaient la bouche ouverte et roulaient des yeux en billes de loto.

– Mais est-ce nécessaire que l'on mange de l'ail a demandé le directeur de collection, j'ai lu que dans bon nombre d'associations mafieuses il y a une sorte de rituel avec l'ail, et franchement je ne le digère pas du tout.

Marc l'a maté, t'es vraiment con, ce qui l'a fait rigoler, sans compter, il a fait une mimique expressive avec sa bouche, aafff, aafff, que niveau convivialité c'est quand même moyen.

On s'est séparés d'accord sur un point, il ne fallait pas perdre de temps, lui réunissait les fonds, que par magie je multipliais, nous permettant ensuite d'amadouer Mister Big et ses copains afin qu'ils considèrent d'un bon œil le projet de Marc et les Autres. C'est peut-être le début d'une grande histoire avait observé Bruno, avec le cinéma comment savoir, ça peut très bien finir à Cannes, seul le directeur de collection faisait encore son sceptique.

– Comment tu vas faire, s'est inquiétée Marie-Pierre, tu connais vraiment des financiers ?

Et là j'ai rigolé franchement, même à toi je suis désolé mais je ne peux pas t'en parler, c'est trop dangereux.

Elle a eu une expression genre c'est ça, d'accord, fais ton mystérieux, mais sans être trop sûre si c'était du lard ou du cochon.

Sous la porte du pavillon quelqu'un avait glissé un papier administratif, pouvez-vous contacter le commissariat pour une affaire vous concernant, on avait rajouté à la main le plus vite possible, avec le déjeuner j'avais complètement oublié la police.

***

Ce n'est jamais de gaieté de cœur que l'on se rend chez nos amis les gardiens de l'ordre et je n'avais aucune envie qu'ils commencent à fouiner sur ce que je faisais et quelles étaient mes activités, mais au téléphone le gars m'avait dit venez maintenant, ça ne sera pas long, et j'avais dû obéir, Marie-Pierre avait insisté pour que je prenne le *Courrier picard* et la cassette de la télé, et aussi la revue, faut bien qu'ils se rendent compte à qui ils ont affaire, après tout c'était des flics de banlieue, préoccupés par les drogués locaux et les cambriolages de pavillons, il n'y avait pas de raison qu'ils cherchent midi à quatorze heures, c'était moi le plaignant et la victime et sitôt arrivé je me suis présenté, j'ai rendez-vous, je viens pour porter plainte, mais en voyant mon papier le képi a appelé sur le téléphone interne et un inspecteur est venu me réceptionner, un inspecteur mal rasé et en chemise de sport, qui ne m'a pas fait une bonne impression du tout, il avait nettement un air chafouin et dès sa première question, alors expliquez-moi un peu ce qu'il s'est passé, j'ai pensé toi mon gars je sens que tu veux me faire des ennuis, j'ai raconté ma mésaventure, deux individus dont un de type maghrébin, vraisemblablement toxicomanes, tentant de m'extorquer une forte somme d'argent...

Il m'a regardé fixement.

– Et vous ne les connaissiez pas, vous ne les aviez jamais vus, vous-même ne prenez pas de drogue ?

J'en étais sur le cul, pardon, de la drogue, pourquoi voulez-vous que je prenne de la drogue, à cet instant un autre a passé la tête et m'a montré du doigt, c'est lui qui se plaint auprès du maire ? et le chafouin a dit oui, c'est notre copain bourré de relations, peut-être aussi qu'il est pote avec le président a renchéri l'autre, autant qu'on soit prévenus, ça nous évitera de commettre des impairs.

– Attendez, j'ai fait, ce n'est pas moi qui ai appelé le maire, ni personne, moi on m'a agressé.

Mais ils n'avaient pas l'air convaincu, vous avouerez quand même que deux types rentrant chez vous avec un fusil de chasse c'est une situation étrange, d'autant qu'ils sont revenus, il y a bien une raison non ?

– Vous avez un magnétoscope ?

Ils m'ont fixé, complètement interloqués.

– Un quoi ?

– Un magnétoscope, pour visionner quelque chose...
J'ai brandi ma cassette.

– Je crois que l'explication de la tentative de kidnapping dont j'ai été l'objet réside là-dedans.

Le chafouin a examiné le boîtier que je lui tendais.

– On n'a pas de magnétoscope ici, ni sauna d'ailleurs, ni salle de détente avec des billards, c'est un commissariat, pour la vidéo le maire n'a pas encore voté les crédits.

Ça aurait pu être drôle mais le ton sur lequel il le disait était vraiment sinistre et un moment j'ai cru qu'il allait me passer les bracelets ou me descendre en cage, mais il s'est contenté de hausser les épaules avec mépris, un magnétoscope, pourquoi pas des jacuzzis ?

– Je suis récemment passé à la télévision, je pense qu'ils m'ont repéré à la suite de cette interview.

L'autre qui avait disparu dans le bureau voisin est revenu.

– Alors, c'est quoi l'explication ?

Le chafouin a glissé les doigts dans son col de chemise.

– Monsieur aurait participé à un jeu télévisé et on aurait filmé les méchants à cette occasion.

L'autre a paru intéressé.

– Vous les avez identifiés, ils étaient dans le public ?

J'ai secoué la tête, ils allaient me tuer.

– Pas exactement, regardez.

J'ai montré le *Courrier picard*.

– Je suis chef d'entreprise, je commence à avoir une petite notoriété, il est fort probable que les gars m'ont reconnu à la suite de mon apparition.

Les deux poulets m'ont maté l'air de ne pas en croire leurs oreilles.

– Ils sont dans le public ou ils ne sont pas dans le public ?

– Laisse, a dit l'autre, monsieur fait des apparitions, c'est autre chose, on ne peut pas comprendre.

– Allez, a conclu le chafouin, assez rigolé, on va prendre votre déposition.

En sortant de là j'avais les jambes flageolantes et la tête lourde, nous nous étions séparés un peu en froid, le jeune de la veille était venu et m'avait dit on sait qu'il y a une histoire de came là-dessous, ce n'est pas la peine d'essayer de nous endormir, les dealers un jour ou l'autre ils tombent, il n'y a pas d'exception, jamais.

Il recommençait à pleuvoir, j'avais la cassette de mes deux journaux, le *Courrier picard* et la revue, qui ne me servaient à rien, il fallait bien le reconnaître, tout ça c'était de la blague, j'ai roulé jusqu'au bois, sans raison particulière, le vent soufflait de plus en plus fort et le mauvais temps se transformait en tempête, l'allée était déserte et je suis resté sous les arbres à regarder le pare-brise inondé et à méditer sur mon sort.

Ce qui n'allait pas c'était mes motivations. Et mon enthousiasme. La vérité c'est que je n'y croyais plus, depuis le rebirth le jour du cassage de gueule quelque chose s'était passé que je ne pouvais analyser, quelque chose d'étrange et de bizarre, à l'intérieur de moi mais aussi dans ce qui m'arrivait. Dehors la tempête redoublait et j'ai pensé certainement que maintenant je dois entamer un autre cycle, et dans l'instant où la phrase se formulait une autre voix a dit mais oui, et pourquoi pas, avec une sonorité flûtée, une sonorité de Schtroumpf, par la vitre légèrement baissée les sous-bois dans le soir tombant, détrempés par la tornade et les bourrasques, ressemblaient à une jungle confuse et pourtant parfaitement organisée, une sensation affreuse m'a étreint, je me suis revu avec précision dans le café au Carré Marigny avec Joël et les vieilles mangeant leurs sorbets et la même impression, l'impression de mourir m'a saisi.

A mon retour au pavillon j'étais encore oppressé. Marie-Pierre était en grand conciliabule avec Marianne et Sylvie et ça vraiment c'était tout pour m'achever. Des images horribles se bousculaient dans mon esprit, moi paralysé ou dans un fauteuil roulant subissant minute après minute les affres d'une existence minable avant de mourir de façon atroce, et même cette mort n'était pas une délivrance mais la promesse d'une souffrance encore plus terrible, sous les roches humides d'une caverne sombre et puante où le temps lui-même n'avait plus cours mais où ma douleur et ma peine n'auraient jamais de cesse, comme au paroxysme du plus affreux des cauchemars et Marianne a dit c'est beau, tu sais je suis étonnée, c'est magnifique, avant de se mettre à déclamer mon poème, à vrai dire c'était d'ailleurs plus une chanson qu'un poème, en tout cas pas fait du tout pour la manière grandiloquente avec laquelle elle l'a récité, sans même regarder la revue, elle le savait déjà par cœur, c'était un peu ridicule et surtout sans pitié pour mon petit texte, elle fermait les yeux,

J'aime pas la maladie la mort
Les hôpitaux, la nuit
Quand je viens te voir
Mes pas résonnent dans le couloir
L'infirmière me regarde
Et moi je me demande quand tu mourras
A la Toussaint
Ou bien pour Noël
Le médecin dit qu'il sait pas
J'ai pas aimé ta mort

Dieu merci elle s'est arrêtée là, en ouvrant les yeux pour juger de son petit effet, Sylvie avait des larmes et même Marie-Pierre semblait émue, je me suis fait la réflexion qu'à part la branlette hier soir on n'avait pas baisé depuis un moment.

– C'est tellement juste, tellement profond.

– Surtout quand on sait dans quelle occasion tu l'as écrit.

C'était suite à la mort de quelqu'un que je connaissais.

– C'est une maladie si inhumaine, tu as dû être triste.

Cette personne était morte du sida et en fait si on lisait tout le texte, la revue n'en avait publié que deux paragraphes, ce n'était pas sa mort qui était la cause de ma revendication mais plutôt comment il avait fini sa vie, le gars constamment faisait la leçon comme quoi on ne le verrait jamais sur un lit d'hôpital, qu'il préférait se mettre une balle plutôt que de terminer gisant comme un malheureux et pourtant c'est exactement ce qui s'était passé, il avait traîné des mois entre le service de médecine et la maison de repos, avec les vieux et les accidentés, tout à la fin il était paralysé et comme en plus c'était quelqu'un dont le parcours n'avait été qu'une succession de ratages pour moi c'était un symbole de l'échec.

J'étais vert que Marie-Pierre leur ait raconté ça.

– Comment s'est passée l'entrevue avec la police, ont-ils été corrects ?

Qu'est-ce que je pouvais leur dire, non, pas super-gentils, ils se la donnent un peu que je ne suis pas médaille d'or de respectabilité et qu'il y a anguille sous roche, et qu'on soit tous copains avec le maire ils adorent.

– Très bien, j'ai dit, ça s'est passé magnifiquement.

Je n'avais qu'une hâte c'était qu'elles dégagent, Marie-Pierre a proposé un chocolat avant de se faufiler dans la cuisine, Marianne sur ses talons, me laissant avec l'autre grosse vache dont le bide énorme saillait à travers les boutons de sa robe de femme enceinte, je me suis assis sur le coin de la banquette, elle vautrée dans le fauteuil, mon fauteuil, qui me regardait de son sourire convenu et plein de douceur et j'ai pensé mais barre-toi salope, tout en disant et alors votre grossesse se passe bien, c'est pour bientôt non ? et en enlevant machinalement ma veste, sans réfléchir à mon holster et au 7,65 planqués en dessous qu'elle fixait maintenant de ses grands yeux écarquillés, je suis agent secret j'ai failli expliquer, il ne faut pas le dire mais je travaille pour le gouvernement, et je suis bien certain qu'elle aurait gobé n'importe quelles sornettes, mais j'ai eu la flemme et elle n'a pas osé aborder le sujet, Marianne non plus, si bien que nous avons dégusté notre petite tasse de cacao en faisant comme si de rien n'était jusqu'à ce qu'elles sortent enfin et qu'on se retrouve en tête à tête avec Marie-Pierre, et bien sûr sitôt la porte refermée l'engueulade a éclaté, j'étais complètement dingue de me balader avec ça, tu te rends compte qu'elles n'arrêtaient pas de regarder, qu'est-ce que je vais leur dire maintenant, et moi je restais calme et glacial, en tout cas je te remercie, c'est très sympa de raconter ma vie privée à ces connasses, mais elle continuait sans m'entendre, tu t'imagines ce qu'elles ont dû penser, Marianne est intervenue personnellement auprès du maire et toi tu t'exhibes avec ton pistolet, mais on n'est pas au Far West pauvre mec.

Elle aurait pu me traiter de n'importe quoi, de con ou de salaud ou de ce qu'elle voulait mais pauvre mec m'a laissé paralysé et incrédule, après un long moment de silence je me suis rapproché de l'évier et j'ai ouvert le robinet afin de me servir un verre d'eau, c'est ça que j'étais, un pauvre mec ?

– Tu as certainement raison.

Et sans du tout que je comprenne les raisons c'est elle qui s'est mise à chialer, je la regardais sans rien ressentir, un pauvre mec, oui, c'était une bonne définition, un pauvre mec au Far West, comme si c'était ultra-simple de s'y retrouver entre ce qu'il fallait faire, les bons choix et tout ce qui vous tombait dessus en permanence. C'est marrant j'ai pensé, même quand elle pleure elle est toujours jolie. Elle s'est détournée et je l'ai entendue monter les escaliers et s'enfermer dans la chambre. Le téléphone a sonné mais je n'ai pas répondu, je n'avais pas la moindre envie de parler à qui que ce soit, j'ai récupéré mon tas de billets, le reste de ma fortune, et j'ai entrepris de compter exactement combien j'avais, des liasses de cent, de deux cents, et même de cinquante, c'était tout l'argent accumulé sur les ventes et évidemment les clients payaient en n'importe quoi et ce n'était pas toujours facile à échanger contre des cinq cents craquants et frais repassés.

J'étais à faire mes petits tas, ça représentait une masse effarante, la cuisine en était pleine, dès que j'avais dix mille hop, je mettais un élastique et arrivé à cinq j'emballais le tas dans du papier journal, bien plié, j'étais au milieu de la deuxième fournée quand on a sonné, comme au théâtre de boulevard les effets se répétaient et cette fois-ci ça devait être le maire en personne, ou les méchants qui revenaient vraiment. C'est qui j'ai questionné à travers la porte, évidemment mon flingue à la main, et quand la voix a dit Jean-Claude j'ai songé c'est pas vrai, ils doivent avoir fomenté un complot pour me persécuter, c'est la seule explication.

– Est-ce que ça t'ennuierait de repasser ? j'ai soupiré, présentement je suis un peu occupé.

Mais au lieu de s'excuser et de dire pardon, je suis

désolé, c'est de ma faute je viens à l'improviste il a insisté, il devait absolument me parler, c'était important et on ne pouvait pas du tout remettre ça.

Le pistolet a redisparu dans son étui et honnêtement j'ai fait un effort, j'ai enfilé un pull avant d'ouvrir, de manière à ne choquer personne, pas de pauvre mec, pas de Far West, mais à peine déverrouillé j'ai pensé merde, c'est un piège, le gars devant la porte n'était pas Jean-Claude mais quelqu'un que je ne connaissais pas, Jean-Claude a surgi derrière pendant que le type bougeait les bras dans un signe de paix, du calme Gaston nous venons pour discuter, et Jean-Claude a renchéri, je te présente Claude, le cousin de Marianne dont je t'ai parlé. J'ai secoué la tête en signe d'incompréhension, non je ne voyais pas du tout, ni ce qu'il venait foutre chez moi, j'ai ouvert la bouche pour redire vraiment je suis très pris, mais ils étaient déjà rentrés, Jean-Claude prenait possession d'une chaise et l'autre s'asseyait sur le bras du fauteuil, un sans-gêne pareil c'était plus que stupéfiant.

– Gaston, a annoncé Jean-Claude, ce qui motive notre démarche ce soir n'est pas quelque chose de facile ni de simple.

L'inconnu cousin de Marianne regardait autour de lui comme passionné par le décor.

– J'écoute.

Face à des malotrus pareils ce n'était même pas la peine d'essayer d'être aimable. Jean-Claude s'est raclé la gorge.

– Gaston, nous savons que tu as une arme.

Quand ce n'était pas les deux connasses c'était le crétin, merde j'étais chez moi, qu'est-ce que je leur avais fait ?

– Gaston, je te demande de nous la remettre.

Le cousin s'est avancé légèrement.

– Je comprends ta position, tu as été victime d'une agression et tu t'estimes en droit de pouvoir te défendre, je crois que tu es en train de commettre une grosse bêtise.

Avec le pull ils ne pouvaient pas voir si j'avais le calibre sur moi ou pas.

– Hon, hon, j'ai fait dans une ultime tentative de civilité, serait-il possible de discuter de tout ça demain, il est tard et...

Mais le cousin m'a coupé, non Gaston, c'est maintenant qu'il faut parler.

J'avais de plus en plus soif, une soif terrible, et je suis reparti dans la cuisine me servir un nouveau verre d'eau, les deux couillons ont suivi le mouvement, maintenant il fallait qu'ils dégagent, au moment où j'allais leur dire c'est bon les gars on arrête de rigoler j'ai tourné la tête, la table était toujours recouverte de billets, comme l'antre de Jesse James à l'heure du partage et ils avaient tous les deux la même expression, la bouche ouverte et l'air de celui comprenant enfin avec horreur que le gentil monsieur si charmant est bien l'ignoble Dracula dont parlaient les journaux la semaine dernière, en un éclair c'était maintenant évident que oui, la police avait raison, il y avait bien anguille sous roche et trafic très louche. Jean-Claude amorçait déjà une retraite prudente vers la sortie mais l'autre abruti peut-être dans un souci de montrer qu'il assurait vraiment et qu'un peu de confrontation avec le risque ne lui faisait pas peur s'est encore plus rapproché et m'a reconseillé de lui remettre le pistolet. La lumière s'est faite dans mon esprit, c'était le thérapeute du Trait d'Union, le spécialiste des drogues dures qui devait soigner Gilles, tout à l'heure je n'avais pas percuté. La suite est arrivée à cent à l'heure, j'ai reposé mon verre et très calmement j'ai dit s'il vous plaît partez vous me donnez la migraine, mais l'autre con persistait à tendre la main et à me regarder gravement, la colère m'a envahi d'un coup, du même mouvement j'ai attrapé une bouteille de vin à moitié remplie sur l'évier que j'ai fracassée contre le bord de la cuisinière et j'ai poussé violemment la table de la cuisine, le mur s'est maculé de beaujolais et l'argent s'est envolé en tous sens, on s'en va glapissait Jean-Claude, on s'en va tout de suite, mais c'était trop tard, j'ai chopé le connard par le col et j'ai appuyé le bord tranchant de la bouteille tout près de son visage, en fait sur le haut de sa veste, je ne voulais pas lui faire mal pour de bon, et j'ai grincé la prochaine fois que tu viens m'emmerder je te défigure, le thérapeute devait être tellement saisi qu'il bégayait da, da, j'imagine qu'il essayait de dire d'accord, j'allais lui mettre une claque et le pousser dehors pour clore le débat quand Jean-Claude a braillé dis-lui, dis-lui qu'on s'en va. En haut des escaliers, Marie-Pierre, nue sans le moindre vêtement, contemplait la scène d'un air atterré, le crétin l'a vue aussi, et je pense que l'apparition d'une rousse à poil en plein milieu du pugilat était tout sauf ce à quoi il s'attendait, après une demi-seconde de stupeur il s'est arraché à mon étreinte et à la suite de Jean-Claude s'est précipité vers l'extérieur. J'étais si énervé que j'ai sorti le 7,65 pour tirer dans le chambranle de la porte, guignol de merde, je te revois t'es mort.

– Tu es fou Gaston, disait Marie-Pierre, tu es complètement cinglé, il faut te faire soigner!

Mais elle pouvait dire ce qu'elle voulait je n'en avais plus rien à foutre, ça ne comptait plus, c'est ça j'ai crié, je vais y réfléchir. J'ai ramassé mon bien sur le carrelage de la cuisine, certains billets dégoulinaient de vin, et je l'ai laissée, nue dans les escaliers du pavillon, avec ses projets de boulot et ses copines de l'impasse. J'en avais ma claque, d'une manière ou d'une autre il fallait que ça cesse.

QUATRIÈME PARTIE

Parvenu jusqu'au pied d'une plage livide
Le ruisseau qui s'endort forme un marais fétide
Styx est le nom qu'on donne à cet étang hideux.

Dante, *La Divine Comédie*

10.

Dans la plaine silencieuse la nuit tombait et n'aurait été au loin la silhouette vacillante d'un feu on aurait facilement pu croire ce triste paysage abandonné par la vie. Descendant des montagnes proches l'ombre du crépuscule se rapprochait et à la chaleur sèche et un peu étouffante du jour allait succéder l'empreinte glacée du soir. Sur les flammes qui se mouraient une femme était penchée.

– Crois-tu qu'il viendra ?

Légèrement en retrait, à l'abri des buissons qui le protégeaient des sursauts du vent, on distinguait un homme assis. Son bras brandi au-dessus de sa tête dans une position étrange formait avec le reste de son corps un angle presque droit.

– Je ne crois rien. Il viendra.

Dégrafant un bol accroché à sa ceinture la vieille avait entrepris de faire chauffer de l'eau. L'homme, indifférent à la fumée qui l'enveloppait par à-coups, semblait fixer l'horizon. Dans le liquide bouillant la femme rajouta une pincée de poudre à l'aspect terreux, en bu la moitié et tendit le bol à l'ascète.

– Partons maintenant. Il est temps.

Et l'étrange équipage se mit en marche. La vieille un baluchon noué sur les épaules et le sage au bras toujours levé vers le ciel, comme une malédiction, ses cheveux en broussaille auréolés des lueurs de la lune.

Ce n'est qu'au matin qu'ils atteignirent les contreforts de la ville. Les portes n'étaient pas encore ouvertes et ils durent attendre dans la foule se pressant aux abords des murailles. Cohorte de marchands aux riches habits et mendiants aux pieds nus, tous s'écartaient sur le passage du saint homme et un murmure de crainte respectueuse l'accompagnait. La vieille, insensible à la longue marche, restait debout face à l'entrée du pont. Enfin le son du cor annonçant le début de la journée retentit et la masse vociférante et bigarrée pénétra dans les faubourgs de la cité.

Obliquant à travers un dédale de ruelles la vieille les conduisit jusqu'à une petite maison située légèrement à l'écart du quartier des prêtres. Par-dessus les toits surgissaient, défis lancés aux cieux, les tours de la nouvelle religion. Les volets de la maison étaient fermés et pour ouvrir la porte l'homme dut peser de tout son poids sur les gonds rouillés. L'intérieur se composait de deux pièces au sol en terre battue, vides toutes les deux à l'exception d'une paillasse et d'un fourneau. Ayant refermé l'huis la femme s'allongea et, après avoir demandé à son compagnon de la réveiller deux heures avant la fin du jour, elle s'endormit.

L'homme contempla un moment la forme maigre et ridée d'un air pensif et, sans doute rassuré par le souffle régulier qui s'en échappait, sortit dans la rue.

Si les changements survenus dans la ville étaient nombreux depuis qu'il l'avait quittée, bien des années auparavant, il n'en laissait rien paraître, marchant sans but précis, se contentant de humer les rumeurs et les bruits, sourd aux commentaires et aux remarques inquiètes que sa présence suscitait. Partout des camelots et des bateleurs haranguaient les passants, cracheurs de feu ou musiciens, femmes fardées des tribus au-delà du fleuve ou magiciens venus de provinces au nord de l'État. D'autres encore offraient à toucher des étoffes précieuses ou s'agitaient autour d'étals de bijoux que surveillait un garde en armes. Nul part il n'était question du retour du roi.

– Me serais-je trompé, les astres m'auraient-ils menti ?

Vers le milieu de l'après-midi pourtant la nouvelle se répandit que l'armée était en vue et qu'elle prendrait ses quartiers d'hiver dans la ville. Des émissaires étaient déjà sur place et s'affairaient au palais dans les préparatifs de l'arrivée. On disait qu'une grande fête serait organisée en l'honneur des victoires et que le peuple entier y serait convié. Partout résonnaient les mêmes cris, après de longues années de disgrâce la ville allait de nouveau retrouver les faveurs de la cour et chacun en espérait un essor nouveau et une prospérité accrue. L'homme, à grandes enjambées, se dirigea vers la partie où logeaient les nobles. Plus loin commençaient les premiers jardins du palais royal et comme on ne pouvait s'avancer plus avant il resta dans l'avenue bordant les grilles, passant de manière presque ostensible devant les sentinelles postées de part et d'autre des douves. Au bout de quelques minutes, jugeant sans doute ce manège sans intérêt, il bifurqua sur l'esplanade immense d'où traditionnellement partaient les régiments et, coupant au plus court, regagna la maison de la vieille.

Nonchalamment étendue dans une des pièces du palais, à quelques centaines de mètres des grilles où s'était arrêté l'ascète, une jeune femme se reposait. La qualifier de jolie n'eût pas rendu compte des cheveux noirs encadrant son visage aux traits finement dessinés, du corps souple et pulpeux, de son teint diaphane, elle était la beauté personnifiée et tout en elle semblait respirer la grâce et la douceur. Se levant à demi elle frappa sur un petit gong d'argent. Aussitôt une servante accourut.

– Le voyage m'a fatiguée, préviens les masseurs qu'ils se tiennent prêts et que l'on fasse chauffer les bains.

Et le regard perdu dans les frondaisons des cèdres, comme pour elle-même, elle murmura : « Si au moins je savais où il se trouve... »

La fête annoncée depuis plusieurs jours allait commencer, partout des groupes en habit se rendaient vers le centre. Ce soir les grilles du château seraient ouvertes et le peuple et la plèbe pourraient à loisir profiter des réjouissances offertes. C'était, à l'occasion des victoires, tout à la fois une manière de marquer les retrouvailles avec la ville et d'honorer l'armée.

La jeune femme brune à ses pieds, assis sur un trône de bois rare aux montants sculptés de démons et de goules, dans les hauteurs du palais, le roi songeait. Après des années de guerre les provinces étaient de nouveau pacifiées, les tribus barbares qui, un siècle durant, s'étaient tenues rétives à l'écart du royaume avaient prêté allégeance, et l'économie s'annonçait florissante. Tout ceci c'est à lui qu'on le devait, pourtant un voile obscurcissait son visage.

– Mon frère est de retour.

A ces mots la femme poussa un cri.

– Il serait donc vivant. Parle. Qui te l'a dit ?

– Des espions l'ont vu rôder aux abords du palais, déguisé en mendiant ou en sage, ils n'ont pu m'en apprendre plus.

– Que vas-tu faire ?

– Je ne sais pas. J'espère bientôt de nouveaux renseignements. S'il n'avait pas disparu dans l'embuscade c'est lui et non moi qui régnerait aujourd'hui.

Et il faillit ajouter, et tu serais sa femme.

Comme pour confirmer ses propos, un serviteur, interdit, s'approchait porteur d'un message. Le roi en prit connaissance.

– Il est chez la nourrice. Il n'est pas sorti depuis hier. Il attend.

Les yeux de la femme lancèrent des éclairs.

– Les années de pouvoir t'auraient-elles fait perdre les règles élémentaires de la bienséance ? Est-ce la conduite d'un souverain avec ceux de son sang ? C'est ton frère, ne l'oublie pas.

Le roi parut un instant méditer sur l'attitude qu'il convenait d'adopter, puis il dit :

– Soit, tu as raison. Que l'on aille quérir l'homme et qu'on l'amène. Si c'est bien mon frère, alors nous le verrons, et ce qui doit être sera !

Quand plus tard on amena le yogi, la vieille sur ses talons, au milieu d'une escorte, il faisait complètement nuit et çà et là les feux d'artifice signalaient le début de la fête.

Les deux hommes se regardèrent longuement. C'est le roi qui le premier rompit le silence.

– Tu as changé. Tu es le même et pourtant dissemblable.

Pour qui les aurait observés attentivement, malgré la différence d'aspect, un air de parenté indéniable transparaissait.

– Toi aussi.

La voix du yogi était posée et claire. Ne sachant trop quoi dire, tant de temps s'était écoulé, à propos de l'étrange position du bras levé au-dessus de sa tête, le roi questionna :

– C'est un vœu, une contrainte de ta foi?

La vieille derrière roulait des yeux effarés, elle les avait élevés tous les deux, nourris à son sein, et ils étaient maintenant comme deux étrangers.

Le yogi souriait légèrement.

– Certains conquièrent le monde, d'autres maîtrisent leur chair et leurs passions. Nous avons tous nos victoires.

Et à cet instant son regard croisa celui de la femme et un rugissement terrible sembla bondir et s'emballer dans sa poitrine. Malgré les années d'absence et les mortifications, il en avait aujourd'hui la confirmation, son amour pour elle n'était pas mort.

Le livre s'arrêtait là, les pages suivantes étaient arrachées, je l'avais lu et relu, à le savoir quasiment par cœur, la seule chose qu'il y avait c'était une illustration, vu le numéro de la page certainement un peu avant la fin, où l'on voyait le yogi percé de plusieurs flèches, le roi un poignard à la main et la femme le visage décomposé se tordant les mains, avec pour légende une phrase terrible, *Le yogi tomba, frappé de mille dards et le roi, dans un cri affreux, l'acheva.*

J'étais dans la même chambre depuis dix jours, sans avoir revu Marie-Pierre. Après la scène ridicule des voisins j'avais récupéré ma voiture et roulé au hasard jusqu'à un hôtel vers Simplon, presque à l'angle de la rue Ordener. En dix jours si j'avais mis le nez dehors trois fois c'était le bout du monde. J'avais avec moi le 7,65, mon sac d'argent et le portable. A la suite du scandale les propriétaires, alertés par Marianne, étaient venus fermer le pavillon et Marie-Pierre habitait provisoirement chez Patricia, je le savais par Bruno avec qui je restais en contact, pour tout le monde j'étais en province, en mission pour l'organisation, et tout ce qui me venait à l'esprit c'était la chanson sans cesse remise par ma voisine, *J'ai comme envie d'une fin torride, Comme on en voit qu'au cinéma, J'ai comme envie qu'ce soit terrible, Et qu'ça se passe juste en bas de chez toi*, pour le refrain le chanteur changeait d'intonation et une voix féminine l'accompagnait, *Je peux très bien me passer de toi.*

J'aurais été curieux de savoir toute l'histoire du roi fratricide et de son frangin yogi, d'après le livre le gars avait fait le serment de ne jamais baisser son bras, il le tenait brandi au-dessus de sa tête et à la fin certainement que ça devait se solidifier et qu'on ne sentait plus rien, le membre était comme mort. J'avais essayé mais la douleur était intenable, on avait des fourmis, j'avais très vite abandonné, alors que c'était faisable, en Inde des sages s'infligeaient cet exercice pendant des années, si longtemps que l'os se soudait et qu'il leur devenait impossible de plier le coude. Il était déjà midi et j'aurais dû déjà depuis longtemps avoir pris ma douche, c'était l'heure de ma voisine, en général en fin de matinée on l'entendait remuer, puis venait la musique, *J'ai comme envie...*, et après c'était la toilette et moi j'étais marron pour l'eau chaude. C'était la fille super-gentille, elle travaillait boulevard Ney et dès le second soir je savais tout de sa vie, elle était dans la came et le jour où elle avait appris sa séropositivité elle avait décidé que plus rien n'avait d'importance, ni se vendre, ni rien d'autre, elle avait largué son mec et maintenant il n'était plus question d'être en manque, même une minute, la dope elle aimait ça et vu maintenant que les carottes étaient cuites, avec le sida pas la peine de se voiler la face, elle y allait à fond, et moi prendre ma douche après elle, en plus une douche tiède pour ne pas dire froide, en pensant aux plaques qu'elle m'avait montrées, elle en avait les seins et le ventre complètement recouverts, ce n'était pas grave, juste une petite dermatose, ça me dégoûtait franchement un peu. Bien sûr j'aurais pu me payer un hôtel mieux et même le Hilton si j'avais voulu, la question n'était pas là, il m'arrivait quelque chose que je ne comprenais pas : ma seule envie était de rester entre quatre murs, à réfléchir et à penser, mais sans pour autant y parvenir. J'avais l'impression qu'il s'était passé un événement particulier, et pas seulement le rebirth, dont je ne pouvais me souvenir, alors que le nœud du problème était là, quelque part tapi dans ma mémoire, et tant que je ne l'aurais pas identifié j'étais sans force et la proie facile de tourbillons sur lesquels je n'avais aucune prise. Même en retournant dans tous les sens le pour, le contre, ce que j'avais fait ou pas, et quelles pouvaient être les causes de l'état que je traversais depuis un moment, aucune explication rationnelle ne tenait debout, et bien que ce ne soit pas tellement mon genre de m'épancher, quand Héloïse, c'était le nom de ma voisine, rentrait du boulot, on se faisait un petit meeting, de son côté évidemment ce n'était pas la super-joie et petit à petit j'y avais été aussi de mes confidences, pas tout bien sûr, mais une partie quand même, notamment ce truc que du jour au lendemain il m'arrivait plein d'événements bizarres et que c'était comme si une force maligne s'ingéniait à me glisser des bâtons dans les roues, elle avait été formelle, un temps elle vivait avec un Sénégalais et les symptômes étaient clairs, on m'avait envoûté. A la réflexion c'était fort possible et même la seule explication, il n'y avait aucune autre raison pour que d'un coup je me transforme en mou et en névrosé complet, terré dans ce refuge sordide, à attendre je ne sais quoi et à tout gâcher, ma carrière et mon amour. Depuis quelque temps régulièrement je faisais un rêve, j'étais dans un bois, à la lisière d'une clairière assez grande, avec une prairie et une petite maison, l'endroit où je me trouvais était un peu en surplomb et un homme que je n'avais pas remarqué au premier abord fauchait de grandes herbes et lentement, presque au ralenti, relevait la tête et me fixait, tout son regard était noir, d'un noir profond qui semblait m'aspirer, j'étais à la fois à ma place, loin de lui, et dans l'obscurité complète d'un trou noir. Il avait une cape et un drôle de chapeau, à la manière des conspirateurs vénitiens d'une bande dessinée que j'avais lue. Pour Héloïse la chose était entendue, une visite au marabout s'imposait. J'allais me rendre à ses arguments quand un matin, au moment où la torpeur étrange qui m'envahissait s'est soudainement estompée, d'une minute à l'autre un poids énorme s'était enfui et la paralysie dont semblait gagné mon pauvre cerveau a paru prendre fin, j'étais normal et plein d'allant, j'étais reparti comme en 14.

Héloïse dormait encore, j'ai laissé un mot, « Peut-être à un de ces jours et porte-toi bien ». En bas le patron pestait parce qu'elle n'avait pas payé, elle devait dix jours, et lui disait vous vous rendez compte, je lui fais la chambre cent francs, qu'est-ce que c'est pour elle ? il n'ajoutait pas c'est une pipe et c'est tout mais c'est ce qu'il pensait. Tu crois qu'une fois que j'ai assez pour aller acheter j'ai encore le cœur à me préoccuper de l'hôtel m'avait dit Héloïse. J'ai sorti de quoi régler sa note, la dette plus cinq jours à venir, dans les yeux du patron c'était net, soit le couillon est tombé amoureux ou alors c'est le nouveau barbeau. Dehors il faisait froid et plutôt beau, j'ai marché jusqu'au garage-parking où était garée la Volvo, j'avais l'impression de sortir de l'hôpital.

– J'en reviens pas, a dit Bruno en me voyant débarquer, on te cherche partout!

Ces derniers jours je n'avais pas appelé et le portable était en panne. J'ai fait la bise à la standardiste. Tu sais on a parfois des obligations que l'on se doit d'honorer. Il a hoché la tête d'un air entendu, le principal était que je sois de retour, il avait absolument besoin de me parler.

La pièce d'Extramill était intacte, il y avait toujours le même classeur, la chaîne stéréo contre le mur et Marie-Pierre était au téléphone, j'ai attendu qu'elle raccroche et j'ai demandé ça va ?

– Comme tu peux le voir, je suis toujours vivante.

Bruno a passé la tête, vous m'excuserez les amoureux mais il faut vraiment que je te parle, c'est ultra-important, et j'ai juste eu le temps de m'approcher et de lui prendre le poignet, elle avait cette odeur qui me rendait dingue, le parfum plus ce truc tout doux qui se dégageait d'elle, j'ai dit il faut qu'on discute, j'ai eu un mauvais passage, maintenant ça va mieux, tu vas vite t'en rendre compte, et elle a eu une moue, pas réellement convaincue.

– Je vois Bruno et après on fait le point calmement.

Elle a hésité, c'est une proposition, rien de plus. Le ton de ma voix a dû faire tilt parce qu'elle a admis que ça n'engageait à rien, on pouvait toujours voir.

– La situation est un peu tendue, a dit Bruno, j'ai Marc au téléphone trois fois par jour, il est hystérique.

– Ah ?

Et c'était vraiment tout ce qui me venait à l'esprit, pour

dire la vérité l'affaire des deux cent mille francs m'apparaissait extrêmement lointaine.

– Il a vendu ses Sicav, c'est de l'argent personnel, il est coincé de partout, il compte énormément sur toi.

J'ai opiné en plissant les yeux, genre d'accord, je comprends et j'étudie l'affaire, ne t'inquiète de rien.

– D'autant que maintenant il est même gêné pour en racheter, il dépasserait le plafond pour les impôts.

– Racheter quoi ?

– Des Sicav, on a le droit à une certaine somme par année fiscale, au-delà ils vous imposent, puisqu'il en a vendu, s'il en rachète, même si c'est les mêmes c'est pas grave, il est redevable sur la plus-value.

– Évidemment, j'ai fait, bien sûr.

Sur son bureau était posé le dernier *Cosmo*, « Superwoman, comment résister au stress du tourbillon des affaires ? »

– Je l'appelle, a dit Bruno, d'accord ?

J'ai regardé par la fenêtre, on était bel et bien entré dans l'automne. Avec le pognon pourquoi ne pas faire un petit voyage, des opportunités il y en avait partout, pas seulement en France.

Marc s'est manifesté immédiatement.

– Oui, il est à côté de moi.

On pouvait presque entendre son soupir de soulagement.

– Non, je crois qu'il n'y a pas de problème.

J'ai opiné, pas de problème, Bruno a encore dit bien, on y sera, il a posé la main sur l'écouteur, Marc a une projo, on peut se voir là-bas, qu'en penses-tu ? J'ai acquiescé, oui, oui, a repris Bruno, ne t'inquiète pas, c'est sûr.

J'ai noté l'adresse, Club de l'Étoile, rue Lyautey, dans le huitième, et j'ai attrapé Marie-Pierre en disant à Bruno on se retrouve là-bas.

D'abord on a roulé sans rien dire, et puis elle a voulu savoir où j'étais passé et j'ai expliqué que j'avais besoin de réfléchir et de savoir ce qui se passait. J'étais bien d'accord avec elle qu'on ne pouvait pas continuer comme ça. Qu'est-ce que tu dirais d'un voyage, d'aller un peu voir ce qui se passe à l'étranger ? Dans mon idée je pensais à l'Afrique à la fois en touriste et pourquoi pas d'y monter une affaire. Ce n'était pas compliqué de prévenir s'est plainte Marie-Pierre, tu pouvais téléphoner. J'ai haussé les épaules, tu préférerais que je sois resté et qu'on en soit toujours pareil ou que j'aie disparu et que ça aille mieux ? et elle a reconnu que non, elle aimait autant que ça aille mieux, je n'avais jamais cru la perdre définitivement mais j'étais quand même soulagé.

– Et ton travail se passe bien ?

– Oui, pas trop mal.

Pour le moment elle n'y était qu'à mi-temps mais bientôt elle devait embrayer sur des horaires normaux.

– Qu'est-ce que tu fais, tu prépares des campagnes publicitaires ?

Non, en fait elle répondait au téléphone, mais c'était un début, c'est ce que lui avait dit le gars, un début vers une brillante carrière. Je n'ai pas demandé s'il avait essayé de la sauter mais ça allait de soi.

– Zut, j'ai dit, si on s'en va ça risque d'être gênant, tu ne vas pas pouvoir rester.

Et elle a rigolé, c'est très ennuyeux, j'ai l'impression qu'ils comptent énormément sur moi, ils vont être déçus.

J'ai trouvé Marc changé, la dernière fois il rentrait de vacances, bronzé et sûr de lui, un battant, alors qu'aujourd'hui il paraissait fatigué et pour tout dire légèrement boutonneux. Il nous attendait devant le cinéma et le directeur de collection n'était pas avec lui. Il m'a serré la main mollement, le film allait commencer et je suis sûr qu'il aurait préféré qu'on voie nos petites affaires tout de suite mais c'était un peu compliqué de me dire viens vite, prends les vingt plaques et sauve-moi de la catastrophe, surtout à moi, le copain authentique des pontes de la Mafia, un minimum de sang-froid s'imposait.

Le film mettait en scène un jeune avocat sortant de l'école qu'une grosse firme recrutait et le gars était super-content parce que le salaire et les avantages dépassaient toutes ses espérances mais évidemment une fois sur place tout était bizarre, les employeurs se révélaient être de gros vilains, en cheville avec la pègre, et pas du tout les messieurs charmants que l'on pouvait supposer. C'était débile et très convenu, à un moment le jeune en voyage se faisait emberlificoter, de manière à pouvoir le manœuvrer les méchants lui tendaient un piège avec une pute top-top et l'autre bien sûr perdait la tête et la baisait comme un fou, ce qui le mettait ensuite dans une situation fort embarrassante. Le gars de la sécurité des voyous se le prenait entre quat'z yeux et lui montrait les photos, des gros plans et tout ce qu'on pouvait imaginer, c'était rigolo, le mec disait attention, pas une petite baise, des trucs intimes, des trucs avec la bouche qu'une femme ne pardonne pas, de manière à convaincre le jeune héros de ne pas balancer les secrets au FBI. Du coup il prenait la décision courageuse d'avouer sa faute, chérie il faut que je te parle, tu sais quand tu as téléphoné l'autre jour et que Jim t'a dit que j'étais sur la plage... La femme le fixait d'abord sans comprendre, et puis l'atroce vérité lui apparaissait, elle faisait encore non, ce n'est pas vrai, je ne peux pas y croire, mais sans le dire, juste avec les yeux, c'était hyperfort, le mec baissait la tête, si chérie, j'ai niqué ailleurs. Avec Marie-Pierre on s'est regardés, je suis sûr qu'on pensait tous les deux la même chose, au cap d'Agde ils n'auraient pas fait long feu.

Les lumières se sont rallumées et on a suivi le mouvement. Dehors une petite foule s'agglutinait, les gens s'embrassant à tout rompre, comment vas-tu, et smack, smack, visiblement Marc avait des obligations car il est resté collé au groupe, lui aussi à se bisouiller, Bruno, Marie-Pierre et moi attendions un peu en retrait, quand enfin il a réussi à s'arracher à l'emprise des mondains il était l'heure de dîner et il a proposé qu'on aille à côté, Chez Angèle, on serait tranquilles pour parler, ce qui n'a pas vraiment été le cas, deux chanteurs mettaient de l'animation en actionnant comme des diables un accordéon et un groupe entier de jeunes reprenaient les airs populaires en tapant dans leurs mains. J'ai l'argent a crié Marc, le menu était unique et affiché sur des ardoises, bien j'ai approuvé, très bien, et cela a paru le rassurer, la serveuse a pris les commandes, du hachis Parmentier pour tout le monde et une salade d'endives, Marc s'est avancé et a chuchoté de toutes ses forces dans le brouhaha, est-ce que tu le veux ce soir, je l'ai sur moi, et j'ai dit ah, les vingt bâtons, tu les as là, mais aussitôt je me suis repris et j'ai proposé qu'on voie ça dans ma voiture après le repas.

Le hachis était délicieux.

– C'est bon, non ?

Bruno était d'accord avec moi.

– Simple mais très correct.

Marc a dit qu'il venait souvent. On avait pris un petit touraine tout à fait honnête et je l'ai resservi, maintenant l'atmosphère était à la détente.

– Quand on regarde les merdes auxquelles on a droit, avec mon sujet je devrais faire un carton.

Et on a levé nos verres au succès du film, de notre film a insisté Marc, maintenant on est tous dans la même galère, bienvenue au club.

Je ne sais pas pourquoi mais j'étais garé à perpète, au parking de l'avenue Foch, on a traversé toute la place de l'Étoile, chacun son petit sac sous le bras, j'avais toujours mon magot, j'aurais pu prendre un coffre et le mettre en sécurité mais depuis le drame au pavillon c'était viscéral, je ne voulais pas le quitter des yeux.

– Il y a exactement deux cent mille francs.

Bêtement au moment de prendre les enveloppes je me suis senti gêné, gêné qu'il soit si con et si naïf. Marie-Pierre et Bruno étaient restés là-bas et on est repartis avec la Volvo jusqu'à la rue Brey, en jaillissant du parking une voiture pie nous a croisés, les flics ont paru nous observer et Marc a inspiré profondément, l'aventure commence Gros Bill j'ai pensé, quelle vie trépidante est maintenant la tienne. En rangeant son pognon j'avais ostensiblement fait briller un peu le mien, faut pas que je me trompe, toi c'est les grandes enveloppes marron, comme un crétin il avait demandé si j'avais beaucoup d'investisseurs et j'avais répondu vraiment mine de rien, tu plaisantes, mais ça n'arrête pas, des industriels, des hommes politiques, du délire, normalement ce n'est pas moi qui m'en occupe mais le gars du ramassage a la grippe. Ce n'est même pas qu'il était bluffé, il était ailleurs, en pleine conversation avec Marlon Brando et Al Pacino, encore mieux qu'en vrai, ah oui, il avait eu un petit rire nerveux, même des hommes politiques.

Je me suis garé devant le restaurant et on est descendus finir nos cafés, tout s'est bien passé a voulu savoir Bruno, et Marc lui a fait un signe du pouce et de l'index, impec, il avait l'air content, à cent mille francs près j'avais récupéré mon capital. On s'est attardés un peu, style copain-copain après le travail, j'en ai profité pour distiller quelques anecdotes, pour le prix c'était la moindre des choses, il m'écoutait médusé, la drogue arrive dans des paquets de litchis, des paquets de litchis déshydratés et surgelés, avec le froid les chiens ne sentent rien, et tu verrais le mec, Marie-Pierre le connaît, il ne paye pas de mine, on dirait vraiment le chinetoque de base, monsieur Ho, je ne sais pas si tu t'imagines le tableau, c'est l'antenne des Triades à Paris. Si, il imaginait très bien, monsieur Ho, tout ridé, sa pipe à opium dépassant du tablier et ses cruels petits yeux en amande, cette fois-ci la partie était loin d'être gagnée, Nick Carter avait du pain sur la planche.

Juste avant de nous séparer c'est lui qui a eu le mot de la fin, tu sais avec mon film je crois vraiment que je vais faire rêver les gens, maintenant c'est ça qui compte. Et j'avais renchéri, oui, je suis bien d'accord avec toi, tout en les regardant s'éloigner et en pensant non mais quel couillon, quand une voix a dit derrière mon dos bonjour Marie-Pierre, bonjour Gaston, et deux silhouettes se sont précipitées à la poursuite de Bruno et de Marc et un bras m'a entouré gentiment les épaules, donne le calibre grand, sans faire d'histoires. J'avais l'impression de me liquéfier, je suis resté paralysé pendant que les mains me palpaient et me soulageaient du sac et du pistolet, en un clin d'œil j'avais les pinces dans le dos et on me poussait dans une voiture avec Marie-Pierre, les deux autres avaient eu droit au même traitement un peu plus loin et le temps que je réalise j'étais déjà sur les Champs-Élysées, pin-pon, pin-pon, en route vers un destin funeste.

Pendant le trajet personne ne nous a dit un mot, les flics parlaient entre eux comme si on n'était pas là, celui qui conduisait avait vu le même film que nous et en discutait avec son collègue, la voiture s'est engouffrée dans le parking de la préfecture, je n'avais pas la moindre idée de ce qui pouvait motiver une arrestation.

– Alors, m'a dit un barbu une fois installé dans le bureau, on t'écoute.

Marie-Pierre avait disparu, Bruno et Marc aussi, un des inspecteurs fouillait dans le sac, qu'est-ce qu'il y a là-dedans Gaston, tes économies ? Un autre s'est approché avec un registre et m'a dit de signer, émargement des intéressés, t'y es Gaston, faut te faire à la suite du programme, j'ai dû me déshabiller pendant qu'ils ouvraient les enveloppes, je sentais les gouttes de sueur dégouliner le long de mon dos, merde a dit un flic, mais il y a une fortune là-dedans, et j'ai vu l'étonnement se peindre sur les visages, mais dis-moi a fait le principal, je croyais que c'était la crise économique, va falloir nous expliquer tout ça. Un autre enlevait le chargeur du 7,65, qu'est-ce que t'avais en tête Gaston, tuer quelqu'un ?

Un plus âgé m'a lu mes droits, selon la nouvelle procédure, est-ce que je voulais qu'on prévienne quelqu'un, avais-je besoin d'un médecin ? au bout de la vingtième heure je pourrais faire appel à un avocat, j'ai dit que je ne voulais prévenir personne, à part Marie-Pierre de toute façon je n'avais pas grand monde et comme en plus les flics ont précisé que dans mon cas ils avaient l'autorisation du procureur pour interdire les communications l'affaire était entendue.

– Bon, a fait le principal, si on rentrait dans le vif du sujet ?

Un jeune m'a tendu un exemplaire du *Parisien*.

– Tu sais que ton copain est dans le journal ?

Quel copain ?

Mais c'était grillé, pas besoin de m'en dire plus, sur quatre colonnes avec le titre bien en gros s'étalait la gueule de mon contact au Havre, « Un citoyen au-dessus de tout soupçon », suivi de tout un laïus que je n'imaginais que trop bien, l'article démarrait sur « C'est par un concours de circonstances peu ordinaire que l'inspecteur principal L. a pu être confondu. Interpellant deux cambrioleurs en flagrant délit, les policiers du SRPJ de Rouen ont eu la surprise de découvrir, dans cette fermette à proximité du Havre, une véritable caverne d'Ali Baba... »

– C'est la vieille qui te met dedans, elle a tout donné, le nombre de tes visites, les quantités, tout était marqué sur un cahier.

Des cambrioleurs, je n'y croyais pas un instant, avec les chiens c'était impossible, c'était un coup monté, j'en étais sûr.

– On va commencer par le commencement, ton premier voyage en Normandie remonte à quand ?

Il m'a fallu détailler mes activités et bien sûr j'essayais de ramener ça à de justes proportions, une petite combine artisanale et sans grande envergure mais ils m'ont tout de suite arrêté, depuis février j'avais vendu cinq mille trois cents magnétoscopes, deux mille appareils photo, plus de mille cinq cents téléviseurs. Tu dégringoles Gaston a dit le principal, et pas pour six mois.

– Et le pognon, c'est quoi le pognon, tes gains sur le business ?

L'interview s'est encore poursuivie un petit temps et ils m'ont descendu en cage, au moment de quitter le bureau un inspecteur a surgi, faut appeler les Mineurs, la fille a dix-sept ans, et le principal a sifflé, exactement comme le connard dans l'escalier des mois auparavant, dix-sept ans, tu fais fort Gaston, tu t'emmerdes pas et j'ai pensé qu'ils avaient dû prévenir Myriam.

J'étais à l'isolement, dans une cellule individuelle, il faisait froid, je n'étais pas très couvert. L'arrestation avait eu lieu vers huit heures et demie, il devait être au moins minuit, je me suis allongé sur le bat-flanc en béton et j'ai essayé de retrouver mes esprits, j'étais anéanti. Une fois un toxico m'avait raconté sa garde à vue, en manque et sans espoir de sortir, toute la nuit il s'était préparé à cette idée, ne plus jamais prendre de came, ne plus jamais se retrouver là, pieds et poings liés, au matin sa décision était forgée dans un bloc d'acier massif, tellement frissonnant de rage qu'il en avait les cheveux dressés sur la tête, c'était réglé, fini à tout jamais, la première chose qu'avait sortie l'inspecteur c'est un paquet, à l'époque ça se pratiquait régulièrement, si tu veux te faire un shoot c'est le moment mon gars, et évidemment il avait balancé tout ce qu'il savait, qu'est-ce qu'on pouvait faire d'autre. Je me suis endormi sur cette image, un effort de volonté d'une puissance inouïe sabré en une seconde, et j'ai rêvé un tas de choses bizarres, à la fin le toxico apparaissait, en fait c'était le même mec qui avait inspiré mon petit poème *J'ai pas aimé ta mort*, dans mon rêve il n'était plus du tout décédé, mais dynamique et fringant au volant d'une Saab neuve, une allure de yuppie, il baissait sa vitre et je l'entendais me parler, tu vois le père que c'est possible de décro, même le sida j'ai réussi à m'en tirer, et à cet instant, toujours en songe, je me réveillais et un sentiment horrible de désillusion m'envahissait, une voix disait ce n'est pas possible de revenir, une fois qu'on est parti c'est pour toujours, après il faut recommencer au départ, et là je me suis réveillé vraiment, il faisait de plus en plus froid et la nuit semblait loin d'être finie.

Quand on est venu me chercher j'étais transi. C'est la mauvaise période a dit le condé, il fait froid mais il n'y a pas encore le chauffage. Dans le bureau j'ai eu droit à un café et Bruno est arrivé, l'air défait, on nous a passés les menottes et on est partis pour la perquise, c'était tout comme un mauvais cauchemar, la standardiste a failli avoir une attaque et Patricia n'en revenait pas, mais qu'est-ce qui vous arrive, qu'est-ce que vous avez fait ? Les flics semblaient parfaitement renseignés, ils ont saisi mes agendas, des cahiers dans les affaires de Marie-Pierre et des disquettes d'ordinateur, avant de descendre dans la réserve bourrée à craquer de marchandise, depuis mon dernier voyage au Havre je n'avais quasiment rien vendu et ils ont dû appeler un car pour le déménagement. En sortant un petit rayon de soleil a illuminé la façade de l'immeuble et la lumière s'est reflétée sur la plaque bien lustrée d'Extramill, comme à mon intention secrète, une phrase résonnait dans ma tête, les jeux sont faits monsieur. Les jeux sont faits, faites vos jeux.

De retour dans le service Bruno a de nouveau disparu avec d'autres inspecteurs, on avait pu échanger quelques mots, il m'avait dit entre ses dents t'inquiète pas, je tiens le coup, moi par contre ce n'était pas le cas, depuis le matin j'attendais une ouverture pour proposer un petit marché, il n'était pas question que je passe l'hiver à Fresnes, mais rien ne venait, ils continuaient à s'acharner sur les aller-retour au Havre et comment j'avais organisé l'activité, la seule chose à laquelle je me cramponnais c'était le conseil d'un vieux truand, si tu balances, toujours au-dessus, jamais en dessous, sinon c'est contre toi que ça se retourne, une fois serrés les mecs t'enfoncent encore plus, et donc je restais évasif sur mes clients, ce qui ne faisait pas du tout la blague, évidemment, et le principal commençait à s'énerver. Gaston pour le moment on a été gentils, ne nous oblige pas à changer de ton, si bien qu'au retour de la pause déjeuner, eux avaient mangé, moi toujours pas, par lassitude j'ai dit d'accord, je vais vous expliquer, et j'ai donné Mokthar et son cousin, en Kabylie ils pouvaient toujours s'accrocher pour les retrouver, mais je me suis arrangé pour qu'il y ait suffisamment d'éléments à vérifier, l'adresse et les cafés où ils allaient, de manière à prouver ma bonne foi. O.K. a dit le principal, on va voir ça, et il a farfouillé dans les dossiers posés devant lui, maintenant passons aux choses sérieuses.

Il y a deux mois à cette seconde j'étais sur un matelas pneumatique, avec la mer en face de moi, et je trouvais ça pas bien et ennuyeux.

Il a agité une liasse de photocopies agrafées ensemble, tu sais ce que c'est Gaston, j'ai fait non, comment voulez-vous, et il a commencé à lire, c'était les transcriptions des écoutes téléphoniques sur la ligne du bureau du 1er au 10 octobre, tout le temps où j'étais à l'hôtel.

« – Oui, c'est Marc, tu l'as eu, t'as eu des nouvelles ?

– Non, pas encore, mais je crois qu'il est sur quelque chose d'important en province... »

L'inspecteur avait pris une voix atone, légèrement trébuchante, comme un élève appliqué et malheureusement peu doué. Autre jour :

« – C'est Bruno, ça y est, je l'ai eu, c'est bien ce que je t'avais dit, en ce moment il y a d'autres priorités. Je comprends que tu sois pressé mais tu sais très bien à quel niveau il fonctionne. »

Non a fait l'inspecteur de sa voix normale, on n'en sait rien. Les autres n'ont même pas souri. Autre jour.

« – Bien sûr que tu peux avoir confiance, il est allé me chercher, hum, Corinne, et crois-moi c'était du comme je n'en avais jamais vu. »

– Pas de came, hein Gaston ? a remarqué l'inspecteur, jamais, la drogue c'est pas ton truc.

Et après c'était encore pire, Bruno vantait mes mérites.

– Il faut bien que tu comprennes qu'on travaille avec un gros, gros poisson, je crois que c'est la Maf, ou au moins un truc de cet ordre.

Il y a eu un silence dans la pièce. Qu'est-ce que tu en penses Gaston, qu'est-ce que tu penses de tout ça ? Et malgré des efforts désespérés pour trouver quelque chose à dire, n'importe quoi, rien ne venait, j'étais la bouche ouverte face à cette assemblée goguenarde et malveillante.

– Et la déposition, lis-lui donc la déposition.

L'inspecteur a farfouillé dans une autre pile, mon nez me piquait j'avais envie d'éternuer, il s'est éclairci la voix, « C'est suite au revers subi par mon entreprise ces derniers mois que j'ai cédé aux propositions de la personne connue sous le nom de Gaston et gérant de la société Extramill... Je crois savoir qu'il est en contact avec des Chinois appartenant aux Triades et également impliqué dans des collectes d'argent en rapport avec le financement de partis politiques et d'industriels... Je me déclare totalement disposé à collaborer avec vos services afin de faire toute la lumière nécessaire dans cette affaire où ma bonne foi s'est trouvée abusée. »

– Té, a dit un qui avait l'accent du Sud, c'est pas un vaillant celui-là, j'ai dû l'emmener trois fois aux cabinets pendant l'audition, il était tout détraqué.

Le principal a tapé dans ses mains, alors grand, c'est quoi toutes ces sornettes, c'est vrai ou bien... ?

Et ce qu'il pensait je le voyais distinctement, qu'est-ce qu'un baltringue pouvait avoir comme rapport avec le gratin de la pègre et la politique, et en même temps il y avait une voiture à trente plaques, de l'oseille en pagaille et plein de déclarations corroborantes.

– Tu sais ce que j'ai pensé au départ ?

J'ai fait non, mon nez m'a piqué de plus en plus fort et j'ai éternué. Personne ne m'a tendu de mouchoir.

– Que tu étais un bouffon et que tu leur avais monté une arnaque.

Il m'a bien observé.

– Maintenant je n'en suis plus si sûr.

J'ai expliqué par tous les bouts ce que je comptais faire et comment était venue la supercherie, en donnant des détails sur le vol dont j'avais été la victime et que je n'avais vu que ça pour me sortir de l'ornière mais c'était peine perdue, il ne voulait rien entendre, va falloir que tu t'allonges Gaston, d'après lui je partais pour un minimum de trois ans.

– Et quand je dis minimum tu peux me faire confiance.

Maintenant son ton me semblait aussi grinçant que le croassement d'un corbeau.

– Et ta copine ?

Avec tous les rebondissements le sort de Marie-Pierre m'était complètement sorti de l'esprit.

– Elle n'était au courant de rien, mes affaires c'était à part, pas avec elle.

Ils ont eu tous une moue dégoûtée, comment veux-tu que l'on te croie Gaston, on est corrects et t'essayes de nous charrier. Celui avec l'accent du Sud brandissait un cahier de dessin. Il l'a feuilleté, il y avait des marque-pages en papier journal.

« Jeudi 10 mai. Pour le moment les projets de Gaston sont une réussite, je ne sais plus où donner de la tête, entre l'emménagement dans les nouveaux locaux, aider Gilles pour la clientèle et penser aussi à des campagnes publicitaires le temps passe à la vitesse de l'éclair.

« Mercredi 1er juin. La maternité a été terrible. J'entendais tous les bébés pleurer et les femmes enceintes. J'espère que je ne suis pas stérile. Gaston et Gilles préparent une grosse affaire du côté de Rungis. Gaston paraît très absorbé. Je ne sais pas s'il réalise très bien ce que je vis.

« Lundi 31 juin. C'était plus qu'un anniversaire, c'était

une réception somptueuse. Je suis contente qu'elle ait pu venir et qu'elle soit heureuse avec Gilles. Pendant le dîner il s'est passé une chose curieuse, j'étais assise à côté d'Alexandre, et à un moment il m'a caressée, sans rien dire, en continuant à discuter comme si de rien n'était. C'était vraiment bizarre. Différent de ce que j'avais pu éprouver avec Gaston ou avec Joël. Savoir exactement quels sentiments à son égard ? »

Tous les flics me mataient, l'Accent du Sud a continué, j'étais blême. « Gaston veut absolument que je lui fasse avec ma bouche et même en me forçant je n'aime pas ça. Se rend-il compte qu'avec lui je ne ressens pas grand-chose ? » J'aurais préféré être ailleurs, personne ne pouvait survivre à ça. Gastounet veut absolument que je lui fasse avec la bouche a chantonné un des connards. Depuis le début de l'après-midi ils ne m'avaient pas remis les pinces et j'ai voulu arracher la machine à écrire sur le bureau pour la lancer devant moi mais avant que j'aie pu l'attraper ils étaient sur moi et je me suis fait péter la gueule dans tous les sens, à grands coups de Bottin sur la tête, on va te calmer petit enculé, mais je n'avais aucune envie de me calmer, j'avais envie de mourir, à ma grande surprise je me suis mis à pleurer, sans pouvoir retenir mes larmes, comme une fontaine, en pleurnichant que je leur disais la vérité et que j'étais prêt à leur balancer des gens intéressants s'ils me laissaient sortir, ce qui a provoqué un nouveau coup de Bottin, les marchés c'est nous qui les proposons connard, et dans ton cas c'est mal parti.

En fin d'après-midi je suis redescendu en cage, je n'étais plus tout seul, un jeune était assis dans la cellule, j'ai dit bonjour et je me suis assis, la situation était de plus en plus critique, j'allais la tuer, elle et ces deux enculés de Joël et d'Alexandre. J'étais à ruminer mes malheurs et ma haine, sans le moindre désir de parler, mais mon colocataire avait l'air d'en avoir gros sur la patate et j'ai dû écouter sa litanie et même compatir, dans la cité où il habitait il y avait tout un groupe de toxicos et un gars venait quotidiennement et les arrosait, en R 5, régulier comme le facteur, un vrai enculé, et un jour il y en avait un qui sortait de l'HP, vraiment pas dans son assiette et cassé aux neuroleptiques, mais comme il venait de toucher son RMI il était en fonds et avait absolument voulu acheter, tellement assommé par les médicaments qu'il n'arrivait pas à se faire son shoot, tout le monde disant arrête Didier, va te coucher, dans ton état il n'y a que ça à faire, c'est le dealer qui l'avait piqué et le lendemain on l'avait retrouvé mort sur la pelouse derrière son bâtiment, tous les jeunes étaient fous, même ceux qui n'étaient pas dans la came, ça avait été comme une flambée de colère pour compenser tout le reste et les mois à lâcher du pognon à cette ordure, la dope une fois sur deux qui n'était pas bonne et mal servie, quand le type s'était pointé, la gueule enfarinée, et visiblement pas au courant du décès, les jeunes l'attendaient avec des barres de fer et ils l'avaient démoli, avec sa R 5, le laissant paralysé et dans le coma. Le seul à s'être fait prendre était celui en cellule avec moi, son blouson l'avait trahi, personne d'autre n'en avait un pareil et maintenant il avait avoué, sans donner ses potes. Il me regardait, fou de parano à cause des paroles de l'inspecteur, si le gars passe t'y es profond mec, c'est homicide avec préméditation, c'est les assises et dix ans de centrale. Mais qu'est-ce que je vais faire il répétait sans arrêt, j'ai dix-neuf ans, je ne me drogue même pas, qu'est-ce que je vais faire ?

Je l'écoutais et malgré ma propre angoisse et ce que j'éprouvais, le dépit et l'amertume d'avoir été trahi, une grande tristesse m'a envahi, le môme continuait son histoire, je n'ai plus que ma mère, mon père est mort l'année dernière, si je pars pour dix ans elle ne va pas survivre, comment elle fera pour venir me voir, elle n'a pas le permis, une tristesse profonde et sans fin, englobant aussi bien lui, moi, Marie-Pierre, Marc et Bruno, le couillon overdosé sur sa pelouse et le dealer dans sa R 5, les larmes me coulaient des yeux sans que je puisse les arrêter, merde j'ai pensé il y a quelque chose qui ne tourne pas rond et nous tout ce qu'on peut faire c'est subir. Je me suis endormi recroquevillé par terre et, incroyable mais vrai, j'ai ronflé jusqu'au matin.

Ma garde à vue était prolongée et comme il était question de stupéfiants le proc était d'accord pour pousser jusqu'à soixante-douze heures si nécessaire. A l'avocat proposé j'ai dit non, pas la peine de jouer les super-caïds, c'était déjà bien assez dur comme ça, mais aussitôt après je l'ai regretté, la pression a continué toute la journée, et encore le soir, et au final c'est le commissaire qui est venu, on peut éventuellement trouver un terrain d'entente mais il va falloir payer et pas en monnaie de singe. J'ai balancé deux braqueurs, deux frères que je connaissais, de la Butte-Rouge à Châtenay, je sais qu'une fois ils avaient tiré et qu'une femme était morte. Ça a dit le commissaire, si c'est vrai c'est bon. J'ai essayé de parler d'un dealer de gare du Nord, je savais où était son hôtel, mais l'inspecteur m'a tout de suite arrêté, attends Gaston, c'est la BRB ici, tu ne vas pas nous balancer un crouille avec deux paquets à vingt sacs, un plan de blanche dans les beaux quartiers à la limite. T'as pas quelque chose de plus sûr m'a bousculé l'Accent du Sud, et j'ai donné le mec en meublé à qui j'avais acheté la coke de Bruno, lui vendait au dix et au cent, l'inspecteur a fait son difficile, ouais, on va refiler le bébé aux collègues, c'est maigre quand même. Le commissaire a demandé si dans mes clients il n'y avait pas du beau linge et j'ai dit si, il y a un avocat à Lille et ils ont tous approuvé, eh bien voilà, quand tu veux tu peux.

J'ai vu le juge d'instruction le lendemain matin, sans passer par le dépôt, c'est le principal et le Toulousain qui m'accompagnaient, c'est obligatoire maintenant a expliqué le principal, terminé le temps où l'on te déchirait la procédure et roulez jeunesse, t'avais tes indics et personne n'en savait rien, ni le proc, ni le pape, aujourd'hui c'est tout en collaboration avec les juges, et c'est aussi bien, on est couvert.

Je me suis retrouvé dehors, aussi déboussolé qu'au retour d'un voyage de quinze ans sur la lune, Marc et Bruno avaient été relâchés sans être déférés et Marie-Pierre aussi, j'avais mon papier de contrôle judiciaire à la main et vingt mille francs que m'avaient donnés les flics, le reste était saisi pour les besoins de l'enquête, et je devais leur balancer encore d'autres affaires dans les prochains jours.

– N'empêche, m'avait dit le commissaire en faisant allusion à Marc et aux deux cent mille francs, une embellie pareille t'es pas prêt d'en retrouver une.

A lui l'argent avait été restitué dans son intégralité et d'ailleurs moins d'une heure après l'arrestation des coups de fil pleuvaient déjà, sa famille était intime avec les plus hautes sphères de l'État et il n'était pas question d'envisager le moindre traitement inélégant. C'est vrai que dans le fond il n'avait rien fait, si ce n'est confier ses économies à un escroc. Quant à Bruno, certainement influencé par des lectures néfastes il avait commencé par répéter, la mâchoire serrée comme dans une Série noire, je n'ai rien à vous déclarer, je n'ai rien à vous déclarer, jusqu'à ce que le Toulousain le fasse mettre à poil et lui explique les choses d'une autre manière, mais attention m'a dit le flic, jusqu'au bout il a essayé de ne pas t'enfoncer. Marie-Pierre, elle, à cette heure devait avoir regagné la Normandie, juste avant de quitter le bureau j'avais eu un coup de chance, mon premier depuis un moment, son journal était posé sur la pile de procédures et sans que personne n'y prête attention j'avais pu le récupérer.

– Pense bien, m'avait dit l'inspecteur, que les mecs qui essayent de nous doubler on les retrouve toujours, c'est forcé.

La première chose que j'ai faite c'est d'aller chercher ma voiture, qui n'était plus à sa place, et je me suis fait la réflexion c'est la bonne période en ce moment, les autres m'enchristent, je sors et on m'a piqué ma bagnole, mais non, fausse alerte, elle était juste partie à la fourrière, sous l'avenue Foch, l'emplacement était pour les livraisons, en tendant mes cinq cents francs j'ai réalisé que le peu de pognon que j'avais récupéré allait fondre comme neige au soleil.

Je n'avais pas trente-six mille solutions, il n'était pas question de retourner à l'hôtel et ma foi le loyer à Châtillon était payé jusqu'à mi-novembre, j'ai fait le tour par le jardin, c'était étrange de se retrouver là tout seul après ce qui s'était passé, le bruit de mes pas semblait résonner dans les pièces vides et j'ai entrepris de faire du feu, la chaudière était coupée et on gelait.

Le journal de Marie-Pierre commençait par ces mots : « Depuis que je l'ai rencontré c'est comme un conte de fées. » Je n'arrivais pas à continuer, j'avais les larmes qui se remettaient à couler, comme une fontaine que rien ne pouvait arrêter. Ce que m'avaient lu les flics était de la rigolade au regard de ce que je découvrais page après page. J'en avais les cheveux qui se dressaient sur la tête. Une salope et une pute, prête à se faire niquer à la moindre occasion, voilà la fille avec qui j'avais passé un an et dont j'étais éperdument amoureux. Au Havre alors que je me démenais sous la pluie comme un perdu Joël l'avait branlée dans la camionnette et elle lui avait rendu la pareille. Je la revoyais parfaitement, venant à ma rencontre, son petit blouson en protection sur la tête. Chaque jour amenait son lot de stupéfactions, des scènes plus affreuses les unes que les autres, elle avait baisé avec un mec des bureaux en dessous d'Extramill et il n'y avait pas quinze jours Alexandre l'avait emmenée partouzer, elle avait trouvé ça curieux mais plutôt marrant. Curieux mais plutôt marrant.

A force de pleurer le sommeil m'a saisi sur le canapé et dans mes rêves Joël se masturbait en susurrant The Dark Side of the Moon mec, le côté caché des gens, comment le connaître, et d'autres fantaisies du même genre. Quand j'ai rouvert les yeux le feu était éteint, il faisait jour et Marie-Pierre, assise dans le fauteuil, me regardait d'un air dubitatif.

– Qu'est-ce que tu fais là ?

Elle a fait une petite grimace. Le journal intime était en évidence sur la table de nuit.

– Gilles et ma mère m'ont emmenée récupérer le reste de mes affaires. Les policiers m'ont dit que je devais pas te revoir et que tu allais rester des années en prison.

J'ai essayé de me repeigner, mes cheveux étaient tout ébouriffés.

– Eh bien tu vois, je suis là.

– T'es fâché ?

Et je ne savais pas si elle faisait allusion au cahier, à ce que lui avait ordonné la police, ne plus jamais me revoir, ou à autre chose encore, par contre la seconde d'après on était l'un contre l'autre, en train de se déshabiller, comme dans un film terrible où le héros et l'héroïne n'en ont plus que pour quelques heures à vivre et se la donnent à fond, je l'embrassais de toutes mes forces, sans plus penser à tout ce que j'avais lu mais un peu quand même, et c'était hyper-torride, j'avais une envie folle d'elle, on commençait à baiser quand j'ai senti avec horreur que j'étais en train de débander, sans que je puisse rien y faire, au contraire plus je me contractais et plus le mal me gagnait, on a dû s'arrêter et elle a dit c'est pas grave, ça ne fait rien, je suis drôlement contente que tu ne sois pas à Fresnes, et moi je pensais c'est le bouquet, que peut-il m'arriver de plus ?

Elle s'est rhabillée, Gilles et sa mère étaient partis à Vélizy faire des courses et allaient revenir, j'aime mieux ne pas leur dire que t'es là, ma mère fait quand même un peu la gueule. Je me suis rappelé le soir de l'anniversaire et les panoplies de luxe que j'avais payées. Pour enfiler sa robe de prix Myriam n'avait pas les mêmes scrupules. Marie-Pierre m'a fait un petit bisou, appelle-moi en Normandie et dis-moi où tu es. On a entendu un coup de klaxon et elle a disparu, emmenant son journal, je n'avais eu ni le courage ni le temps de lui parler.

A onze heures j'avais rendez-vous au contrôle judiciaire. J'ai fait ma toilette à l'eau froide, tristement, comme un vieux, usé et n'y croyant plus et je me suis mis en route. D'être au volant de ma voiture m'a redonné le moral, c'était quand même autre chose que de prendre le métro. J'étais à évaluer mes chances de remonter la pente et de me refaire, après tout je n'étais pas le premier à connaître un petit handicap, quand en bas de la côte de Châtillon on a frappé à mon carreau, sur un Vmax pétaradant l'un des deux frères que j'avais balancés l'avant-veille me faisait un coucou. On s'est garés, merci j'ai pensé, merci mon Dieu, vraiment il ne manquait plus que ça, le gars s'avançait vers moi et il fut un temps où nous avions été proches, presque amis, et maintenant je devais sourire et le regarder dans les yeux, il me demandait comment ça allait, en inspectant ma voiture, dis-moi t'as l'air prospère, lui en ce moment c'était moyen, ils étaient séro tous les deux avec son frère et on venait de lui enlever la rate, mais bon je touche du bois, il y en a de plus mal lotis. Sinon ils bricolaient toujours, bien obligé, c'est pas aujourd'hui dans sa situation qu'il allait postuler chez Renault. On s'est promis de se revoir, t'as toujours l'adresse il m'a demandé en partant et j'ai dit oui, j'ai toujours l'adresse. Judas. Exactement comme dans la Bible, j'avais justement lu le passage quand j'étais à l'hôtel, il y en avait une dans la chambre d'Héloïse, *Le soir étant venu il arriva avec les douze. Pendant qu'ils étaient à table et qu'ils mangeaient Jésus dit : « Je vous le dis en vérité, l'un de vous, qui mange avec moi, me livrera.* »

La contrôleuse judiciaire était une petite mamie, avec des bottillons fourrés et un manteau en Skaï doublé et à peine assis le contact s'est bien établi, elle plissait le front pour mieux me jauger et je crois que très vite son opinion s'est faite, elle m'a demandé si j'avais eu des problèmes de drogue ou d'alcool, et je l'ai rassurée que non, pas du tout, j'étais chef d'entreprise, les dérivatifs et les échappatoires ce n'était pas mon genre, je lui ai raconté ce qui s'était passé, ma soif de réussir et l'association malheureuse avec ce type du Havre, un policier, vous comprenez madame j'étais en confiance et une fois enclenché c'était trop tard pour reculer, j'étais coincé. Je voyais qu'elle approuvait à tout ce que je disais et plusieurs fois elle est revenue à la charge, vous ne buvez pas, vous ne vous droguez pas, c'est ce qui compte, des bêtises tout le monde peut en faire et elle m'a demandé comment j'envisageais l'avenir, ce qui était bien sûr la grande interrogation et je ne pouvais pas lui dire petite mamie tu sais ce que j'attends c'est de mettre la main sur une embellie similaire ou n'importe quoi d'autre qui me ramène de l'oseille, parce que malgré toutes mes tergiversations ou les doutes par lesquels j'étais passé, c'était toujours d'actualité, les buts à poursuivre n'étaient pas légion, je n'allais pas me faire moine ou Médecin sans frontières au débotté, mais au lieu de ça j'ai murmuré je ne sais pas madame, je désirerais tellement revenir dans le monde de l'entreprise, même par la petite porte, avoir une activité honnête, j'en ai les capacités vous savez, et à cet instant je me suis fait l'impression d'être Alex, le héros d'*Orange mécanique*, quand il est avec le gars de la prison et qu'il fait le faux à mort pour arranger sa situation, hypocrite comme un serpent. Elle s'est frotté le nez pensivement, il y aurait bien une possibilité et je suis resté interdit, face à elle et à sa bonne parole, oui madame, je vous écoute. Elle a griffonné une adresse sur son bloc, il faudrait prendre contact avec cette association, je vais moi-même les avertir de votre démarche, il s'agit habituellement d'une structure procurant du travail à d'anciens drogués mais les résultats sont tellement décevants, il faut bien le dire, avec ce type de clientèle, qu'ils sont en train de changer un petit peu leur fusil d'épaule. Visiblement ce n'était pas les Arabes qu'elle avait dans le nez mais les camés. Je l'ai quittée en promettant de téléphoner dès le lendemain.

Pour passer à la BRB je n'avais que la rue à traverser, j'ai demandé au planton en bas de prévenir de mon arrivée et quelques minutes plus tard l'Accent de Toulouse est descendu, viens, on va boire un café, et nous sommes ressortis de la préfecture jusqu'à la buvette du Palais, ses collègues avaient sauté le dealer en meublé le matin même et en ce moment le type était dans le service, pas la peine qu'il me voie. *En vérité, l'un de vous, qui mange avec moi, me livrera.*

– Quoi d'autre sinon, une nouvelle affaire en vue ?

J'ai dit non, un peu de patience, ça va venir, par contre j'ai rencontré un des braqueurs, le flic a eu l'air intéressé, il ne se doute de rien, tu es sûr, ils avaient pris des renseignements et les gars avaient l'air d'être des chauds, pour l'un il y avait un avis de recherche, soupçonné d'avoir participé à des attaques avec violence et prise d'otage et l'autre était blanc mais c'était certain que c'était des bons. La concierge où ils habitaient avait parlé, le train de vie était on ne peut plus conséquent et ils ne bossaient pas. Je n'en revenais pas de leur rapidité.

– Aujourd'hui on est en sous-effectif mais je pense que demain ou après-demain on les explose.

Il m'a posé quelques questions sur les braquages eux-mêmes, où, quand, comment, et la femme qui était morte, est-ce que j'avais plus de détails, d'après les éléments fournis il avait fait des recoupements et c'était soit à Meudon, soit à Bagneux, c'est une mauvaise affaire pour tes potes cette histoire, des camés braqueurs et meurtriers, en général les jurés ont horreur de ça. Je les ai revus, dix ans avant, qui aurait pu le prédire. Il a dû lire dans mes pensées parce qu'il s'est inquiété.

– Ça te fout les glandes de balancer, hein, tu penses que t'es un vendu ?

Et j'ai dit oui, exactement, et il a eu un sourire compatissant, le problème c'est qu'une fois le doigt dedans c'est dur de faire marche arrière.

Il a payé les consommations et on est sortis.

– Si ça peut te rassurer je peux te dire que t'es pas le seul, tout le monde le fait.

Et il a embrayé sur des voyous du dix-huitième qui avant tenaient un café, *Le Cadran de Magenta*, tu vois où c'était, non seulement je voyais très bien mais je connaissais les gars, des espèces de connards, toujours à la ramener comme si c'était les rois de la pègre, et bien c'était des balances là-dedans, et pas qu'avec son service, avec tout le monde, les frères, les cousins, ils rencardaient tout Paris.

J'ai promis de le recontacter et il s'est réengouffré dans la préfecture. Ma voiture était garée sur un parcmètre et avait déjà une contravention, j'ai continué à pied en longeant la Seine, un vendu, je n'aurais pas pensé que ça me ferait un tel effet.

Il faisait froid et la nuit tombait, Marie-Pierre devait être rendue en Normandie. Dans le square derrière Notre-Dame le gardien commençait à fermer, il y avait plein de feuilles mortes partout, un bateau est passé et on a entendu le bruit d'une chanson, *Qu'est-ce qui fait danser les femmes, Tantôt ombres tantôt flammes, Qu'est-ce qui fait danser les femmes, Sur la piste de mon âme, En de noires pensées*, j'ai traversé le pont en direction de la rive gauche, les bouquinistes avaient déjà plié leurs boîtes, je suis rentré dans une librairie et j'ai feuilleté les livres, le premier qui m'est tombé sous la main s'intitulait *Les Grands Traîtres de l'Histoire*, je l'ai reposé, à côté il y avait une bible.

Peut-être que c'était ça, j'étais Judas, j'avais déjà donné mon pote il y a deux mille ans et maintenant je revenais en deuxième semaine tenter un bis.

Je me suis rapatrié sur Châtillon, désemparé et sans illusion sur la suite. Ça ne pouvait aller que de mal en pis.

***

Quand elle était là je me plaignais qu'elle prenait toute la place et qu'elle ronflait, mais maintenant elle était partie, j'étais le bec dans l'eau, dans les draps tout froids et avec juste mes yeux pour pleurer. Je me repassais le film, du début jusqu'à la fin, même si elle avait emmené son journal certains passages étaient imprimés dans ma mémoire comme au vitriol, la main du gros porc qui la boutiquait sous la nappe pendant l'anniversaire, et l'autre enculé dans la camionnette, impossible de me détendre, j'ai attrapé ma bite, d'abord doucement, puis de plus en plus fort, salope, tout le monde te baisait, derrière la porte de la salle de bains il restait un sac en plastique plein de linge sale, des culottes et des chemises, je me suis frotté avec et j'ai joui, tout le monde te baisait, sans que ça me calme beaucoup, dans la glace j'avais une tête de dingue, les sous-vêtements et mon truc tout rouge qui pendouillait, j'ai essayé de m'endormir mais sans succès, j'ai encore dû me branler, une fois, et puis encore une autre, avant de trouver le sommeil.

Le lendemain, du café où je petit déjeunais j'ai appelé l'association et à ma grande surprise la dame que j'ai eue m'a dit mais oui, je suis au courant, votre contrôleuse judiciaire nous a téléphoné, voulez-vous passer aujourd'hui, le président a un trou en fin de matinée, je me suis vraiment trouvé bête, je ne pouvais pas dire non, j'ai dit oui, d'accord, donnez-moi l'adresse.

Le local de la fondation se trouvait boulevard Macdonald, dans les entrepôts du même nom, la femme à l'accueil était celle qui m'avait répondu au téléphone, une femme entre deux âges, genre un peu grosse mémère et en moi-même j'ai pensé peut-être qu'elle n'a rien à foutre, c'est ses œuvres, elle s'emmerde tellement qu'il lui faut s'occuper des misérables pour se distraire. Elle m'a invité à patienter avec une revue et m'a dit que le président allait me recevoir. Président, c'était le nom que se donnaient les dealers négros à Barbès, de retour à Dakar c'était l'effet garanti, tu sais comment m'appellent les toubabs, président mon pote, je suis le roi de la forêt là-bas.

– Asseyez-vous.

C'est ce que j'ai fait, le président avait la soixantaine, peut-être un peu plus, les cheveux blancs en brosse et un costume bleu électrique, il aurait à l'aise pu faire le patron des services secrets dans un film avec Lino Ventura.

– Je vous écoute.

Devant lui était posée une feuille blanche sur laquelle il a pris des notes au fur et à mesure que je parlais, je m'appelle Gaston. Une succession de mauvais choix dans la gestion de mon entreprise me conduit aujourd'hui à répondre de certains actes délictueux. Je n'ai pourtant ni l'âme ni le profil d'un délinquant et je souhaiterais vivement pouvoir me réinsérer dans le monde de l'entreprise. Il m'écoutait attentivement, il avait une grosse chevalière en or à la main droite.

– Quelle formation possédez-vous exactement ?

J'ai dit bac plus, une école de commerce et je suis rompu à toutes les techniques de négociation, il l'a griffonné sur sa page.

– Des problèmes de drogue ? D'alcool ?

Décidément c'était une obsession.

– Absolument pas.

Il a paru super-content.

– Je ne vous cache pas que la vocation première de notre structure est avant tout de s'adresser à des toxicomanes.

Il a marqué un temps.

– Malheureusement nous allons de désillusion en désillusion.

Maintenant ça me revenait, un gars que je connaissais avait déjà eu affaire à eux. Un jour qu'il était hospitalisé à Marmottan débarquent un grand footballeur et un publicitaire, salut les amis on crée une fondation pour vous trouver du boulot, et mon gars justement voulait travailler dans la publicité, en sortant du sevrage il avait donc attendu plein d'espoir le poste de haute fonction, des semaines, pour finalement obtenir une place dans un restaurant, à mettre les assiettes dans une machine, tout ça de nuit et dans une vapeur infernale. Paraît-il que même les Pakistanais en situation irrégulière ne restaient pas. Il s'était arraché avec la sacoche du cuisinier le troisième soir.

– Nous nous sommes considérablement investis pour, il faut bien l'avouer, un résultat fort peu probant. Nous avons d'ailleurs dû interrompre nos relations avec bon nombre d'entreprises suite aux vols, absentéismes et incidents divers qui vont de l'overdose dans les toilettes à la tentative de suicide par pendaison.

Son regard était empreint d'une certaine tristesse mais aussi de sévérité.

– Nous ne pouvons pas aider les gens contre eux-mêmes.

J'avais pris une mine atterrée, zut, les petits enfoirés, c'est vraiment terrible, cracher dans la main qui vous secourt, les salopards sans remords.

– Nous avons décidé de tenter l'expérience avec des gens légèrement différents, des gens, comment expliquer, plus proches de ce qu'un chef d'entreprise serait prêt à accepter. Voyez-vous ce que je veux dire ?

Je voyais très bien, je voyais on ne peut mieux. La discussion s'est poursuivie encore un bon quart d'heure, sur la crise, sur la difficulté d'exister de beaucoup, sur la drogue, c'est un fléau, un drame, et il m'a promis de me donner des nouvelles très vite, il pensait déjà à différentes possibilités.

– Je crois que nous nous sommes compris !

Mon Dieu j'ai songé dans l'ascenseur, que ces gens sont

crédules. Pleins de bonne volonté et extrêmement gentils, après tout le gars avait l'air blindé d'oseille et rien ne l'obligeait à se casser le cul pour des ingrats qui lui crachaient à la figure en guise de remerciement, mais placer les toxicos en entreprise, il fallait vraiment ne pas avoir les yeux en face des trous. En attendant j'étais regonflé à bloc, dans peu de temps j'allais intégrer une vraie société, avec des fonctions honorables et des revenus peut-être modestes en regard de mes combines précédentes mais réglo, plus de BRB, de 7,65 et de stress en permanence, et même si c'était un peu beauf comme aspiration après tout pourquoi pas, les gars pouvaient très bien me prendre comme associé ou m'intéresser aux bénéfices, une fois dans la place tout était possible.

J'ai fait vrombir ma voiture, broum, broum, qu'est-ce qu'on croyait, que j'étais un homme fini au premier incident, avant porte de Clignancourt j'ai ralenti, une pute commençait sa journée, cinq minutes plus tard j'étais dans la rue le long du stade en train de me faire faire une pipe et ensuite je me suis dit ne nous arrêtons pas en si bon chemin, j'ai roulé jusqu'à la porte d'Auteuil et je me suis autorisé un Congrès, à la fin du déjeuner et deux bouteilles plus tard j'étais ivre mort, président à ta santé, en sortant je suis tombé sur un petit toxico que je connaissais et j'ai acheté un paquet à quatre cents francs que j'ai sniffé illico, ça faisait des années que ça ne m'était pas arrivé, à la tienne président, j'avais galéré dans tous les sens et il fallait se faire arrêter et avoir des tas de problèmes pour qu'enfin on reconnaisse votre valeur, aux États-Unis jamais ça ne se serait passé comme ça. Je suis rentré au pavillon dans un état second, il y avait un message sur le répondeur, un message du président, j'avais rendez-vous à la Ville de Paris le surlendemain, merci de le rappeler de toute urgence.

11.

Le responsable m'avait dit de mettre des bonnes chaussures, des chaussures chaudes et sur le moment je n'avais pas percuté, il faisait un froid de canard, humide et brumeux, un vrai temps de Toussaint, j'avais démarré le matin au parc Montsouris, mon premier jour, un jour férié, le 1er novembre et mon moral était au plus bas.

Quand j'avais téléphoné le président était en entretien mais la femme m'avait dit c'est formidable, vous avez rendez-vous à la Ville de Paris, j'avais demandé pour quel emploi, était-ce leur service commercial ou peut-être celui des achats en gros, ils devaient vraisemblablement gérer des sommes conséquentes, la femme avait répondu non, on vous attend à Auteuil, aux Parcs et Jardins, et comme j'avais précisé que je n'étais pas jardinier elle avait ajouté un peu sèchement qu'on dépassait les trois millions de chômeurs et qu'il était un peu malvenu de faire la fine bouche, après j'avais vu le mec ce n'était pas jardinier c'était encore pire, c'était gardien de square, j'étais abasourdi. J'avais aussitôt téléphoné à la mamie du contrôle, excusez-moi madame ce n'est pas possible, il doit y avoir une erreur mais avant que j'aie eu le temps d'en placer une elle s'était exclamée c'est formidable, c'est formidable, qu'est-ce que je suis contente, une place à la Ville par les temps qui courent c'est un gage de sécurité. J'avais bredouillé je vous remercie, merci beaucoup, avant de raccrocher. Je crois que nous nous sommes compris. Bande d'enculés.

– Le parc est divisé en cantons, chaque garde a la responsabilité d'un canton, les gardes ne doivent pas marcher à deux, la pause est de trente minutes à seize heures ou seize heures trente selon le canton.

Pour le moment je n'avais pas encore le costume, j'étais en civil, avec un brassard « Ville de Paris », il était question de m'envoyer à l'habillement rue de Reuilly et en moi-même je me disais c'est un mauvais rêve, je vais émerger, le portable va sonner, Marie-Pierre sera à côté de moi et tout sera comme avant, j'ai peut-être un képi qui pourrait t'aller proposait mon collègue, s'il est trop grand tu sais ce que tu fais, tu mets du journal. Un cauchemar. Un cauchemar affreux. Les pelouses étaient légion, des prairies s'étendant à perte de vue, mais le public n'avait pas le droit d'y aller, on devait siffler à la moindre infraction. Parce que des gens marchent sur les pelouses ? j'avais demandé interloqué, et le gars m'avait dit oui, évidemment, tu verrais en été, c'est de la folie, ça n'arrête pas.

Et l'autre président à cet instant devait être peinard dans sa résidence secondaire, ou dans sa chasse en Sologne, devant un bon feu, la conscience apaisée, et la mamie aussi, j'étais entre de bonnes mains maintenant, finie la galère, la Ville c'était l'embellie, mais bordel ils se rendaient compte ou quoi, j'étais chef d'entreprise, pas crouillat avec un sifflet et un déguisement d'hirondelle des années soixante.

– Ce qu'il faut ici c'est ne pas faire de conneries, tu fais tes heures tranquille, pas de vagues, personne t'emmerde, tu prends ta pause au bon moment, trente minutes, pas d'emmerdements avec les autres gardes et dans un an t'es titularisé. Les Parcs et Jardins c'est la bonne planque.

Ce n'était pas foulant, fallait bien le reconnaître, juste marcher et siffler, tuuut, s'il vous plaît madame, les pelouses sont interdites, je sais que c'est idiot mais c'est comme ça, merci, gardien de square, Seigneur Jésus quelle était ma faute ? Un moment n'en pouvant plus de marcher j'avais essuyé un bout de banc et je m'étais assis, mon collègue était accouru, avais-je perdu l'esprit, madame Sarlat pouvait venir à l'improviste, même un 1er novembre, est-ce que j'avais conscience de ce que cela signifiait, j'avais repris ma ronde, je ne pouvais même pas les envoyer chier sans risquer de clash avec le contrôle judiciaire.

Vis-à-vis de la BRB ma situation s'était finalement décantée, l'arrestation des deux braqueurs avait calmé les choses et déplacé le terrain des priorités, en entendant police ouvrez mes copains non seulement n'avaient pas ouvert mais ils avaient tiré à travers la porte, un avait réussi à sortir par la fenêtre et à démarrer la moto, avant d'être ceinturé, et l'autre s'était pris une balle presque à bout portant qui lui avait explosé le genou. Arrivé à l'Hôtel-Dieu on l'avait amputé. Dans la fusillade un jeune inspecteur qui faisait un stage dans le service avait été blessé, alors qu'il n'avait pas le droit d'être là, et les journaux en avaient parlé. Maintenant les flics me battaient froid, comme si c'était un peu de ma faute, le Toulousain m'avait dit avec reproche t'aurais pu prévenir que c'était des foufous, on aurait pris moins de risques, l'avantage c'est qu'ils me foutaient la paix et c'était aussi bien.

– Mais tu vois, m'expliquait gentiment mon collègue, tant que tu fais ton boulot c'est relax, madame Sarlat ce n'est pas le genre à t'établir un rapport si tu ne le mérites pas.

Une petite vie. Avec des petits tracas, des petites joies et des petites peines. Au début j'étais tellement estomaqué que sous le coup de la stupeur je ne réalisais pas très bien mais plus les jours passaient et plus c'était pire que ce que j'avais imaginé, ma hantise c'était de tomber sur une connaissance, avec mon brassard et les autres crétins toujours à rôder, des années et des années de Parcs et Jardins derrière eux, sans fantaisie aucune, à vivre dans l'angoisse d'une remarque ou d'un rapport, pour un salaire de misère, le rêve des plus courageux c'était de bosser à la voirie, d'être boueux, parce que ça payait mieux et que les horaires étaient plus souples. Une petite vie. Je ne pouvais pas continuer, et plusieurs fois j'avais pensé aller voir le juge d'instruction, monsieur je vous en prie, écoutez-moi, je ne suis pas fait pour ça, mettez-moi à Fresnes si vous voulez mais ici je suis en train de tout perdre, vous allez me briser plus sûrement qu'en prison, mais je ne l'avais pas fait, pour le moment je ressassais mes soucis en discutant avec Victor, mon confrère antillais, lui aussi en avait marre, il attendait un signe de son cousin pour repartir au soleil tenir un magasin d'articles de sport.

Le soir je rentrais au pavillon, tout seul, dans ma chambre glaciale, heureusement qu'il me restait ma voiture pour m'empêcher le suicide, j'essayais de faire durer le peu de pognon qui restait, dans les quinze mille, et je voyais le moment où j'allais être sans ressources, sauf mon salaire de garde, quelle était la solution, je n'en avais pas la moindre idée.

– Tu sais, avait émis Victor, la fille a certainement raison, tu es peut-être en contact avec une force maléfique.

Je lui avais raconté quelques trucs, ce qui m'était arrivé, ma chute soudaine après des années de réussite et ce qu'avait supposé Héloïse, un envoûtement. Lui aux Antilles avait eu connaissance de nombreuses choses bizarres, sa grand-tante était du même village qu'une célèbre guérisseuse, ce genre d'histoire ne l'étonnait qu'à moitié et comme il passait son temps à éplucher les journaux gratuits on avait étudié ensemble les possibilités, j'avais paumé les références du mage d'Héloïse, après tout pourquoi ne pas aller voir un marabout, il suffisait de détecter le véritable homme de Dieu dans le lot des annonces et franchement ce n'était pas si évident, « Professeur Trabouré, reçoit à domicile, travail, succès au sport, (ta) femme, (ton) mari et elle revient dans la sem. Retour! ligne de la main! Renforce l'impuissance. » « Prof Dembo. Fait un sort aux malheurs métro Couronnes » et le sage Diallo, dès le premier contact il vous dit tout, votre passé, votre avenir, paiement après résultats ou même consultation gratuite, la vérité c'est que j'étais à bout, il fallait que quelque chose survienne.

Le premier que j'ai fait s'est révélé être une voix féminine, l'annonce avait retenu mon attention par sa sobriété, « Spécialité Protection, Retour de la personne aimée », et visiblement je la réveillais parce qu'elle m'a dit de rappeler plus tard, monsieur Bakari était très occupé et ne pouvait me parler, à croire qu'il était en train de niquer ou qu'il croulait sous l'oseille, j'ai dit O.K., je rappellerai, et je suis passé au sage Diallo, pareil, encore une voix de femme, non midi n'était pas possible, à midi ils avaient déjà du monde, le mieux c'était de retéléphoner, que se passe-t-il les gars j'ai pensé, je ne sens pas bon, j'ai un truc dans l'aura ou mon cas est tellement pourri que personne n'en veut ? en désespoir de cause j'ai attaqué monsieur Foulana, « Avec le don de son Père il créera entre vous une entente parfaite, même dans les graves situations », et là au moins je l'ai eu en personne, pas de problème il m'attendait, rue Saint-Maur, comme je devais aller rue de Reuilly pour mon costume et mon képi j'ai dit j'arrive, et j'ai filé à fond, en fait je m'étais trompé, la rue de Reuilly et la rue Saint-Maur n'étaient pas franchement voisines, j'ai réussi à me garer en bas un peu anxieux, c'était la première fois que je m'adressais à un marabout, l'escalier sentait la pisse et la minuterie ne marchait pas, Victor m'avait dit ne te fie pas aux apparences, parfois tu as des vrais sorciers.

Celui qui m'a ouvert la porte n'avait pas de masque, ni de tenue léopard, il était en boubou, la télé marchait plein pot, un autre était sur le lit et s'est levé en bâillant, la pièce faisait dans les cinq mètres carrés, monsieur Foulana m'attendait derrière une tenture.

– Assieds-toi.

En fait la pièce était en mansarde sous l'inclinaison du toit, à part rester debout mais alors complètement courbé à la manière des prisonniers de Louis XI, les possibilités n'étaient pas multiples. Je me suis assis, monsieur Foulana a aussitôt pris ma main, l'a posée sur une feuille de papier et en a tracé les contours. Autour de lui il y avait tout un petit bazar, une tablette en bois et des gris-gris divers, une bouteille en plastique Lait Bridel avec marqué dessus au feutre « Remède pratique pour l'amour » et des colliers de marabout, mais l'ensemble vraiment kitsch, pas du tout genre magicien ou antique, il a regardé l'empreinte en me disant de marquer mon nom, ce que j'ai fait, Gaston, et il a hoché la tête longuement en traçant deux signes, un en haut, un en bas, des petits gribouillis informes avec une étoile et un vague caractère arabe, il a relevé la tête et m'a sondé au fond des yeux, tu as attendu trop longtemps. Ah j'ai dit, ah oui et il a répété oui, elle est partie et maintenant on va avoir du mal, énormément. J'ai dû prendre un air effaré parce qu'il a calmé le jeu, attention, elle va revenir mais ça va être dur, il a demandé si j'avais amené une photo, les seules que j'avais sur moi c'était elle à poil au cap d'Agde et déjà que je n'étais pas hyper en confiance, je ne me voyais pas du tout sortir mes trésors et livrer ma pauvre chérie au regard lubrique du mage.

– Non, je n'ai pas de photo.

Il a haussé les épaules, c'est pas grave marque sa date de naissance, j'ai écrit l'année et le mois, juin, pour le jour je n'étais pas complètement sûr et il a encore dit c'est pas grave. Derrière la tenture à trois centimètres de nous la télé mugissait et les autres dans la pièce faisaient un raffut d'enfer. Monsieur Foulana a frotté la feuille avec une plume de pigeon tout ébouriffée et l'a passée ensuite sur un petit miroir.

– Très dur.

Il paraissait s'en battre totalement. J'ai pensé merde mec, fais au moins un effort minimum. Sa main est venue me tripoter le cou pendant qu'il agitait la plume, il a roulé des yeux en billes de loto, tu rates ce que tu entreprends, toujours, il faut te fabriquer un remède.

Maintenant la cause était entendue, il n'y avait pas de force maléfique, ni de diablotin tapi dans l'ombre, prêt à me faire trébucher, ni d'envoûtement mystérieux, il n'y avait qu'un couillon qui n'y arrivait pas et contre lequel la malchance s'acharnait, et le couillon c'était moi. Pour le remède il me faut la photo, et de l'argent bien sûr, mais que je me rassure, je paierai quand elle sera revenue, sauf mille francs, le reste je pouvais le garder pour moi dans mon portefeuille, merci monsieur Foulana, merci beaucoup, je me suis levé, j'avais l'impression d'étouffer, tu reviens lundi et je vais faire le remède, tu l'accrocheras à ta porte, j'étais déjà dans l'escalier. Le vrai responsable c'était moi, et personne d'autre, ma vie c'était de la merde, tout le monde s'en sortait à peu près, on n'arrêtait pas de voir à la télé la réussite des autres et moi le peu que je demandais c'était un minimum en rapport avec mes potentialités, une carrière, et au bout du compte qu'est-ce qu'il me restait, rien, que de la merde, et j'ai pensé ce n'est pas juste, il n'y a pas de raison, je le mérite autant qu'un autre, dans la rue deux hommes discutaient, en parlant fort, ah, ah, bien sûr, il pleut des coups durs, comment est-ce possible autrement, un des mecs avait une grosse barbe et ressemblait vaguement à Alexandre l'urbaniste, j'ai repris le chemin du parc Montsouris en essayant de faire le vide à l'intérieur de moi mais sans y parvenir.

Arrivé dans le quatorzième j'étais toujours au trente-sixième dessous, des images de Marie-Pierre volatilisée se bousculant et même si je n'avais pas la moindre illusion sur l'autre charlot j'avais en tête ses commentaires, tu rates ce que tu entreprends, toujours, je me suis rangé près du poste numéro un devant madame Sarlat et le chef des gardes, qu'est-ce que j'allais devenir, j'avais le sentiment de me cogner à des murs, de marcher dans un labyrinthe obscur sans jamais trouver la sortie.

– D'où venez-vous ?

Deux autres gardes étaient avec eux, des abrutis à qui je n'avais pas adressé trois phrases depuis mon démarrage, ils me regardaient comme si je venais de commettre quelque crime horrible.

– J'étais à l'habillement, à Reuilly.

Mais la vieille a secoué son index, taratata mon bon monsieur, j'ai téléphoné, personne ne vous a signalé à l'habillement. O.K. j'ai reconnu, c'est vrai, j'ai eu une panne en y allant et comme il était tard j'ai préféré différer ma visite.

J'avais prononcé différer ma visite d'un ton un peu affecté.

– Une panne ?

J'ai dit oui, une panne.

– Avec votre voiture ?

Non connasse, avec ma soucoupe volante, j'ai crevé. Au début je m'étais arrangé pour que personne ne voie la Volvo, vivons heureux, vivons caché, mais pendant une discussion j'avais lâché le morceau, je ne tenais pas à ce qu'ils s'imaginent ne serait-ce qu'un instant qu'on était du même bord, misérables et sans ressources, le seul dans le service à avoir un véhicule c'était Victor et encore en semaine il prenait les transports, le coup de la Volvo ils n'en étaient pas revenus, sans compter que tout le monde se demandait comment j'avais atterri là, même madame Sarlat n'était pas au courant pour la fondation et à la fin j'avais dû leur faire jurer le secret, mais vous savez ma tante est la meilleure amie de la femme du maire alors vous comprenez pourquoi j'ai la place.

– Vous aviez demandé une autorisation ?

Non, je n'avais pas demandé d'autorisation. Elle a eu une moue pincée, je vois, je comprends, et moi j'étais au bord d'exploser, le chef des gardes renchérissait derrière, je crois pourtant vous l'avoir précisé, aucun déplacement ne peut avoir lieu sans autorisation, j'en avais des bouffées de chaleur, presque de l'électricité, j'ai malgré tout fait bonne figure et j'ai souri d'un air contrit, excusez, mais à cet instant un sort malin m'a fait bégayer, excusez, rien ne venait, excusez, les autres gardes ont rigolé, excusez, j'ai inspiré de toutes mes forces, excusez-moi, je suis désolé, ça ne se reproduira plus. Madame Sarlat a dit bon, j'espère en effet, vous avez peut-être des relations mais le règlement est le même pour tous, il ne faut pas l'oublier.

Le soir j'en avais encore les mâchoires crispées, j'avais envie de les tuer, en me voyant balbutier mes regrets devant le chef et la salope les autres gardes s'en étaient donné à cœur joie, tu sais m'avait fait remarquer un grand, elle a vraiment été sympa, pour une faute comme ça elle aurait pu t'aligner.

Le téléphone n'était pas encore coupé et il y avait un message de Bruno, Gaston il faut absolument que tu contactes la banque au sujet de la voiture, j'avais donné ma garantie et je suis dans une position très gênante, rappelle-moi au bureau ou chez moi le plus vite possible. Une autre personne avait appelé mais sans laisser de message. De la boîte aux lettres dépassait un mot des propriétaires, monsieur pouvez-vous avoir l'obligeance de nous joindre rapidement, suivi de deux numéros, par avance en vous remerciant. Je me suis affalé sur le lit, j'avais un début de rhume et la seule chose dont je me sentais capable c'était regarder les fissures du plafond, sans autre espoir que tout s'écroule et que je sois enseveli à jamais sous les gravats et les décombres, mais comme rien ne venait, ni séisme ni dissolution spontanée dans la stratosphère j'ai éteint la lumière et j'ai essayé de dormir, dans le noir j'avais beaucoup plus de facilité à regravir la pente, j'imaginais que je remontais une affaire, d'import-export par exemple, de n'importe quoi, de shit avec le Maroc, et je m'arrangeais avec une cité en banlieue comme ça se faisait maintenant, petit à petit je retrouvais le chemin de la prospérité, rien ni personne n'était de taille à m'arrêter, Marie-Pierre était de nouveau enceinte et je réembauchais Gilles pour chapeauter les jeunes et leur expliquer un peu la vie, tout reprenait place doucement quand j'ai senti une odeur de brûlé, une odeur de brûlé et de fumée venant du couloir.

Je me suis levé d'un bond et j'ai ouvert la porte, un brouillard opaque envahissait les escaliers, j'y suis j'ai pensé, cette fois c'est la bonne, la maison flambe et je vais mourir brûlé vif, en un éclair je me suis rappelé Gilles me racontant son incendie, ivre mort et ouvrant les yeux à quatre heures du matin pour voir un rideau de flammes au pied du lit, d'abord toujours bourré il ne s'était pas trop inquiété, il avait tenté d'enrayer le sinistre en jetant de l'eau mais les flammes montaient de plus en plus si bien qu'il avait jugé prudent de se sauver mais en voulant ouvrir rien à faire, la porte avait dû gonfler avec la chaleur, elle était coincée, la poignée était brûlante et derrière la fournaise se rapprochait, rien que de se remémorer l'histoire il en avait encore des sueurs, j'ai vu ma mort mec, j'allais cramer vivant pour toutes mes enculeries. Pour finir la serrure avait lâché in extremis.

J'ai traversé le couloir, il n'y avait pas la moindre flamme, juste un gros nuage noir s'échappant de la chambre, j'ai attrapé une bassine et j'ai aspergé le matelas, petit à petit la fumée s'était faite moins dense et j'ai pu ouvrir la fenêtre sans risquer que tout s'embrase. Un trou énorme défigurait le dessus de lit, c'était incompréhensible ce qui avait pu se passer, la pièce était pleine de cendre et de résidus noirâtres et carbonisés, j'ai voulu aller chercher un balai mais à ce moment mes yeux se sont arrêtés sur ma table de nuit, un livre était posé, ouvert en plein milieu comme si on venait de le feuilleter, *Histoire naturelle du surnaturel*, et à cause de la fumée ou peut-être du courant d'air venant de la fenêtre je me suis mis à éternuer, très violemment, pendant qu'une sorte de frayeur me saisissait, quelqu'un était dans la maison et avait mis le feu, c'était tout ce que je voyais comme explication, je me suis rhabillé à toute vitesse et je suis parti sans demander mon reste, ce n'était pas quelqu'un de normal, c'était autre chose, une présence, j'ai roulé sans m'arrêter jusqu'à la gare Montparnasse et j'ai passé le reste de la nuit dans une brasserie, à attendre le matin en me demandant si je perdais la boule complètement ou pas, avec en tête un défilé d'histoires incroyables qu'une voix semblait me chuchoter, ça avait commencé peu après mon arrivée dans le café, d'abord avec un fait divers affreux qui avait eu lieu en province quand j'étais petit, pour se venger de je ne sais quelle humiliation un clown avait étranglé et dépecé le fils du directeur d'un cirque, la voix me détaillait la scène, le rasoir coupait mal et le garçonnet avait repris conscience, hurlant de douleur, le clown avait ensuite promené le cadavre à travers tout le village, sous une pile de vêtements, en criant chiffonnier, chiffonnier, voilà le chiffonnier, poursuivi par tous les gosses reprenant en chœur derrière lui, jusqu'à ce que quelqu'un remarque les gouttes de sang dégoulinant de la carriole, le clown s'était suicidé en prison, t'en souvenais-tu Gaston ? J'étais à ma table, pétrifié par l'angoisse et j'ai dû bouger la tête pour répondre non je ne m'en souvenais pas, parce qu'en passant le garçon m'a jeté un coup d'œil bizarre, la voix a marqué une petite pause, avant de reprendre, au Pérou pour l'amour de l'or des Espagnols massacrèrent une tribu entière, ils furent eux-mêmes faits prisonniers quelque temps plus tard par des survivants. Les Indiens les emmenèrent dans la montagne. Sais-tu ce qui arriva Gaston ? Sais-tu comment finirent ces aventuriers avides de richesses ? Du bar le serveur disait tout fort faut voir la clientèle qu'on a la nuit, c'est tous les fêlés, c'est pas le gratin. Les Indiens les attachèrent, bras en croix, et leur firent couler dans la bouche de l'or en fusion, dans les oreilles, dans le nez, dans l'anus, ils les momifièrent avec le métal tant convoité.

J'étais au bord de m'évanouir, tout mon corps me faisait mal, c'était encore pire que si j'avais assisté de visu au supplice et à l'agonie des soldats, j'ai payé ma consommation et je me suis levé, dehors la nuit s'estompait lentement et histoires horribles ou pas il fallait que j'aille travailler.

– Deux bonnes nouvelles, m'a dit Victor, on est sur le même canton et la vieille n'a pas fait de rapport. On a discuté après ton départ hier, elle te laisse une chance.

Et j'étais tellement content de le voir et de ne plus être tout seul que j'ai dit super, génial, effectivement good news, malgré le froid je me sentais mieux, le matin le parc était presque désert, on a marché en faisant des plans d'avenir, les opportunités pour le magasin d'articles de sport se précisaient et de mon côté il était fortement question que je remonte mon entreprise, tout en sachant au fond de moi que non, jamais je n'y arriverais, maintenant il y avait trop d'obstacles, c'était fichu. On allait s'arrêter pour déjeuner quand un autre garde est arrivé en courant, quelqu'un me demandait. Un policier.

– Alors, m'a dit le Toulousain, on se réinsère ?

Ça n'aura pas de fin j'ai pensé, c'est comme voler de catastrophe en emmerdement. Ils avaient été à Lille chercher l'avocat et celui-ci faisant des difficultés pour reconnaître les faits ils avaient besoin de moi.

– Comment ça ? On avait convenu que je ne faisais pas de déposition.

Le flic a haussé les épaules, qu'est-ce qu'il y pouvait.

– C'est un avocat, il nous les brise depuis hier, faut qu'on te confronte.

J'ai dû monter en voiture, le chef n'était pas là et j'ai laissé un mot, « Ayant été témoin d'un cambriolage je dois me rendre au commissariat ». Dans la voiture l'inspecteur m'a expliqué que de toute manière ils avaient le feu vert du juge, alors vois-tu à part obtempérer tu n'as quand même pas beaucoup de choix. En chemin il m'a donné des nouvelles de mes copains, l'amputé était toujours salle Cusco et l'autre s'était pendu en arrivant à Fleury.

– Qu'est-ce que tu veux, ils ont le sida, ils s'en foutent.

Je n'étais pas sûr d'avoir bien compris.

– Pendu... il est mort ?

Oui, mort et trépassé, ils avaient fait du placard tous les deux, quand tu connais déjà ça compte, t'as pas envie de recommencer.

Le clown en prison s'est suicidé, t'en souvenais-tu Gaston ?

J'ai retrouvé le bureau de ma garde à vue, la même odeur de tabac froid et d'administration, d'abord j'ai précisé mes accusations, le nombre de voyages à Lille, en quelles circonstances et la quantité de marchandises et puis l'avocat est arrivé et ils nous ont confrontés, l'avocat faisait peine à voir, mal rasé et l'air hagard, il a dit vous plaisantez je ne connais pas ce monsieur mais je n'en avais rien à foutre, il ne m'avait jamais été sympathique, j'ai repensé à ce que disait le vieux dans la salle de tribunal, pour pressurer les petites gens ils sont champions, et j'ai déballé toute l'histoire, ah bon, vous ne me connaissez pas, pourtant il y a ci, et ça, et vous avez un appartement qui vous sert de baisodrome dans le vieux Lille, pif, paf, je crois que même les flics n'en revenaient pas. Quand tu balances c'est comme le reste mec, c'est le premier pas qui coûte.

***

Le seul mérite des Parcs et Jardins c'est que je m'étais remis à écrire, vu qu'il pleuvait pas mal et en louvoyant entre les contrôles de l'autre folle on arrivait à passer un temps non négligeable dans notre cabanon, au début je lisais, des polars et ce qui me tombait sous la main, et puis un jour j'avais acheté un cahier, il n'y avait pas de raison, tout ce qu'ils racontaient les trois quarts c'était n'importe quoi, j'étais certain de pouvoir faire mieux, j'avais entrepris une sorte de roman, *De si gentils garçons*, l'histoire de cinq junkies séropositifs qui prenaient des personnalités en otage et les contaminaient pour attirer l'attention des médias sur leur condition.

Le premier soir après l'incendie j'avais été à l'hôtel mais ensuite je m'étais raisonné, ce qui s'était passé c'était un court-circuit, ni plus ni moins, et des fantômes jusqu'à présent je n'en avais pas encore vu, si bien que j'avais réintégré Châtillon, muni quand même d'une bombe lacrymo et d'un grand couteau de cuisine, on n'est jamais trop prudent.

Ma vie s'organisait cahin-caha, les propriétaires avaient mis un gros cadenas à la grille d'entrée et je devais faire le tour par le jardinet du voisin, l'eau était coupé et heureusement pas l'électricité, j'avais installé un petit radiateur dans la chambre, ce qui il y a quelques mois paraissait être le cadre du bonheur à l'état pur ressemblait maintenant à n'importe quel squat, sale et un peu tristounet. La nuit je faisais constamment des cauchemars atroces, quand ce n'était pas Alexandre déguisé en centurion romain qui nous jetait aux lions, Marie-Pierre et moi, c'était Joël essayant de m'assassiner avec une mitraillette.

J'étais de plus en plus copain avec Victor, on se racontait nos petits secrets, je lui avais montré le *Courrier picard* et la vidéo et à ses yeux au moins j'avais acquis une certaine dimension, il avait fini par se fâcher avec son cousin, le promoteur du magasin en Martinique et maintenant il épluchait les petites annonces matrimoniales du *Nouvel Observateur* dans l'espoir de dégoter la poule aux œufs d'or, ce qui m'avait donné une idée, dans le temps je connaissais un gars qui faisait des fortunes avec des vieilles à La Coupole et un soir, mon petit pécule arrivant à terme, sans rien dire à personne, j'avais pris le chemin du dancing, sapé comme j'imaginais qu'il fallait l'être, avec une veste, des chaussures cirées, une cravate trouvée dans la penderie et un pull jacquard, l'ensemble me donnant exactement la touche d'un représentant en goguette mais dans mon esprit pour les mamies c'était ça qu'on attendait, les extravagances ne devaient pas être forcément très bien vues, mon look c'était le top of the charm, pas d'inquiétude à me faire là-dessus.

En me garant face au restaurant un sentiment étrange m'a envahi, ce soir on allait payer pour m'avoir, pour toucher mon corps et c'était quand même assez étrange. J'ai respiré un grand coup et j'ai descendu les escaliers, en route pour les trottoirs de la prostitution, l'air aussi dégagé que possible. J'avais choisi le dimanche soir parce que c'était gratuit, pour une première prise de contact autant limiter les frais, j'ai refusé la proposition du vestiaire, non merci, je préférais garder ma veste, et un vieux à l'allure de bouledogue m'a fait rentrer. Il était dans les onze heures, la piste de danse était déjà noire de monde, je me suis dirigé vers le bar, des vieilles il y en avait partout, habillées comme des stars de la nuit, comme des adolescentes, mon Dieu j'ai pensé, dépêchez-vous les filles il n'y en aura pas pour tout le monde, le barman m'a tendu la carte, le coca était à quarante francs, mentalement j'ai relevé mes tarifs d'un point, c'est ça qui me turlupinait depuis le début, combien demander. Le type avait été clair, je me fais des couilles en or, ah, ah, c'est le cas de le dire, mais sans plus de précision, combien demander ? Deux cents ? Mille ? Trois mille ? J'étais pour couper la poire en deux, mille le truc vite fait et deux mille le service plus approfondi, mon verre de coca et moi nous sommes transportés au fond de la salle, dignes et dans l'attente des premiers regards, il fallait voir aussi à qui on avait affaire, si c'était une vieille vraiment vieille, dégoûtante et blindée d'oseille alors là c'était plus cher, cinq mille au moins. Mon coca était presque terminé et personne ne s'était encore manifesté, par contre j'avais bien observé la piste, j'étais loin d'être le seul, de nombreux éphèbes se mélangeaient au troupeau, petites queues de cheval et fringues pas possibles, l'idée m'a effleuré un instant que je n'étais pas exactement au mieux de mon avantage, mon pull jacquard faisait bizarre, je me sentais engoncé dedans, mais une créature peinturlurée avec une coiffure à la Tina Turner m'a roucoulé une œillade en s'agitant sur la musique, *Alexandrie, Alexandra*, il était déjà tard, j'étais un peu fatigué, je me suis levé et je suis rentré dans la danse, *Alexandrie, Alexandra*, en m'agitant devant ma cliente, elle avait une robe moulante et bon, par rapport à certaines ce n'était pas si mal, mille j'ai pensé, mille dernier prix, pour une heure une fille dans la rue prenait au moins six cents francs, je ne pouvais pas faire moins. J'ai regardé si elle avait des bijoux, elle avait juste un collier et une bague et encore ce n'était pas sûr que ce soit du vrai, ça faisait un peu toc. Un Chinois en costume à paillettes est venu me bousculer, *Alexandrie, Alexandra*, en une demi-seconde j'étais évincé, ses bras gigotaient dans tous les sens, super-souplement, et quand à la fin de la chanson les lumières se sont éteintes et qu'ils ont envoyé les slows il a enlacé ma vieille tendrement et l'a attirée au milieu de la foule. J'étais stupéfait de son impolitesse, merde qu'est-ce que je lui avais fait, c'était net qu'elle était partie pour faire affaire avec moi, pourquoi s'interposer ? Encore sous le choc j'ai reculé de quelques pas, un des petits gigolos de tout à l'heure était aussi sur la touche, pas facile ce soir j'ai grimacé, il y a de la concurrence. Il a approuvé, non ce n'était pas facile ce soir, lui venait de temps en temps, il connaissait l'endroit par Fun Radio et au début il n'y croyait pas mais c'est vrai que la réputation n'était pas surfaite, il n'avait pas encore concrétisé mais plusieurs gars lui avaient dit que ça donnait bien. Ce qui éclairait les choses d'un jour nouveau, ça devait être possible de choper, mais on n'en était pas certain. Un instant je me suis vu caracolant sur la piste, à draguer mes momies pour rien, aucun résultat, si ce n'est un flirt avec une beauté de soixante-dix ans. Mon collègue s'est voulu rassurant, sur Fun Radio le gars était formel, il était assis bien paisible et un verre était arrivé, payé par la dame là-bas, il avait engagé la conversation et la vieille lui avait proposé de niquer et elle l'avait payé pour ça, aussi sûr que deux et deux font quatre. Après tout c'était possible, la majorité avait un aspect franchement effroyable et l'air quand même pas mal affamée, les slows s'arrêtaient, au loin le chinetoque avait lâché la proie et s'épongeait discrètement le front, j'ai laissé mon nouveau camarade à ses certitudes et je me suis relancé dans la bataille, il n'était pas question de rentrer bredouille.

La musique avait repris maintenant un rythme trépidant et j'étais en nage, ma tenue n'était pas adaptée à la situation, c'était évident, plusieurs gigolos dans des débraillés soigneusement étudiés se contorsionnaient élégamment, j'avais l'impression de peser des tonnes, la sueur me dégoulinait le long des yeux, j'ai attrapé une vieille, la première qui m'est tombée sous la main et j'ai profité d'un changement de tempo pour la faire tourner, rumba, rumba, elle avait dû s'asperger de parfum, elle empestait, le Chinetoque était juste à côté de moi et il m'a semblé qu'il rigolait, j'ai serré la vieille un peu plus fort et elle a répondu à mon invite, une de mes mains est descendue le long de sa cuisse, Jésus tout-puissant, elle n'avait pas de culotte, je n'en revenais pas, eh bien mamie c'est du propre, j'ai farfouillé un peu plus avant, en fait elle avait un string et des bas, supposant sans doute l'affaire bien engagée elle s'est lovée contre moi, et d'un seul coup j'ai eu envie de la baiser sur place, toute vieille qu'elle était, une série de rocks venait de commencer, la lumière clignotait dans tous les sens et je l'ai propulsée sauvagement, *Be-bop-a-Lula, she's my baby*, j'avais le cœur à trois cent mille à l'heure, au bord de la syncope, mais elle ne manifestait pas le moindre signe de lassitude, en fait ce n'était pas un rock mais des rocks, une espèce de montage avec plein de chansons qui changeaient constamment, *One two three o'clock* et *Roll Over Beethoven* les mecs, trente secondes d'un morceau, trente secondes d'un autre, *Maybellene, Maybellene*, je vais crever j'ai pensé, je vais tomber au milieu de tous ces vieux débris pour ne jamais me relever.

La suite s'est enclenchée tout naturellement, j'ai dit on pourrait aller dans un endroit plus tranquille, et elle a fait oui, pourquoi pas, et je l'ai poussée vers la sortie, à travers la foule des déchaînés, même des teenagers ivres d'ecstasy n'avaient pas autant d'énergie, ils devaient tous être drogués à la cocaïne, c'était la seule explication. Comme on le croisait le Chinetoque m'a glissé à l'oreille elle va te vider les couilles et pas te lâcher un franc, tu verras ce que je te dis, mauvaise pioche l'ami, mais j'ai fait semblant de ne pas avoir entendu, j'essayais de reprendre mon souffle et de me concentrer, je me devais d'être à la hauteur et vu l'état d'épuisement dans lequel je me trouvais ce n'était pas gagné.

– Après vous, princesse.

Le bouledogue de l'entrée nous a regardés partir avec un petit sourire, amusez-vous bien les jeunes et il devait connaître ma compagne parce qu'elle lui a répondu tu sais bien qu'à mon âge Albert on ne fait plus de folies, la seconde d'avant elle me pelotait sur la piste de danse, dehors ma voiture nous attendait et c'était vraiment bien d'avoir trouvé une place juste devant, ça faisait classe et soigneusement étudié, service grand luxe, j'allais demander le maximum. Je lui ai tenu la portière le temps qu'elle monte, allez-y princesse, politesse et gentillesse, au moment du pourboire c'est ça dont les gens se souviennent, et bien sûr j'avais la question fatidique sur le bout des lèvres, comment procède-t-on pour mon petit cadeau, à Denfert-Rochereau j'ai raté une ouverture, elle m'avait demandé ce que je faisais et c'était l'occasion ou jamais de lancer une petite phrase sibylline, oh moi, rien de particulier, je rends service, je fais beaucoup de relationnel, ou même plus direct, je suis escortman, Fragile Boyo c'est mon surnom, mais j'avais répondu je suis dans les affaires, j'ai une société. Elle habitait Alfortville, j'ai pris le périph jusqu'à porte d'Ivry et puis les quais, à l'intersection de la Seine des investisseurs asiatiques avaient mis sur pied un gigantesque complexe hôtelier en forme de pagode, j'ai repensé à la réflexion du Chinois, autant mettre les choses au point, c'était mille et je ne faisais pas de cunnilingus, ça c'était ma hantise depuis le début, mais elle m'a coupé, prends à droite et gare-toi dès que tu peux, c'est là.

L'appartement était petit, deux pièces, mais plutôt bien arrangé et décoré avec goût, genre intérieur de Minnie la Souris, en passant devant la glace du salon elle a vérifié sa coiffure, avec un éclairage normal son maquillage lui faisait une sorte de masque, elle m'a proposé un verre et j'ai dit oui, avec plaisir, mais pas d'alcool s'il te plaît, est-ce que j'allais y arriver ou est-ce que ça allait se terminer en fiasco comme avec Marie-Pierre la dernière fois ? Et puis à son retour j'ai pris les choses en main, tant pis pour la négo, elle devait bien se douter que ce n'était pas gratuit, j'ai glissé ma main sur le devant de sa robe et elle a eu le culot de minauder, mais que fais-tu, tu es fou, en un clin d'œil elle était à poil, son string noir sur ses fesses un peu flasques qui ballottaient, pour être honnête je m'attendais à bien pire mais même si ce n'était pas la catastrophe totale le problème c'est qu'elle était vieille et ça on n'y pouvait rien, vieux c'était notre lot à tous, il fallait bien en avoir conscience, sa tête est descendue à hauteur de ma taille, je voyais le haut de son crâne, elle avait les cheveux teints et pendant qu'elle s'occupait de moi je me suis demandé si je ferais ça plus tard, avec des petites putes et mon corps desséché.

Elle a murmuré viens, viens dans la chambre, et je l'ai suivie, mon pantalon à moitié tire-bouchonné, elle s'est allongée et c'était parti pour la nouba, ses seins étaient tout durs et au bout d'un moment j'ai réalisé qu'elle avait dû se les faire refaire, c'était des faux, de la vraie peau mais à l'intérieur du plastique ou un truc similaire, elle m'a enfilé un préservatif et je l'ai pénétrée, par miracle tout se passait bien, aucun signe de faiblesse, j'ai commencé à la pistonner, un, deux, un, deux, tout en pensant Gaston t'es un minable, c'est minable ce que tu fais, mais aussi j'étais réellement excité, je bandais de plus en plus et elle criait aaaah, oui encore, plus vite, aaaah c'est bon, on devait l'entendre jusque dans la rue, et j'y allais de plus en plus fort, tandis que des images se bousculaient, moi devant la folle de la ferme avec son chien et le jour de la fête avec Patricia, t'es un minable Gaston, aaaaah ouiii mon chéri, mon chéri, je l'ai retournée et je l'ai sodomisée d'un seul coup, exactement pareil qu'un récit porno, il l'empala de son dard rigide, j'étais rentré comme dans du beurre et j'ai forcé sa main à se caresser par-devant et quand j'ai joui le préservatif a claqué soudainement, sclap, tel un ballon qui explose, et je me suis déversé en elle sans pouvoir rien y faire.

On est restés côte à côte un moment, j'ai dit je suis désolé le préservatif a craqué, et maintenant que le petit coup de folie était passé je me demandais si on allait en venir au fait, mais au lieu de ça, de se lever et de sortir son portefeuille, tiens mon chéri, c'est pour toi, c'était merveilleux tu sais, elle a bondi, quoi, le préservatif a craqué, c'est pas vrai !

Et j'ai confirmé, si, explosé, on a mis un peu trop de cœur à l'ouvrage, sans que ça la fasse sourire, elle paraissait atterrée, mais qu'est-ce que je vais faire, qu'est-ce que je vais faire, elle a filé dans la salle de bains aussi vite que si le diable venait de la chatouiller, j'ai entendu le bruit du bidet et après la chasse d'eau, si ses capotes étaient de mauvaise qualité ce n'était pas franchement de ma faute. Le truc trônait sur la table de nuit comme une baudruche déchiquetée et en farfouillant dans le tiroir j'ai déniché un billet de deux cents francs, toujours ça de pris, je l'ai rangé avant qu'elle revienne, je me sentais oppressé. Elle a allumé une cigarette, tout à l'heure je lui avais donné un faux nom, Florent, je trouvais ça plus élégant, et elle m'a fixé longuement avant de dire Florent, je veux que tu sois sincère, je préfère savoir la vérité, tu es séropositif ?

C'était minable ce que je venais de faire. J'ai cherché son regard et j'ai dit, d'une voix faible, non, je ne pense pas, pourquoi veux-tu que je le sois, et sa bouche s'est arrondie de stupéfaction, tu l'as, hein, tu as le sida, alors que je venais de lui dire le contraire, sa main tremblait légèrement, j'aurais dû m'en douter, j'aurais dû prévoir qu'il y avait quelque chose. Elle s'est assise sur le bout du lit, j'ai été folle de t'écouter, il me semblait revoir l'autre dans sa ferme avec son chien, Ouranos et Gaïa enfantèrent les Titans, mais de manière inversée, comme si c'était elle en face de moi qui perdait la tête et s'agitait en tous sens, tel un papillon dans la lumière, le même sentiment m'a de nouveau traversé, c'est minable, t'es un minable Gaston, elle me fixait et il m'a semblé qu'elle aussi le pensait, ce mec est un minable, je lisais en elle comme dans un livre ouvert, ce minable m'a refilé le sida, et ça a jailli sans que je puisse l'arrêter, tu penses que je suis un minable, ce qui l'a déstabilisée, elle a murmuré non, j'ai jamais dit ça, et j'ai ajouté écoute-moi je ne suis pas séropositif, arrête de t'angoisser pour rien, et j'ai fait un geste vers elle mais des grosses larmes ont roulé le long de ses joues, elle secouait la tête, ça me rend folle de peur, j'ai trop peur de mourir de cette façon et brusquement elle s'est jetée à mon cou et j'ai dû la consoler, tap, tap, là c'est fini maintenant, j'avais une boule dans l'estomac, il fallait qu'elle me paye, que je touche mon pognon et que je m'en aille, mais maintenant comment annoncer ça, écoute vois-tu ce qui vient de se passer n'est pas gratuit, de nos jours tout se paye n'est-ce pas, c'était vraiment génial toi et moi mais c'est mille cinq, elle s'est arrachée à mon étreinte et a filé dans la cuisine, tu sais ce qui me rassurerait Florent, ce qui me rassurerait énormément, elle tenait à la main une énorme seringue et une fraction de seconde une supposition bizarre s'est imposée, mon Dieu elle est dans la came, mais elle a dit Florent je vais te faire une prise de sang, demain soir nous serons fixés. Nue avec son ustensile qu'elle brandissait, elle ressemblait à une dingue dans un film psychiatrique, Démone la Piquouse, une prise de sang j'ai répété sans bien réaliser, ici ? D'un tiroir elle a sorti un garrot en caoutchouc, ne t'inquiète pas Florent, je suis aide-soignante, je connais quelqu'un au laboratoire, donne-moi ton bras, aide-soignante ça voulait dire qu'elle n'avait pas d'oseille, c'était moins qu'infirmier, elle ne gagnait peut-être même pas le SMIC.

– Tu es aide-soignante en milieu hospitalier ?

Sans répondre elle m'a frotté la saignée du coude à l'aide d'un coton imbibé d'alcool, à se demander si j'avais le chic ou quoi pour les situations grotesques, je l'ai repoussée, attends une seconde, j'ai attrapé mes vêtements, tu ne crois tout de même pas que je vais te laisser me piquer, oh elle a dit, Florent, je t'en prie Florent, je suis aide-soignante, mais j'étais déjà dans l'entrée, elle avait un problème, certainement psychologique, j'ai failli demander mon argent mais de la voir dénudée et larmoyante au milieu de la pièce, Florent je t'en prie, je vais vivre deux mois dans l'angoisse, j'ai laissé tomber, je n'étais pas fait pour ça, j'ai redit ne t'inquiète pas, je ne l'ai pas, alors que dans le fond je n'avais jamais fait les tests, et j'ai dévalé l'escalier, la laissant à ses incertitudes.

Dans la rue à l'instant où j'allais monter dans ma voiture deux types se sont approchés, c'est pas vrai que j'allais encore me faire casser la gueule, auriez-vous un instant à nous accorder, il était trois heures trente du matin, connaissez-vous l'Église du Christ de Paris, j'ai répondu oui, j'en ai déjà entendu parler mais excusez-moi il est tard, le grand a pris une mine contrite, c'est vrai, pardonnez-nous, nous étions pris dans notre discussion, nous n'avons pas fait attention à l'heure, il n'aurait plus manqué que ma vieille sorte de l'immeuble sa seringue à la main pour que le tableau soit complet, des dingues l'air allumé comme le prophète au début de *L'Étoile mystérieuse* et une flippée persuadée que j'avais le sida, voudriez-vous venir converser un soir chez nous ? Il marquait une adresse au dos de la carte, bien sûr, je n'y manquerai pas, et j'ai filé, il y avait quand même des coïncidences troublantes.

Le lendemain j'étais de repos, en allant faire mes courses j'ai analysé une nouvelle fois la situation, ennuyeuse mais pas du tout désespérée, le temps de régler mes problèmes de justice et pourquoi ne pas émigrer, aux Antilles par exemple, vu l'originalité du sujet une fois fini mon roman policier je devais pouvoir en tirer un prix correct, trois ou quatre cent mille francs, de quoi me constituer une bonne mise de départ, j'avais bien avancé le premier chapitre, et j'étais assez satisfait, mes héros kidnappaient un policier qui les suivait et ensuite un grand ponte médecin de la toxicomanie et je m'en étais donné à cœur joie, ils avaient tué le flic après l'avoir tatoué partout avec de l'encre mélangée à du sang séropositif, quant au grand ponte il était toujours en vie mais pas pour longtemps. Tout se passait dans le dix-huitième, d'abord parce que je connaissais parfaitement et ensuite ça avait l'air assez à la mode, on en parlait pas mal dans les journaux, j'étais à ajuster les termes de mon contrat, deux cent cinquante mille à la signature et moitié-moitié sur les ventes, quand une voix m'a hélé, monsieur s'il vous plaît. Le propriétaire et trois moustachus se tenaient devant la porte du pavillon, mes affaires étaient rassemblées dans des cartons et un des moustachus disait il a dû mettre le feu c'est plein de cendres là-haut, pendant que le propriétaire me demandait les clefs, j'avais encore celle de la porte-fenêtre donnant sur le jardin et j'ai failli me rebeller et protester, la période d'hiver était commencée depuis le 1er novembre, c'était illégal, mais les moustachus se sont rapprochés et le plus gros m'a soufflé son haleine pleine de bière dans les trous de nez, si on te revoit dans le coin on te pète la gueule, compris, j'ai tendu la clef, le gros a poussé un des cartons, ramasse tes nippes et barre-toi minable, j'ai obtempéré, les bras encombrés, j'arrivais à peine à tout soulever, l'autre a dû penser que ça n'allait pas assez vite parce que son pied est parti et m'a touché en plein dans les fesses, je suis tombé en avant, ils étaient hilares, barre-toi minable avant qu'on se fâche pour de bon. Minable, c'est bien ce qui ressortait, arrivé en haut de l'impasse je me suis retourné et j'ai crié on se retrouvera bande d'enculés, mais ils étaient déjà rentrés dans le pavillon, ma voiture, un garage et des cartons, c'est tout ce qui me restait. Je me suis assis au volant de la Volvo et j'ai allumé la radio, j'allais mettre les bouchées doubles sur ce roman et décoller pour les îles le plus vite possible, ici il n'y avait vraiment rien de possible.

Voulant ménager mes finances la nuit j'ai essayé de dormir dans le box, à l'arrière de la voiture, mais il faisait tellement froid qu'avant minuit j'ai craqué pour foncer dans un hôtel où j'ai pu roupiller au chaud et prendre une douche, on a tous des compétences spécifiques et moi je n'étais pas armé pour la vie de clochard, non, mon salut résidait dans le roman, pour l'instant pas la peine de voir plus loin, les affaires on les reprendrait après, avec mes bénéfices sur les ventes, sitôt rendu dans mon petit cabanon je me suis remis à l'ouvrage, madame Sarlat n'était pas dans les parages et j'ai pu poursuivre jusqu'à l'heure du déjeuner, j'avais mon cahier, mon stylo, *Charles avait pris le flingue et braquait maintenant le professeur qui tenait à la main un couteau. Charles ne voulait pas le tuer tout de suite. Son copain s'est interposé. Charles, ne le tue pas, nous pouvons avoir besoin de lui pour monnayer notre fuite. Mais Charles venait de changer d'avis et braquait le flingue sur le professeur.* J'en étais presque en sueur, *flingue* et *braquait* je l'avais mis une ligne plus haut et à relire les pages précédentes qui deux jours auparavant me paraissaient le nec plus ultra de la littérature j'avais maintenant des doutes sur le style. L'histoire était parfaite, c'était trépidant, surtout la scène où Charles crevait l'œil du flic avec l'aiguille de sa shooteuse mais la forme me semblait par endroits un peu lourde, pas assez enlevée, *Charles regardait le liquide coulant du globe de l'œil du policier et celui-ci criait au secours, j'ai mal pitié,* ce n'était pas bon, il y avait trop de *de* et de *du* à la suite et le liquide coulant du globe ça faisait bizarre, le but c'était un roman noir, pas un truc gore, il fallait que je reprenne tout ça, plus calmement, à tête reposée.

J'avais déjà pris ma décision de ne me prêter à aucune interview, de préserver un mystère mais à force d'en discuter avec Victor mes positions avaient quelque peu évolué, l'interview c'était quand même le nerf de la publicité et on avait convenu que je pouvais en donner mais masqué, ça ajouterait au côté sulfureux et vu que je citais des vrais endroits et des poulets encore en activité c'était une bonne raison.

Tout ceci rendait ma concentration de plus en plus problématique, j'écrivais trois mots, *Charles se préparait un gros shoot de pakistanaise qu'il avait braquée au grossiste,* j'avais bien la phrase en tête mais dès *gros shoot* j'étais déjà ailleurs, sous le rayon brûlant des projecteurs, et somme toute le masque n'était peut-être pas indispensable, avec un masque personne n'allait me reconnaître et dans ce cas à quoi bon être célèbre. Ce que j'allais faire c'était le mettre au début et ensuite quand le suspense serait à son comble je me découvrirais en direct, eh oui, ce n'est que moi, vous voyez je suis quelqu'un comme tout le monde, pas si différent, par instants j'avais l'impression de me monter un peu la tête, Gaston tu deviens mégalomane, mais en y réfléchissant pas tant que ça, ils étaient tous à pérorer, dans les journaux, à la télé, qu'avaient-ils de plus, rien, des relations et du pognon, avec de l'énergie et un minimum de culot c'était largement à ma portée. *Paul, le complice de Charles, rentra dans la pièce, il faut prendre une décision Charles, le corps commence à se décomposer,* j'avais beau faire un effort j'en revenais toujours à des trucs scabreux, allaient-ils couper la tête du cadavre et l'envoyer au ministre de l'Intérieur ? quand Victor a jailli hors d'haleine, viens vite il y a des putes dans le parc, des putes par dizaines et effectivement, juste après le pont surplombant la gare un groupe attendait assis sur des bancs, avec un look laissant peu d'ambiguïté sur leur activité, des putes et des camés, décidément on n'en sortait pas. En nous voyant un toxico nous a montrés du doigt et j'ai reconnu une des filles, je la connaissais de gare du Nord, elle a eu un sourire et s'est avancée légèrement, tiens, qu'est-ce que tu fais là ? Mais à cet instant le dealer arrivait et ils se sont tous précipités, alors que des civils surgissaient, dans une grosse bousculade, les toxicos essayaient de se sauver et le Noir a sauté par-dessus un massif et s'est cassé la figure en contrebas sur la pelouse, ça courait de partout, Victor ne comprenant vraisemblablement pas que c'était des flics s'est mis à siffler, tuuut, tuuut, tout le monde criait, c'était une pagaille indescriptible, au final il y avait une brochette de toxicos attachés au banc, le dealer avait disparu et on s'est approchés, messieurs que se passe-t-il, un des flics s'est retourné et a dit à Victor police, circulez s'il vous plaît, on est occupés, une des filles nous a désignés, moi et Victor, c'est eux qui ont balancé, c'est eux qui ont appelé les flics, et celle que je connaissais m'a regardé, son visage changeant d'expression au fur et à mesure que la sinistre vérité la pénétrait, quoi, mais pourquoi tu as fait ça Gaston ? et moi je restais interloqué face au groupe maintenant hostile, un des mecs disait on va se revoir t'inquiète pas, Judas devant les apôtres, alors que merde, je n'y étais pour rien, mais mon être entier semblait paralysé, je n'arrivais pas à parler, tout ce qui me passait par la tête c'est l'image de mon copain amputé à l'Hôtel-Dieu, les deux cents francs dans le tiroir de la vieille, et l'autre pendu dans sa cellule, les toxicos partaient en file indienne, les inspecteurs autour d'eux. Un vendu. Qu'est-ce que t'as a demandé Victor, tu ne te sens pas bien, et j'ai dit non, ça va, je crois que je commence une grippe, j'ai eu froid cette nuit.

Et c'était vrai, une sensation glaciale m'envahissait et de la même façon que si on avait installé un écran de télévision à quelques mètres de mes yeux une scène devant moi prenait corps, j'étais sur une lande déserte et des voix m'appelaient, je m'avançais, mes habits étaient bizarres, presque des haillons et en voulant faire un pas je m'apercevais avec horreur que le sol avait disparu, remplacé par une énorme crevasse, je ne pouvais pas traverser, j'étais seul, et c'était même pire que tout, parce que l'humanité entière m'abandonnait, perdu à jamais en haut de mon pic montagneux, mis au ban de la société pour le reste de ma vie et je me mettais à hurler. T'es vraiment sûr que ça va s'inquiétait Victor, j'avais tellement serré les poings que mes ongles avaient entaillé la chair de mes paumes jusqu'au sang. Je l'ai rassuré, non, je te jure, c'est rien, tout va bien, c'est juste le froid.

Sous le banc les toxicos avaient jeté plein de paquets que n'avaient pas vu les flics et comme Victor s'éloignait prévenir le chef j'ai dit moi je reste là, on ne sait jamais, et je me suis précipité pour ramasser le butin, malheureusement en revenant sur ses pas il m'a vu à quatre pattes dans le gravier et il a accouru, tu as trouvé de la drogue, c'est de la drogue ? j'avais déjà les paquets dans ma poche et j'ai répondu d'un ton désinvolte non, j'ai cru qu'il y avait une seringue, avec les enfants il vaut mieux faire attention, mais il a eu l'air sceptique, il ne me croyait pas et quand les autres ont rappliqué il les a mis au courant en me jetant des petits coups d'œil bizarres. Un grand con que je n'aimais pas du tout a dit mais tu les connaissais, c'était des amis à toi et le chef a renchéri, cette fois je suis obligé de faire un rapport, c'est trop grave, sans que je tente de me défendre, depuis le début à part Victor tout le monde m'avait dans le nez, un petit Mauricien a fait une moue équivoque, je vous l'ai assez dit, il n'y a pas de femme du maire, il vient de la Fondation, comme l'autre l'année dernière, c'est incroyable qu'avec le chômage et tous les gens dans la misère on donne encore la priorité à des salopards pareils. Ils me regardaient, même Victor, et ça commençait à bien faire, t'as raison qu'elle n'existe pas ma tante j'ai crié, je vais lui téléphoner dès ce soir, elle va arranger ta titularisation connard, j'étais fou de rage, des pauvres types, voilà ce que vous êtes, vous n'avez aucune envergure, et juste comme je faisais mine de partir une des camées a rappliqué, pourquoi l'avaient-ils déjà relâchée, mystère, en constatant la disparition de son trésor elle s'est mise à hurler, aaaah, comme une chatte écorchée vive, aaaah, voleurs, voleurs, vous m'avez volé ma poudre, vous valez pas mieux que les flics, pourritures, pourritures de merde, les gardes étaient bouche bée, bien sûr ils devaient tous penser la même chose, mais je suis resté calme et j'ai dit moi je vais appeler ma tante, ça suffit maintenant, et je me suis éclipsé aux toilettes sniffer mon larcin, de la bonne blanche, à se demander comment le mec avait eu ça, le lendemain j'étais encore défoncé et je me suis refait une ligne avant mon rendez-vous au contrôle judiciaire, dans le métro je me sentais presque euphorique, ce petit intermède m'avait fait un bien fou, une excellente détente.

La petite mamie m'attendait assise à son bureau, j'avais quelques minutes de retard et elle m'a dit de prendre place, le front soucieux et l'air vaguement agacé.

J'étais vraiment content de la revoir, c'est bête à dire mais elle me semblait humaine et prête au dialogue, j'avais l'intention de lui expliquer plus en détail ma situation et d'envisager avec elle une alternative aux Parcs et Jardins, seulement elle s'est mise à me scruter comme une cinglée, vous m'avez menti monsieur, vous m'avez abusée, j'en avais les yeux qui s'écarquillaient d'incompréhension, pardon, que dites-vous, ce n'était plus du tout petite mamie, ma mamie à moi, j'étais face à la Justice, à l'impitoyable Justice qu'on avait trompée et bafouée, oui je prenais bien de la drogue, et non content d'en consommer j'en organisais le trafic au parc Montsouris, le responsable du secteur avait téléphoné au président dès l'aurore, elle avait personnellement demandé mon renvoi et le juge d'instruction serait au courant en fin de matinée, sous le bureau je pouvais voir ses pieds, emmitouflés dans ses petites bottes fourrées et franchement j'étais abasourdi, je ne savais pas trop quoi répondre alors j'ai dit je suis confronté à un grave problème de logement madame, je viens d'être expulsé, et je pensais qu'elle allait hocher la tête et compatir mais au lieu de ça elle a fait je sais, j'ai appelé à votre domicile ce matin, j'ai eu le propriétaire, vous avez laissé cette habitation dans un état de saleté indescriptible après avoir tenté de l'incendier. C'était pire qu'une inquisition, un incendie j'ai répété stupidement, ce n'est pas de ma faute c'était un court-circuit, mais elle a agité son doigt, exactement pareil que madame Sarlat à mon retour de l'habillement, elles devaient être sœurs ou cousines, taratata mon bon monsieur, vous m'avez suffisamment raconté de sornettes, je ne vous crois plus, jusqu'à maintenant j'étais surtout choqué et incrédule mais qu'elle m'accuse de mentir, alors que je venais en toute sincérité, prêt à lui dévoiler des choses réellement intimes, c'était plus que je ne pouvais entendre, je me suis levé, qu'est-ce que tu viens de dire vieille morue, qu'oses-tu prétendre, j'étais fou de colère, tu te rends compte de ce que j'endure par la faute de ton président de mes couilles, elle en était pétrifiée par la stupeur, je suis chef d'entreprise, autant qu'un autre j'ai le droit à une activité décente, je n'ai pas demandé à faire crouillat, ses joues avaient pris une teinte cireuse, t'es qu'une vieille conne j'ai dit avant de sortir, et tes bottes sont moches, je suis sûr que tu pues des pieds là-dedans.

Maintenant je savais ce qu'il me restait à faire, regagner de l'argent et surtout récupérer ma femme, sans Marie-Pierre je n'étais plus que l'ombre de moi-même.

12.

Il faisait froid et nous étions dans une merde noire. J'avais changé d'hôtel, pour en prendre un moins cher vers Pernety. Marie-Pierre était revenue, mon voyage à Veules-les-Roses s'était passé moyennement, Myriam n'était pas du tout chaude pour que je tente un bis avec sa fille, j'étais arrivé en pleine engueulade entre elle et Gilles, il s'était remis à boire et le café ouvert en septembre menaçait déjà ruine. C'est Marie-Pierre qui avait insisté, après la vie parisienne, Extramill et les fastes qu'elle avait connus, le retour en Normandie devait être un peu amer.

– J'y vais, je vais bosser, à ce soir.

Elle s'est retournée de l'autre côté, tu veux que j'allume la télé j'ai demandé, je te mets la Six, mais elle a grogné hon, hon, je dors, et je suis parti dans le noir et le souffle glacé du vent, depuis trois jours c'est tout ce qu'elle avait fait, regarder ses programmes débiles et téléphoner, comme un an avant dans la petite chambre gare du Nord, et je ne pouvais m'empêcher de penser à la fable de la fourmi, normalement la cigale n'arrêtait pas de chanter et après quand l'hiver fut venu la fourmi lui disait bien fait pauvre naze, danse maintenant, tu n'as que ce que tu mérites, mais moi j'avais travaillé toute l'année, travaillé à ma réussite et à l'édification de mon entreprise, pas du tout comme la cigale, et le seul résultat obtenu c'était de nouveau une piaule minable, pas mieux que chez Saïd sauf qu'il fallait payer, des problèmes judiciaires et un boulot pour demeuré congénital à la Ville de Paris, plus qu'injuste c'était surtout incompréhensible.

J'avais été entendu par l'IGPN et quelques jours après

encore par le juge, la contrôleuse judiciaire ayant fait un rapport en expliquant que je refusais tout suivi et en détaillant la liste des insultes proférées, il avait conclu je n'ai d'autre solution que de vous incarcérer, et j'avais dû expliquer franco comment les choses s'étaient passées, j'ai une certaine envergure monsieur, j'ai trimé autant qu'un autre et cette dame m'humilie à plaisir, me rabaisse plus bas que terre, est-ce humain de dévaloriser un individu de cette manière, cette femme a un problème monsieur le juge, et je n'avais pas dit mal baisée, vieille flétrie, mais le juge avait souri, bon, nous verrons, en attendant ne perdez pas votre emploi. J'étais ressorti du Palais gonflé à bloc, quand j'étais décidé rien ne pouvait m'arrêter, j'avais rassuré Marie-Pierre, c'est l'affaire d'un mois ou deux, le temps que le jugement ait lieu et après c'était reparti, depuis longtemps j'envisageais d'organiser une plantation d'herbe dans le midi, sur une grande échelle, en louant des champs aux babas locaux, avec un jardinier africain pour s'occuper du conditionnement, t'imagines j'avais fait miroiter, tes dix-huit ans c'est pas dans un chinois qu'on les fêtera, c'est au Ritz.

Mais en attendant, le chauffage dans l'hôtel était insuffisant, j'allais bosser à pied pour ne pas dépenser d'essence et le pire c'est qu'on n'avait pas fait l'amour une fois, on dormait sans pratiquement se toucher, sauf un peu les genoux ou le bout des pieds, comme Tristan et Iseult qui, le philtre magique dissipé, restaient côte à côte, une épée entre eux symbolisant leur chasteté, nous c'était pareil, à part qu'il n'y avait pas d'épée et que si je voulais être honnête le philtre d'amour, de mon côté en tout cas, était loin de ne plus faire d'effet. S'additionnant à ça le manque d'argent se faisait cruellement sentir, pour toucher mon salaire des Parcs le premier mois c'était toujours plus long et j'étais le bec dans l'eau, à téléphoner tous les matins à la comptabilité, qui bien sûr était en panne d'informatique, ou mon truc était parti mais en fait non, ils s'étaient trompés dans les références et je devenais fou, le mec de l'hôtel aussi, pour lui je n'avais qu'à vendre ma voiture, mais ça il n'en était pas question, et un soir, ma paye n'était toujours pas arrivée, Marie-Pierre avait proposé qu'on vende la broche de sa tante. Elle vaut vraiment cher tu sais, c'est de l'or et des pierres extrêmement précieuses, et après réflexion j'avais dit pourquoi pas, j'avais besoin d'un peu de cash pour acheter cent grammes de marocain que je comptais revendre à des jeunes de l'hôtel mais malheureusement, coup du sort funeste et déception cruelle, les bijoutiers avaient tous fait la même réponse, affreuse et horrible, ce n'était pas de l'or et encore moins des pierres, c'était du toc, si ça c'est précieux ma petite dame alors moi je suis Paul Newman. On était rentrés à l'hôtel accablés, le mec devait m'amener le shit le lendemain matin à dix heures, et c'est là que Marie-Pierre avait dit de l'argent je sais comment en trouver, c'est pas compliqué.

J'étais transi de froid, on avait marché jusqu'à la rue de Rennes, dans la nuit, pour se faire jeter comme des misérables avec notre colifichet en imitation et non seulement je n'avais pas le moral mais il me restait cent cinquante francs, cent cinquante francs et l'autre connard allait surgir et demander son dû, j'avais une semaine et demie de retard et malgré tout à ce moment-là j'aurais dû dire non, ça ne m'intéresse pas, quoi qu'il se passe le pognon c'est ma partie, c'est moi qui le trouve mais j'ai répondu qu'est-ce que tu veux dire, elle était couchée sous les couvertures et elle regardait le plafond, Alexandre m'a proposé trois mille francs pour l'accompagner dans une boîte échangiste, j'ai eu l'impression que les battements de mon cœur remontaient au niveau de mes tempes et venaient taper, bang, bang, ah oui, c'est intéressant, pourquoi pas, je ne sentais plus le froid, tu as son téléphone et elle a dit oui, je l'ai, qu'est-ce que je fais je l'appelle et Alexandre était là et oui, sa proposition tenait toujours, bien sûr, seulement il fallait que je vienne aussi, ce soir il était avec son amie et comme ça c'était parfait, on irait à deux couples, en amoureux, ah, ah, somme toute quelle différence avec le cap d'Agde, et même c'était moins pire que les histoires de son journal, sauf que je pouvais toujours me mentir, ce que je faisais avait un nom, j'allais faire tapiner ma femme, j'étais en train de faire le barbeau. Avant de partir elle avait dit attends il faut que je prenne une douche, il n'y avait plus d'eau chaude et en la voyant enfiler sa robe et claquer des dents d'un seul coup je me suis dégoûté, ce n'était même pas que je l'aimais encore, c'était juste l'hiver, et elle se préparant à aller faire la pute avec ce porc, je ne voyais pas la vie comme ça. Elle a annoncé je suis prête et on est descendus, en amoureux, ah, ah.

– Alors, a demandé Alexandre, ni lui ni son accent n'avaient changé, comment ça va ?

Et c'était exactement la question à poser, ça va j'ai marmonné, ça va super, il a embrassé les lèvres de Marie-Pierre, en les frôlant, comme un amant attentionné, de sa grosse bouche moustachue et barbue, porc, et tout en lui me dégoûtait, sa voix ressemblait à une marionnette du Muppet Show, chevrotante et gloussante, et j'ai démarré à fond, en faisant crisser les pneus, en route les enfants, j'avais mis le poste à fond, *Going to a go go*, repris par les Stones et ce gros con a braillé *to a go go*, avant d'être arrivé je n'en pouvais déjà plus.

La boîte se trouvait dans une petite rue derrière le Châtelet, j'ai fait un discret signe à Marie-Pierre, il t'a donné l'argent, qu'est-ce qu'il attend ? mais elle a froncé les sourcils, laisse-moi faire, avant de rentrer elle lui a murmuré quelque chose à l'oreille et il s'est arrêté, mais oui, où avais-je la tête, tout en sortant une enveloppe, à qui je donne le petit cadeau ? Marie-Pierre n'avait pas de poches et j'ai tendu la main, c'est bon je les prends. Une balance doublée d'un maquereau. Judas n'avait vendu que le Christ mec, c'est la femme que t'aimes. Alexandre a sonné, restaurant et club uniquement réservés aux couples et une hôtesse en minijupe est venue nous ouvrir.

Pour être franc je m'attendais à bien pire, à des lits alignés en rangées, tout le monde en toge, des faunes et des créatures, mais un garçon a pris nos manteaux pendant que l'hôtesse derrière son comptoir marquait nos noms sur un registre, Gaston et Marie-Pierre j'ai dit, Alexandre faisait la bise à la patronne, comment ça va mon petit cœur, en forme, et ma foi tout semblait normal, ou en tout cas pas hyper-anormal, l'amie d'Alexandre portait une tenue genre sexy mais sans ostentation, et en bas dans la boîte le décor ressemblait à n'importe quelle piste de danse, avec un bar, des lumières laser et de la musique, qu'est-ce que vous buvez a demandé Alexandre en tendant nos fiches, une petite coupe ?

On est allés s'asseoir, le seul truc que j'arrivais à me formuler c'est au moins il fait chaud, ils ont un bon chauffage ici, et c'est ce que j'ai dit, plusieurs fois, à Marie-Pierre, t'as vu, il fait bien chaud, ils doivent avoir un bon chauffage, sur la banquette à notre droite une femme avait sorti la bite de son compagnon et le branlait tranquillement en lui roulant une pelle, vous allez voir a commenté notre guide, on va se régaler, les couples continuaient d'arriver, Alexandre s'est levé et s'est trémoussé jusqu'au bar, je commençais à être légèrement bourré, le disc-jockey venait d'envoyer une série de slows et ce gros porc s'est penché vers moi et m'a susurré, en indiquant son amie, elle te trouve très sympathique, invite-la à danser. Lui a saisi le poignet de Marie-Pierre et l'a entraînée au milieu, viens mon petit ange, viens danser avec papa, mes chaussures paraissaient moulées dans de la fonte, je me suis levé à mon tour, elle s'appelait Karine et nom d'un chien ça ne pouvait pas être pire que la vieille d'Alfortville, tout autour les couples se frottaient et s'embrassaient comme à quatre heures du matin à la fin d'une soirée particulièrement torride, il était onze heures du soir, Alexandre se dandinait à contretemps de la musique, éclairé par le jeu de lumières son reflet dans la glace clignotait comme la statuette grotesque d'un clown, *Hey Jude, don't make it bad.* C'est la première fois que vous venez demandait Karine, au début ça surprend mais on se laisse vite gagner par l'ambiance. Elle sentait bon, un parfum que je ne connaissais pas et un instant j'ai eu envie de rester à danser, comme si on allait avoir quatorze ans et pour la première fois flirter, de rester serré contre elle en lui racontant mes malheurs, *Take a sad song and make it better*, mais Alexandre nous a donné une petite tape, au boulot les enfants, ne perdons pas de temps, passons aux choses sérieuses et on l'a suivi dans les salons câlins.

Des gens qui ont fait du sexe un mode de vie j'ai pense en pénétrant dans la première pièce, des dingues du cul se suçant et se baisant de partout, comme des dingues, des créatures et des faunes, en fait j'avais raison, c'était bien ça. Et des matelas pour recevoir leurs ébats et des miroirs pour s'y contempler. Karine souriait, ça a l'air chaud ce soir, Alexandre et Marie-Pierre avaient disparu au fond, là où la cohue était telle qu'on pouvait à peine passer, une main m'a frôlé les couilles, alors, géant, non ? Eh oui, effectivement, c'était géant, l'orgie partout et la main de Karine maintenant était là où elle devait être, une, deux, une, deux, je lui caressais les seins, un autre couple s'avançait, une femme plutôt moyenne et un mec trapu, Karine était torse nu, je sentais l'haleine du mec, et une main différente m'enserrait, sous mes doigts les fesses de Karine se cambraient et d'autres doigts aussi la pénétraient, mon Dieu mais où étais-je tombé ?

Quand une demi-heure plus tard je suis allé me rasseoir j'étais en sueur, épuisé, et ce à quoi je venais de participer défiait l'entendement, c'était comme au cap d'Agde, certes, sauf qu'au cap d'Agde c'était les vacances, bon on était à poil et il faisait chaud, alors pourquoi pas un petit cracou tous ensemble, t'as raison, bonne idée, après l'apéro ça nous mettra de bonne humeur, mais là rien de semblable, on était en plein hiver et malgré la froidure les femmes arrivaient presques nues sous leur manteau, et si les mecs avaient pu sortir leur bite dès la place du Châtelet ils l'auraient fait, et d'ailleurs sitôt arrivé personne ne se gênait, par ici la bonne soupe, c'est là qu'on baise, des martiens sexuels, voilà où j'étais tombé, des obsédés complets de la bite et de la chatte, à en avoir le tournis, comme jamais je n'avais pensé que ça existait.

– Je suis morte, a dit Marie-Pierre de retour à l'hôtel, on aurait dû rentrer plus tôt.

Et la seconde d'après elle ronflait, comme une bienheureuse, l'enveloppe ouverte à côté du lit, trois mille francs vite gagnés, qui s'en serait plaint, c'était la moitié de ma paye aux Parcs et Jardins, avec le champagne le lit tournait un peu, ç'aurait été exagéré de prétendre avoir passé la super-soirée mais on n'en était pas morts non plus, dans le genre affreux on avait connu pire.

Le lendemain matin ma transaction s'est déroulée au poil, le gars m'a fait un bon prix et je suis remonté fourguer la plaquette aux jeunes, mais seulement eux n'avaient pas l'argent, le client était à Plaisance et du coup j'ai dit c'est pas grave, je vous accompagne et vous m'allongez la monnaie en suivant, ce qui s'est passé, du moins pour la première partie du plan, parce qu'arrivés devant le square trois mecs sont venus vers eux et leur ont arraché le shit des mains, je voyais ça du café en face et le temps que je sorte et que je coure les bandits s'éloignaient déjà, police j'ai hurlé, police arrêtez tout, mais l'un des gars s'est retourné, un branleur, il n'avait même pas quinze ans et il a rigolé, quelle police, t'es flic toi, où ils sont tes collègues? pendant qu'ils rentraient sous un porche, au 156 de la rue Losserand, d'autres jeunes les ont rejoints, et j'ai dû rebrousser chemin la queue entre les jambes, vu que j'avais lâché mille balles au gérant de l'hôtel il me restait au fond des poches en tout et pour tout cent cinquante francs, mes cent cinquante francs de la veille, un minable, Gaston, rien qu'un minable nul et lamentable, et à cette seconde je crois que j'aurais été prêt pour n'importe quelle solution, n'importe quelle infamie, plutôt que de réintégrer la chambre, et l'argent? ah, tiens, tu as raison, il a disparu, c'est vraiment bizarre, mais c'est pourtant ce que j'ai fait, dans un état second, comme après dix lignes de cocaïne coupée au speed, tu sais ce dont j'ai envie a dit Marie-Pierre, d'un grand petit déjeuner à Montparnasse, avec plein de gâteaux, je n'arrivais même pas à la regarder, les mots se formulaient dans mon esprit, écoute, je viens de me faire braquer, mais sans se matérialiser dans l'atmosphère, c'est parti j'ai finalement articulé, mets ton manteau, je t'emmène à la Duchesse Anne.

Il y avait un petit soleil, pas énorme, mais le temps s'était radouci et on a trottiné par la rue de la Gaîté, elle à mon bras, devant les sex-shops et les cinémas porno, sans faire la moindre allusion à la soirée, mais en parlant de choses et d'autres, les films que l'on pourrait aller voir et pourquoi pas une pièce de théâtre, il y en avait des bien. A la Duchesse Anne elle a commandé un grand chocolat et plein de gâteaux, celui-là et puis aussi le gros avec des amandes, tu ne veux rien elle a demandé, tu n'as pas faim et j'ai dit je viens de me faire braquer le pognon d'hier, pendant que la serveuse repartait, les yeux de Marie-Pierre se sont agrandis, les trois mille francs, mais comment est-ce possible et j'ai essayé de lui raconter le plus totalement possible, c'est les jeunes, pas moi, par des petits gitans de la rue Losserand, je la voyais qui se mordait les lèvres pour ne pas se marrer, mince elle a fait, c'était bien la peine que je me donne tout ce mal, elle riait franchement, et moi aussi j'ai rigolé, c'était drôle, t'as réellement dit police, arrêtez, maintenant j'avais comme un fou rire nerveux, mais qu'est-ce qu'il y a elle s'est inquiétée, tu pleures ? Des grosses larmes coulaient sur mes joues, que je n'arrivais pas à retenir, j'ai dit oui, j'en ai ras le bol, tu penses que je suis un minable, à travers mes sanglots je voyais son expression se transformer, pourquoi tu dis ça, c'est idiot, c'est vraiment idiot, la serveuse est revenue avec la commande, Marie-Pierre a pris un gâteau et l'a trempé dans sa tasse, je ne te baisais même pas bien, des gouttes de chocolat ont dégouliné sur la nappe, elle s'est essuyé les lèvres, c'est idiot Gaston, complètement idiot, à ton avis pourquoi crois-tu que je suis revenue avec toi, et j'ai bredouillé lamentablement, toujours entrecoupé par mes pleurnicheries, je ne sais pas, franchement je n'en sais rien. Devant elle c'était pire que tout, j'avais envie de hurler, stop, ce n'est pas moi qui pleure, pas moi qu'on a dépouillé, c'est une erreur, on m'a jeté un sort Marie-Pierre, faut que tu le comprennes, je suis face à des forces contraires contre lesquelles toute lutte est inutile, mais le torrent redoublait de vigueur, ouin, comme un gamin, et je suis juste parvenu à prononcer excuse-moi, je suis désolé, ça va se passer, je crois que je fais un peu de neurasthénie à cause de la situation, dans le salon de thé tout le monde me regardait, elle a fini ses gâteaux et on est sortis, le soleil s'était recaché et entre la tour et le centre commercial le vent soufflait en rafales.

– Alexandre a téléphoné a dit Marie-Pierre, il nous invite chez lui, il nous propose de faire un film, qu'est-ce que tu en penses ?

⁂

L'appartement était au troisième étage d'un immeuble haussmannien, exactement pareil que celui que j'aurais aimé avoir, avec du parquet, des canapés genre anglais, comme chez les top-antiquaires de Clignancourt et une petite statue de femme à poil, en bronze, tenant une grappe de raisin au-dessus de ses nichons. De nouveau le porc a embrassé Marie-Pierre, j'avais envie de le tuer. Il s'est tourné vers moi et m'a fait la bise, comment ça va, pas trop fatigué après les frasques d'hier soir ? De le tuer et de lui arracher les yeux. Ça va très bien j'ai grincé, de mieux en mieux, et je me suis avancé pour saluer Karine et l'autre couple qui patientaient dans la salle à manger, contre le mur trônait une télé immense, plus grande que toutes celles que j'avais eues, et autour clignotait un arsenal de magnétoscopes et de chaînes stéréo.

– Pierre, enchanté.

– Je m'appelle Annick.

Et moi c'est Gaston et elle Marie-Pierre, bonjour Karine, smack, comment ça va, comment ça va vous allez bien, impec et vous, dans peu de temps on allait baiser et se tripoter jusqu'à plus soif, je vous propose quoi disait Alexandre, un petit porto, un whisky, pourquoi ce gros sagouin avait-il tout, l'appartement, la super-télé et le bar ultra-classe avec des bouteilles dernier modèle et élégance assurée, qui décidait de ça, sur quels critères, et c'était quoi la justice, un fond de whisky j'ai dit, vraiment un fond.

La discussion a repris, normale et détendue, réfléchis soutenait Alex, comment penser que l'expression artistique puisse être autre chose qu'un témoignage des dieux, qu'elle soit liturgique ou profane toute œuvre se doit de rendre compte du souffle qui nous anime, de le mettre en forme, ça me semble évident, et Pierre sirotait son apéro, certes, certes, mais dans tes propos j'entends une hypothèse qui me choque Alex, tu admets l'existence de Dieu comme postulat de départ, alors que merde on n'en sait rien. Et vous m'a demandé Annick, vous faites quoi, vous êtes aussi dans l'audiovisuel et j'ai souri, non, pas du tout, plutôt dans la littérature, actuellement j'écris un roman. Un roman noir. Pierre s'est levé, on regarde pour les éclairages, faut que je voie combien je peux tirer sur ton compteur. Je me sentais très calme, maître de moi, c'est formidable d'écrire continuait Annick, moi-même c'est quelque chose qui me tente beaucoup.

Une fois quand j'étais petit il m'était arrivé une anecdote particulièrement cruelle, on avait construit un village gaulois en pâte à modeler pour la fête de l'école, avec des figurines genre Astérix et en me disputant avec une petite fille de la classe j'avais bousculé la table supportant notre réalisation, plusieurs figurines étaient tombées et s'étaient brisées, la maîtresse m'avait puni et j'avais été privé de fête d'école, j'avais toujours trouvé ça injuste et immérité, la vérité c'est que c'est la petite fille qui était responsable, c'est elle qui m'avait poussé mais c'est moi qu'on avait châtié.

– On a douze kilos, ça devrait suffire.

Alexandre a disposé des projecteurs aux quatre coins de la pièce et Pierre est revenu avec une caméra.

– Je vous explique le scénario, au départ vous êtes habillés, vous venez de faire connaissance et la soirée s'annonce classique, voire légèrement ennuyeuse.

– Il faut que je bâille alors ? a demandé Annick.

Et Karine a pouffé, dois-je comprendre que nous allons enlever nos vêtements ?

– On va faire un essai, je commence par des plans larges et après on se rapprochera.

On a continué à discuter, tranquillement, et vous, vous travaillez dans quoi, Karine était dans la mode, enfin plus exactement en ce moment elle était entre deux possibilités, en attente de concrétiser, et Annick pantouflait dans la presse, dans un service d'abonnements. Bon a fait Alexandre, maintenant Karine tu vas enlever ta jupe, lentement, en te tournant légèrement vers la caméra. Quand il a dit tu vas t'agenouiller devant Gaston et le sucer je me suis senti rougir violemment, et Annick s'en est aperçue, comme c'est mignon, il rougit, déclenchant les rires, pendant que l'autre s'exécutait, ses jarretelles tendues comme les lanières d'un fouet dessinaient sur le haut de ses cuisses deux stries sombres, j'ai pensé faites que je bande, mon Dieu par pitié ne me laissez pas tomber, et au début ce que je craignais s'est produit, rien, je restais mou et sans vie, devant eux tous, les projecteurs éblouissants et Alexandre et Pierre qu'on distinguait derrière la caméra, la voix du porc s'est remanifestée, Gaston caresse-la, elle en a envie je crois, et Pierre s'est avancé, la caméra coincée sur son épaule, quand je l'ai touchée elle a soupiré aaah et je l'ai sentie s'ouvrir, trempée et offerte, de mon côté c'était bon aussi, j'ai relevé la tête, ça y est les gars, vous vouliez du sport il suffisait de demander.

Je bandais comme un Turc et sa langue s'enroulait autour de ma bite, venait laper le bout et redescendait jusqu'à la base des couilles, gros plan disait la voix, gros plan, Annick tu vas t'approcher et regarder les fesses de Karine d'un air gourmand, Marie-Pierre pour le moment tu restes assise et tu attends.

– Stop, a ordonné Pierre, il nous faudrait deux caméras, avec une, pour avoir des gros plans, on est obligés de morceler les actions.

On a repris, Gaston ta bite, Karine suce, c'est bien la langue, Marie-Pierre touche-toi en les observant, il faut qu'on sente que c'est à ton mec qu'elle fait une pipe, nos regards se sont croisés et je pense que l'un comme l'autre on a fait un effort, je ne ressens rien tu sais, on est là pour l'argent, ce n'est pas pire que de vendre de la came ou des magnétoscopes.

– On va faire une petite pause, a annoncé Alex, lui aussi s'était mis nu et honnêtement il était repoussant, ce qui nous permettra d'attaquer les dialogues. Marie-Pierre on va commencer par toi.

Pierre a changé d'axe et Alexandre est allé récupérer un petit carnet sur la cheminée. Seigneur, c'était pire que tout, il avait écrit cette horreur. Il l'avait préparée.

– Marie-Pierre, tu es donc face à Gaston et à Annick, tu vas dire : « Ça te plaît, tu aimes qu'elle te suce ? »

Marie-Pierre l'a maté genre tu me charries, c'est pas possible et Karine a rigolé, mais quelle poésie Alexandre, quel sens de la formule.

– Ça tourne, tu peux y aller.

Marie-Pierre a regardé devant elle en ouvrant la bouche et puis elle a dit ça te plaît qu'elle te suce, mais au lieu d'ajouter tu aimes ça elle a prononcé tu l'aimes, hein, tu l'aimes, oui a repris Alex, redis-le, c'est bien, tu l'aimes sa langue sur ton sexe, j'étais assis sur le canapé derrière, au repos, et je le voyais très bien, dans le halo du projecteur, avec son ventre et sa bite dressée, et la même certitude est venue s'imposer, je vais te tuer, je vais crever ton gros bide de porc.

– Tu l'aimes sa langue sur ton sexe.

Pierre a fait un signe au metteur en scène, ça ne fait quand même pas très naturel Alex, on dirait qu'elle se force. D'accord a convenu Alex, on va faire des plans avec Karine.

Et la soirée s'est poursuivie, parsemée de dialogues stupides et grossiers, attends chérie laisse-moi te lécher et viens là, viens te faire prendre par cet inconnu, ooooh, oooooh, j'avais encore en tête ce qu'il m'avait dit quand on est rentrés, le but c'est de faire un film pour nous, un film un peu différent de ce qu'on voit d'habitude et le clou du spectacle a été Marie-Pierre en train de se faire boutiquer par le monstre, la copulation d'un éléphant de mer avec une douce et innocente gazelle, à vomir, on voyait bien qu'elle s'appliquait, qu'elle n'y prenait aucun plaisir, ooooh, oooh, les reins d'Alexandre s'agitaient, bougeaient et s'enfonçaient en elle, ma petite chérie, ma petite chérie, c'est bon tu sais, et j'ai tenté de détourner les yeux et de ne pas assister à l'horreur, Marie-Pierre en train de jouir dans les bras de la bête, mais Pierre m'a dit si au contraire regarde, et je me suis aperçu qu'il me filmait moi contemplant l'innommable, et j'ai essayé de sourire ou au moins de ne pas laisser apparaître mes sentiments, et pour me donner une contenance je me suis rassis sur le canapé et j'ai passé mon bras autour des épaules de Karine.

⁂

C'était répétitif et fatigant rien que d'y penser, et pourtant toujours différent, La Cheminée, Dany's Club, chez

Adam, Le Clos, nous avions entrepris avec Alexandre une visite guidée des sous-sols de la capitale, à mon retour du parc elle commençait à se préparer, il lui avait offert un parfum dont elle devait s'asperger, et pas la peine de demander s'il avait téléphoné, dans l'escalier je sentais déjà le cauchemar.

Les tarifs avaient baissé, mille cinq pour une sortie et deux mille en cas de film, mais à raison de trois ou quatre fois la semaine ça faisait une jolie somme, à croire qu'il fabriquait le pognon, il avait toujours exactement ce qu'il fallait sur lui, en billets, ou alors il sortait une carte de crédit, comme s'il avait percé le mystère du tas d'or inépuisable, comme si l'argent n'avait aucune importance. Venez mes petits amis, venez vous régaler. Sa bouche me dégoûtait, son corps me dégoûtait, sa manière de marcher, tout en lui m'écœurait jusqu'à la nausée.

Parfois Annick et Pierre nous accompagnaient et c'était encore des discussions sans fin sur le même sujet, la baise, les clubs de partouze et les aventures de chacun, avec toujours lui pour relancer la conversation et l'animer avec brio, savez-vous la première image que j'ai eue de Paris en débarquant de ma Pologne, un soir de printemps, tout le monde disait non, vas-y, raconte, et il plissait le nez et réajustait ses lunettes, un chauffeur était venu le chercher à Orly pour le ramener à l'ambassade, à cette époque il travaillait au service commercial, et juste derrière le bâtiment des Républiques socialistes, à Paris, capitale de France, ô surprise, que trouvait-on, des gens bizarres qui agitaient leur bite, lui s'attendait à des musées, des monuments et c'était des exhibitionnistes, ah, ah, sacré Alexandre, dès le premier jour déjà à porte Dauphine, ça ne m'étonne pas de toi. Et chacun renchérissait, Annick s'était fait caresser dans le jacuzzi de son club de sport, et tenez-vous bien, par la femme du moniteur, Pierre avait niqué une grosse dans un cinéma, allô *Union* j'ai plein d'anecdotes à vous confier, et toi Gaston, j'avais raconté mon histoire avec la vieille, mon embarras pour lui demander de l'argent et la conclusion ridicule avec la seringue, ils étaient tous pliés, même Marie-Pierre, une seringue, mais pourquoi donc, et le porc avait expliqué, il faut deux mois avant d'être sûr pour les tests, en le faisant à Gaston elle obtenait une certitude plus rapidement, s'il était séronégatif plus de raison de s'inquiéter.

Noël se rapprochait et il me semblait jour après jour m'enfoncer dans les eaux noires du lac, sans issue aucune, au milieu des nénuphars vénéneux et des vapeurs toxiques, Marie-Pierre sur les conseils du porc s'était coupé les cheveux et plus je la regardais et plus mon cœur se serrait.

Quelle solution peut-il rester lorsqu'on doit accompagner la femme aimée, son amour, se faire sauter, jour après jour, en disant merci, merci bien, merci beaucoup, par ici la petite enveloppe, la vie est belle tu sais, ça gaze pour moi, j'ai le vent en poupe, hier soir j'ai encore fait des trucs scabreux mais tu ne peux pas t'imaginer comme ça paye, il fallait que je le tue, une boule glauque et suppurante s'était inscrutée au plus profond de moi-même et la décision avait mûri lentement, évidente et sans appel, il fallait que je le tue.

La veille nous avions fait une petite virée dans l'Orléanais, dans une fermette retapée en dancing spécial, le charme discret de la bourgeoisie de province avait dit Alexandre, c'est les notables locaux qui fréquentent ici, et j'avais cru toucher le fond. Au milieu d'une vingtaine de couples, tous plus repoussants les uns que les autres, un camelot de troizième zone avait fait une démonstration de lingerie fine, des maillots de bain et des horreurs, et le salopard en avait acheté un pour Marie-Pierre, une tenue imitation zèbre, à n'en pas croire ses yeux, il gloussait tout seul, mais tu es magnifique petite chérie, tu es éblouissante, et cette conne ne se rendait même pas compte qu'il se foutait de sa gueule, en un éclair la certitude de ce qui allait se passer m'avait traversé, il allait la salir, la baiser et la transformer définitivement en putain grotesque avant de la jeter comme la dernière des merdes et à cet instant son sort s'est irrémédiablement noué, j'allais le tuer, non pas un jour lointain, dans une semaine ou dans un mois, mais à la première occasion.

***

– Regarde, ils sont là !

Karine nous a fait un petit signe et Alexandre est apparu derrière, venez, le spectacle va commencer. Pour la soirée il avait pris des places de théâtre, un ballet de danse moderne au Châtelet. J'ai pensé respire bien enculé, respire de toutes tes forces et profite des dernières heures qu'il te reste à vivre. La salle était noire de monde, des gens chuchotant et murmurant, jusqu'à ce que les lumières s'éteignent et que le bruit d'un tam-tam résonne, boum, boum, une fille au fond tapait comme une sourde sur une batterie, une forme a jailli, flash, une autre l'a rejointe, flash, et la bamboula a démarré, on était plutôt bien placés, au centre, et c'était immédiatement très prenant de voir les corps se contorsionner, boum, boum, sauter et retomber, s'enchevêtrer, un grand écran transparent est descendu et des images immenses de danseurs ont défilé, boum, boum, des hommes arrivaient maintenant et s'y mettaient aussi, boum, boum, j'avais l'impression d'être moi-même sur la scène, dans le spectacle, j'ai songé qu'ils auraient dû mettre des flammes, des plans de feu, et immédiatement un incendie a jailli sur l'écran, j'étais comme en symbiose parfaite avec eux, avec les danseurs, tout mon organisme vibrant au rythme de la percussionniste, un moment la danseuse a parlé, boum, boum, ce que vous entendez actuellement ce sont les battements du cœur de Sophie, relayés par un micro HF, c'est son cœur qui nous guide, et effectivement la percussionniste ne tapait plus, mais le son était encore plus présent, boum, boum, et la danse a repris, une inscription est venue barrer l'écran, « Armures », « Armures », et le visage de la danseuse a explosé sous nos yeux, défiguré par l'effort et la souffrance, remplacé avec un poignard s'enfonçant dans sa poitrine, « Armures », le sang coulant en taches sombres sur ses seins, j'ai tourné la tête, à côté de moi Alexandre en sueur s'agitait sur son siège, boum, boum, son visage crispé se plissait à chaque battement comme sous les coups d'un bâton invisible, tu vas crever enculé, tu vas crever et c'est moi qui vais te tuer, une vision m'est apparue, une statue d'ébène dure et effrayante, composée d'une infinité de particules, qui a semblé venir me toucher, me traversant d'un frisson glacé comme si la mort elle-même m'avait étreint, tu vas mourir enculé, entends-tu donc sonner le glas, c'est ta fin qu'il annonce. Des projecteurs et une caméra se sont braqués sur la foule des spectateurs et notre image retransmise a pris forme sur l'écran, juste notre rangée, Alexandre, Marie-Pierre et moi, Alexandre paraissait au bord de l'apoplexie et Marie-Pierre m'a poussé du coude, regarde c'est nous sur l'écran, son mouvement aussitôt répercuté en immense devant nos yeux, à la fin du spectacle Alexandre était tout rouge et il s'est absenté aux toilettes un long moment. La fin était proche.

Il était plus ou moins prévu qu'on aille dans la boîte à côté, chez Chris et Manu, mais en revenant il a fait je m'excuse les enfants mais j'ai dû manger quelque chose de pas frais, je préférerais qu'on rentre. Il était vingt-deux heures trente.

Dans la voiture la boîte à gants était ouverte et il a saisi mon petit livre trouvé dans la chambre d'hôtel. *Le Roi et son frère le yogi.*

– Non mais quelle connerie.

Il l'a feuilleté et a lu un passage à haute voix, « ... un voile obscurcissait son visage. Mon frère est de retour. A ces mots la femme poussa un cri ». Il a redit non mais quelle connerie, c'est toi qui lis ces bêtises ?

Des étoiles dansaient devant mes yeux, j'ai répondu oui, parfois cela m'arrive.

Une fois chez lui Karine a dit dans une semaine c'est Noël, qu'est-ce qu'on fait pour le réveillon, et personne n'a réagi. Le porc a disparu dans la salle de bains, il est revenu, s'est enfilé une aspirine et deux whiskies et s'est affalé sur le canapé, ça va mieux les enfants. Je me sens mieux. Karine a mis un disque d'Aznavour. Je me suis déshabillé. Marie-Pierre également.

– Un peu de stupre, les enfants ?

Il était increvable. Répugnant et increvable. Un instant

le découragement m'a saisi et j'ai songé je ne vais même pas le tuer, je n'y arriverai jamais. Karine allumait la vidéo. Il a enlevé son pull. Aznavour braillait en fond. *Tu veux, tu veux, et si tu veux je veux.*

Le porc tapait dans ses mains en cadence. *Des doigts nerveux accrochés à tes hanches.* Il a entraîné Marie-Pierre dans la chambre. *Prononcer à mi-voix Ces mots qu'on ne dit pas.* Karine s'est approchée de moi. La vidéo qu'elle avait mise était un film de cul. J'ai enlevé mon pantalon. Elle a essayé de me branler mais sans succès.

– Attache-moi. Attache-moi bien.

J'ai fait ce qu'elle me demandait. Alexandre avait tout un tas de cordes et de liens exprès. Je lui ai ficelé les mains dans le dos.

– Caresse-moi.

J'avais l'esprit ailleurs. Il était plus costaud que moi et il savait se battre. Il nous avait raconté sa jeunesse dans l'armée, en corps à corps je ne faisais pas le poids.

– Eh bien Gaston, tu rêves ?

Avec son pied elle a réussi à me frotter, mais que se passe-t-il Gaston, tes petites couilles sont fatiguées, donne-moi une fessée, frappe-moi. Dans la pièce à côté ils devaient avoir commencé à baiser. Sans réfléchir j'ai passé une des cordes autour de son cou et j'ai serré. Au début elle a cru à un jeu, oui, Gaston, mon pauvre Gaston, mon pauvre Gaston impuissant, j'ai accentué la torsion jusqu'à ce que sa peau change de couleur et qu'elle perde connaissance. *Éteins la lumière. Tire les rideaux, Deviens la rivière, La source d'amour, qui me désaltère, Jusqu'au petit jour.* Dans la cuisine j'ai pris un grand couteau. Ils étaient couchés sur le lit, lui sur elle, et il la besognait en ahanant, *Éteins la lumière. Cours dans la grandeur extraordinaire de notre bonheur.* De nouveau j'ai hésité, ses fesses se soulevaient au rythme de la musique. *Éteins la lumière. La nuit est à nous.* Il a dû sentir ma présence, *N'être que matière. N'être que pensée.* J'ai enfoncé le couteau une fois, assez profondément, je crois entre deux côtes, pour le ressortir aussitôt et le repiquer. Il a eu un mouvement de recul et s'est détaché d'elle, son sexe raidi se dressant devant lui, mais j'ai frappé encore, sans m'arrêter, pendant que tout devenait rouge et que Marie-Pierre se mettait à hurler, et à la fin il a dit quelque chose en polonais que je n'ai pas compris et il est tombé par terre.

***

Les flics nous ont serrés trois jours plus tard, dans la chambre d'hôtel que nous n'avions pas quittée. Sur le moment Marie-Pierre avait fait une crise d'hystérie et j'avais dû la gifler, depuis elle n'avait pratiquement pas ouvert la bouche, peut-être comprenait-elle enfin ce qu'il projetait, la transformer en putain. Une putain de dix-sept ans.

Au début les inspecteurs étaient plutôt désagréables et peu sympathiques, mais quand la vraie nature de la victime est apparue, entre les vidéos et les témoignages de l'entourage, ils se sont radoucis et au commissaire qui demandait des nouvelles l'un d'eux a dit le gros payait pour que le petit fasse partouzer sa copine, c'est pas crapuleux, c'est passionnel, et le juge a été très correct, m'informant de ce qui m'attendait.

Depuis l'incident je me sentais formidablement bien, détendu et apaisé, les choses avaient enfin retrouvé leur cours normal, et c'était bête à dire mais mon acte me semblait le prolongement salutaire et inéluctable d'événements sur lesquels je n'avais eu que peu de prise.

Dans le car qui m'emmenait en prison j'ai pensé que je connaissais Marie-Pierre depuis un an et que demain c'était Noël.

J'ai pensé aussi que je n'allais pas avoir grand-monde pour m'assister et une phrase de Marcel Dassault a surgi de ma mémoire, quand il parle de son trèfle à quatre feuilles et qu'il dit que si tout le monde n'a pas de talisman, chacun, du moins, a son étoile.

Et puis les portes de Fleury se sont refermées sur moi et je n'ai plus pensé à rien.

Cet ouvrage a été réalisé par la
SOCIÉTÉ NOUVELLE FIRMIN-DIDOT
Mesnil-sur-l'Estrée
pour le compte des Éditions Flammarion
en décembre 1994

Imprimé en France
Dépôt légal : septembre 1994
N° d'édition : 15703 - N° d'impression : 29312